锁青泉

书真[著]

CFP 中国电影出版社

图书在版编目（CIP）数据

锁青泉／书真著．－－北京：中国电影出版社，
2015.12
ISBN 978－7－106－04325－4

Ⅰ．①锁… Ⅱ．①书… Ⅲ．①长篇小说－中国－当代
Ⅳ．①I247.5

中国版本图书馆 CIP 数据核字（2016）第013530号

责任编辑： 贾　伟
出版策划： 葛风芹
封面设计： 北京墨知缘文化传媒有限公司
责任校对： 门立伟
责任印刷： 庞敬峰

锁青泉
书　真　著

出版发行　中国电影出版社（北京北三环东路22号）邮编100029
电话：64296664（总编室）　64216278（发行部）
Email：cfpygb@126.com
经　　销　新华书店
印　　刷　北京精致印务有限公司
版　　次　2016年2月第1版　2016年2月第1次印刷
规　　格　开本/850×1168毫米　1/32
印张/11　字数/270千字

书　　号　ISBN 978－7－106－04325－4/I·1066
定　　价　30.00元

目　录

引　子

群芳吐蕊，艳阳高照。一个推着一辆半新旧摩托车的男青年大步流星地走在静悄悄的校园里，英俊的脸庞上覆盖着一层厚厚的阴云，剑眉紧锁，嘴唇合成了下弧线。他路过教室旁边，“叮铃铃……”墙壁上方的电铃突然响起，声音高亢，震耳欲聋，令人猝不及防。

男青年索性停下脚步，抬腿跨上了摩托车，他却没有立即启动机器，而是迟疑了几分钟，忽然又轻轻地叹了口气，脸上的阴云却愈重了，终于，他的右脚使足了力气往下踹去。

“呜呜——呜呜——”

摩托车猛地往前飞驰了十几米，一路歇斯底里地叫嚣着，触住花坛墙壁才停止。没法前进的摩托车咆哮起来了！前轮死咬着地面，一动不动，后轮却跳起来在空中飞转，排气筒浓烟滚滚，花坛附近霎时间黑雾弥漫。疯了的摩托车最后还是撞塌了花坛，横卧花草间，呻吟几声就熄了火。这车极像一个癫痫重症人经历一阵痉挛之后倒头气绝身亡一样，可是，害苦了这个骑摩托的年轻人，手忙脚乱中，跟着摩托车冲进了被摧毁了的花坛里，四肢五官一起和石头、泥土、花草碰击，最后被重重地压在了摩托车下。更令人羞愧的的是霎时间花坛附近呼啦啦围了一圈观众。因为下课铃声刚刚响过，教师、学生都从屋里走出来，开始自由活动了。有人喊“元渊！元渊！”更多声音是“元老师！元老师！元老师！”被学生和同事拽起来的元渊变成了一个丢盔弃甲、血迹斑斑的“败家将士”。

众人帮他掸去了尘土，拂去了血迹，扶起了摩托车，推出花坛，启动后发现摩托车的机器完好。

“元渊踩离合时，由于用力太大，一块儿挂了个 4 档，给油过猛，心里着急又紧握了前闸刹车，所以就这样了，不过，没大事……”

一位戴着眼镜红脸教师分析这次事故的原因。

元渊低着头、黑着脸，从那个教师手里接过摩托车的钥匙，一瘸一拐地推着摩托车走出了吵闹声越来越大的校园。

随着上课铃声响起，校园又恢复了宁静，静的好像什么也没发生过……

“哎呀！了不得了！元老师自杀了！”

傍晚时分，静默了很久的校园被一声惊叫搅得像开了的锅，霎时沸沸扬扬起来。

切切吵吵的议论声，或低或高的呼喊声，加剧着紧张的气氛，还有急匆匆的身影摇来晃去。人流的汇聚点是男教工的宿舍，教师学生，高高低低，人来车往，还有几个白大褂夹杂在人群中。

几分钟之后，两个教师夹着一个无法站立的病人从男教师宿舍里出来，上了停在门口的“松花江”上，随后“白衣天使”们上车关门，一阵汽车马达声之后，人影散开。

上晚自习的铃声响过，热烈讨论的话题变成了窃窃私语。

“吃了多少安眠药？大夫迟到一会儿，他的小命儿就没啦！幸亏发现的及时！这家伙中邪了！”男教师感叹。

“倒底为什么？元渊为什么要想不开？”女教师问道。

“为什么？还不是感情受阻呗！今天中午他从家返回来，喝了好多的酒，醉了就开始痛哭，我们安慰了几句，都以为没事了，结果我们散去，他自己寻死去了！唉！”男教师追悔莫及。

“同事两三年，我从来不知道元渊有什么感情的故事！爱上谁了？还值得自杀？谁又阻碍他了？”年轻的女教师越发迷惑。

“说起来话长，元渊学生时代就有个梦中情人，叫郭静静，也是他的师范同学。据说，这位梦中情人有沉鱼落雁之貌，本来很早以前她就名花有主了，上个月，元渊得到可靠消息，女孩的爱情之花凋谢了，整个人浸泡于孤苦。元渊以为自己的机会来了，周日，他和小禄去看了那女孩儿。其实他们俩是秘密行动，可奇怪的是这事竟然被元渊的父亲知道了，老人坚决反对他的儿子和曾经有过婚约的女人来往。为此老头儿旁敲侧击不算，到处明察暗访媒人和令他满意儿媳妇儿，前天打听到一个姑娘，逼着儿子去相亲，元渊又气又急，所以他来了这么一出……”

人们的谈话随着众光源的消失而停滞。

夜，安静极了，好像一切是非都画上了句号……

第二天，元渊出乎意料照常超负荷工作，一边为乡政府写材料，一边给学生上课、备案、判作业。工作热情饱满得令人愕然，那件令他几乎丧生的事情好像压根儿就没有发生过。

中午，教师食堂里充满了欢声笑语，有人趁机打趣正在吃饭的元渊：“小元，天堂不如人间吗？咋又回来了？”

元渊低头解释：“昨天喝多了，所以想不开……好男儿胸怀天下，其他的……”

接着就是一片沉默……

第一章　荣升的滋味

1

上世纪八十年代，那个叫元渊的教师转行进了行政单位，几年以后，他在同事们的唏嘘赞叹声中提升为副乡长。又过了几年，乐康县县政府的一个宣布落地，就如同平地里无缘无故爆了一颗炸弹，霎时，人群中开了花，但是消息不因为众人的惊愕而停止传播——元渊被任命为政府乡长。

元渊的亲戚、朋友、同学的周围一时间也沸沸扬扬地不平静起来，这些人原来都是好事者，跟着大势渲染起来。世风就是这样，装灯结彩的地方总是人来人往。

元副乡长升级为元乡长，平步青云，值得欣喜，可是他却极力回避热闹，总是寻找人们的视线不到的地方藏身。

当然，荣升政府乡长，元渊心里很高兴，感觉却百味俱全。一来，从小就非常自信的他，再一次得到领导，同事，同学，亲戚朋友的进一步认可：元渊确实雄才大略，到底不是平庸之辈。二来，自从任职令宣布，元乡长的身前身后就热闹起来了，老乡、朋友、同学、亲戚的数目越来越多，而且都蜂拥而至。不但拿酒带烟，拎着自家的特产，而且会毫不吝惜嘴里的唾沫，连同一大段一大段的顺耳话一起进献，听着，看着，元渊真的找不见了北，晕晕乎乎起来！这种待遇，在他做副乡长时，还真没享受过。元乡长想起了自己曾经教过吴敬梓老先生的大作《范进中举》，觉得自己越发像那个高中了又晕乎了的范进，可惜，他又觉得自己比不上范进能适应时局。从来不用华丽词句装饰自己，也从来不爱收买人心的元渊有点儿不习惯这种场合。面对突如其来的改变，他只选择憨憨地笑，腼腆的笑容使得这个1．80米的大男人脸上绽放了两个甜甜的小酒窝，随即又低下头。用“天真”“可爱”形容这个神情，极为恰当，没有言过其实之嫌。三来，县领导为了树立乡长威信，正规政府工作，调元渊到青泉乡乡政府就任政府乡长，人移景迁，感触颇多。

接到调令的第二天元渊就走马上任了。然而，当政府乡长的实际情景和他想象中的不一样。他有点困惑了，就任乡长，只是呆坐在一间空荡荡的陌生的办公室里？这就是晋升？捋一捋头发，他想捋走物是人非的伤感情怀，没想到当乡长的感觉竟然是百感交集、难以名状，纠结得就像当年他被迫放弃心底的恋情。

看着一张张陌生的面孔，应着一次次没多少诚意的客套话，他居然思念起来了，就像少男时代思恋他的梦中情人郭静静那样，亦浓亦淡。那时，只要看不见她，他总是一遍又一遍地猜想，她在干什么，和谁在一起，一种情况一种情况地猜想，然后又一个一个地否定，直到她再一次出现在自己的视野内。现在，他真的牵挂起二号乡的那帮兄弟来，他们之间从来都不分彼此，无需客气，从来不用俗礼陈词，兄弟之间，他总是张口就说，不修饰装样，真真实实，自自然然。真的，他一直自诩，他——元渊，是一个不欺，不瞒，不坑，不骗的阳光男儿。现在，他却变成一个“孤家寡人”。

2

午饭后，元渊索性站起身来走出办公室，溜达到乡政府的背后，与其自己闷着，不如去欣赏一番青皮山的美景。

乐康县内，土地平旷，可以算得上一马平川，巍峨的青皮山在方圆几百里显得一山独秀，很有名气。

青泉乡的乡政府紧靠着青皮山。元渊顺着山路往上走，刚才堵在脑袋里那千万种思绪和感慨都散了，蓝天白云下的他顿觉得轻松，也清爽了。秋风横扫，花草已经枯黄，曾经风光无限的花花草草此时几乎和裸露着的山的肌肤浑然一体了，却给人一种苍茫、阔大的感觉。

“青皮大山高又高，拿把刀儿别在腰。那家姑娘不嫁我，关起门来放火烧……”

高亢的爬山小调传入元渊耳膜，淳朴的唱腔令人精神一振，他循声找去，看见一个腰背竹篓的老者正坐在一块大青石上，大声吼着自娱自乐。看见了元渊停住歌声，打了个招呼。元渊也坐下来，老人跟他拉起了这座青皮山。他人说，这座青皮山里有宝啊，从古到今养活了许多人。据说这座山的山神还是位美丽善良的姑娘——

很久很久以前，这个村庄叫王家营，村北住着一个名叫王富贵的大财主，此人为富不仁，作恶多端，这里方圆几十里内的土地都是他家的，村里的其他人要不给他家当长工或者打短工，要不租种他的土地勉强度日。村南有一家姓秦的人家，夫妻二人，一双儿女，恩恩爱爱，和和美美，日子虽然艰难，但是还过得去。

转眼间，秦家的女儿青青长大了，这孩子天生一副热心肠，又聪慧果敢，邻里街坊无论大人小孩只要有困难都找青青帮忙，而且模样出落得人见人爱，花见花开。隔壁的英俊后生张泉一直暗恋青青，隔三差五总要拉着青青一起干农活，一来二去二人真的有了感情。看着两个人好得一刻也离不开，两家大人一合计，决定在秋收以后就给两个年轻人办喜事。

然而，天有不测风云，人有旦夕祸福。有一天，王富贵带着伙计来秦家收租子，看见了如花似玉的青青姑娘，两只滴溜溜乱转的眼珠子突然间不动了。第二天老财主打发伙计上门提亲，说是只要秦家把女儿嫁给他做小，拖欠的所有租子都免收。秦家怎么可能把亲生骨肉往狼嘴里送呢？谁不知道王富贵豺狼心肠，况且他的妻妾成群？

王富贵碰了钉子恼羞成怒，带了狗腿子直接上门抢人。

隔壁的张泉放牛回来，一见心上人要遭劫难，急火攻心，热血冲顶，提了铁锹，推开劝阻他的家人，就冲上去了，那些狗腿子们狗仗人势，根本不把一个穷小子放在眼里，双方打成一片，张泉一个人对付几个打手，很快就寡不敌众了，其中一个壮汉绕到张泉背后用大木棒直击其后脑勺击，年轻的后生当场毙命。青青从屋里跑出来，伏在张泉的身上，揪心揪肝地哭成了个泪人儿。王富贵见出了人命，带着他的打手扬长而去。

两家人一边垂泪一边把张泉安葬在村子后边，亲人们擦干眼泪一个个都离开了。还在坟头啼哭的青青站起身来，在张泉的坟旁挖了一个坑后，又对着坟头烧了几张纸钱，嘴里喃喃地说："泉哥，我生是你的人，死是你的鬼，等爹妈去了，我就来陪你！泉哥，看见吗？那就是我的墓！你不会孤单很久的！"末了，青青才一步一回头地回家去了。

那地主老财色胆包天，半夜时分带着人冲进秦家又要抢人，青青听着吵闹声知道自己凶多吉少了，给父母磕了两个响头怀揣了一把尖刀乘着月黑翻过后墙，跑到张泉坟旁，大声喊着："泉哥——我来陪你了——"说完跳进她白天挖好的坑里刎颈自尽。

第二天清晨，家人终于找到已经自杀身亡的青青，悲悲切切地掩埋了这个美丽的姑娘。他们正要转身离去的时候，发现这座刚刚填好的坟墓在慢慢长大长高，而且，突然间变得草木葱茏了。

大家都惊呆了！

王富贵没得到青青，狗急跳墙了，带着人追过来，他在人群中找不到青青，就围着大山转悠。他发誓：自己看上的女人就是挖地三尺也要找出来。

这条老色狼边转悠边唱：“青皮大山高又高，拿把刀儿别在腰。那家姑娘不嫁我，关起门来放火烧……”

王富贵走到张泉的坟旁，突然一股泉水从坟墓里冒出来，飞得老高，然后只落到王富贵的脑袋上，他跑到哪儿，那股泉水就跟到那儿，他简直无处藏身了。从脑门到脚后跟儿，统统被水包围，那恶霸变成根儿冷水柱。直到这个恶霸气绝身亡，那股清泉也就消失了。

看见恶人受到惩治，村里的人们总算解气了，最后索性一并分了王富贵的土地和家产，他们再也不用为地租的事情发愁了。

在村子北面，被埋葬在地下的青青和张泉每天都在含情脉脉地对望着，永永远远厮守在一起了。这一对善良的情侣也默默地守护着亲人，保佑着乡亲们。

青青存身的那座山因此得名了，大伙儿都唤作青皮山，自从有了青皮山，这一块儿天地就变得风调雨顺了。

村里的人们为了纪念这一对恋人，把村名也改了，改为两人的名字——青泉村。

听完故事，元渊和老者也相随着下了山。他回望着高大挺秀的青皮山，觉得这座山峰真的像一位韵味十足、凸凹有致的女郎，恍惚中，他耳边的小调又起：“青皮大山高又高，拿把刀儿别在腰。那家姑娘不嫁我，关起门来放火烧……”

3

“叮铃铃……”

乡长办公室的电话铃声打断了元渊的胡思乱想，自打从青皮山回来，他的脑海中老是萦绕着那个凄美的故事。

电话是找自己的？还是找他前任陈乡长的？也不知道为什

么，不管找的谁，元乡长都有点儿不情愿去接那电话。

“叮铃铃……”电话铃却倔强地响着，似乎那铃声因为没人接听，叫得更高了。

按理说不是找自己。对，应该告诉人家，陈乡长调走了。元乡长犹豫再三，还是拿起了电话。

“你好……”

“元渊！怎么刚当了乡长就不接电话了？是不是得刮目相看啊？”

原来是曾经和他一同吃饭一起睡觉好几年的禄兄。

“哪里的话？接电话和当乡长有什么关系？哥哥，我还是吴下阿蒙！”

沉默了一天的元乡长，此刻，觉得自己身上的每一个细胞都兴奋无比。

“那你就回来吧。第一，你做乡长了，哥得给你庆祝一下。其次，有点事情，找你商量商量。必须来，听见没有？”

元渊和禄兄先是同学后是同事，哥儿两之间没有禁区。从职场到情场，彼此了如指掌，而且互为军师。元渊不拘小节，生性豪迈，从来都觉得“天生我材必有用”，他相信自己的智力和毅力。自从他认识禄兄之后，元渊更相信禄兄的能力，他这个哥哥的气度和毅力绝非等闲之辈可比，一定会前途无量的。

“好！不过，我得先看看有‘情况’没有，如果没有意外的话，下午肯定到！咱喝个痛快！”

有意外情况的比率几乎为零，他当了两天乡长，除了和同事们打个招呼，寒暄几句，没有找见任何一项需要他完成的任务，隔壁的书记室的来访者倒是马不停蹄，络绎不绝。一个人独揽这么多公务！看来，青泉乡的这位“一把手”精力旺盛，能量超群。

午饭时，在乡政府食堂里，元乡长特意端了饭碗拨开众人坐到了张书记身边。

“呵呵，小元，换了新环境有点不习惯吧！没事……慢慢都熟悉了就好了。”

俨然一个长者兼领导的口吻。

“是，是。”元乡长谦虚地笑着连连称是。

“我在二号乡还有点具体事情，得做一下交接，张书记，如果晚上没什么事的话……我想回去一趟。”

元渊乡长觉得这是自己平生第一次如此小心翼翼地说话。从副科升至正科，职位确实高了，底气却没有了，他感到，这些世事就是西方的荒诞剧，没有什么逻辑可循，荒谬之极，可笑之至。

“噢，应该回去！你尽管去吧。”

张书记继续低头吃饭，元渊得了这“特赦令”欣喜若狂，这种感觉让他记起了上初中时，从周一到周五挨饿，周六回家时的兴奋，那时，他们一路走还一路唱：

“星期一吃了个憋，星期二吃了一半儿，星期三吃了个干，星期四摸捞箱箱扎了根刺，星期五拿命堵，星期六背了干粮口袋上了路”。

4

元渊当了乡长却无乡长的派头，张书记没有“恩赐”，他也没有申请，前任陈乡长的车闲置着，元渊骑着跟了自己十多年的破摩托车，回望了一眼青皮山，直奔二号乡。

时至深秋，地势渐高的坝上地区已经由凉变冷，元渊带着一身寒气进了一间温馨的农家小屋。

禄兄没有召集更多的兄弟为他接风洗尘，只有他自己端坐在农家小酒馆的土炕上，禄兄面前放着一张方桌，桌子中央摆着一碟腌制过的青白色的芥菜条，左右两边摆各着一只酒杯和一双筷子。

这间小屋安静而亲切，特像他念初中时每个星期天必回的奶奶家。那时，父母都忙，无暇顾及他们兄弟，只有奶奶，一到星期天总会备下好吃的，站在家门口，手搭凉棚迎接他的回来，所以奶奶家是他记忆里最温馨的地方。

元渊脱鞋上炕，盘腿坐好，禄兄开启了酒瓶盖。

孔府家酒香气四溢，很快销蚀掉几天来积压在元渊心头的孤独与压抑，他又开始肆无忌惮地笑，酣畅淋漓地说了。豆腐熬山药吃得他胃里舒服，心里更舒服。

“元渊老弟，乡长不好当，乡政工作搞出彩了，功劳归人家党委书记的；工作搞砸了，挨批时，别人会把你推出去。党政之间明争暗斗，历来就有。很可能等你的是一个非常尴尬的处境，用老百姓的话说，老公公背着儿媳妇儿跑，费力不讨好！不过，我相信你的工作能力，但是，在处理和一把手的关系上，必须谨慎，事事都要三思而后行啊！哥哥就是要借着这杯庆祝酒，给你敲一个警钟！提前做好心理准备。”

禄兄开篇就是语重心长的一番话，接着呷下一口酒，那红脸膛上全是凝重。

元渊知道这不是在危言耸听，这两天他已经嗅出了一种气味，一种在他生命经历中闻所未闻的气味儿。不过，他还是觉得偌大乡镇总该有他的用武之地，有人抓着的，他绝对放手。自己更不跟书记争什么短长。读书、工作这么多年，周围的人都说他没长多少心眼，不过，好在之前总是“奉旨”工作，但在乡政府的人事关系的处理上，往往有人掩口嘲笑，笑就笑吧，说就说吧，元渊统统呈现不在乎状态，其实，他也是真的不在乎，不过，元渊的性格确实也没有影响到他的人生的各种进程。后来，他觉得自己的工作经验和阅历增长了，兄弟们却说，元渊的心智幼稚依然。自然，元渊更不谙尔虞我诈之技，也不会勾心斗角之术，如果必须这样，泰山难移本性难改，他只能放弃这乡长的职位，无论是谁，都是生存第一，发展第二。

“小童鞋啊，你必须注意!”

“注意？怎么注意？成人的思维方式早已固定了!”

元乡长不是觉得忠言逆耳，他真这么认为，在他这个年龄，性格已经没有了可塑性。

“物竞天择，强者适应任何环境。既然上去了，就应该以一个强者的标准要求自己，改变自己。这是初中政治老师告诉我的道理！小童鞋啊，你必须记住，首先不让自己翻船，更要用自己的方式造福一方百姓。适者生存，不适者淘汰。这个道理嘛，你应该懂得!”

禄兄脸上的笑容消失了，睁圆了两只拉得很远的眼睛，仿佛在告诉元渊，从这张大嘴里迸出来的都是真知灼见，绝不能漠视。

元渊盯着这位和他风风雨雨并肩携手走了十多年的兄长，这是一张只有元渊才能欣赏得了智者的脸，禄兄的五官和他的脑容量一起夸张地大，使得那些浅薄世俗的女孩子们接受不了，才有了今天那位五大三粗的禄嫂。将心比心，粗糙的禄嫂不可能成为禄兄的最爱，用禄兄的话说，“不管怎么说，总算有家了。相爱是过日子，不爱，过的也是日子。”禄兄运气不佳，婚姻的幸福指数不高，连晋升也晚了别人许多，元渊和他一起走出校门，一起变成行政干部，元渊早成了正科，他刚刚提了个副科。

“这个……嘿嘿嘿……”

一般的情况下，元渊就用“嘿嘿嘿”表示他对禄兄观点的赞同，听到他的笑声，禄兄脸上的表情也就柔和多了，声音也就低了下来。

“当啷!”

门被推开了，进来的不是矮胖的老板娘，而一位让人眼前一亮的美眉：高挑身材，大乳，细腰，肥臀，性感十足；鹅蛋脸型，唇红、齿白，鼻挺，目光如秋水盈盈——

郭静静！

元渊懵了。

这个几乎让他伤生的女人！这个女神一样的女人在他的心底保存了八年！竟然在这个时间，仙女般地飘落在他眼前！

难道他喝醉了？又出现幻觉了？

元渊用手指甲使劲掐了掐压在腿底下的脚趾，脚趾一阵钻心的疼！不是梦境，是现实，眼前这位身着黑色小款皮衣皮裙儿的时尚女郎就是一直占据他梦境的初恋情人郭静静！

然而以元渊的看法，此刻，她应该远在南京，怎么会来这里？

元渊困惑了，虽然心中一直执着那份牵挂，但是毕竟他是有妇之夫，她是有夫之妇，接下来他俩该如何面对？元渊不知所措起来……

“静静来迟了，坐了这儿，快吃吧！老板娘，再来个鱼香肉丝！”

倒是禄兄满脸的炽热，为郭静静叫菜，找座儿，拿餐具。

郭静静还像读书时代一样温顺腼腆，安静的如一粒晶莹透亮的水珠儿，她只微笑着点了一下头，然后低下眼睑，既不看禄兄也不看元渊，轻轻地坐下来，不大说话，只是低着头和那盘鱼香肉丝交流，夹了一根儿菜丝，细细品味，进食如猫，没有一点声响。

元渊不敢直视郭静静，可是她的每一个动作，甚至每一种眼神都在摩挲着他的心，在她的身边，还是那种柔柔的，轻轻的，清清净净的，不可触碰的感觉。他心中涌动着一浪高过一浪的痛楚，不便问什么，好像也不能问什么。

元渊告诉自己，别再喝了，再喝，他会又管不住自己的，绝不能造次了。恍惚中耳边又响起那歌声“青皮大山高又高，拿把刀儿别在腰。那家姑娘不嫁我，关起门来放火烧……”

好在禄兄也没让他再喝，此刻，那位东道主正在无微不至地关照着另一位客人——郭静静。

5

酒饱饭足，哥俩在许多问题上达成共识。

小土炕越来越烫，体内的酒精仿佛也越积越多，禄兄继续谈笑风生，郭静静悄无声息地细嚼慢咽，忽而又盯着自己筷头子上的一根菜丝抿嘴微笑，笑靥甜甜的美美的，就像那醉酒的贵妃一样娇憨。元渊心里的烦躁不见了，初见郭静静涌起的惴惴不安也消减了，情绪好像平静了许多，愉快了许多，渐渐地，他感觉到了久违了的热。

“出去走走?”禄兄的红脸真的发紫了，他先盯了一眼郭静静，又看了看元渊。

郭静静依然保持一副不置可否的含羞草的神情，好多年来，元渊记忆层面中怎么抹也抹不掉的样子，一下子鲜活起来，真切起来。

阔别十年的气息近在咫尺，知己促膝，畅所欲言，真乃人生幸事!

元渊心情大好，朗声应道：“好吧，去哪儿?”

“暂别”两天，重返故地，看哪儿都亲切。

“去医院看看小胡吧，朋友嘛!”

一个乡镇里只有乡政府，学校，医院三个机关单位。这个地方，单位里的年轻人经常在一块儿厮混，地方虽小，但能称作“朋友”的人还真不少。

三人走出乡政府就是二号村的正大街，东西两排门脸房整齐划一。前任的乡领导独具慧眼，看出了商机，盖了这两排房子，既能每年收取房租，又可提升这村容村貌。可以说一箭双雕，门脸房灯火通明，昭示出了这些生意人家的热闹和富足。

小小乡镇，即使到了晚上也不宁静，不仅人来人往，家禽家畜们这时候也在逛大街。这不，一头挨了打的大白猪狂奔起来，几乎撞倒了禄兄，哥儿俩本来就兴奋，忍不住相对大笑起来，郭静静则在他俩背后窃窃地笑，细细碎碎的，银铃一般。引得好几个门脸房的窗户里伸出脑袋观望。

“哈哈哈……恭喜，禄乡长，财神爷撞你呢。”这是开小卖部张大爷的声音。

“可喜可贺！禄乡长，发财了别忘了请客啊！”小酒店王家三妹子的大嗓门。

再往前行是大街上唯一异乎迥然的建筑，它的金碧辉煌显示出它实力的不同凡响——二号乡信用社办公楼，虽然只是个小二层，但也是农村的高层建筑。其表面全用琉璃瓦装贴，在各间办公室愈发强烈的灯光照射下，熠熠生辉。

顺着信用社办公楼左拐进了乡卫生院。

有好几年了，所有的乡镇卫生院几乎都变得非常冷清。农民们得了头疼脑热感冒发烧之类的小病，农人们有的是土方法，刮一刮，扎一扎，拔个火罐儿，煮碗姜汤，再不行，吃上两颗止疼片，安乃近，还不行，就找村里的保健员打上一针安痛定，掉上一瓶青霉素。这些方法还不起效，那就是大病，直接到县医院，市医院就诊。所以乡卫生院的职工无论男女老少只领工资就行了，都活得逍遥自在。从窗户望去，小胡办公室又聚集了一群男女。

“欢迎！欢迎！热烈欢迎乡领导视察！”

“元大乡长荣归故里，有失远迎！罪过！罪过！”

门里的都探着脑袋一齐向门外的叫嚷。

"必须的！有漠视领导的，罪加一等！"

领头的禄兄慷慨激昂地吆喝着，亦真亦假地寒暄着，应和着。

元渊被这突然膨胀了的热情撞击，脑袋里却晕晕乎乎起来，一时又找不见应对之词，猛然又觉得自己生性古板无趣，况且背后就是郭静静，她会怎样看自己？于是，手足无措起来。

"元渊回来了？怎么不到家里去坐坐？"

肥胖的禄嫂居然出现在小胡办公室的门口，她的脸朝着元渊微笑，眼睛却瞥了一眼郭静静，然后瞅着脸色骤变的丈夫——禄兄。禄兄换上了一脸的漠然，推开众人，自顾自地走进小胡办公室。

"呵呵呵，嫂子好，元渊回来了，我过来看看他。时间不早了，我妈家还有事，你们玩吧！我走了！"

郭静静脸上升腾起一丝不易察觉的难堪神色，转瞬便消失了，接着，落落大方地同众人告别，然后飘然离去。

听见郭静静说，此次来访是为了看他，元渊心里涌起了热浪，喜极欲狂了；看着郭静静转身离开，慢慢变小的背影，元渊怅然若失，他突然暗暗埋怨起了禄嫂的冒昧出现，不识时务的言辞。他眼睛的余光瞥见禄嫂，突然觉得由那堆肥肉和不协调的五官组合成的丑陋是世界之最。

6

小胡的办公室大得像乡政府的小会议室，里面并排摆着十几张桌子十几把椅子。里面的青年男女都不肯落座，在桌子和椅子之间来回溜达，有几个干脆坐在桌子上。

几分钟后，元渊压抑着心底悄悄升腾着的酸楚，注意起了屋里的人，靠桌子站定的两小伙儿是中学教师，坐在椅子上，头扎成一堆的三个女孩在小学教书，另一张桌子上坐着的刚刚举行了婚礼仪式的一对儿新婚夫妇，是隔壁门脸儿房的新主人。

这个房间里的女孩子特别能显示坝上女人的特点，脸儿都是红扑扑的，身材大多稍微显胖，衣着打扮间于城市和农村之间，谈不上时尚但也整洁得体。其中四个又能说又能笑，说笑声几乎掀了这屋顶，有道是三个女人一台戏。只有一个女孩比较沉静。人家轻易不开口，只跟着抿嘴儿微笑，禄兄偏偏爱跟人家搭讪。

其实，这个女孩也给元乡长留下了深刻的影响，曾经做过教育副乡长的元渊忘不了那次公开课，和讲台上那个激情澎湃的天生丽质的语文教师。也忘不了六一儿童节舞台上让父老乡亲们又哭又笑的短剧和这短剧的美丽编导。然而，生活中，这个女孩极其安静，腼腆，甚至走路撞上了也不愿跟人打个招呼。

元渊上世纪八十年代初上小学，那时候，物质精神都匮乏，他可以用来娱乐，用来积累的似乎只有小人书，所以，他一有时间逮小人书看。一本写李清照和赵明诚的爱情故事的小人书，一直叫他记了很多年，因为元渊喜欢上了既温婉又有丈夫气的女词人李清照，懵懵懂懂中，他憧憬着能有一位知识女性陪伴自己一生，大学时代碰见了郭静静，她天生冰清玉洁，而且，浑身充满了诗情画意，可惜，天不遂人愿，最后空留懊恼。妻子虽说高中毕业，念小学时就是个差生，文化水平等于零……

“小贾，结婚了没有?”

只要有漂亮女孩子在场，禄兄寻找话题的能力总是高人一筹。元渊一直在禄兄面前标榜坐怀不乱的高洁，禄兄总用嗤之以鼻还击。这不，今天，禄兄又当着元渊的面体贴郭静静，关注小贾老师，却没有正眼瞧一眼自己的老婆，禄嫂只能讪讪地离开。

“……不……没有……嗯……”

女孩变得神情紧张，脸色和口气都在告诉众人——她说的是假话。

“什么?没有?哈哈哈！你还想结一次婚?不怕犯重婚罪?

重婚罪是要判刑的！”同宿舍的女孩子当场揭发她。

“小贾也要隐婚？是不是不满意我们小杨？”

禄兄瞪着一双距离很远的大眼睛，目光像一把锥子直刺得小贾低下眼睑，女孩胡乱找了一本书翻了起来，以此来掩盖难堪。禄兄则咧开大嘴，露出了两颗大银牙，嘿嘿嘿地笑了起来，然后又拽过元渊，拍拍元渊的肩头，冲着女孩儿说：

“不满意说话，这位‘首长’可是小杨的顶头上司，想给小杨‘拿轮’，找元渊乡长，绝对叫他服服帖帖！领导的威力是难以估量的！”

“哪个是小杨？是不是头发很少的小伙儿？”

元渊忍着反感，扭头轻声地问这个遍知天下事的禄兄。

“对，就是他，头发挺少，脸挺红，这几天刚毕业分派到处地乡乡政府工作。”

“哦，挺好的小伙儿！”

元渊称赞道，其实他只是隐隐约约记得有这样的一个人。眼瞅着这位宛如月光般清亮的女孩儿，元乡长不由得向禄兄看齐了，肯定其夫婿，毫无疑问，女孩的心情会大好：

“我准备让他去办公室工作，办公室是一个特别能锻炼人能力的区域。”

看着女孩抬起头来，眨巴着清澈的眸子，元渊不由自主地承诺。看见女孩脸上盛开笑容，他庆幸起了自己位居政府乡长，可能拥有一言九鼎的权力。

“谢谢元乡长的关照！”小贾老师的微笑恬静而美丽。

“几年前，我也是个语文老师，乡政府举行一个重要会议，我连着写了一夜的讲话材料。开完会就被抽到乡政府办公室写材料。在乡政府办公室工作没多长时间，组织部部长下来搞调研，临走时找我谈话，而后，我就变成了县委组织部的材料员……”

元渊对着这些年轻人，不，对着这位小女老师，追述起自己的升迁史。刚才因郭静静离去的魂不守舍和局促不安消逝一空了，代之而起的是亢奋不已、滔滔不绝。

回顾起来，才觉得自己一升再升都和自己得心应手的写作能力和卓然不群的执著精神分不开。中师毕业不到十年，由一个普通教师蜕变成一位正科级干部——政府乡长，横比同学可谓神速。

真的，他不是在对着漂亮女人吹牛，自己背后确实没有一棵可以攀缘的大树，也没有什么现成的可以依靠的力量。从前没有，现在也没有，如果硬找，父亲能算一个，默默无闻地教书育人，不亢不卑地为人处事。“对得起别人，也就没枉自己，”是父亲的原则，一言一行，一举一动，他真将这原则具体化。然而，父亲的最高的奋斗目标是给六个儿子都成家立业，绝不落下任何一个。所以，老人的生活准则是能攒一分钱就攒一分钱，要求再多，父亲爱莫能助。

屋里的十多个人没有说话的，看样子都在洗耳恭听。

小贾老师两只手揉捏着一本蓝皮书，仰着头定定地望着这位高大英俊的年轻乡长……

元渊心里乐开了花……

7

从医院出来，禄兄把元渊安顿进乡政府的客房里，嘴里说着“怎么忍心让女人独守空房”撒开丫子回家陪禄嫂去了。

躺在安安静静的屋子里，元渊心里升腾起一种前所未有的爽快，前所未有的充实。美丽妖娆的郭静静不再虚幻，两个小时前，还伸手可触，她的气息好像还在自己的脸上来回滚动；能指点迷津的禄兄让他茅塞顿开；还有那个清清秀秀的小贾老师也让他莫名地兴奋，这个世界本来是美丽的，所以人人贪婪生命。

原来，愉快也让人无法入眠……

“砰砰砰……”敲门声趁机来凑热闹。

元渊只好披挂起来，打开房门。啊，居然是带着一脸愤怒神情的禄嫂！

“啊呀！嫂子！不在家里亲热，干嘛大半夜出逃啊？禄兄欺负你了？”

“出逃的不是我！小禄在不在你这儿吗？他说他和你一起睡。”禄嫂环顾四周，没看见禄兄，胖脸庞上的愤怒神情越发浓重了。

“嫂子，晚上睡觉的时候，他不稀罕我，人家稀罕你！怎么回事啊？……他不在家？……这……你俩玩做迷藏游戏吧？没事儿……也许他又去谁家串门去了！”

元渊说着，思索着，自己越说越觉得有点儿不对劲，心不由一沉。

“笑话！凌晨一点钟上谁家串门子？他小禄怎么会稀罕我？你没看见他稀罕谁？男人都稀罕带骚味的！呜呜呜——老天爷不长眼睛——”禄嫂放声大哭起来。

“我哪儿知道他稀罕谁？别胡思乱想了……没事，回家睡觉吧！”

元渊一着急不知道该说点什么来安慰这个从来没被丈夫待见过的可怜女人。

“你咋就不知道了？那个狐狸精不是一直跟你们在一起吗？我胡思乱想？傻子也能看出来！从南京跑来会野汉子！不要脸……呜呜呜……”

禄嫂哭成了泪人，身上的赘肉随着啜泣声的顿挫一颤一颤地跳动。郭静静和禄兄真的……元渊的心好像被钝刀一下一下地切割，一阵疼似一阵。

禄嫂停止了啼哭，用手背迅速地擦擦眼泪，捋了一下乱蓬蓬的头发，拽着元渊的胳膊往门外走：

“小元弟弟，帮帮嫂子，找找那对狗男女，好端端的人家不能就这么毁了！……天啊！这日子咋过呀?”

禄嫂停止了啜泣，用狠重的脚步声，踏破了夜的沉静，招来一阵阵的狗吠声。元渊被禄嫂拉着木然前行，大脑一片空白，心好像被沙哑的刺耳的叫声撕的粉碎。他们路过每一个黑洞洞的窗户，只做一分钟的停留，元渊判断出“肯定不在里面”，然后再一步一挪地离开。

一家，两家，三家……禄嫂越走越慢，走到自家门口，禄嫂终于累了，嗫嚅着要进家睡觉，元渊眼看着禄嫂开门、拉灯、灭灯。

他终于可以转身回乡了，一下子心中释然，月光下的世界空阔起来，自己也浑身轻飘飘的，好像灵魂已经出窍，找不见一点儿能羁绊他精神的东西……原来人世界里美丽而坚韧的爱情都被埋在了青皮山下。现实生活中，爱情也成了一种怪诞，一种混乱无序，毫无逻辑规律可言的东西……几分钟的轻松以后，脑袋里又纷乱了，睿智的禄兄……美丽的郭静静……俩人的笑脸在他的脑海中交相叠印，而后，貌似淑娴实则淫荡的郭静静……道貌岸然却好色下流的禄兄……他们的笑脸模糊起来，污浊起来，也狰狞起来……

第二章　非管不可

1

元乡长又回到青泉乡乡政府上班了，而且，一坐下来就是两天。

乡长办公室里静悄悄的，没有一个人拜访他，连电话铃一直哑着，好像也不愿意打扰他似的。只有郭静静灿若桃花的脸时不时地闪现在他的脑海里，可是，马上又被元渊赶得远远的。禄嫂一闹腾，圣洁女神一样的郭静静变得满身污浊，如今，只要一想起她来，元渊就心生厌恶，然而，越厌恶越思念，想着想着，元渊竟然悔恨起自己面对世俗的懦弱，愈加嫌弃自己的满腹“道德文章”，竟然羡慕起青皮山下的那对情侣。

思念和遗憾对于生活状态的改变无济于事，管住自己最好的方法是全身心投入工作，可是目前的工作状态是想进也进不去，元渊的生活内容从来不曾空白过，读书吧，元乡长命令自己。拿起了书本，郭静静的影子慢慢走出了他的脑袋里、心里。《中国通史》的最后三章，他深究了两遍，悟出一个道理：

一个社会，一个国家，经济发展的土壤是政治清明。战火纷飞、血雨腥风里人们只想保命。所以最高决策者的导向关乎千秋万代！

“砰砰砰……”一阵节奏舒缓的敲门声打断了打断了元渊对宏观世界的思考，接着出现了日理万机的张书记。

“小元，准备准备，明天教师节，你代表乡政府发言吧！”张书记文质彬彬，和颜悦色。

“写些什么呢？”元渊乡长心里没底儿。

“你那么硬的笔杆子还用指导？”张书记笑眯眯地离开了。

代表乡政府发言？对呀，教师节就得谈教育问题，教育问题是一个乡长必须重视的问题。关于青泉乡的教育，元渊多少知道点儿，但是一丁半点儿不足以构成讲话，没有调查就没有发言权，元渊终于走出了办公室。

路过了值班室的门儿，元渊往里看了几眼，继续往前走，背后传来了脚步声和一个沙哑阴翳如传说中老巫婆的声音：

“元乡长，出去吗？”

听见此声，谁都会觉得身上痒痒。元渊扭头一看，真是声如其人！一个举世无双的“世界奇人”！头的形状奇特，后面宽，前面窄，如自行车的座包；脑袋以下的身子弯弯曲曲，驼背、腆肚如同一棵歪脖子树。一张扭曲了的脸，仔细瞅时，发现主要因为五官安得都不是位置，而且，每一官的样子也极不规范。单看那心灵的窗户——细小，不洁，短睫毛上、眼角边全是眼屎，还好，用遮羞布般的眼镜罩住了，污垢也就不那么醒目了。一缕孤零零的软头发不可思议地紧贴在冒然突出来的窄窄的前额上。嘴咧着，露出了两颗黑黄色的大板牙，嘴唇上还留有几点食物的残渣。

元渊“嗯”了一声就低下了头，他太不喜欢这幅模样了。这世界真奇妙，就有像郭静静一样让人看一眼就心生爱慕的美女，精美得即使犯罪也让人恨不起来；也有像老天爷在开玩笑时制作的不堪男人。

“去哪儿？元乡长，我是办公室材料员小牛。”丑人自我介绍。

其实，元乡长前两天就认识他了，只不过没有现在看这么清楚，如此与众不同的面容自然是过目不忘，谁都一样人人。

“我想去趟学校。”

“我陪您去吧！这会儿正好没事干。”

丑小牛还真是热情，元乡长如果不是对青泉学校情况一点不了解，还真不愿意让他陪同前往。他俩肩并肩别别扭扭地往前走着。和梦中情人相随前行的甜蜜和爽快又萦绕心间，郭静静的倩影又在元渊的脑海里闪现，他暗骂自己怎么又一次犯贱。

青泉村街道的构造不敢恭维，走在街上整体感觉是凌乱、破旧，不比自然村好多少。

主大街正好是一条二级公路转弯的一段，弧外和弧内安满了人家。居民房屋格局各各不同，所以留给人的是乱七八糟的印象。街面上的砖瓦房一间也没有，都是土坯房。

人影最多的地带要算一排商店附近了，村里的人们习惯地称之为“供销社”，这个名称来自五十年代生产资料改造，为了社会主义产品统购统销，为了更能显示社会主义特征，人民公社设立了这么一个用来交易的机构，被命名为“供销社”。

几十年来，乡镇里的供销社和农民的吃喝拉撒紧密相连，里面陈列着大娘的裹脚布，大爷的旱烟袋，大嫂的奥琪油，大哥的二锅头。这类机构同城市中的商厦一样，是村里百姓生活的焦点儿，也是穷乡僻壤里的景点儿，男女农民有事没事总爱去供销社逛逛，手捏几枚钢镚儿，买上几件物品，心里那个乐呵，仿佛生活一下变得有滋有味起来了。在小孩子的作文本里，与供销社相联系的词语有富丽堂皇、琳琅满目等等，可惜，青泉乡供销社的整体风貌和这些词语不挂钩。比起民房，这供销社自然整齐高大一些，但房屋表面全用凸凹不平的黑灰色的大理石条装贴，看上去同样令人压抑，无论这几家商店里人民币的流通量怎样，总是一副破败不堪的样子。

学校和乡政府分别处于青泉村的首尾，学校又分中学和小学，其中小学在前面，中学在后面，中学小学属于两个单位。元渊带着小牛推门走进了青泉乡中心小学。

这所学校里只有一排教室。琅琅的读书声在空旷的校园回荡，元乡长走进了最边的一个教室，教室里面的孩子大约只有四五岁，一个个几乎都是圆脸大眼，他们无视老师，也无视领导，虽然是上课期间，坐着的，站着的，走着的，说着的，笑着的，举动各异。

看这样子，是学前班教室。

讲台上站着一位五十上下的男老师，手握小木棍使劲地敲着讲桌，竭斯底里地喊道：

“别说话了，安静！小朋友们跟我念，p——ai——pai.”

孩子们稚嫩的声音——

“p——ai——pai！”

“这就是 pie 苍蝇的 pie，跟老师念 pie 苍蝇——”老师又念。

一些听话的孩子涨红了脸，奶声奶气地吼道：

“pie——苍蝇的 pie”。

元渊愕然！

竟然有人这么教书，不是在说笑话。

元乡长仔细地端详起这位教师：

像黄土地一样的脸上爬满了深深浅浅的皱纹，上身着皱皱巴巴的中山装，裤角吊得特高，露出了半截黑瘦黑瘦的小腿，脚下蹬一双沾满黄胶泥的灯芯绒家做布鞋——

一个地道的农民！

老师终于发现了元乡长和小牛，用教鞭指着两个陌生人用和刚才同样高的声音问道：

“你们——找谁——？”

元乡长摇摇头走出了教室。

男老师又说：“同学们，你们先自己念，老师派孙悟空看住大家，谁调皮我回来后就用金箍棒打谁！听见没有？”

“听见了！”

小孩子们齐声答应。

男教师等孩子们的声音落下，从讲桌底下拿出一个孙悟空面具摆在讲桌上，也拉开门离开了教室，紧走几步，尾随在元渊和小牛的身后，教室里的小孩子们却出乎意料地安静下来。

学前班教室紧挨着的是大办公室，元渊推门进去，十来张办公桌，只坐着五个人，看见元乡长进来，其中一个男人站起身来：

“小牛啊，过来了？坐啊！”

“杨校长，这位是新来的元乡长！”

小牛侧开身做了引见。

“元乡长，欢迎光临！快请坐！”杨校长热情地伸过手来。

元渊心中庆幸没白带这丑八怪。坐定后发现，不见了刚才跟在身后的那位男教师，他抬头寻找时，只看见了他急急返回教室的身影，接着听见了幼儿班的开门声，随着小孩子们的喧哗声又起——

“啪啪啪”，是敲讲桌的声音。

“悄悄儿的！”是那位男老师的吼叫声。

“那位老师是——”

元渊手指了指学前班的方向，想了解了解，却不知道如何措辞，用哪个词更适合隔壁的男老师，适合这所学校。

“哦，是胡老师，民办教师。人老了！他一直都是想怎么教就怎么教，估计是他看见我在这里，没敢进来，又返回教室了。”

杨校长低下头来好像要找什么东西，顺便面无表情地回答。

“这儿的民办教师多吗？”

“多，一共十个教师，里面有五个民办的。”

有一个教师起身走出办公室，走到一口大钟前抽出铁斧，敲起来了：

“噹——噹——噹——”

霎时间，跑出了一大片孩子，校园里顿时热闹起来了，教师们粘着一身粉笔灰，拿着一大摞书书本本，后面拖着一条长长的尾巴——五六个小孩子排成的队伍，铁青着脸走进办公室。

元渊发现，这个学校教师的形象都像农民，都不修边幅，不讲礼仪。教师们几乎都目中无人，只是在大声地呵斥自己的学生，“不睁眼看看这倒底是几？眼瞎了？”“不会怎么不问啊？哑巴了？”……

元乡长什么也听不见了，耳朵里却塞满了声音……

2

走访完小学、中学，已经是黄昏时分，青皮山模糊了它的轮廓，那个古老的故事却越发显得真切了，做了山神的青青姑娘仿佛正在笑吟吟地看着他。元乡长回到乡政府的食堂里草草扒拉了口饭，算作给肚子一个交代。

回办公室，元渊又翻开了《毛泽东诗词》，“她在丛中笑”跳入眼帘，嘴里念着，脑海里闪现出一张恬静的脸，微微上翘的嘴角，和一笑就眯起来的眼睛——小贾老师，这个看起来腼腆的女孩儿，课上却激情澎湃、热烈奔放，孩子们被感动，听课的成人们也被她感染。有一阵子了，元渊时不时地想起这个女孩，一想起她那双很纯很纯的眼睛，他的心里就好像清凉许多。元乡长又想起了那个手持“金箍棒”的幼儿教师。发展教育并不是喊喊口号就能发展起来的，人才的培养必须落在实处，必须设置有利于教育发展的条件。做了青泉乡的一乡之长，怎么能让青泉乡的小娃娃们继续念 pie 苍蝇的 pie 呢？

时不我待，元渊站起身走进了值班室，小牛等四人坐着玩扑克儿牌筛罗游戏，小杨和几个青年站着看。

“太好了！二蛋子括掉！敢跟我逞英雄？”沙哑的声音里全是胜利的喜悦。

“牛哥又赢了！真行！”

小牛出其不意的招数又赢得了一片赞叹声。

元乡长拨开众人，拍了拍小杨的肩膀，把他拽进了自己的办公室。

“你怎么不玩儿呢？”

“我不常玩牌，所以不大会玩。”

小杨用五根手指拢了拢脑门儿上几根稀稀疏疏的黄头发。

“是不喜欢吧？要是喜欢，年纪轻轻的，怎么可能学不会呢？”

这也是元渊自己的经验之谈，上班这么多年来，纸牌也好，麻将也罢，统统和自己不投缘，而且，看见就烦。

“学会玩牌其实也挺好，下了班这么长时间没事可干，很无聊。”小杨眼睛里，语调里全是寂寞。

“把你媳妇儿调过来，在这儿安个家，就不无聊了。”元渊一手端了水杯一手把小杨按进沙发里，“你想过让你媳妇儿来青泉乡中心小学教书吗？”

“没想过，她从来都没说过要来。”小杨脸上的寂寞褪去，迷惘越积越多。

“小夫妻在一块儿生活好，便于沟通，又能增进感情。”

虽然大不了几岁，元渊觉得自己是个过来人。老让一个娇美的小女人独自渡过一个个漫漫长夜，他都替这个小伙子惋惜。

“有感觉的，两人不在一块儿也感情好。元乡长，您不知道啊，牛哥这两天可真是坠入情网了！哈哈哈，他天天吃闭门羹，可是天天照去不误。您看看，又走了。”小杨挺起腰来使劲地伸着脖子往窗外望去。

隔着玻璃元乡长也看见了那歪脖子树似的身影，走路速度很快，简直在跑。

“他去哪里了?”

“嘿嘿嘿，牛哥这两天瞄上一个姑娘，在咱乡中学教英语……”

说起别人的事，小杨的面目表情生动，眼睛发亮，声音却低了下去，他越发像个绕舌的老村妇一样，变得神神秘秘起来了。

“叮铃铃……”办公桌上的电话铃声响起，小杨很知趣，站起身来悄悄地退了出去。

元乡长聆听了电话内容。

原来，回家享受天伦之乐的张书记忽然对元渊明天的发言不放心了，来电定了个大概框架。元渊只好以尊重张书记为前提，对着讲话稿，做了大幅度的修改。

元渊躺在床上，瞪着两只大眼睛思前想后，明天是他当乡长以来第一重要讲话，尽管先前准备好的很多语言亮点都被删掉了。他还是有一种抑制不住的莫名的兴奋，无法像往常一样马上进入梦境。

第二天，元乡长特意提前二十分钟起床，用挤掉睡觉的时间来修饰自己，他先换上了雪白的新衬衫，打上了鲜红的真丝领带，穿上一身笔直的蓝西装。他站在衣柜上的大水银镜前，向左转了转，又向右转了转。元渊很满意自己的模样，英俊的脸庞，挺拔的身材。虽说人不能貌相，海水不能斗量，但良好的形象真的是一个人向上发展的物质基础，在职场上，任何一次聘任、晋升，都离不开一个前提条件——身体健康，五官端正。自己如果长成小牛那样，说不定真就当不上这个乡长了，造物主太不公平了！为什么把小牛组装成那样？元乡长打扮停当，带着这个奇怪的问题走出了办公室。

路过值班室，门开着，里边一阵又一阵的哄笑声飘出来，在走廊回荡。

元渊推门进去，计生助理宽子正用他那宏厚的声音描述什么，说得抑扬顿挫，有声有色，简直是单田芳说评书。

“……话说那牛秘书在黄昏时分，扔下扑克急匆匆赶往中学，在女教师宿舍门前安营扎寨，整理整理衣装，清除清除鼻涕，然后，毕恭毕敬，轻叩铁皮门，‘砰，砰，砰’，‘砰，砰，砰’，哎呀，还没动静，再敲，‘砰，砰，砰’，又敲，仍没动静，牛秘书提起脚跟儿，踮起脚尖，侧着耳朵听听，然后用最最温柔的声音问道：‘池老师在吗？’只听屋里用最最粗鲁的声音回答：‘病了！’牛秘书不甘心又问一句：‘怎么？刚7点就病了？’……

全场爆笑！

“唉！笑渐不闻声渐悄，多情却被无情恼！”

哗——

又爆笑！

“你们真开心！一大早就聚一块儿胡闹了？”

元乡长忍住笑高声问，屋里顿时安静了下来。

“今天是不是都得去中学过教师节吗？”

计生助理的声音压低了许多，语调也平缓了许多，两只眼睛紧盯着元渊的脸色，送上殷勤的笑，问到。

“元乡长，我们都得去中学吧？”

小牛的声音和本人一起进门，众人发出了吃吃的笑声。元乡长抬头端详这位陷入情网中的年轻人，发现长在小牛身上的那件皱巴巴、脏兮兮的三个纽扣的灰西装不见了，代替它的是一件黑皮夹克，看样子这衣服刚刚上过油，但给皮衣上油的手艺不过关，有的地方油特多，湿漉漉的，有的地方油少，还看得见灰色的纹痕，他所到之处，同事“刷刷刷”全撤，为他留开一条宽阔的道路，小牛可以横着走。估计是打扮好了的乡干部都怕沾了小牛皮衣上的“光”吧！

“你肯定得去！于公于私，你不去怎么行？再说，打扮得这么好，不亮亮相可惜!”

计生助理怪声怪气地说完，拉起小牛的手上上下下打量了起来。

众人哄堂大笑!

“去，少拿我开涮!”

小牛拉长脸开步走，众人也笑着走散了

……

3

庆祝教师节的地点是中学操场，一个露天的大会场，学生课桌蒙块儿红窗帘就是主席台，旁边放着一个大喇叭，桌下摆着几十个黑灰色的旧凳子。主席团成员陆续入座，一共有十几位领导，有教育局李副局长，乡党委张书记，乡政府元乡长，主管教育的薛乡长，以及其它社职单位的领导，中学校长，中心小学校长等等，台下坐着全乡七十多位教师。

操场宽阔空旷，区区一百人蜷缩于其中一隅，给人一种极不舒服的感觉。

吴总校长咬着元渊的耳朵轻声说：

只能如此，两个学校里没有一间能容纳一百来人的大房子，规模稍大一点儿的会议只能放在院子里开。

中学校长是大会主持人，会议的流程是先由吴总校长总结全乡的教育情况和教师现状，接着李局长代表教育局向全体教师致贺词，然后乡党委书记讲话，乡长讲话，学生代表讲话，教师代表讲话，所有人全操着原滋原味的乐康县本地话，一脸严肃地照着稿子一字一顿地念。可惜，大部分的讲话内容谁都没办法听明白，因为负责传送声音的大喇叭质量太次，起不到扩音作用不说，还时不时的呜咽几声。台上台下的人们，捂耳朵的，摇头的，叹息的，没做大动作只皱眉的……

教师节的开会仪式终于在大喇叭的“呜呜呜——”声中结束了。

元渊带着满心遗憾随着人流走进一间教室，里面的课桌都被三个三个地拼起来，蒙上一块儿柔软的塑料布，变成了饭桌。元渊被吴总校长拽住胳膊拉到一张桌子旁边，他下意识地观察了一下，围着这张桌子坐着的是局领导、乡领导和其他单位的一把手。另外的桌子旁边坐着一般乡干部和普通教师。他发现桌子上的菜也有区别，远处的桌上都放着一个大盆，盆里是豆腐山药粉条，还点缀着几个乒乓球大小的白多红少的大肉块儿——乐康县特色大烩菜，一盘西红柿，还有一盘咸菜。自己面前的餐桌上则多了几盘儿炒菜，哦，原来“阶级差别”随时可见，他忽然记起了鲁迅笔下咸亨酒店的两类客人：穿长衫的和短衣帮。元渊喉咙里发出“嘿嘿嘿”几声干笑，引来了一串串不解其意的眼神，他赶紧低下头去。

蓦然，元渊瞥见计生助理宽子拉着小牛坐在围满中学女老师的桌子旁边。

再简陋也是酒宴，主人客人坐好后，会餐拉开了帷幕。

元乡长手捏小巧酒杯来者不拒，以示领导风范。

张书记以东道主的口吻侃侃而谈，热情地关注他们桌子上的每一位，不知道凭借着他得体的言辞，还是他的领导威力在起作用，他想让哪个人喝多少，那个人就能喝多少。那些大大小小的校长们更是频频点头，连连称是，然后一饮而尽。敬酒，回敬，再敬酒，再回敬……

不知几圈之后，张书记端起酒杯，沿着酒桌，向众位教师敬酒，因为今天是教师节。

元乡长当然也得向全体教师表示祝贺，事先准备好的一翻套话，走了六个餐桌，说了六次。元渊发现具备自我表现勇气的教师一个也没有，所以无需考虑其他的应对之词。

突然间，元乡长看见一个熟悉的眼神，一张似曾相识的脸——教幼儿的老教师！元乡长冲着他笑了笑，中学徐校长向元乡长介绍：

“这位是老胡老师。”

“胡老师，您吃好啊！”虽说只有一面之缘，元乡长却觉得格外亲切。

“俺当然能吃好了，豆腐熬肉能管饱地吃，西红柿上还撒着白糖，俺们家过大年都吃不着……”

老胡老师因多喝了一盅，脸涨成了紫红色，兴奋得话匣子大开。元渊初到青泉乡中心小学那天，老胡老师看见他在教师大办公室落座时缩头缩脑的神情，此刻，一点儿找不着了。可是，当老教师沉醉在豆腐熬肉，西红柿拌白糖的享受之中，并且用语言由衷地表述出来的时候，胳膊却被一个四十岁上下的女教师碰了一下。老胡老师便就着豆腐熬肉咽下了舌头后边所有的话语，目不斜视，专心致志地吃肉喝酒起来……

元乡长有点儿不知所措了。他突然意识到，教师，尤其是民办教师在这个社会里，无论上面怎样倡导，终究是个卑微的阶层。

徐校长凑到元乡长的耳边悄声地说：

“那是小胡老师，老胡老师的侄女。”

第七桌，也就是紧挨着领导们的一个教师餐桌上，小牛还在演说着。酒宴中，除了敬酒，元渊基本没怎么讲话，所以小牛的说话内容，他尽收耳内，这位奇人谈古今，说中外，知识渊博，见解深刻，娓娓道来，有条不紊，简直在播百家讲坛。

那张桌子上滔滔不绝讲话的人只有小牛，其他人都在静静地听，这丑人可真得刮目想看了！

元渊举起酒杯冲着他笑了笑，语意双关地说道：

“小牛辛苦了！”

“元乡长，我不辛苦，老师们才辛苦！”

他竟然放下酒杯，站起身来，向他同桌的女教师们深鞠一躬，这些年轻女孩都捂着嘴吃吃地笑了起来。直起身子，他的眼睛直勾勾地看着女孩子们。女人占据了他整个精神世界！

这丑东西如此重色轻领导！

元渊瞅着他那副色迷迷的样子，真想给他一拳！

不行，领导必须有领导的高度，他还是劝住了自己。

“呵呵呵，小牛真是个聪明人！我是感谢你带给诸位老师的这顿精神大餐！”接着元渊把头转向老师，“尊敬的人类灵魂工程师！来，我敬你们！小牛，给老师们倒满酒！”

这丑东西不是爱献殷勤吗？给他个满意！元乡长夸张了他的语气神态，眼睛快速地略过每一张女孩子的脸。

哪位是让小牛忘乎所有的池老师呢？

可是，他确实没发现让他精神一振的姑娘。

……

众位领导红光满面、精神抖擞地离开了学校，元乡长也该回自己的家了。同坐一辆车的还有头发稀疏的小杨。

“小杨，我觉得小牛的文化素养很高啊！”元乡长很想了解他的新同事。

“那是，他毕业于河北经贸大学，是我们乡第一个全日制本科生！”

元乡长想起了自己的起点学历只是个中师——河北张北师范，一个中等专业师范学校。参加工作以后，他天天苦学，所以学历随着职务的上长而提升。语文教师——教务主任——行政干部，中师——大专——本科。

“他毕业几年了？年纪有多大？”

“牛哥毕业六七年了，今年够三十岁，所以想尽快找对象成家。可是他的长相太对不起观众，不好找啊！”

小杨又是摇头，又是叹气，一副爱莫能助的样子。

全日制本科生……参加工作六七年还原地踏步……婚姻没着落……这些信息挂上了一个个句号，一股脑儿出现在元渊的意识层里。

元乡长看着小杨，心里对他说，你倒是挺顺利，起码娶了一个美娇娘。那张表情转换特快的脸又浮现在他的脑海，安静时，近乎冷漠，让人望而却步；兴奋时，几乎每个细胞里都充满热情，陶醉自己也感染别人，小嘴里不断地往外吐着活蹦乱跳的音节，还有那双清澈澄明的眼睛里全是让人直视无碍的明净纯洁，这个小女人……

元乡长把头扭向小杨：

“回家和你媳妇儿商量商量来青泉乡中心小学教吧!”

“结婚时，她爸爸提过个条件，要我们家把她调进县城工作。”

说到他的婚姻，小杨又无精打采了。

“先来我们乡，能进县城时，再进县城!”

元乡长太想让那个年轻女教师来自己的地盘上发挥能量，美丽的女人和美丽的青皮山相得益彰，元渊突然觉得小贾和传说中的山神青青有某种联系！小贾和青青？太搞笑了，他在心里责备自己的荒谬。

“现在办事，即便是乡镇与乡镇的平行调动，也得找人。她不打算来，绝对不会自己去找人。教育局里我没有一个认识的人，所以……”

小杨没了声音。

“你只要跟你媳妇儿商量通就行，调动的关系我来办。”

“这……”

小杨的嘴角抽动了几下，只吐出一个音节，却蒙上了一腮帮子的阴郁和不情愿。

元渊突然间感觉到这对本该如胶似膝的小夫妻之间缺少了点些什么，真的该删除掉这距离，用朝夕相对修补修补了。美丽的山神有缠绵悱恻、催人泪下的爱情故事，美丽的小贾也该拥有甜蜜的婚姻生活。

4

大雁南飞，颗粒归仓，青皮山下的农人们又得了清闲。大街小巷中，这一群那一伙儿，切切吵吵地讨论着一些非常重要的或者一点都不重要的是是非非。说着说着，不耐烦了，你叫上我，我喊上他，组成了小分队，各进行各的项目去，推对对的，押宝的，吊猴的，还有几个老头老太太凑在一起用纸牌“编棍儿”……所有人都能各得其乐，兴趣盎然。

元渊穿过青泉乡弧形大街，拖着青泉乡父老乡亲一束又一束的目光走进了中心小学。

呆坐在办公室里，元渊的眼前总是闪现出那个女孩纤细的身影、清秀而恬静的笑脸，不管他在干什么，逢空便入。张书记的大包大揽使得元渊找不见多少公务可做，有了太多的闲暇。这么多年来，元渊的思维一直被公务紧紧地拽着，突然松弛了，思绪变做了一滩散沙，所以，这个身影乘机钻进了他的脑海，几乎驾驭了他整个精神世界，一会儿他的身体仿佛侵入了这个女人的激情，一会儿又感染上她无边无际的寂寞。他的耳旁总在回响着那张被当地老百姓称做的“樱桃小嘴儿”里迸发出来的声音，有大江东去的豪迈，也有涓涓细流的轻柔，元渊时而激情澎湃，时而柔情似水，元渊的思绪跟着那语言一会儿一会儿地涌进了学校教育，也一会儿一会儿地想起了青泉乡学校的破败，还有那些凶神恶煞般的教师们……

食堂吃饭时，元渊特意端着碗凑到了张书记身旁，讲起了胡老师 p－－ai－－pie 苍蝇的 pie 的笑话，吃饭的人都哄堂大笑，元渊悄悄地瞄着张书记，只见那张棺材脸上，平平整整地铺了一层厚厚的冷漠，他在这张油腻腻的脸上找不见半点儿反应。一副充耳不闻的神情！

也许是元渊的笑话或者众人的笑声影响了张书记的食欲，大领导在众人的笑声中放下筷子，起身离开了食堂。元渊不忍心就此作罢，他吞下了刚夹起的一口菜，尾随出来：

“张书记，我觉得青泉乡中心小学的教师队伍应该填充或者更新……”

“呵呵呵，这是农村教育的现状，谁也回避不了，我们不具备改变这种现状的能力。填充和更新教师需要钱，工资谁出啊？”

张书记留下个反问句，加快了脚步，三步并做两步迈进了自己的办公室，“啪”，干脆利落的关门声堵回了元渊腹中循环往复了许多次准备“进谏”的语言。

前所未有的郁闷！

元渊脑海中那张姣好的笑脸猛然间被撞，立刻便支离破碎，不见了踪影。无奈之极，他转身出来，不敢面对那座青皮山，只能在公路上信步。漫无目的，大脑把决定权交给了脚，脚自己往学校里溜达。

元渊坐在教导主任赵老师对面的椅子上，翻着课程表，对着教师学生的花名册，一边问询着每个班级的教师和学生的情况。连他也说不清楚自己想干什么，难道想探探这所乡办小学的不堪倒底能到什么地步？

元渊的目光停在一张课程表上，循着表格找到了科任教师的花名；

“这节课，三年级该上语文了吧？是刘若涵老师？也是代课教师？家在哪儿？”

“小刘老师家在县城，她是县委王书记的外甥媳妇儿！”教导主任赵老师抽了一口香烟，吐出一团浓雾。

“呵呵呵，来头不小！我得听听她怎么讲语文课。”

元渊说着抽了一支笔，拿了一个本，站了起来。

“元乡长您现在就听啊？哪怎么行？她都没准备！”

赵老师看起来很着急。

“准备什么？像平常那样该怎么讲就怎么讲！就当我是一个学生！”

是谁的外甥媳妇儿不重要，关键看看她是什么水平的教师！不是什么阿猫阿狗的人都可以在他面前装大！是骡子是马必须拉出来溜溜！元渊乡长按捺不住蹭蹭上涨的驴脾气，他一边说话一边往外走。

“当啷！”

校园的大铁门被猛推了一下，进来一位中年男人，来人生得满脸横肉、虎背熊腰，右手拉着一个男孩儿，刚冲进大门，便疾走如飞了，一边走还一边粗声大气地吆喝：

“哪一个教三年级？谁是语文老师？”

“刘若涵老师教三年级语文。怎么了？”

校园里不知道谁回了一句，所有人停止了所有的动作，都凝神屏息，以观其变。

男人手里拉着的孩子指了指刚从办公室走出的一位年轻女老师对着男人低声说了几句什么，男人的脸色更加阴沉，猛地挣脱了孩子的手，朝着女老师狂奔过去。

校长、主任、元乡长见势不妙，一个个都跑过去，想要挡住那个似乎发了疯的男人。

“跟你们没关系！我只问问她！”

男人推开众人，站到了女老师面前。

女老师捋了捋刚刚烫过的披肩发，脸上附着的惶恐神色随着她晃了晃脑袋就消失了，接着扬起了脸，扯过几分勉强撑起的傲慢，高声问道：

"有事？找我？"

"不找你找谁？你凭啥把我孩子撵回家？"

男人怒目圆睁，髭须直立。

"他不做作业，我的教室里当然不要他！你问问你孩子，他做不做作业？"

面对着男人的责问，女教师毫不示弱，她振振有词，雄姿英发，就像她新买的毛外套一样，在阳光下泛着强硬的红光。

"我不会做……"

孩子避开女老师锋利的目光，低头看着地，弱弱地但非常清晰地说。

"别人都会，咋就你不会？"

女教师的语调和目光一样具有所向披靡的杀伤力。

听见老师责骂，孩子小身体一哆嗦，赶紧躲到父亲的背后。

"我孩子什么都会还轮到你当老师？你是什么老师？瞧你那点素质，学个生字写一百遍，一道数学题重写两页！你都能当老师，我孩子能当校长！"

男人举着食指点着女教师的鼻尖，声音高得震天。

观众们纷纷插进中间，七手八脚、七嘴八舌地把男人往后赶。

"癞蛤蟆想吃天鹅肉！一个榆木疙瘩也想当校长？你家坟上有那根草吗？有道是龙生龙凤生凤，老鼠的儿子会打洞……"

女老师机关枪扫射般的"轰鸣"突然哑了，接着听见了"啪"地一声，霎时间，女教师脑袋后面的白墙上红艳艳的液体飞流直下，粉碎了的红色晶状体像出膛的子弹在人群中穿梭，被击中者状如惊鸿，呀呀直叫。

"血？"

在场的人呆若木鸡！

出人命了？

“啊——”

变成了泥塑像的女教师几分钟后突然惊叫起来！

这一声惊叫使得众人的意识一起复苏，姐妹们一起在女教师的头上寻找伤口——似乎还是一颗完好无损的脑袋，红毛衣、牛仔裤上也无破绽，只是溅上了几个红点点……

“没事！墙上流淌的是红墨水！”

有人高声下结论，众人才如梦方醒。再寻那男人和小孩早就不知去向了。也许那个学生家长以为他随手拿起的墨水瓶击中了女教师的脑袋，他出了恶气，自然怒火平息、撤离战场。

“啊呀呀！没了天理，平白无故受窝囊气！为教育他孩子差点被他砸死！这是什么世道啊！呜呜呜——”

女教师嚎啕大哭起来。

元渊见识了这惊心动魄的一幕又一幕，只能取消听课计划撤离，把这是是非非留给教师和他们的领导们评说。

一路上，元渊的耳边不时地回荡着禄兄的忠告——无论如何要和一把手搞好关系，处理事情时最好和一把手立场一致……他也忘不了自己的承诺，绝不跟书记抢风头，更不跟书记对着干……然而，只要那个气势汹汹的学生家长、那件泛着红光的新羊毛衫、那滩鲜血一般的红墨水在他的脑海中闪现，忠告和承诺便会消失得无影无踪。

青皮山无助地直立着，她似乎在静静地端看着元渊，期待着什么。那首山歌又起：“青皮大山高又高，拿把刀儿别在腰。那家姑娘不嫁我，关起门来放火烧……”

元渊知道，他又管不了自己了，这青泉乡的教育管理他非插手不可！

第三章　初战告捷

1

元渊打开自家的大门，院子里静悄悄的。这是一套乐康县县城里最普通的三大三小式住房，属砖瓦结构，所谓的三大是指三间正房，房屋高大，精装修，三小即三间南房，比起正房低矮了许多，虽说有锅有灶，还有一盘小土炕，但是简陋了许多。

小院子大约有80多平米，然而，麻雀虽小，五脏俱全，像所有的农家院一样，有花坛，也有菜畦，虽然是“侃黄花叶衰”的时节，但院子里仍不乏生机，向日葵垂着沉甸甸的头，心满意足地等待着倒地休息的一刻；俗称的“大熟期”花朵和叶子大部分都被秋霜打了，叶子和杆儿跟在开水锅里煮过一样，绿里透着黑，却依然直立着，不过，如果你细看，还能发现几个鲜嫩的花蕾和几片水红的花瓣，枯叶下面还时不时地冒出一两片淡黄色的小叶子，小叶片儿的样子特像那顽皮的稚童，好奇地张望着这个缤纷而又静谧的小院。红砖砌成的过道上干干净净，保持清洁是结婚以来他们夫妇都有的习惯。

家门上着锁，这个时间妻子上班儿子上学，元渊摸出钥匙，开了锁。家里一尘不染，悄无声息，只有石英钟在滴答滴答地忙碌着。触着了热乎乎的炕头，元渊才感觉到浑身的倦怠，两天来他总是去人多的地方，惹了满脑子的事情，收集了满耳朵的声音，他突然觉得，自已真该安静安静，好好地休息休息，有个家真好！

元渊拉了个枕头躺下了，闭上眼睛，才感觉到有点头晕，说真的，往大里说，为了进一步掌握青泉乡的教育状况，往小里说，为了他的计划能顺利实施，他今天确实没少喝。

人体和机体一样，每隔一段时间必须进行适当的保养，家就是进行人体保养的最好场所。身体疲惫了，你可以安安心心、坦坦荡荡地躺在炕上把精力睡回来，不像在单位里，无论中午午休，还是夜间睡眠，只要有事情必须处理，即使你昏睡欲死，即使你四肢快要散架，即使你大脑一片空白，也得爬起来，撑住了，努力地思索着。真的，如果没有家，没有这块清静的空间，自己这架“超负荷运转的机体”恐怕早就报废了。心灵受伤了，家里的宁静与养分能让你的伤口愈合；没人打扰你，你有足够的时间想清楚一些事情的前因后果，理解通了，心结也就消失了。而且，元渊家里的藏书，丰富着他的精神世界，增加着他的心理承载力，磨练着他的意志力的柔韧度。因为有家，他总能精神抖擞地面对世人。元渊忽然想起了魔幻小说中的妖怪，一旦受伤，就赶紧逃回洞府恢复元气，几个时辰以后，法力回归，又能杀气腾腾地出现在敌手面前。小说家真有意思，他们就是按照人的生物规律创造出的一种能腾云驾雾、有铜头铁臂的事物，其实这种事物和人具有同一特性，作者却以此来炫人眼目！

“回来了？你既然回来了干嘛不提水做饭呢？”高嗓门的妻子推门进来，打断了元渊对人的生存法则的思考。

“媳妇儿今天回来得这么早？”他抬手看了看表，“刚5点你就下班了？”她本来应该七点回来，妻子的早归消灭掉了他恢复“元气”的计划。

“我妈那儿有点儿事，我提前出来一会儿。你又不是我领导！你管得着吗？你从来不着家，好不容易回来了，大白天的你就躺下睡觉？你的表现好吗？”

妻子的口气变了，她不高兴了！

元渊从他俩组建家庭的时候就知道，别人替她干活，她自己睡觉，她很高兴；妻子绝对容忍不了她站着的时候别人坐着，她坐着的时候别人躺着。也许他就是这命吧，元渊记得，在他小的时候，勤劳的父母也见不得他们兄弟六个任何一个人大白天在炕上躺着，即使没活儿可干了，你也得在院子里来回走动着找活儿干，哪怕只捡起一根儿火柴棍儿。

“你挣国家工资，就应该爱岗敬业呀！你妈家能有多大点事，动不动就耽误工作！”元渊也不示弱。

“什么工作不工作？刚当了三天乡长，你就敢教训人了？回自己家也打起官腔了！你了不得了！”妻子大吼。

“我哪是打官腔？我说你的工作态度不够端正！”元渊突然觉得这个女人简直不可理喻。

“你凭什么说我？你回你的乡政府当乡长！少来家里耍威风！”

妻子朝着坐在沙发上的元渊一边狂吼，一边冲着他走来，俩人的距离越来越近了。妻子个子虽小却极具气势，简直像大地震中渐渐倾斜的一座巍峨的高山，一点而一点儿地向他压来。她的十指快速地舞动着，红指甲闪着光亮如一颗颗的红宝石一般，成串地在空中回旋，那些“宝石”不光晶莹透亮，而且锋利无比，简直就是一个个微型匕首，这块土地上的男人哪一个没有领教这种武器的厉害？为了防范她挠人的“绝招”，元渊只得站起身来逃离。

“哎哟！我说你的脾气咋就一下长了这么大？原来灌猫尿了！你想跟我撒野？你想欺负老娘啊？”

她像条狗似的张大鼻空朝空中嗅了嗅，然后又像狗悉获情报便狂吠起来一样，她则是换了个腔调，大势渲染起来。

女人的天性就是东拉西扯，借题发挥。

“去你娘的，给老子滚开！”

元渊觉得自己的脑袋壳里已经换上了雄狮的脑浆，现在，只想消灭掉眼前的所有的活物！如果把这个低矮的女人举起来，从窗户扔出去，他的情绪会平静一些。

“你敢骂我？你反了——你——呜呜——”

敲门声和妻子的哭喊声同时响起——丈母娘进来了！

“哎呀！快别吵了！”她拉起了女儿的手，“你相中的衣服，人家给你拿来了，快走吧，人家还等着呢！”

母女俩走到门口，丈母娘终于回过头来看了姑爷一眼。

“都当乡长了，还要张嘴骂人，传出去，人家会笑掉大牙的！”

2

岳母出门时扔下一句话，也扔下一片寂静。

元渊跌坐在沙发里，他的耳根清静了，脑袋里却回荡着一句话“都当乡长了，还要张嘴骂人，传出去，人家会笑掉大牙的！”他又骂人了，更确切得说，是骂娘了，而且，还被那个他正骂着的“娘”逮了个正着。其实他本来没想着跟妻子吵架，可是不知怎么地就吵了起来；本来没想骂人，却鬼使神差地又骂了起来。“你妈的”几乎跟随了他一半的人生路。小时候，和玩伴儿发生冲突时，他就用这三个字平息胸中的怒火；做老师后，学生的品行跑偏了，他一着急，便用这三个字扑杀孩子们的“畸枝”，其实，他也知道有失妥当；后来变成了乡干部，这三个字冲过嘴唇的频率更高了。其实，这三个字也给他带回许多麻烦，首先是回骂，语言更污秽，更恶毒，也有没完没了的明里暗里的报复，碰见个脾气暴躁的，拳脚相夹……元渊是个知识分子，他也搞不清楚自己何时从哪儿捡了这么一招。他好像只有这么不光彩的一招，每当有冲突，“你妈的”用完，他只能选择三十六计中的上策——溜之乎也，接着藏匿了他的行踪和头脸，谢绝和所有人面对。每当这一刻，他羡慕起了程咬金能有个三绝招。元渊下过许多次决心，要改掉这臭毛病，可是，很多时候，自己是自己最难对抗的敌人。

元渊点燃了一根香烟，却没有吸，直愣愣的目光追逐着那一缕袅袅上升的烟雾，思绪却像脱了缰的骏马无拘无束，任意驰骋……当了乡长不到一月，他又骂了“你妈的”。丈母娘的说法在理，如果这三个字在他新到的乡政府脱口而出了，他在新同事心目中形象会大打折扣的。

元渊站起身来，环视了一下这间空荡荡的屋子，所有的物件都沉默着，连空气也进入了激烈后的倦怠状态。他摆好枕头，重新躺下。凭经验，他知道晚上自己无需干什么了。妻子、孩子不会回家吃饭了，他的胃里也容不下任何东西。

家里静极了，元渊不必为什么事情做准备了。休了假的大脑开始仔细回忆起这场“战斗”的始终，虽然他一直在忏悔。想着想着，忽然间觉得自己不是这场战争的罪魁祸首！只要回家，他总要在妻子下班前半个小时动手做饭，他体谅妻子做工人的辛苦，所以也愿意分担些家务，只要工作容许，他总会竭尽全力的。妻子习惯了丈夫劳作，接受不了没做好饭，丈夫就躺下，不管是哪个时间。唉！怪不得有个哥们说，老婆不是惯的。元渊在心里摆着自己的理儿。妻子刚才那副飞扬跋扈的泼妇神态在元渊的眼前飘来荡去，真后悔没揍她一顿！

唉，反过来说……他不能以太高的标准要求妻子，也不能理想化了围城里边的感情。妻子从学识到教养又到阅历，她能具备什么样的素质？他试图为妻子开脱，可是没有成功。都怪那个该死的禄兄，要不是他的撺掇，怎么会有今天？

元渊的学生生涯只有小学，初中，师范三个阶段。念小学时，只知道打闹，心里不装任何事情；上了初中，了解了一些人事，也稍稍知道了点男女之事，但父亲的家教甚严，学习必须是重点；考进了张北师范，元渊的情窦开了，和禄兄同时喜欢喜欢上了一个文文弱弱的郭静静，铁杆兄弟之间竞争既没劲，又有悖“义”理，特别是追求女孩子。可是，就在他俩互相观望，互相谦让的时候，同班的另一个男同胞却健足先登了，郭静静眨眼间变成了有主的名花，他俩只有看着眼馋的份儿，只能单相思了。

不知道过了多长时间，有一天下午，禄兄拉着元渊，每人手里拿着一叠没送出的情书，找了个避静的地方，对着彼此，念完了所有情书，然后划了根火柴，放在了满是青涩的信纸上，蓝色的火苗在跳跃，带着墨痕的白纸弯曲回来就变成了灰，然后乘着风飞起来，飘散了，也飘逝了，他们的初恋也就一起消失了。

师范三年级，班里的女诗人突然对元渊特别热情，一个星期天的晚上，她把他拉进了学校附近的小树林，塞给元渊一个包裹，打开了是一块儿棉布床单，一张蚕丝被。

元渊不喜欢这个女孩子神经兮兮的样子，也就拒收她的礼物。他觉得要和他相伴相随，白头偕老的女人，他必须喜欢。他的婚姻应该像赵明诚和李清照那样不仅相亲相爱，更要互为知己，赵明诚得到一副古画，便连夜快马加鞭奔驰几百里，邀妻子一同品赏、把玩，因为只有李清照才能懂得自己喜欢的东西，才能真正与他分享读懂、拥有的欢娱。

分配工作后的一天，他意外地听同学说了郭静静的爱情遭遇波折。元渊被掩埋了多年的美梦，如同被那阳光雨露滋润了的植物种子一样，也破土而出了。他拉着新婚不久的禄兄去关心郭静静，准备圆他的爱情梦想。可是，父亲守旧，彻底销毁了他的念想，老父的“壮举”几乎令他伤生……痛彻心扉，元渊好长时间不敢回顾那段经历。再后来，有人捕风捉影地说，禄兄和郭静静之间纠结不清了，元渊一开始不相信，直到他就任乡长一职，三人聚首，禄兄失踪，禄嫂大闹，才觉得无风不起浪的科学性，想着想着，压在心底的那份感情变轻了，也淡了，郭静静走出了他的梦乡。

自始至终，元渊尽心尽力地干自己的工作，一来出于他的英雄志向，二来他深深懂得优秀的女孩子是不可能喜欢上一个平庸的男人。

可是，就在他借调到乡政府工作一个月的时候，父亲捎来话，让他回去，元渊回家了，却硬被按上了这桩婚姻……

因为大哥二哥均已娶妻生子，被父母“交代”了。

现在轮到他了！

父亲告诉他，这可是一个打着灯笼也难找到的好媳妇儿，人家绝对是一个纯粹本分的黄花闺女，是明事理、知礼义、行为端庄的大家闺秀。人家本人还是乐康县县城的正式工人，更重要的是娘家还要陪嫁一套三大三小的房子……

“不一定是个什么东西！大丈夫何患无妻？大丈夫何患无房？”元渊瓮声瓮气地回击父亲。

父亲拿了根木棒就要教训这个不知好歹的三儿子，自己为了儿子们一辈子含辛茹苦，怎么可以被他们顶撞呢？再说，县城的一套房子啊，自己两辈子都挣不来！到嘴的天鹅肉怎么可能吐出来呢？

元渊只能看了看母亲已经捏弄好的齐刷刷的莜面窝窝，黄灿灿的鸡蛋羹，闪出家门，骑上摩托车逃回了乡政府。

元渊扯住禄兄，要他为自己应燃眉之急，继而排忧解难。元渊言愁诉苦的话音刚落，父亲便一脚踏进了他和禄兄的宿舍门。老父亲猛烈地抖动着食指戳着元渊的鼻尖儿，震天动地地数落着他桩桩件件的“罪过”：

我告诉你，我是你老子，你是我小子！儿女亲事自古以来是父母之命，媒妁之言，哪有你发言的份儿？……你哪有资格做主？……这个媳妇你必须娶！……婚姻大事由你定了哪还了的！

……老子还活着呢！

听这话的意思，按照以往的惯例，这好像又是铁定了的事情了！元渊沮丧地思忖。彻底完了！七尺男儿的眼泪刷刷地往外冒着，万年俱灭的空阔笼住了他，他冲着父亲大喊：

“我不要她！你爱给谁娶就给谁娶吧！啊，我活得真够窝囊……您老好好活着吧！我不活了，您把我吊死算了……”

父亲铁青着脸说：“你不想活就去死！没人拦着！但是你明天死，今天也要娶这个媳妇儿！”

父亲定了的事情，怎么可以改变呢？

“你今天不能死！下了班，和我一起坐班车，进县城相亲！”

元渊的眼泪擦干了，心也好像被抽空了似的。年轻能怎么样？奋斗又起什么作用？自己满腹才情，一个女工人哪能欣赏得了？郭静静……爱情梦破，活着的意义究竟还能剩多少？

禄兄沉吟良久，表情凝重地打开了话匣，语调缓慢，似乎是肺腑之言：“老弟啊！生活真实和生活理想的距离遥不可及，面对现实，谁也是无奈的，容不得你不接受！吃不到美味佳肴你就饿死？你得充饥啊！哪怕莜面焖山药也得吃！前一阵子不想告诉你们我和谁结了婚，现在我告诉你，就是几个月之前咱俩在计生局里见过的那位‘肥大妈’，到现在，我还是没有勇气‘诏告’其他兄弟们……”

“什么？‘肥大妈’？你的新娘子竟然是那位‘肥大妈’？”

天哪！那样的女人做大娘，婶子，阿姨，什么都可以，怎么可以做媳妇儿呢？拥着那样的女人睡觉？和她接吻生孩子？太不可思议了！

禄兄的现身说法和他总结出来的“生活真谛”，像一根针，刺破了元渊打懂事起，自己吹制成的理想爱情的肥皂泡——李赵式伉俪情侣梦断……爱情梦不再炫目，而且，虚无起来……

元渊像个木头人似的，没有一点声息地跟在父亲的身后，心底却有一个声音在祈祷：主啊！怜悯我吧！千万别让这个姑娘看上我！千万保佑！阿门！他的食指居然真的在胸前画起了十字。

相亲之后，女方亮出得条件更加诱人，不仅给房，还有姑娘的黄金首饰，姑爷的摩托车，家用电器……他们一点儿也不在乎自己家的女儿和未来的姑爷站在一起就是个笑话——一个是大块儿头，一个是小不点儿，一个特高，一个特矮。

男方，父亲是全权代表，元渊没有说话的份儿，女方的发言者向他征求意见时，父亲就投来极严厉的一瞥，那眼神让元渊的心一阵收缩，脑袋里没有一点儿思维，只剩下一句话可以重复，"您看着办吧！"

于是，那个拇指姑娘般的女孩子变成了自己的妻子。

没有爱情，婚姻的滋味总是不咸不淡的。妻子是有钱人家的独女，在娘家自然是娇生惯养，衣来伸手饭来张口。所以，只要元渊在家，别无选择，他只能做模范丈夫。好在自己是穷人家里长大的，什么活儿都能做，什么苦都能吃。

自从有了儿子，住在隔壁的丈母娘好像成了他们家的一个成员。元渊是乡干部，工作起来没个规律，而且大部分时间必须呆在乡里。妻子怎么受得了一个人上班、带孩子、干家务的苦？丈母娘便大包大揽下来。生儿子以后，妻子的脾气见长，动不动大动干戈。每逢此时，丈母娘总能及时赶到，她照顾外孙，又哄闺女，"让小元好好工作，积极上进，再过上几年，我闺女也能做他个官太太！"然后挤挤眼睛示意姑爷赶紧离开。

孩子稍大一些了，吃喝拉撒几乎全在姥姥家，家里清静多了。

一晃十年过去了，儿子活蹦乱跳的，已经是小学三年级的学生了，"娇小姐"也变老了，妻子没功劳也有苦劳，他想起了妻子眼角的两条浅浅的纹痕，真的不应该再跟妻子一般见识了，自己是个男人，男人应该有男人的高度。再说，岳父岳母待自己不薄，别人家娶媳妇儿，他们花钱娶了个姑爷。比起过日子，他比禄兄轻松多了，自己几乎没为家里的事太操过心。

他躺在床上，心潮翻滚，但是，他始终没有弄明白谁是谁非。唉，今晚别再指望享受酣眠了，不过，元渊似乎想明白了一些，家家有本难念的经，其实自己家里的经并不难念。他开始规劝自己，应该把精力和心思放到工作中去，事业更能体现一个男人的价值，跟自己家里的女人辨明了是非、争出了雌雄又有什么意思。他突然因为自己和娘们计较羞愧起来，想到这里，他站起身来，放好枕头，走了出去。

3

元渊走出胡同，就是一条蛇形小路，沿着蛇形路往北走去，走过上坡后，就是乐康县县城的第二条大街。因为是黄昏时分，柏油马路上的车辆少多了，周围几乎没有什么高大建筑，马路对面只是些断壁残垣，所以一眼就看见了夕阳正慢慢下坠。

晚霞占据了大半个天空，天色渐渐暗了下来，极目远望，只能依稀地看见房屋的大大小小高高低低的轮廓。

夜，越来越显示出它的强大和静穆，似乎融化了元渊的小肚鸡肠和斤斤计较，蓦然间，他觉得一个男人也应该像这夜一样博大而深沉……

一个身影摇摇晃晃，由南向北走着，来人和元渊的距离越来越近，他的四肢五官也越来越清晰了，大包小包的累赘使这个人步履艰难，更近了，竟是个熟人！

“大叔，你买这么多东西啊？”元渊认识这位老人好几年了，可是，前几天他才了解到本来挺熟悉的俩个人的关系——老杨头是小杨的父亲。

“哦，是啊，家里来客人了。元乡长，你要上街转转？”老杨头的面相和儿子不一样，老头天生一副老好人模样，经常笑容可掬。

“招待儿媳妇吗？他们小俩口都该回来了？”元渊这两天也知道小杨虽说已经结婚了，可是没有安置一个属于他们俩自己的家。休息日小夫妻应该回公婆家吧。

“没有，自从回九（北方农村婚礼仪式中第二天的回女方家，老百姓称作回九）走了，再就没回来过。”

老杨头语调中的失落很浓很重，这失落丝丝缕缕慢慢地飘出来，立刻融进了这越发深重的夜色里。谁不希望合家团圆呢？

“唉，没办法，年轻人工作忙，顾不上。”

老头边说着话边走远了，很重的遗憾表达出来，也就淡薄了，淡薄了许多的遗憾撒在空中，也随风而散了。元渊却开始掂量，小杨和他媳妇儿今天还工作忙？教师节碰上了星期天，哪个学校不休息？看来，这对新婚夫妇和他的婚姻一样，也不是因为相爱而结合的，相爱的人如有闲暇，能不自动走近彼此？

黑暗压向了元渊，也吞噬了元渊眼前所有的景致，从前看到过的物件一个接一个地变成了朦朦胧胧的迷团儿。这灰暗的天地究竟包涵了多少困惑和不和谐？刚刚平静了的心又烦躁起来……

夜，死一般的沉静，他觉得冥冥之中真的有一只大手正在不停地制造遗憾，不断地将遗憾分开塞给众人，谁都不漏掉——心比天高、然后什么都能凑合的禄兄，患单相思病的小牛，还有越发不知该做如何解释的小杨小贾的婚姻，当然还有自己，在别人看来风光无限，年轻有为，平步青云，春风得意……自己得意吗？好像一点儿也没有……

从前，身边有个禄兄，可以对着他倾诉自己心中的不平静，说着，说着，满腹牢骚或者如麻心结在交流中销蚀、消失。现在，他成了一个真正的孤家寡人……

4

接下来的几天，元乡长开始实施自己关于“青泉乡教育改观”的想法。真的，他开始了计划的第一步，着手小贾老师的工作调动。

元渊先去了一趟小杨家，家里只有老杨头和老伴儿，他说明来意后，老俩口欢天喜地，千恩万谢。

老杨头表示：儿子儿媳在一起工作，是他们一家人求之不得的事情，岂止同意？是太感谢了！

第二天早操期间，元渊又溜达进了青泉乡中心小学，看见孩子们进教室，他也走进了校长办公室，告诉杨校长，准备接纳一个高年级的语文教师。然后又进了教育办公室，找到吴总校长，开了个接纳证明。老校长听见来者是一位二十出头，有几年教学经验的年轻女教师，又是一个正式的科班毕业生，非常高兴，连声说：

“师范生好啊，师范生的素质都高！无论哪项工作都不拦手！元乡长，你也不是张北师范毕业啊！”

闻听此言，元乡长一下高兴起来了，毕竟他为青泉乡教育出力找到一个赞同者，配合者。

第二道手续是去县教育局人事股开出调令，其实元渊离开了教育线快十年了，教育局各个科室中的人事不断更新，收拢耳内的有关工作人员名字都是全新的，元渊突然觉得，连调动教师工作的程序，对于他来说，也是完全陌生的。

在乡政府的大门口，元渊碰上了小杨：

“我正准备去县教育局给你媳妇儿办理一下调动……”

“……”

小杨表情木然，既无表态之词，又无谢意表示。

忽然，元渊觉得心里很不是滋味，自己煞费苦心的结果一来充实青泉乡教师队伍，二来使他小夫妻团圆。他元渊本人能有什么企图？打死他也不敢胡来。无论如何，夫妻团圆，做丈夫的高兴才对。

汽车没有人那么多的思维活动，它飞速向前驶去，把元渊的不愉快甩出去，抛得远远的。他开始考虑如何省时省事地把这件事情办好，首先，得找一个能量较大的同学一起去，现在的机关工作人员为人民服务，必定看每个要办事的“人民”的派头，找谁呢？一张憨厚的面孔出现在他的脑海里——教育局招生办主任黄贵，在张北师范念书时比自己高一届的大师兄，教育局的招生办是个可能掌控着年轻人前途机遇的机构，可以说是重权之地。人事股的办事人员不会不给面子的。

15 公里的柏油马路太不经汽车飞奔，元渊的方案刚定，汽车就到了教育局门前。他突然想起，办事之前，点支烟喝顿酒，办事效率会稍高一些，烟酒是润滑剂，拉近彼此距离，加深对彼此的理解。所以大多数的中国人办事都要“研究研究”（烟酒烟酒）。请人喝酒的动作有些大，小杨什么也没有承诺，自己也不好擅自做主。还是买包烟吧，也许有没有一包烟，没什么区别，一包香烟微不足道，不可能确保目标实现。但是求人办事，给办事人员点支烟，是开口说话的先导，其实，跟正儿八经的“研究研究”有实质性的差别。元渊在心里为自己开脱。

于是，到挨近教育局的小卖部时，他叫汽车司机停一停，下车钻进了小卖部，自己几乎不抽烟，买哪种烟还真得想一想，”大烟鬼“禄兄常在他耳边念叨过这么一句：云烟好，云烟贵，抽盒云烟高消费。然后他得意地把自个儿划作贵族。对，就买云烟吧！

元渊首先上了教育局办公楼的 302——招生办，黄贵主任左手持一张报纸，右手端一杯热茶，一边吹茶叶，一边看报纸。

“黄主任好！”

求人办事得口甜，这是奶奶在世时传授给他的办事法则，奶奶慈祥而恬静，连那细碎的皱纹里也都是亲昵，那时，奶奶纳一下鞋底，抿一下鬓发，慢条斯理地说，出门三辈儿小，见了女孩叫大嫂，办事三辈儿低，碰见大嫂叫大姨……只是好多年过去了，好像没怎么用过。

“怎么是你呀？元渊老弟！贵客！贵客！听说你当乡长啦？”憨厚的脸上也有世故的表情。

“是，哪能比你黄主任？身居要职！”

“哪里，哪里！”

“真的，我这不是求着你来了！帮帮小弟！”搜肠刮肚地选择妥当的词语，不，是在背台词！对于他来说，客套应酬简直是一种磨难！还是尽快进入主题吧！

“什么事？元乡长尽管吩咐！只要哥哥能办到！”黄主任依然满脸堆笑。

“二号乡的一个教师想调到青泉乡工作。”元渊不喜欢拐弯抹角，或者说，他不会拐弯抹角。

“我以为你要干什么呢！搞得这么严肃，原来是芝麻绿豆大点事！切，好办！”黄主任一脸灿烂。

“好办就马上办，主任？”元乡长从来就知道事要早办，饭要热吃。

“好，马上去找人事股的周股长！”

矮矮胖胖的黄贵主任抬手要搭住元渊的肩，两人以男人少有的亲密姿势直奔人事股。

人事股的周股长是个五十上下的老同志，在他的脸上，上半截布满皱纹，下半截全是胡子，表情淡然。元乡长庆幸自己邀了这位黄贵主任，否则，他不能判定周股长是否搭理他的问话。

黄主任开门见山提出要求，元乡长赶紧拿出云烟，拆开包装，抽出两支香烟，为两人都点上。

周股长两指夹着烟圈儿，慢悠悠地说：

“行，平调容易得多，只需两个文办彼此同意，跟局领导打个招呼，然后我给出手续就行了。”

落了话音，吸了口烟，随后吐出几个烟泡。

“跟局领导打招呼也得劳您大驾呀！”黄主任为周股长端过茶杯，还拧开了茶杯盖。

“行，我现在就过去，趁张局长现在还在。”老同志办起事来倒是雷厉风行。说完话，站起身来推门出去了。

屋里只剩下了黄主任和元乡长，他们从张北师范聊到学校教育，从学校教育谈到乡政工作，从教育局的格局说到乡政府，但始终不见周股长返回来。

“叮铃铃……”电话铃响起，终于有信息传入了。

黄主任接起了电话。

“喂！小黄，你告诉元乡长，今天上午办不成了。张局长这儿有事情。下午吧，哎，就这样，让他下午再来。”

“这‘老革命’办这么点事，竟如此啰嗦！”黄主任忿忿地说。

“没事，没事，我下午再来好了。”

元乡长同黄主任握手道别。

下午2：30元乡长和教育局的工作人员一起上办公楼，他没再麻烦黄主任，自己直接找到人事股，等了几分钟，那位老同志终于出现了。

出乎意料的是周股长脸上绽放了笑容，但那笑容怪怪的，让人心生忐忑。

“元乡长，让你久等了。上午张局长那儿有点事。”

“没事，我可以等。”

“元乡长，我本来也是青泉乡的人，您也算我的父母官，以后还得劳您多关照啊！可是，这件事情我却爱莫能助！实在是惭愧！”

周股长一边说，一边为元渊沏了一杯热茶，然后坐下来吸了一口香烟，慢吞吞地做解释：

原来周股长昨天就打电话征求两个乡教育办的意见了，青泉乡的教育办没问题，二号乡教育办却说，他们全乡教师的人事变动必须得征得乡政府的主管教育的副乡长同意，所以周股长必须得等待，今天早晨，周股长又一次打电话咨询，马上得知，二号乡教育办不同意小贾老师的调动。

……

5

元渊无语了。

他只得从周股长的办公室里退出来，一路寻思着如何摆平二号乡教育办几位主管人事的领导，也就是如何挫败二号乡那位教育副乡长。虽然这样做，他有点内疚，毕竟他刚刚从二号乡走出来，调头就挖二号乡教育的墙角……可是开弓哪有回头箭？但是，按着良心说，就个人生活而言，小贾到青泉乡任教更合适。

元渊思索着，汽车奔驰着，眨眼之间，就进了二号乡乡政府的办公室。众人告诉他，新一届党委换届结束了，前几天刚刚公布了各个科室领导的任命，二号乡主管文教卫生的是禄乡长！

又是禄兄！他们俩是不是命中注定的孽缘？为什么两人的目光总锁定一个对象？

元渊心烦意乱起来了！

“您老人家来了？干嘛来了？为了你的乌纱帽就来挖我的墙角？兔子都不吃窝边草！你元渊可是刚从这个窝里钻出来啊！回头就摧毁这个窝！好兄弟一转脸变成了阶级敌人，不，简直变成了日本鬼子！”

怕看见谁，偏偏谁到！元渊没提防，禄兄突然破门而入，进门便是一顿劈头盖脸的训斥！元渊瞠目结舌，有口难辩，众人凝神屏息。

过了半晌，元渊堆了一脸惭愧，凑到禄兄面前低声说：“你误会了，走，咱哥儿俩出去喝点，听我解释……”

“没时间！我开会了！”禄兄板着一张红脸摔门离开了。

元渊彻底没辙了，他呆呆地站着那儿，无法掩饰浑身上下的窘态，真的，他都不知道自己的手该背起来还是该揣到裤兜里去，真正手足无措了。

与兄弟产生了隔阂，元渊难过极了，他现在只想着解开禄兄这个心结，还是去他家里吧，家里啥话也好说。

午饭的时候，元渊端坐在禄兄家的热炕头上，禄嫂为他摆上了凉拌土豆丝，白菜粉条烩豆腐，西红柿炒鸡蛋。禄嫂人不漂亮，理家却是一把高手，烹饪手艺更是一流的。禄兄没回来，禄嫂却执意让元渊先吃。

元渊一边享受着禄嫂的美味佳肴，一边跟禄嫂唠着他和禄兄的不愉快，希望禄嫂帮他吹吹枕头风，最好兄弟俩化干戈为玉帛。

“这个小贾有才，禄兄舍不得，我也理解！但是你也得照顾人家女孩子婚姻吧。“

“那个小贾教书好，人也漂亮，性格还好。我认识她。一个长得好看的女孩子没个男人照顾，那些野男人就想着要照顾人家，照顾照顾就变味儿了。就像那个郭静静，小禄和你不都想着要照顾人家吗？“禄嫂酸酸地说。

“嫂子，别瞎说，那是年轻时候的荒唐事，您就别再恶心我们了。都成家立业的年龄了，如果再胡思乱想，其实与人与己都没好处。“元渊诚心诚意地说。

“小禄可不这样想！他恨不得天下的漂亮女人都归他所有，人家的最高理想是三宫六院七十二嫔妃。你是规矩人，就把这个小贾收了去吧。免除隐患！“

“嫂子怎么说话呢？什么叫我收了去吧？怎么我听见这话这

么别扭呢？”禄嫂这么一说，元渊着急了，涨红着脸分辨。

看着元渊猴急的样子，禄嫂张口大笑起来，笑声震动了所有，大有地动山摇之势，她身上的肥肉瑟瑟地抖动。这女人一高兴竟然拿出一瓶白酒，一定要元渊喝上一两盅壮壮势气，坚定一下心志。

元渊一筹莫展之际却得了一个同党，心情立刻高昂起来，虽然没有喝酒的欲望，但是也盛意难却，边吃菜边抿上一口小酒。

禄嫂把电话机上压在胳膊底下一边又一遍拨着禄兄的电话，催着他赶快回来。

终于，家门被推开了，走进了饭饱酒足的禄兄。看见元渊，禄兄递上了一个皮笑肉不笑的笑脸，毕竟元渊陪着笑脸上门请罪。老人们留下了老话：抬手不打笑脸人。所以，他拿了个酒杯坐在了元渊的对面。

“小禄，我哥打过电话说，义忠乡政府有一个副书记的职务空缺，我看，如果有可能，咱一边当着这教育卫生副乡长，是不是也应该一边考虑考虑下一步的事情？”

禄嫂慢条斯理地陈述，元渊却面呈狐疑神色，搞不清她的话里有话几分真实，担心起了他和禄兄的矛盾会不会升级。

“这个消息可信吗？管理文教卫生的工作确实琐碎。烦死了……“禄兄的红脸上换上了无奈。

“咱哥哥不说假话！晚上你可以自己打电话问他。不想管文教卫生，你就放小贾老师一马，归还她一个幸福家庭，让元渊把她带去吧！“

禄嫂面对禄兄坐下，胖脸上全是真诚。

“了不得！出了内奸了！胳膊肘怎能往外拐？你他妈的到底是谁的老婆？“禄兄在吼叫，但是声音里没有了不悦。

“如今，你变好了，对我和孩子没的挑，一心一意的！我和我娘家人呢？从咱俩结婚到现在，始终都是你们禄家的大救星！

咱们夫妻现在是什么关系？倍儿铁！我哪能当内奸呢！即便当了内奸，我也是为了全力维护咱家安定团结！这是其一。其二呢，你也该叫人家小贾老师夫妻团圆啊！“

胖女人一副委委屈屈的样子。

“你们以为我是法海？我就爱离间亲人、棒打鸳鸯？元大乡长，您老人家自始至终高尚得不食人间烟火！心里装着青泉乡每个老百姓的甘苦！我虽然是小人，现在也想开了，天要下雨娘要嫁人，随他去吧！来！哥俩喝酒。”

禄兄恢复了豪迈。

他哥俩又开始豪喝！

第二天，元渊又来到了乐康县教育局，周股长慢条斯理地拿出纸笔，慢条斯理地写着调令。

调动手续终于办完了，萦绕脑际好长时间的事情终于落到实处。

元渊走出教育局的大门，长舒一口气。乐康县县城的大街宽阔而空旷，一阵微风拂过面颊，他觉得浑身轻松多了，久违了的惬意油然而生。生命究竟是个鲜活的个体物质，因为它无时无刻不在运动，吸收热量，发挥能量，产生价值。所以才有这喧嚣的、五彩缤纷的人世界。

他不由得笑了，忽然瞥见路上的好几个行人盯着他看，呵呵呵，看吧！随便看，他会让周围的人，他元渊就是芸芸众生中运动幅度特大的那一个生物体。

元渊的脑海里又冒出了那个清清秀秀的小贾老师，净洁得像片白云，柔美得不禁触碰……那双清澈的眸子，眸子里的那抹淡定，那份无与伦比的清高……

元乡长对着那个飘忽不定的女孩又笑了……看见了！他看见了那座巍峨的青皮山，青皮山也是一副笑意吟吟的样子，似乎在起舞，隐隐约约中，余音袅袅“……青皮大山——高又高……”

第四章　作茧自缚

1

元乡长又回到了青泉乡政府，他拉过表情沮丧的小牛，向他打听书记那边有无不同寻常的举动，找过自己没有。小牛有气无力地摇摇头，表示无意外情况发生，元乡长不必担心。然后用不规范的五官拼成一个微笑，送给了元乡长——嘴角向两边拉了拉，依然是灰头土脸的，无论哪一寸，都找不见一点光泽，眼睛里还满是绝望的神情。天哪！这也叫笑容？元渊觉得自己的心被抽了一下，可是，他知道小牛不是禄兄，他不会向自己主动倾诉衷肠的。

元渊只好回自己的办公室，走廊里碰上了小杨，元乡长把小杨拽进了自己的办公室：

“小牛怎么了？像霜打了似的！”

“他啊，差点被霜打死！您猜怎么了？那位可爱的池老师对他判了‘死刑’呗！哈哈哈……”

小杨边笑边说。你在小杨的红脸膛上和他的笑声里翻不出一丁点儿同情的意味，全部都是幸灾乐祸——元渊想起了罗马斗兽场里那些只想寻求刺激、嗜血成性的看客。而且，他把这种快意赤裸裸地呈给他看，这人的脑袋里缺根弦？还是英雄气概冲天？

“你媳妇儿的调动办得差不多了，估计下周能来上课。”元乡长主动向他“汇报”事情进展状况。

“哦，谢谢您。”小杨的声音低下去了，脸上的笑容一扫而光。

“什么表情？你们俩在一块儿，你媳妇儿会欺负你吗？”

元乡长有点看不惯小杨对自己妻子的冷漠。

“量她也不敢吧？元乡长，张书记真让我去了农金站！”小杨的声音里终于有了一些热情，不对，准确点说，应该是欣喜。

“挺好，好好干！”元渊也高兴起来了，张书记也算给了自己一点面子！小杨能计算不会写文，乡政府办公室真的不是他的用武之地，农经站缺人手，元乡长建议了，张书记竟然采纳了！

小杨走了，留下一句“量她也不敢”的话，在空荡荡的屋子里回荡，这声音又像一条无形的寄生虫以它尖锐的器械冲进了元渊的脑壳里，又到他的体内回旋，游走，时不时地触碰了他的心，心儿抽搐着，一阵又一阵隐隐的疼痛……那个像美丽山神一样的女人……怎么会这样呢？他们夫妻和青皮山的爱情传说想不到是截然相反的版本！

2

下午开饭了，乡政府的食堂冷清极了，那帮年轻人统统不见了，原来，吃饭也是需要氛围的，人少了，食欲大减，芹菜炒肉，又白又蓬松的大馊馒头，元渊却难以下咽。

乡政府的院子里静悄悄的，像元乡长心里一样冷寂。他的手指触到放在案头的一本书——乔伊斯的《尤利西斯》，正好，放下闲愁，走进异域，他的思维伸入这部意识流小说里，慢慢活跃起来了，他的情绪和布鲁姆一块儿起起伏伏……

“啊呀呀——，可怜哪——”

呼喊声拖了哭腔惊天动地，风掀起了窗帘，声音冲进了乡长办公室，扰乱了元乡长在文学作品中的徜徉……不知道从什么时候开始，乡政府大院里的嘈杂声多了起来，元渊放下了书，仔细辨别这声音，哭喊着的分明是小牛！好几天听不见小牛那沙哑的嗓音，哦，今天，这个情伤者终于释放了。

“这叫人怎么活呀——”

劣等音质，里面却充满了真真实实的悲戚。

“咋就没法活了？缺吃的了？还是少喝的了？啊？你真么想不开啊？”不知道谁在劝慰。

元乡长合上书，站起身来，开门出去，打算推心置腹地劝劝这个情伤者，他不想让这个丑小子浪费掉爹娘赠送给他的聪明才智。因为他——元渊觉悟了，情感不过是生活的奢侈品，没有奢侈品，日子照样过。

在乡政府的玻璃门里面，小牛盘腿坐着，正一把鼻涕一把眼泪地抹着，周围站了一圈人。过道里的灯坏了，月光和星光黯淡，所以，没法辨认出都有谁。走近几步，才看清楚，拉着小牛胳膊的是计生助理宽子，还有小元，小郭等，这些人不知道喝进肚里多少酒，老远就闻见一股浓浓的，让人作呕的酒肉味儿。

“元乡长！”小牛扯着沙哑的嗓子大声喊。

难得一个喝醉了酒的人目光如此敏锐。

“我难过啊！我在为老王难过啊！嗯——呜呜呜——那么好的人总是提升不了！上面的领导为什么不长眼啊？啊呀——可怜呐——”

“哈哈哈……”

哭声混合着笑声，沸腾着夜间本来静悄悄的乡政府。

“老王是谁？”

原来人家落泪不是为了儿女情啊！为了老王？元渊有点纳闷，来处工作这么长时间，好像没听说过这么一个人。

“估计哭的人也不认识，刚才酒桌上，不知道谁讲了这么一件事情，他听见了就感慨了一番，这会儿就哭上了。”

“老王是青泉乡政府坐休了好几年的人大主席，背地里活动了好几年，也没当上乡长。”小杨做了解释。

“咸吃萝卜淡操心，你都不认识，嚎得哪门子丧？扯淡！”一缕怒火倏地蹿出胸腔冲开嘴唇，元渊忍不住骂道。

周围一下子安静了，元乡长发现自己旧病复发，驴脾气又上来了，他下意识地捂上了自己的嘴巴，硬把舌尖上滚动着的“他妈的”堵回去了！

听不见元乡长的下话，小牛又哇哇地嚎了起来，手电筒的光线落在这张干瘪的脸上，元渊发现：也许他不是扯淡，眼泪、鼻涕、口水一起迸发，哭诉内容的真伪有待鉴定，脸上的液体却是千真万确的，而且，还在一起使劲地往外涌着，元乡长突然觉得和这些液体一起流出的真的还有厚重的悲苦和几多失落。

“弄回宿舍吧!，别在这儿丢人现眼了。”元乡长还是为小牛这样糟践自己生气。

哭声、说话声、脚步声越来越远了，随着开门声和关门声响起，消失，乡政府又恢复了沉静。可是，元渊却走不进了书里了，半小时以前还占据了他整个精神世界的布鲁姆隐退了，小牛瘦弱的四肢五官都钻进来，而且无限膨胀，事业不前、情场失意，幻化成无边无际不断悲鸣的波涛，小牛那颗年轻的心空了，随波逐流，飘来荡去……

元渊思前想后，进行了归类总结：文人大抵如此，清高伴随着落魄，优越和失意并存，但是，一切又不愿意明言，累累心伤总是想找些东西，虚虚实实地宣泄出来，掩盖起来……

3

两个月过去了，张书记越来越不愿意日理万机了，交给元渊的工作由少到多，元渊简直无暇拿起那本《尤利西斯》了，有一天他猛然间觉出得自己好像已经进入了“青泉乡特色”的政府乡长工作的角色，而且，也觉得这乡政工作头绪纷繁起来，令他眼花缭乱，这不，一项任务未完又来一项。

在书记办公室里，张书记拿着几份文件在和坐在沙发上的元渊探讨，不，其实就是宣传会议精神，布置任务：

县委组织教育局及各乡镇领导，讨论并通过了各乡镇学校必须清除危房改建校舍的决议，并且，各乡镇的具体举措，由县教育局专人协同乡镇领导尽快拿出方案。

青泉乡不能落后！

张书记的眼睛穿过他自己嘴巴和鼻腔里喷出来的、而后又袅袅升起的烟雾，慢慢漂移着，突然间停住了，好像寻到了一个又一个的工作切入点，他的右手拿起钢笔，不停地在笔记本上快速地写写画画、圈圈点点。

元乡长沉默着，不过张书记压根就不需要他说什么，元渊觉得自己不是策划这次活动的参与者，更像一个目击者，一个见证人。

第二天，青泉乡政府召开了乡党委成员、总校长、中学校长、中心小学校长及县教育局的特派领导参加的党委会。

会上，张书记首先摆出青泉乡的财政困难的大前提，希列会人员拿出学校危房修建的建议。众人推举总校长先说，吴总校长指派各校长陈述校舍现状。

中学校长首先提出学生宿舍需要翻修的间数、面积，而且，教室的光线不足，门窗经多年风化，已经破旧不堪，有几间的后墙走形，是危险系数较大的隐患。

张书记不住地点着头换成了一脸的庄重，用笔尖儿指了一下中心小学的杨校长：

“你们呢？”

“我们学校的教舍看上去都是红砖瓦房，其实墙壁都是里软外硬的结构。这样的结构如果换了农家，也许可以支撑二三十年，可是，工程归了公家，偷工减料的现象多了，做工也粗糙了，有些程序也省略了，再加上砖、瓦、土坯都是劣质的，所以，房子的寿命短的可怜。上个月，下了几天连阴雨，夜间两点左右，两个青年女教师正在宿舍里睡觉，迷迷糊糊中听得“啪、啪、啪……”闷雷般的几声，开灯一看，从烟囱口往下掉着砖块儿，砸坏了脸盆，凳子，女孩子们当时就被吓哭了……”

本来静悄悄的会议室里有了切切吵吵的说话声，所有人都开始议论，几乎得出同一个结论：

危房修建势在必行，而且迫在眉睫！

张书记把头转向了元渊：

“小元，说说你的看法。”

元乡长紧挨着吴总校长，其实他一直都在听着、和校长们交流着，听到张书记的命令，元渊觉得自己作为一个政府乡长该站起来表个态了。

“乡里财政困难是一个现实，孩子们的健康状况、生命安全更是个必须面对的现实，面对现实解决问题是父母官不可推卸的责任，造福一方，保一方平安，是我们的使命！不但要修缮危房，我们更要建造全新的、高质量的楼房，比如中心小学的教舍，如果想翻修得结结实实的，也是个大工程，不如盖新的。”

“啪啪啪……”

雷鸣般的掌声在会议室里来回冲撞，声音里张扬着的落井下石的快意也在四处飞舞。

张书记笑容僵硬，用笔杆儿敲了敲桌子，示意大家要安静，然后咳了一声说：

“盖新楼当然好，但是，同志们，巧媳妇儿难为无米之炊啊！各学校负责人统计危房的程度、数量，尽快报上来！今天就到这儿吧！”

从乡会议室出来，元乡长随着吴总校长查看各学校的危房状况，中学的情况还好点，毕竟全青泉乡老百姓就办了一所中学，小学就差多了，自然村的学校更差了，门窗样式陈旧，受光面积太小，教室里破桌乱凳，屋子里报纸糊的顶棚缀满了大大小小的窟窿。天气已经转冷，还未备取暖用的炉火。孩子们的小脸儿都是白白的，嘴唇青青的，有几个小男孩的上嘴唇和鼻孔之间窝着一小撮亮亮的鼻涕。元乡长常送自己的孩子上学，儿子在县城读书，农村和县城的小学简直是天壤之别。

不过，比起自己小时候的读书环境也确实强了许多倍。那是的物质更匮乏，元渊忘不了村里的老人们笑嘻嘻地用指头戳着他们的小脑袋，嘴里常说的的一句话：泥凳子，泥台子，下面是一群泥孩子。

历史的车轮滚滚向前，毫不留情地碾碎了那些泥凳子，泥台子。人类在前进，有些事物该消失时必须消失！

4

晚饭时，张书记冷若冰霜，食堂里所有吃饭的人几乎一起失声，大家都一心一意地吃饭，若大的饭厅只有一种声响动——咀嚼食物的声音。

元渊觉得肯定有什么事情发生了，或者即将发生，自己极爱吃的熬莜面鱼儿就呈放眼前，吃在嘴里，却感觉不出着美味的爽口。莜面鱼儿的两头尖尖的，光滑精道，成群结队钻到土豆汤里，就如那圆滑世故的机关职员游弋于职场，手段变化莫测，令人琢磨不透，拿捏不住。那土豆汤也不透明到了浑浊的地步，当然，这也完全是为了适应世人味觉的需要，其中各种调料必备，盐、油、酱、花椒、姜末儿、葱屑儿，还有那被煮散了的土豆泥。

元渊喝了口土豆汤，觉得这汤里似乎少了点什么。他等待着，品味着……张书记终于放下了筷子，虎着一张本来就挺长的脸站起身来，路过元渊身旁，停了一下，说：

“吃完饭，过来一下。”

声音低沉，而且，这声音就像那数九天的西北风，席卷了屋里所有的温暖，都快呵气成冰了。

小青年们彼此交换了一下眼神，等书记迈出门槛，带上食堂门时，几乎同时“呵”了一声，长舒了口气，霎时食堂里像炸开了锅，人们开始大声交谈，朗声地笑着，压抑了以后的释放原来如此张扬。然而，元乡长没福气享受这大密度的欢娱，他初进食堂时，以为自己满可以吃上三四碗熬莜面鱼儿，没想到这第二碗刚吃了一半就没了胃口，他放下碗筷，满腹狐疑地往书记办公室走去。

张书记办公室的门半开着，他却依旧虎着脸，听到了脚步声，仍然没有抬头，用刚才的口气问道：

“中心小学调进一个教师？你知道吗？”

张书记说的是小贾吧？对，应该是吧，元渊思忖着，晚饭前他听说小杨租好了房子，接来了媳妇儿。

“是小杨的媳妇儿，确实有这么回事！”

调进个正式教师并非是坏事，他用不着生气吧？元渊搜肠刮肚地寻找答案，问题到底出在了哪儿？这些天他总是在小心翼翼地迎合着这位书记大人啊！

“这个学校的教师人数本来就超编，一共没有多少学生，根本用不了那么多的人！”

张书记的嘴一翕一合地动，脸上的肌肉蹦蹦蹦地抖，他装腔作势起来竟然不顾自己的身份去歪曲事实！

“中心小学的人手不够，……而且，大多是民办教师，素质不高，业务，业务太差……”

站在张书记办公桌前的元渊像极了一不小心扎了个小眼儿的自行车轮胎，越来越瘪了，他觉得自己一下子亏欠了张书记好多，有张书记在面前，他无论如何直不起腰来。

“哈哈哈！可笑！这个人素质高？她也不过是个师范生！一个乳臭未干的娃娃教师，能有什么水平？”

他的食指快速地敲着办公桌面，气焰万丈长！张书记居然为小贾的调入大发雷霆！而且他的口气越发咄咄逼人，张书记在否定小贾，否定师范生！元渊想提醒他，几年来来，能升入师范学校的初中生全都是班里的尖子生，禄兄，自己，小贾，那个不是智质超群、能力过硬呢？然而，这些话如何敢出口？

“没有经过领导的批示，她就来了，谁办的事？这个办事人还有没有一点儿组织观念？”

“太不像话!”

张书记终于道出了他生气的真正原因——作为青泉乡最大的当家人，他不知道这件事情！这就是错误！这样的事情不像话！元渊猛悟这位“大当家的”认为自己越权了，其实，若大乡镇调一个教师应该是区区一小事，乡长、总校长不也是领导吗？

“至于吗？他……”

元乡长涨红了脸，但是，他把“妈的”咽回肚子里了。

张书记火冒三丈的样子确实有点吓人，禄兄的预言应验，该死的乌鸦嘴！元乡长找不出一句合适的措辞来为自己辩护，或者来平息平息张书记的怒火。

“叮铃铃……”

电话铃很识时务，及时赶来打圆场。

“哦，您好！对……是我……刚才正好有点事。”

张书记接起电话，口气一下子温和了许多，眼睛盯着电话机，左手对着元渊挥了挥，示意他赶快离开。

元渊退出书记室，心里好像压了一块大石头。几分钟之前，调小贾老师来青泉乡中心小学教书，他认为首先是为青泉乡的父老做了一件好事。因为这个青年有知识，有能力，更有精力，是二号乡一流的教师。他费尽周折总算挖来了，却没有好报！元渊收寻记忆，除了父亲，似乎没有一个人如此斥责过自己。难道自己做错了吗？张书记值得如此大动干戈吗？前两年，政府负担全部教师工资，如果那时调一个教师过来，书记发火，自己可以理解，多了一个教师就多了一个人领工资，增加了乡财政的负担。可是现在，教师工资由县政府统一发放，多一个干活儿的人不是挺好吗？

元渊有气无力地跌坐在椅子里，脑袋塞满了挥也挥不去的问号，随手拿起了《尤利西斯》，乔伊斯在描绘人类意识，元乡长也研究起了人的意识流层，可是，他实在琢磨不透张书记几天来意识层面究竟是什么东西？迷惑、憋屈、无名火在元渊的意识里渐渐混淆、相融，慢慢消失了……

5

早晨，太阳照样升起，挨了骂的元乡长依然精神抖擞，因为他时不时地看见身着一袭黑衣的小贾老师从乡政府门前走过，青皮山映衬着这个美丽的女人，或者说这个美丽的女人点缀着青皮山，不管怎样这幅风景总让他的心情大好。看着小贾的背影，他暗下决心，继续关注学校的教舍问题！

从乡政府到文教办估计有一里来的路程，元渊很喜欢徒步行走，一边和大自然亲近，一边结识一些农民，了解了解村民生活情况，开几句不咸不淡的玩笑。

路过供销社门口，有一个站街的老头儿跟元乡长打了个招呼，而后又转脸跟其他人介绍说：

“这是我们乡的正乡长，调来好两三个月了。”

几个老头老太太一起睁大眼睛，张着嘴看着元渊。

“见过几次，这么年轻啊！”

“听说笔杆子很硬啊！”

“长的也好啊！粗眉大眼的！”

……

元渊听不见农民们后来对他的品头论足了。

乡教育办公室的门大开，屋里烟尘滚滚，元渊只好停在门口，因为他可不愿意让净洁而好看的自己受到污染。吴总校长裹了一身烟雾从屋里跑了出来，站定了，几分钟过去了，他那两只被浓烟熏得通红的眼睛还使劲地闭着。

元乡长看见老头的怪模样只想笑。

“怎么了？老吴，一个人玩地道战游戏？”

听到说话声，老头努力地睁开眼睛，可怜，竟然老泪纵横了。

“是您啊！元乡长，这屋里好几天没生炉子啦，我觉得今天有点冷，就点着了。冷灶，所以冒烟呢！您进屋吧！……唉！还是外面说话吧！”

老头儿用手背擦了擦眼泪，又用两手心按了按上下衣兜，显然，在找烟，好容易找出了一个瘪了的烟盒儿，拨开口，捏出最后的两支香烟，左手摸出火柴，准备给元乡长点上。元渊摆摆手，吴总只好自己抽了，把另一支烟夹在耳朵上，吸了一口，凑近了元乡长的耳朵：

“张书记生气了！”

元渊一愣，敢情这吴老头也被张书记的怒火烧了一把？原来这位张书记逮住谁烧谁啊！难道向他发泄也是因为小贾？

“哦，什么时候的事情？”

“今天早上，我接完张书记的电话就生炉火，最多一个小时前的事情。好家伙，那声音大得吓人！”

“身心俱伤”的老头儿虽然土头土脸，却神态安详，慢吞吞地吸了口烟，闭上嘴，两股烟雾从鼻孔里直戳戳地喷出来。姜还是老的辣。

“他倒底为什么发火？”

佩服归佩服，元渊最受不了老年人说话时先叫板、再渲染“摆谱”最后讲明主题。

“呵呵呵，为什么？还不是因为小贾进中心小学的事情！人家觉得从人家头上过了！”

元乡长以为张书记已经翻篇了，原来他还死拽住不放，一个书记，不，一个男人，竟然容不下这么一点儿小事，这倒底是为了什么？元渊想起了张书记低垂的眼睑和呼哧呼哧的喘气声。

“至于吗？于公，中心小学需要教师；于私，小夫妻需要互相照顾。这咋就错了？不容许工作调动吗？”

元渊困惑也气愤，他太想骂娘！昨天无故受斥，本以为睡一觉后，就小事化了，可这位大书记还是不依不饶，比自己家里的女人还要刁蛮！

“不是讲道理的问题，关键是这个小杨，在小贾来之前，他和张书记打过招呼吗？”

吴老头倒底是多年的总校长，他一语道破天机。

“肯定没有！”

小杨怎么会为媳妇儿的事主动找张书记呢？倒是自己一而再、再而三地跟他“打招呼”，他才不情不愿地接纳了妻子；返回来又说，自己在办这事之前应该跟张书记打个招呼，也就没有这节外生枝的麻烦。可是，如果是自己家的事，或者是挺大的事，他肯定会禀告的，这么大点芝麻绿豆……可笑，难道一举手，一投足都必须向书记汇报吗？无论什么都毫无保留地全盘告知？除非是无话不谈的朋友，可惜，他张书记和我元乡长之间一直保持着居高临下的距离。

徐校长走过来了，吴总校长和元乡长打住话头。

中学是乡办学校，所以徐校长邀他们一同统计危房的数量，他们偕同木工电工认认真真地检查每一间教室，屋顶的椽子、檩子，两间屋子接头处的墙壁，门窗上的玻璃，电线开关，屋脚的根基和屋里的地面，不放过任何一部分。

中午，中学作为东道主感谢教育局领导以及乡领导协助检查工作，在“二胖饭馆”准备了一桌。

农村饭馆，餐桌周围拉上帘子，遮住其他人的视线，就算作雅间。设置是简陋些，菜肴却很丰盛，糖醋鲤鱼，宫保鸡丁，京酱肉丝……满满摆了一桌，列席人员有东家代表徐校长、两位满脸皱纹的副校长，吴总校长，县教育局领导，以及乡领导张书记，元乡长，主管教育的薛乡长。

喝酒的气氛却令人压抑，张书记一改以往满腔热情的酒席风格，矜持起来，不主动敬人，只等着被敬。吴总校长今天的说话也很少，他只是眯起细长的眼睛观察观察张书记的神色，过一会儿再看一眼元渊乡长。元渊在酒场上很少做一个滔滔不绝的说者，大多时间里他是一个听者。当然，也有例外，那就是在二号乡的时候，他和禄躲在小卖部的里屋喝几盅小酒，他也曾慷慨激昂过。

初上酒席时就有点别扭，张书记保持着板了几天的冷脸子，元渊笑不得，也恼不得，尴尬至极。但是，他还是按照以往的惯例，先敬人，后被敬，喝酒加上行酒辞，慢慢地他就顾不得琢磨张书记了，更主要的他渐渐变成了那个絮絮叨叨地分析着青泉乡学校教育现状的徐校长的一个听众了，这个忠实的听众不厌其烦地接受着一个又一个的信息。

第二天，该到中心小学检查危房了。元乡长、吴总校长一行两人找到小学杨校长开始检查。杨校长似乎不具备太强的表达能力，总是一副欲言又止的样子。元渊不想再问他什么了，自己干脆蹬上桌子，亲自观察吧，虽然自己不够内行。在手电筒的照射下，元渊愣住了：顶棚里的构造叫人寒心，茅草下面压着的哪能叫做椽子？分明是些小木棍儿而已。房顶和顶棚之间的光线倒不错，即使没有手电筒，什么都可以看见，因为黑房顶上缀满了

“星星”，真是星星吗？不，那是一小块一小块的蓝天！这也叫屋顶？孩子们——祖国的花朵，居然在这样的房子里学习！建国将近四十多年的今日，这样的房屋在自己的地盘上居然存在着，而且，仍在岌岌可危地担负着举足轻重的任务。元渊跳下地来，想移动一下桌子再去另一个顶棚口看看椽檩情况，但是，桌腿子被牢牢地钉进了地下了，这叫做什么地面？这不是老房子，不是建造者的技术低劣，也不是建房子时资金短缺，做了几年乡干部，他太了解公共设施的建筑了，预算的金额和建筑的使用钱数相距甚远。可这是用作教室的房屋，里面容纳着几十条鲜嫩的生命，那些人居然如此大胆！人啊，善良也狠毒，纯净且阴险，既瞻前顾后，又一意孤行，所以，有时人的行为包藏祸根，有时人的行为助纣为虐！元渊沉默了。

在吴总校长和元乡长要举步离开的时候，杨校长吞吞吐吐地拉住元渊：

“元乡长，有句话我得……跟您说一声……”

“什么事？有话讲啊！”

元渊有点鄙视他——堂堂校长如此怯懦。

“元乡长，今天张书记打过电话说，暂时不要给小贾排课，您看……”

张书记？又是张书记？在他张书记的管辖之内，有多少学生在摇摇欲坠的教室里上课，他熟视无睹，这件小事他倒是揪住不放！元渊突然觉得调自己挺欣赏的女孩来这个地方工作看来真是个错误，她还应该安安静静地呆在二号乡，起码那里要安全得多……可是，已经来了，好像没有回头路可走。不按课？他该怎么跟她解释呢？元渊忽然想起了那天晚上在医院里小贾老师望着他的眼神，几许敬仰，几许友好，可是现在……元渊怒火万丈，又后悔不迭，怎么能让一个雄心勃勃的年轻人无缘无故遭受打击？可怎样摆平呢？……

“该管事时他却不管！别理他！反正他也不来学校查课，去哪儿找这样的好老师?”

吴总校长代元乡长回答，姜还真是老的辣，吴总校长是老姜中最辣的那颗。

元乡长带着满腹的懊恼慢慢走向那个他一点也不想走进的乡政府，一阵清脆的自行车铃声过后，元渊又看见了那袭黑衣，看见了青皮山，他赶紧埋下头逃似的走进乡政府……

6

关于青泉乡学校教舍改建的党委会接二连三地开着，会上发言的人越来越少，只有元渊一个人迎接着张书记冷飕飕的目光一而再，再而三地陈述者自己的看法，张书记没有否决，也没有采纳，他好像压根就没有听到什么。

元渊心急如焚，可又无可奈何，偌大乡政府，他竟然找不到一个愿意听他说话的人，能静下心来听他推心置腹讲讲其中的道理的人，原来这么值得珍惜，元渊不禁怀念起了禄兄，这是他从禄兄夜里失踪、禄嫂拉着他满大街寻找以来第一次怀念他，这一段时间，元渊也想开了，跟女人的缘分自有天定，他又奈何。

县委的电话一个紧似一个，要青泉乡农村学校危房改建领导小组赶快拿出方案，终于，张书记拍板定案了：

中学翻修五间，资金由乡政府出，中心小学翻修三间，资金由青泉村出……立刻动工，完工后资金到位。

列会人员面面相觑，张书记环视众人：

“谁还有话要说?”

“我认为——”

元乡长准备陈述自己的看法。

“不当家不知道柴米贵，谁不想被人称颂，谁不想流芳百世。可是实力呢？谁有高招增加青泉乡的经济实力？说说看……”

张书记堵上了元渊的嘴，自己滔滔不绝地说起来了。

元渊没了说话的机会！他木头人似的坐了下来，大脑空白了！眼前的所有告诉自己，即使说了也不起不了任何作用，用张书记的话说，这个家该他书记当，因为他是一把手！

可是，青泉村的孩子们正在岌岌可危的教室里上课！元渊在心里呐喊。

散会了，元渊紧跟在张书记身后，他想力谏，可张书记走得飞快，他打开书记办公室的门后，自己迈进门槛儿，便随手用力关上了那扇门，那扇紧闭的门隔开了元乡长和张书记，一个屋里，一个屋外。唉，其实，他俩本来就不是一个世界的人。

7

元乡长一坐下就看见办公桌上的那份《危房改造通知》的文件，忧心忡忡，却又觉得无力回天！

好多人的说笑声和脚步声由远及近，元乡长顺着走廊向大门口张望，十多个年轻人围成了一团儿，中间走着的是小牛，他脸上的笑容灿烂，手里提着个塑料袋儿，被几个青年男女众星捧月似的拥簇着。时间正值晚饭间，属下班范畴，所以年轻人不再顾及张书记有没有回县城，都大声地嚷着，放肆地闹着。

“元乡长，吃喜糖！”

小牛的头发丝里都透着喜悦，他咧着大嘴抓了一大把糖果，要往元渊的衣兜里装。

“喜糖？什么喜事啊？说说！”

元渊真的不知道这“喜”从何来，这些天元渊的注意力全被学校危房占用了，没顾得上关注这些年轻人。

“当然是大喜了，牛哥的大喜事！所以牛哥大出血，元乡长，快吃吧，这可是好糖，二十块钱一斤哪！”

宣传委员口齿伶俐，快人快语。

“牛哥要结婚了！”

看着一脸迷茫的元乡长，小杨笑着解释。

“这可真是喜事！”

元乡长扭头看见了一张不知道什么时候解了冻的笑脸，仔细端详起来，这张脸越看越像冻柿子蒸干了水分变成了柿饼子，颜色红紫，纹理鲜明。

“嘿嘿嘿，元乡长，我下个周六办事。”

被元乡长的大眼睛盯着，这个丑小子的神态变得腼腆了，忸怩不安起来。看着他那怪模样，元乡长朗声大笑。

小杨也拿着一个大袋子，呼哩嘛啦地从里面摸出一个大红请柬递过来。

“这么快？也搞闪婚？”

元渊接过请柬，看着小牛忽然想起了一个月前他几近绝望的神情，那鬼哭狼嚎般的发泄。

“不快不快，牛哥都三十了，别人的孩子都上小学了！”

宣传委员的率直、天真尽撒脸上。

真的，不管爱上了还是没爱上，对于一个三十岁的男人，这婚必须得结！古训云：不孝有三，无后为大。作为后辈，有责任结婚生子，继承先人的香火，不能让祖上断子绝孙，或子孙调零。元渊一下觉得有时候这结婚还真是一种挺壮烈的行为，他想起了自己结婚时，时而觉得万念俱灭、时而准备光荣就义的心情。

“张书记在吗？”

小牛提着个糖袋子想进书记办公室，转过脸来问众人。

“在呢！”

元渊告诉他。

“砰砰砰……”

过了半饷，书记办公室的门终于开了，张书记站在了门槛上，拦住了这群想走进去的人。

“你结婚吗？我知道了，哦……还有别的事情吗？”

张书记拒接喜糖，依旧一张冷脸。也难怪，小牛历来不讨张书记的喜欢，元渊曾经在张书记跟前提过小牛“小牛有潜能，不妨委以重任”。张书记嗤之以鼻，“靠得住吗？一个用马尾巴提豆腐——半点也提不起来的人”。元渊不敢再说了。在张书记的世界里，小牛已经下了十八层地狱。

领教了张书记的冷漠，小牛只好讪讪地走开了，众人也都跟着离开了，但没有了喧哗。

元渊站着没动，他太想找个跟张书记进尽忠言的机会。

小杨也站着，他摸出一个请谏，拉开嘴角摆出个微笑，一同递给了张书记：

“张书记，您的请柬！”

“哦，小杨，你媳妇儿在青泉乡中心小学没课可上，还回二号乡吧！”

张书记似笑非笑地盯着小杨说。

“哪怎么行？”

小杨使劲挤出好多笑堆在脸上。

“怎么不行？为了调动工作，你的礼送多了吧？可惜，你媳妇儿还是没课可上，这下你的损失就大了！”

张书记睥睨着小杨，有别有用心地看了元渊一眼，然后把两个泥塑像一样的人物关在门外……

夜已经很深了，一块大大的黑幕布遮住了一切，万物统统简化成了黑，倏尔，风吹动了枯枝败叶发出了沙沙沙的声音。元乡长依旧站在田埂上，他凝望着好像被黑墨渲染了一般的青皮山，凝视着这块贫瘠的土地，这座山，这块儿土地渐渐隐去了形状，元渊从来不惧怕这黑越越的夜，可是，今天，他似乎也没有一点儿力气来奈何这无边的黑暗。这贫瘠的土地里孕育出来的是愚昧、狭隘的人们，这些人们又制造着无休无止的贫穷与灾难……

第五章 婚礼上的惊雷

1

元渊不再期待张书记的青睐了，他知道，这种情形下，换了谁也无法作为，因为稍有不慎，他这个政府乡长和张书记的关系更僵，事情结局会更糟，所以，目前他只能生活在无边无际的忧郁和寂寥中，另一方面，他还心存幻觉，等待着可以改变这个计划的锲机出现。

这一阵子，青皮山成了元乡长茶余饭后必然面对的对象。

青皮山的山色正在由灰变绿。仔细看去，伸出脑袋的小草芽儿嫩嫩的绿绿的，娇弱的像新生的婴儿，一根根颤颤巍巍的丝儿，纤细得如那绣花针。别处正值“百花争艳”的时节，这里却是一番“草色遥看近却无”的景象。但是，此时似有似无，不久以后自成风景。草木如此，这一片土地上的好多事情其实也在遵循着这样的规律，从无到有，从小到大。盯着小草芽儿，元渊得出结论。然而，若遇上阴雨时节，这青皮山的草儿树儿就隐去绿意，愈加灰蒙蒙的了，站在山脚下，只觉得这灰色已经凝固，还实实在在地披在青皮山上。看着看着，好像这座山上压根儿就没有过春天这么个季节，期待好风景的人会也更加困惑——禁不住扪心自问，自己记错了吗？这到底是严冬还是暮春？冬天格外爱怜这坝上地区，离开的时候总是恋恋不舍，一步三回头的，致使春姑娘缩首缩尾，姗姗来迟，有时她非要和夏天相随而来。可是，这里的人们还是坚信春天会来的，他们会按时耕种，坚守着春种秋收，无视阴晴变化、气温的高低。

在半山腰上，他看见几株枯黄的山丹丹花的枝蔓，虽然干瘪得走了模样，元渊还是一眼就认出来了。他压抑了许久的心里掠过一抹欣喜。他自小就喜欢山丹丹花，爱怜那红红的花瓣，钦佩它顽强的生命力，无论遭遇什么，来年还会吐芽，生枝，开花，照样红艳艳、娇滴滴的令人心醉。他俯下身子拽了拽，发现那几根茎蔓都连着地下，柔韧而结实。他在山丹丹花旁边立了快石头作为标志，转过身慢慢下了山。

每次面对着青皮山，元渊似乎都能得到不同的人生启示，然后，心平气和地走回乡政府，审时度势地处理着一件又一件公务。

日子飞逝，山色愈绿，蓝天下便是一片葱茏了。

有一天中午快要下班的时候，满面春风的小杨敲开了乡长办公室的门，他告诉元渊，今天是星期六，是小牛的大好日子，大伙儿都准备去捧场。元渊当然也得一同前往，他简单整理了一下装束，跟着小杨一起出去了。

婚礼酒席设置在中学教室里。

青泉乡中学寄宿学生偏多，为了照顾家长接送孩子方便，这个学校总是两个周连起来休息三天，学生休息了，教室也就空了。所以，小牛就选择了学生不在的星期六来完成他的人生大礼。小杨一边走一边念叨，小牛追池老师失望之后，一蹶不振，他的同乡——纪检书记老李给他介绍了一个在忠义乡小学教书的女老师，女方的家境不错，父亲是退休教师。小牛和女老师接触刚刚一个月，婚事就拍板定案了。

开着门的两间教室里已经坐满了前来贺喜喝酒的人们。元乡长和小杨找了两个空位坐了下来。他俩刚刚坐定，两个小伙儿就撤走了桌子上的水果盘儿和糕点盘儿。清理完桌面上的纸屑和果皮，便摆上了酒菜，坐在一张桌子上的人们，认识的，不认识的，开始互相打招呼，然后推杯换盏起来。

“大家好！各位静一静！先暂停一下！”

男中音宽厚洪亮如钟鸣。

众人循声观望，只见由青泉乡教育办公室的会计孙老师牵引着走进一对新人从教室门口款款走来。经过一番精心包装，新郎官小牛的形象确实有脱胎换骨、改头换面的变化，崭新的深蓝色西装，用一条殷红领带点缀，脚上踏一双程亮的黑皮鞋，整个人一下直溜了许多。整理过的发型纹丝没乱，估计用发胶粘住了，更与往常不同的是，今天小牛的脸上也净洁多了。看来人靠衣装这句话一点不假。再看身边的新娘子，穿一身血红血红的棉衣服，可惜，裁缝师傅走眼，红缎棉袄太过宽大，掩盖了青春年少的新娘子应该拥有的美好身材，大红袄一罩，新娘子显得分外臃肿。她的头发统统往后扎起来，然后用一条满是粉花的发卡别上，服饰色彩搭配耀眼。新娘子的脸上涂了一层厚厚的粉底液，远看白白净净的，眉眼经过了浓墨重彩的加工，黛眉朱唇，可依然看不出她的自信来，使人觉得这个新娘子总是一副笑也不是，说也不是的神态，如果你再多瞄上几眼，她会觉得自己就是一个做了错事的孩子！所以，新娘子尽量躲到新郎官的身后来寻求遮蔽，新郎官一反往常的畏缩，大义凛然地做着替新娘子“遮风挡雨”的“大雨伞”。

幸亏证婚人孙老师八面玲珑，从一进门大红脸上就洋溢着无比灿烂的笑容，来的都是客，全凭嘴一张，他没有怠慢任何一位客人，哪怕只是一声问候，他也得递过去。而且，做过部队文秘的孙老师妙语连珠，雅俗皆备，雅致的极有品味儿，通俗的不失分寸，满满一教室的听众时不时地哄堂大笑。证婚人的唾沫星儿乱飞，也叫周围的客人们再也不敢关注其他地方，因为孙老师说到激越处，嘴巴就像喷雾器，点点滴滴，条条缕缕，满屋子飞舞，天女散花一般，最后，那白色的唾沫花开在人们的头发上，面颊上，还有那香喷喷的肉丸子上。所以，远处的客人呵呵直乐，为他的诙谐幽默，也为他的唾沫星儿，近处的客人，特别是年轻小媳妇儿们，黄花大闺女们都侧着身子、缩着脑袋、捂着嘴巴窃窃地笑，孙老师却越发兴奋，红脸膛闪闪放光，唾沫星儿花竞相开放。

“今天，小牛和小王喜结连理……”

“哎，小牛媳妇儿是正式教师吗?”元乡长扭头悄声地问身边的小杨，他突然觉得每对夫妇的综合评估分数值应该是相当的，否则生活将不和谐。

“对，是正式的!”

来青泉乡上班的时间不长，但是，小杨收集到脑袋里很多关于各位同事生活状况资料，连同个人隐私信息，而且，“储存量”大得惊人。

“她不可能张北师范毕业的吧?”

不知道为什么，元渊感觉出小牛的这位新娘子不是他的小师妹，小校友。

“不是，她是‘县大’毕业的。去年乐康县教育局为了填充各校的英语教师空缺，招了一批高中毕业生进行短期培训，培训地点就是我县的教师进修学校，然后分配各校，年底都转成正式教师了，人们叫这批人‘县大’毕业生，人家不用考试，又没花多少钱，就吃上了‘皇粮’，这些人的运气真好!”

小杨感慨着。

县大?元乡长又想起了禄兄，去年有一段时间，他时不时给元渊重复一个的笑话：“朝阳冉冉升起”，一位教师在课堂上却念成了“朝阳再再升起”，他把“冉”认作了“再”，学生哄堂大笑，有个调皮的男生乘机出洋相搞笑，学生们笑得更凶了，这个教师也跟着学生一起笑，他笑起来的动作更夸张，腰一弯到底，最后，干脆把自己藏进了讲桌里。下课后，这件事情便在校园里流传。据说，这个教师就是“县大”毕业的，禄兄鄙视这些乐康县自产的大学生，用他的话说，“说的过分点，这些人是城市和农村混合后产生的一种比较低级的衍生物”。“这些人没有城市的先进意识和文明思想，却有城市里的糟粕——小市民气息；没有农村人的善良与质朴，却有农村人的愚昧和无知”。当然，禄兄是个偏激的人，对于他的话，元渊一般按照1：1的比分取舍。

新郎和新娘开始沿桌子逐个敬酒了，碰到了难缠刁蛮的来宾，孙老师都能用他那如簧的巧舌做“技术”处理，总能逢凶化吉，化难就简，所以，小牛自始至终无需多喝一杯酒，新娘子总是谦卑地笑着。来到元渊所在的酒桌上，元乡长既算年长者，也是最高级别的“长官”，自然他是这对新婚夫妇第一个要敬酒的人。

“这位是元乡长，是小牛的领导，更是你们的哥，新人拿出你们的真诚来！新郎双手持盅，新娘斟，先为元乡长恭恭敬敬地满上一杯白酒！”

孙老师指着元乡长继续喷射唾沫星儿，他居然还挺擅长煽情！

“哥希望你们小夫妻彼此珍惜，相伴相随，走好人生每一步”！

元乡长说完贺辞，接过酒盅一饮而尽。有很多男人惜香怜玉，可是他不知道从什么时候起，竟然非常疼爱起这个丑兄弟，他衷心地希望小牛的人生能够平顺，才情得以发挥，事业有成！

小牛的眼圈儿红了，他望着元乡长，用力地点点头，额前的那缕被发胶定住了的头发却一动不动的，失去了往日的生机，却粘着几颗五颜六色的金点点，有点滑稽。

敬酒继续进行，不知道谁放起了婚礼进行曲，本来舒缓的乐曲却给这间吵杂的教室又添噪音。

小牛和他的新娘子被人胁挟迫做起了“步步登高”游戏。这个游戏要求新婚夫妇都伸出舌头，用两个舌尖一起从桌面上舔起一颗花生米，先抬到小酒盅上，再抬到大酒杯上，然后抬到酒瓶盖上，然后夫妻用牙齿分食花生米，自始至终不准用手参与，只用夫妻的两个舌头完成各个事项。这确实是一系列高难度的动作，要求两人配合必须达到绝对高水准的默契，双方舌头的灵活度也需要超常。小牛摘掉了眼镜，这样可以减少障碍，拉着新娘子低头伸舌准备一起完成这项艰巨的任务，可是，他们的舌头同时往起舔花生米时，那颗豆不听话，直接跳到桌子上，又从桌面上叽里咕噜地滚落不见了踪影了，没有花生米可抬的小牛直接把舌头伸到了新娘子嘴里，众人张着嘴，瞪着眼，屏住呼吸，盯着每一个细节，末了，满意地大笑起来……

2

喝了喜酒，元乡长的心情轻松了许多。

他走出小牛夫妇热闹非凡、喜气欢腾的结婚喜宴，进了中学大门口附近临街的小屋。这间房子几天前还是学校的小卖部，租期刚到，承包者因为又有了好生意就搬走了，目前没找到合适的承包人员，房间闲置。里面空无一人。元渊推开窗户，一边和跟在身后的小杨随意聊天，一边打量着来往的行人。元渊已经认识了不少村民，所以有好几个人扭头和他们打招呼。

“叮铃铃……”不远处传来一阵自行车车铃的声音，一个年轻女人从小杨和元渊面前穿过。

“哪不是你媳妇儿吗?”

元乡长看见了一袭黑衣、一头乌黑光亮的披肩长发，便一眼认出了小贾。

“除了她，还能是谁?”

小杨本来因为喝多了酒热情得如火如荼，看见了小贾的背影，一下子变得面无表情了。

“什么夫妻啊？你们见面怎么不打个招呼？”

元渊觉得他们夫妻之间的冷漠似乎有增无减。

“哼！该说些什么？她本来就是个目中无人的女人！”

小杨的脸色很难看，酒饱饭足后的红光很快就黯淡下来，渐渐地堆积上了一层厚厚的阴云。

元渊太想说点儿什么，可是搜肠刮肚找不出任何一句自己认为还算合适的言辞。能听到的只有屋子外面行人“嚓嚓嚓”的脚步声……

屋子里的两个人都鼓起腮帮子闷坐着，语言空白了，两人的内心世界却翻江倒海起来……沉默半晌，正要开口说话的元渊突然听见了自己的手机铃声在吵闹。

“铃铃……”

“元乡长在吗？中心小学的教室塌了……”

什么？房塌了？教室？元渊头晕耳鸣，后面的话一句也听不清了，他的意识流程断了，思维短路，继而，出现在他脑海里的是一具具血肉模糊的躯体……

一分钟，两分钟……好像过了很长时间，元渊身体的各个系统又开始正常工作。他告诉逐渐清醒的自己，元渊是一乡之长！青泉乡百姓的父母官！更是一个大男人！一个大男人，一方的父母官怎么能先乱了方寸呢？即便是死，也该站着死！

他终于找到了一直攥在手里的手机，左手帮助右手按通了回拨。

“有伤亡重？赶紧……”

他的嘴唇有点麻木，手抖得抓不住手机。

“没有，没有！一个都没伤着，今天是星期六，学生都离校了！真是万幸！”

总校长吴老头在电话里念起了“阿弥陀佛”，语气里飞射出劫后偷生的喜庆。

“哦！原来这样！”

元渊合上手机，一屁股坐在沙发上，提到嗓子眼儿的心终于放下来了。

那些孩子们依然个个还活蹦乱跳！

元渊高兴得要灵魂出窍！可惜，他没有力气站起来，两分钟之后，他好像想起了什么，翻开手机，又拨了一个回拨。

“吴老师，问你个事情，您把这事向张书记汇报了吗？”

“当然汇报了，出这么大的事情，第一个要要告诉的就是张书记，元乡长！您放心，您过来吗？”

“过去，当然过去！”

元乡长穿上了刚刚脱下的西装，带上门朝外走去，走了两步，突然觉得他更应该先同张书记沟通，于是，元渊先返回了乡政府，他要敲响书记办公室。

元乡长正要举手敲门，门却自己开了，张书记就站在自己对面。

“张书记，中心小学的教室塌了。”

他不想斟词酌句，还是直接呈出事实吧！

“我知道了。”

张书记那张脸永远波澜不惊，发生了这样的事情，他的表情平静得令人惊愕。

元渊的热血往上涌，却找不见第二句话了。

“走吧，小元，我们一起去看看现场。”

张书记语调平缓地对他说话，元乡长这才发现，几天来一直覆盖在张书记脸上的愠怒和鄙夷的神情不见了，只剩下了淡定。

3

张书记、元乡长乘着同一辆车赶赴塌房现场。

车内，谁也没有说话。

等他们到了中心小学，民工们已经开始整理现场了，坍塌了的居然是元渊认为较为结实的两间教室。前墙和门窗依然完好，后墙和屋顶全趴下了，元乡长翻看房子的根基部分，土坯因潮湿更加酥松，石头根基几乎没露出地面。元渊想起来了，立秋以后的一场连阴雨雪应该是促使房屋倒下的罪魁祸首吧。这个倒霉的地方，每逢春夏季节，禾苗生长，雨水少得可怜，历来有“十年九旱”的“美誉”。到了收秋时节却淫雨霏霏，老天爷好像在和农民一起哀悼这点儿可怜的收获。

土坯润进了雨水变得沉重，把桌椅板凳砸了个粉粹。民工们用铁锹挖出了孩子们的书包、帽子、手套、书本，这些东西倒是完好无损，然而，从废墟里一件一件地挖掘出了人常用的东西，看着这个场面，摸着这些东西，总叫人怵目惊心，浑身冒着冷汗。

大大小小的领导都凑到张书记跟前，准备领会大领导的最新精神，张书记却将那张安详的脸转向了元乡长：

“小元，你把剩下的教室重新检查一下，今年冬天必须保证孩子们住着的教室万无一失！必须先检查教室，确保安全后，学生入住，如果不够用的话……幼儿班先放假吧！再不行，就借用一下民房。”

张书记一字一顿地说，从他的语调里还是听不出他的悲喜，但是，声音厚实，掷地有声。

“我也观察不出什么来，找两个内行的，一块看吧！”

元渊不是推卸责任，他真不具备准确的判断力。自己对这两间房子的评估就有失偏颇了，他没料到最先倒塌的是这两间房子。

“对，应该叫上木匠和盖房子的大工！人家懂的！”

吴老头从来塌房现场到现在一直沉默不语，但是只要他摆出建议，元渊就如获至宝，因为他知道，这个主意肯定适用当地，中肯可行。

“天气还不冷，离上冻还有一阵子，咱们今年秋天先建起主体，明年一开春就装修！做一下预算，动工新建教室的费用得多少！”

张书记看了一眼元渊，斩钉截铁地对众人说。

元渊闻听此言，犹如严寒里听到一声春雷，他的心里也冰消雪化了。此刻，他既想哭又想笑，这个决定他苦等了三个月，整整的三个月，何其漫长啊！看着这一片废墟，他忽然想起了一句话“塞翁失马焉知非福”，塌了两间教室，拯救了一大片稚嫩的生命，青泉村的这群孩子们真是福大、命大、造化大，连老天也格外垂青他们，是那位美丽的山神青青在保佑着他们吧？选择了一个该塌的时候，就把房子给塌掉了，然后，就可以有新教室住，老天都欲成人之美，扶贫济弱；而人却无视生命，制造隐患。元渊弯腰开始收拾小孩子的物品，因为张书记的目光里有太多让他发怵的东西，他想回避那目光。

“这群孩子里头肯定有真命天子，前脚离开，后脚房塌，种地的哪有这么大的命？”一个民工戏谑。

“难道这里是藏龙卧虎的地方？”又一个民工接口。

“最后离开这间教室的是一位姓贾的年轻女老师，这个老师从锁上教室门走出学校以后，至多十分钟的功夫，人们就听到‘轰隆轰隆’的响声。”

“大难不死必有后福啊！这个贾老师肯定会变成一个大富大贵的人！”

众人笑了，笑得都很轻松，那笑声长了翅膀飞扬在废墟的上空，去和蓝天接壤。好像老天虚晃一招，令正在清理废物的人们撇开压抑和弊屈，真真切切地感觉到了愉快，感觉到舒畅。

只有元渊，现场最高的大男人，他慢慢地背过身去，用袖口偷偷抹掉眼角的泪，可是那泪水怎么抹也抹不干，一波一波地，汩汩不绝地往外淌着，喉咙哽得深痛，心在抽搐着，他透过眼睑毛上的斑斑泪花，仿佛看见了那个正在锁门的倩影，锁上门后，踽踽独行，那个身影变得孤苦伶仃起来。

4

青泉乡乡政府的会议室里，以前那个缮修教舍的决议被推翻，因为新计划将要诞生。

经过好几轮的乡政府党委会、村委会、以及村民代表的讨论，新的修建教舍决议终于面世：

中学新建六个教室，缮修三间教舍。

中心小学新建六个教室，缮修二间。

资经来源：青泉乡中学由青泉乡财政负担，因为中学是乡办学校。中心小学的费用，乡政府负担其中的三分之一，青泉村村委会负担另一个三分之一，剩下三分之一由爱心人士捐赠以及由青泉村中心小学全体师生集资筹备。

决定公布后，青泉村的大街如同一锅烧开了的水，沸腾起来了！村民倾巢而出，或者站在公路上打听公布了的征集具体条款和村委会最新公布的消息，当然，最好探出点不为人知的“小道”消息；或者去村委会办公室查账，看看有没有人终饱私囊，假公与私，如果看出罅隙，闹腾出来，也许还能凑个份子；还有人到乡政府找张书记说理，明明农民刚刚掏了盖教舍的钱，凭啥还让农民出钱？农民掏的可是血汗钱啊！领导英明，这笔钱到底该谁出？

村干部、乡干部到处安抚群众，做思想工作，以防小事变大。怨气归怨气，学校的房塌是个铁的事实，如果自己孩子住着的教室哪一天也倒了，哭都来不及，孩子有个好歹，以后还有什么指望？所以农民一边骂着娘，一边掏出现金：乡提留——教育集资款。

第六章　逆转乾坤

1

北方的冬天冷而又漫长，严寒几乎冻结了所有的生物。树枝光秃秃的，青皮山上白雪皑皑，从远处望去，极像童话世界里的白雪公主，美得耀眼，只是这位“美丽的公主”摆着一张冷脸子，叫人亲近不得。青泉村的大街上，只有风雪横行。偶尔有几个人在街上走着，全都使劲地缩着脖子，努力地把脑袋藏进衣领里，这样才能免受冷风的欺凌。

在只能解决温饱的年代里，北方农人用狐皮帽子、羊皮袄、毡疙瘩（毡靴子）武装。如今，人们手头宽裕了，审美意识开始复苏，注重起了自己的形象，于是，买了长长的羽绒服从头裹到脚，再在脸上戴个口罩，脖子上绕几圈围巾，露出两只为了减少风雪的欺凌不得不眯起来的眼睛。样子确实好看多了，但是，抵御那好像夹杂了许多寒针的劲风的功能却降低了许多。

今年冬天，青泉乡的乡政工作好像也受一股又一股寒流的影响，少了许多。于是，张书记宣布：一般干部放假，只留副职以上的领导干部处理乡政日常工作。理由当然充足，一来乡干部大多都夫妻两地分居，让他们在这难熬的冬季里照顾家庭；二来现在乡政机构臃肿，小小的青泉乡政府就有100多号乡干部，这么多人都住乡政府，宿舍、办公室、大食堂、小食堂需要全部供暖，单说烧煤，加起来就是一项很大的开销。用张书记的话说，给部分职工放假是一箭双雕的美事，何乐而不为？接下来的时间，乡政府的会议室里一片寂静。

几经挫折，元乡长已经深刻领会并且真正接纳禄兄在他初出茅庐任职乡长时的“谈话精神”，他绝对不当家作主，如果上级检查各项工作，他采用极力回避的措施，以免引起张书记的抢他风头之嫌。在处理和书记的关系方面，他觉得自己真的多长了个心眼儿。不过，话说回来，元渊倒是更愿意下村转转，看看学校，走访一下农户。剩余时间，元乡长写写下乡心得体会，记录一下他觉得有价值的资料，或者读读他喜欢的一本书，今年冬天的三个月几乎完成了他两年的读书计划。

慢慢地，元渊觉得张书记对他的行为蛮喜欢。乡政府里冷冷清清，人影寥寥，有了工作任务，张书记总爱托付元渊完成，“小元，你去把这个……”“小元，那个事情，你得去处理一下……”那张平静的脸上偶尔能浮现出几丝慈祥的笑意，让元渊的心里突然间生出一点受宠若惊的快意。元乡长发现自己有工作狂的心理倾向，只要有任务，他就觉得心里充实，就觉得自己在这个乡政府里举足轻重。但是，有些人看在眼里，记在心上，背地里还要议论一番“元乡长把乡长当成了一苦役”“张书记和元乡长啊，周瑜打黄盖，一个愿打一个愿挨”。元渊第一次听见心里特不是滋味儿，时间久了，听的次数多了也就习惯了，这种话变成了耳旁风。

工作的快乐里当然也点缀着许多愤愤不平，张书记是位“想让马儿跑，却不给马儿吃草”的主儿。按照他的理论说，元渊不是工作狂吗？乡长份内的事情元乡长责无旁贷，他还可以做做会计的账目，替文员写写材料，组织一下党员活动，传达一下团委的会议精神，谁让他是全面手，再说，乡政府里确实也没有几个人可用。经元渊处理过的事情，张书记分外放心。元渊不是对钱财不敏感吗？张书记的招数更绝，乡政府接待来宾若设饭局，书记乡长作为东道主肯定出席，该结账了，张书记坐着，喝着，稳如泰山，直到元渊等着急了，掏自己腰包付了饭钱，张书记才喝个“圆桌酒”站起身来，率领着大部队浩浩荡荡地离开。所以，元渊累死累活的结果是差不多每个月财政“赤字”，小个子媳妇儿见不着他的工资就大骂“傻帽儿”。元乡长思前想后，也觉得自己在张书记看来肯定是个“大头”，他也确实充当了“大头”这么个角色，可是他觉得好像每次“当大头”都别无选择。

有一次，团县委要来青泉乡搞捐赠活动，地点就设在乡政府大院里。举行捐赠活动的前一天晚上，张书记告诉元渊，今天的捐赠仪式必须搞得像模像样，必须给团县委的领导留个好印象，确保来日方长。说完，张书记就是一副放了一百个心、高枕无忧的样子了。

元渊和一个副乡长开始筹备，准备发言稿，设置接待仪式的每一个步骤，还得把捐赠会场张灯结彩地布置起来。

“元乡长，咱们这穷单位没有你要的东西啊！怎么办呢？”

那个副乡长找遍了各个科室，又去乡政府的仓库里搜寻了一番，摊着两只空空的手对元渊说。

“怎么办？你说怎么办？凉拌啊！单位没有，商店有啊！你赶紧去买啊！什么脑子？”

元渊微笑着呵斥这位一根筋的副乡长。

“我这不是不当家不敢做主吗？先得请示一下领导！”

副乡长不好意思地笑笑，厚眼镜片后面的眼睛里流露出的是小钱也是钱的琐碎。

“这点东西一共花不了五十块钱！一个大老爷们，你太不爽快了！”

元渊停下笔来，冲着这个“娘们”一样的男人皱起了眉头。副乡长见状，赶紧从乡长办公室退出来。半个小时后，他又推开了乡长办公室的门，拿出一张单据，笑吟吟地跟元乡长说：“元乡长，您估计少了，那堆东西一共花了六十一块三毛钱，这是发票，您签个字吧!”元渊扫了一眼发票上的金额，就龙飞凤舞签下了自己的大名：元渊。

月底结账时，这位副乡长拿着这张单据又敲开了元渊的办公室，他一脸苦笑，眼神闪烁，支支吾吾地说：

“元乡长，这张单据，会计不给报……他说，必须是书记的签字才行……”

元渊张着嘴，半晌说不出话来。他记起来了，自从他做政府乡长，这是他签的第一张单据。

“那你再找找张书记吧!”

元渊觉得自己窝囊，只能出此下策。副乡长苦笑换成了冷笑。

“嘿嘿，找了，张书记说他压根儿不知道这档子事，我……“

元渊的鼻子都给气歪了

“不就六十块钱吗？至于啊!”

元渊从兜里抽出三张20元的钞票递给那位副乡长，那位副乡长一边说着“不好意思”一边退出了乡长办公室。

元渊心里窝火，没心思继续手中的工作了。

埋怨张书记吗？他对自己的态度好多了，从前更糟，起码他现在有活可干了。张书记提防权力被盗应该是人之常情吧，他提防自己，说明自己强大！元渊像阿Q一样，擅长精神胜利法，他把自己逗乐了，心情轻松起来了，他的眼睛触到了时钟，才注意到时间，哦，又该吃饭了。

食堂里，张书记就坐在元乡长的旁边，他长兄一般地提醒元渊，小元哪，长期伏案工作，极易损伤颈椎，你得注意保健！颈椎病很缠手！元渊心中的郁结又烟消云散了，觉得张书记像亲人般的贴心，本来嘛，六十块钱又算什么，狗屁“提防理论”……

总的来说，张书记带给元渊的不愉快就像那田野里的朝露，转瞬即逝，而完成一个又一个的工作任务之后的快乐，和工作之余对书本的享受，却是持久的，厚实的。比起以往的冬天，元渊身边的人声少了许多，所以说，这算是个寂寥的冬天，然而，又是个收获的冬天。

2

终于春暖花开了，乡镇工作也复苏了，一项连着一项；各级的党委会也多起来了，一轮接着一轮。

一天上午，乡办公室接到县委来电，说县委书记和县长要到全县所有乡镇进行调研走访，青泉乡是第一站。

书记和县长史无前例地一同前往，调查的重点是乡镇经济的增长问题。他们不在乡政府听取汇报，而是直接将队伍开到各个自然村。

走访完最后一个村后，就地召开了反馈会。张书记把全乡的经济发展情况大体做了介绍，而后自我调侃道："我们属于严重的先天不足，依山吃山，傍水吃水。可是我们这儿除了西北风，一无所有，想上一个台阶，好比上青天。"

"……只要努力去思考去挖掘，哪个地方都有很大的潜力……"县长发言时，充分肯定了青泉乡取得的成绩，还重点表扬了青泉乡乡党委张书记的工作魄力，"随着人们生活质量的提高，菜篮子越来越丰富，这对于我们来说，是个发展的契机，是个可以利用的好机会。我们为什么不改变一下种植结构，也许可以创造很多财富……"

县委书记总结发言时，从国际形势讲起，讲到全国经济发展大环境，再讲全省全市乃至全县的经济发展的小环境，他把全县经济发展比喻成一盘棋，每一个区域有每一个区域的分工，每个区域只要完成了自己的分工也就完成了历史赋予各个区域的任务，他说，青泉乡的重心就在发展农业经济上，全面提高农业附加值，做出特色，做出品牌，最后他扭头看着元乡长，说：

“二号乡的水浇地就搞得不错，每年秋天大汽车往外拉多少大白菜，小元，你应该很清楚。”

元乡长点点头。

怎么可能不知道呢？四四方方的白菜车像小二楼一样高大，颤颤巍巍地上了公路，驶向远方，一辆，两辆，三辆……一个车队，又一个车队……元渊忽然间想到，就走菜这一环节来说，青泉乡似乎就有比二号乡更加优越的条件，一条二级公路穿过青泉乡好几个村。

反馈会后，张书记和元乡长都热情挽留，县领导却执意要走。

“知道你们乡政府现在很困难，我们就替你们节约一点。”县长边上车边回来摆摆手，开玩笑地说：“等你们手头宽裕了，我们再来吃也不迟嘛!”

“您这么说，我们倍感压力，寝食难安啊!”张书记一脸谦笑。

“有压力才有动力，好好干，青泉乡就看你们的了。”

汽车喷了一股青烟远去了，留下了一大堆“怎么办”困扰着张书记。

3

青泉乡政府的会议室里，又一轮党委会召开了。

这一次，张书记开门见山直奔主题：

“提高经济增长速度，不是光喊喊口号就能实现了的事情，必须找准道路，大刀阔斧地干！改变种植结构，把经济效益不高的粮田变成经济效益很高的菜地，别人能种水浇地，我们想为什么不能种？今天，我宣布，我们乡也要种！小元，你是从二号乡过来的，有什么经验和想法跟大家谈谈！”

先让他谈谈？元乡长以为耳朵出了毛病，可是党委会所有成员的目光齐刷刷都落在他的身上。元渊真有点受宠若惊了！难得张书记如此看重他，元渊慌乱地站了起来，左右看了看，问道：

“是让我说吗？”

张书记点点头，众人窃窃地笑了，元乡长摸了一把头发，咳嗽了一声，意在稳定稳定情绪，调理一下思维：

“我觉得我们乡种水浇地有更为得天独厚的优越条件。首先，土质好，土饶肥沃；第二，地下水多。二号乡土地的土壤质量和土壤里的含水量比起我们乡的差多了，那儿几乎都是沙性土壤，保水性能极差。几年前，无论种什么，到了秋天都欠收，每逢春夏之交的时候，农户连人蓄饮水都不能解决，村里村外都是枯井。而我们乡的情况要好的多。再则，康张公路经过我们青泉乡的好几个自然村，交通方便，车能开进来，菜能运出去，容易形成市场，说不定能带动其他方面的经济增长……”

元乡长的声音低了，众人的声音高了，声音里带着希望，带着喜气，会议室里的人们，仿佛已经用种菜圆了发财梦。

“大家的热情很高啊，也就是说，我们乡开发水浇地种植的号召，得到了乡党委成员的热烈拥护！接下来就要讨论怎么种的问题，小元，你有什么想法？”

今天的“一把手”越发不像“一把手”，他把那张不管任何时候都能保持波澜不惊的脸又转向了元乡长。

“先召集村民，进行总动员种植蔬菜，傍公路的村子必须下硬性指标……”

元渊深知农民的思想意识水平，太熟悉想让农民们接受新事物之艰难！他忘不了二号乡大沟坊子村水浇地改建的起步之艰难，农民种菜简直是被逼上梁山，他们骂骂咧咧地实现了增收，只用了二年时间，由赤贫村一跃变成了小康村。

“我觉得用行动说话更具有说服力，我想让我们的干部身先士卒一次，四号村闲置200亩旱地，我们把它改建成水地，由乡干部种植蔬菜……”

张书记慢条斯理地陈述着他的想法，他的声音像蘸过毒液，传到哪儿，那儿就变得悄然无声。会议室静极了。党委会成员们面面相觑，彼此只用眼神交流交流，然后一个个的变成了寺庙里的一尊尊神佛。

“乡干部种菜的效果，我估计好不了，树不起个好榜样，倒起反作用，弄不好会影响了农民种水地的积极性……”

元乡长又管不住自己的嘴巴，把真实的想法全盘儿端出来了，然后直愣愣地立在那里。

“怎么可能种不好呢？我都想好了，种菜的收益就是乡干部的工资！看看谁敢不认认真真地种？没有收益，我让他全家老小喝西北风去！”

张书记的声音一下子高了许多，像枪炮子弹一般，出膛后就是恐惧，落地后就变成了死亡。他的脸上除了愤怒再也找不出其他了。

所有的党委成员几乎都屏住了呼吸，会议室里的空气也好像停止了流动。

元渊的站姿没有改变，他知道乡干部种菜又变成了不容置疑的决议，而且，任何人、任何理由都改变不了，这是张书记深思熟虑的结果，所以，元渊不再说什么了。

在张书记要求乡党委全体成员用举手表决的方式表示本人的态度时，元渊第一个举起了手。既然是一种必然，还不如顺应事态的发展，做个识时务者。他这样认为。

两天以后，决议公布：

乡党委成员，每人负责两个自然村的农户蔬菜种植的指导工作；一般干部，每人亲自种植三亩菜地。

决议公布后，整个青泉乡热闹起来了，张书记的办公室里站满了目的各异的来访者，来访者不外乎三类，农民，村干部，乡政府职工。这些人中，有请示的，有申请的，有上访的，还有干脆来骂娘的，三个一伙儿，五个一群。张书记打发走一拨儿，又迎来了一拨儿，哪一拨儿都难以对付。农民需要灌输改变种植结构能致富的思想，村干部需要点拨工作方法和策略，乡干部需要批评、安慰、鼓励……张书记直说的口干舌燥，疲惫无奈，而且，面对着这些难缠的主儿，简直如坐针毡，倍感煎熬，他觉得时光在一丝一丝地离开。张书记突然后悔起自己的“英明决断”，傻啊，怕自己活得轻松了，非要把发条上得满满的！世界级的大傻帽！

然而，贵人自有天助，正在张书记应接不暇、一筹莫展的时候，张家口市的党代会应时召开了，张书记堂而皇之地坐上“大奔”溜之乎也，把一个个“张书记”“张书记”的喊声抛在身后。留下了诸事，可以依据它自身的规律，或者恶性膨胀，或者良性发展，或存或亡，全凭天命吧！

张书记办公室的门基本不被打开了，可是总有几个人围在门口嘈嘈切切地讲话，话说完了，也就离开了。这些人目标明确，只找书记，看见乡长是一副熟视无睹的表情，元渊也就省点口舌，落个心静。三天过去了，元渊的耳根也清静了，因为张书记的门前不见了愤青的人群。

走廊里的各个物件静观着这件事情前前后后的每一幕，然而，随着张书记的离开，喧闹声少了再少，渐近乌有了。青泉乡政府走廊里的这些家伙什没热闹可看了，一个个都发着愣神儿，越发显得百无聊赖。

市党代会结束了，张书记又堂堂正正地走进了青泉乡的乡政府，前一阵子闹着要找张书记理论的人不见了，诸多事端自然平息，无需作为，又步入正轨，青泉乡的乡党委书记又神情安详地办理着所有公务，心里暗暗盘算着青泉乡财政怎样收支每一分钱，力争把所有的钱都花到刀刃上。

青皮山附近的村民们都摆开了种植蔬菜的架势，被指定种菜的乡干部已经不在乡政府大院里出没，大多数跑到了四号村的水浇地里。

青泉乡水浇地种植真正拉开了序幕。

元渊提心吊胆地看着这一切，突然觉得有些事情可以冷处理，而且，就得冷处理，不由佩服起张书记的“技法”和判断力确实高人一筹！

4

没等张书记吩咐，元渊就做起了要大干一场的准备工作。想甩开膀子大干，首先得安定好后方。回去“奏明”家里的那位小个子“女皇”，最近几个月他得少回几次家，希望她“恩准”。二则捎带多拿几件换洗的旧衣服。

元渊还没有踏进自家的院门儿，只听得身后传来一阵高亢而持久的摩托车喇叭的鸣叫声，元渊无需回头就知道，是妻子回来了。果然，一辆小巧的女式摩托车停在元渊身边，崭新的车身在太阳的照耀下闪闪发亮，粉红颜色尽显高档，骑摩托车上的人服饰新潮，气势高昂。此人正劈开两条腿，用两脚尖儿着地，支撑着车身的平衡。她的脸上罩着一副特大的墨镜，几乎只留额头和下颌，不，还能看见两片血红血红的薄嘴唇，看见元渊，红嘴唇儿咧开了，发出咯咯的笑声。

“你看看你，像什么？还有点女人样儿吗?”

元渊环视左右，然后轻轻地责备着妻子。

“不像女人样儿？你媳妇儿不是普通女人！是靓姐！给！你推着!”

小女人撇撇嘴，力顶自已。说完抬腿下了摩托车，把摩托车的车把交给了元渊，自己扭着圆圆的屁股往前走，石板小路上响起了清脆的高跟鞋的声音，“格格格格……”，像一曲快节奏的乐曲打破了小巷的静谧。烫过的黄头发上喷满了带着金点点的摩丝，那颗五彩缤纷的小脑袋轻轻摆弄一下以示靓丽，便散发出浓郁的香气，弥漫了整个小巷。

小女人总觉得自己是世界超级大美女，在她的嘴里哪个女人的长相里都有着无法掩盖的缺憾，只有她自己的容貌和身材恰到好处。元渊听着听着就觉得不顺耳，可又怕再次引发家庭战争，于是在心里悄悄地劝自己，自恋总比自卑强，活得美滋滋的总比她整天寻死觅活要省心得多。这样一想，他就阳奉阴违地附和着，这个傻女人便更加找不到北了。

妻子进了家却没有去张罗晚饭，而是拿起镜子开始描眉画眼。她涂抹几下，就对着镜子里那张画皮一样的女人脸笑一笑，反复几次后，就搞定了。镜中的她已经不同凡响，黛眉，黑眸，白面，红唇，色彩鲜明，重点突出。她冲着一直在盯着她看的丈夫妩媚一笑：“亲爱的，晚饭自己解决，有朋友请我，拜拜!”说完旋风似的转出门外，一眨眼没了人影儿，接着元渊又听见了高亢而持久的摩托车喇叭的鸣叫声，不过，这次是声音远去了。

元渊眼巴巴地瞅着生活内容丰富多彩的妻子离去，一阵强烈的寂寞袭来。他从书橱里抽出一本书，元渊并不在乎自己吃什么，此刻，任何美味佳肴都色香消尽，吸引力全无。还是让书填补这段空白吧!

清晨醒来，元渊想和妻子说说话，看见她睡得正香，不忍心打扰她。朋友欢聚一堂，兴尽了，她也喝多了，回家快十二点了，让她多睡会儿吧。于是，元渊轻轻地起身，修书一封，放在妻子的枕边，自己收拾行装去了。他正要推门出去，里屋传来了妻子“进来！进来!”的喊叫声，元渊只好转身回屋。

“昂，你不回来了？可以！但是你给我记好了：无论你什么时候进我家，必须把你自个儿收拾得干干净净的，再跨过这个门儿！这个屋里不要‘地老大’！还给我写了一封信？你酸不酸啊？不就是想显摆显摆你认得几个字吗？哼！”

被窝里的妻子上身伏在枕头上，只伸出一只拿着信纸的手，一抖一抖地吓唬丈夫，那两张纸发出了哗啦哗啦的声响。她的烫发揉成了一个鸡窝，残妆还留在脸上，但是已经是红的不红，黑的不黑了，元渊觉得此时的妻子比不过灰姑娘，也比不过丑小鸭，简直是个现出原形的老妖怪！他打心眼儿里怕她，为了宁人息事，他挤出一脸谦卑的笑容说道：“遵命！”随着那声“遵命”落地，妻子手里的信纸也飘进了垃圾桶。小女人掖了掖被角，又要进入梦乡。

元渊一边往外走一边暗自感叹，种植蔬菜计划似乎给他打开了一片新天地，他可以俯下身子大干一场，元渊看得出，如今的张书记绝对赞成。对于他而言，自任职乡长以来，现在的处境可以说是扭转乾坤了。提着一包沉甸甸的旧衣服，他信心百倍。“关好门！要不——以后回来不让你进家——”屋里又传出命令来！家里小女人渐渐地变成了他的一层天，家里唯我独尊的“女皇”。元家老祖宗几百年前给儿孙立下的规矩：家有千口，主事一人；男人一只虎，女人一条狗；举案齐眉……到他这里全部报废，也可谓扭转乾坤啊！可悲？可怜？好像用这些词语形容这种情形都不准确，倒底该用什么语句描述？元渊苦笑了一声。

第七章　种菜乡长

1

闹钟工作起来总是锱铢不差，该响的时候它一秒不差地响了起来，元渊使劲地睁开眼，可是浓浓的困意依然顽固地缠绕着他，他警告自己必须起来，否则就没有多余的时间对付今天的工作。经验告诉他，有毅力战胜每个清晨的酣眠，就可能成为一个成功的人，因为打败困意需要足够的意志力，特别对于像他一样习惯于晚睡的人来说。

洗漱、早点之后，元渊就赶往自己负责的两个村子——薛家村，张万良村。元乡长很满意自己的手气，居然抓住了全乡面积最大、人口最多的两个村子！如果搞好了，就是青泉乡种菜项目的龙头老大，明年、后年也许真能让青泉乡的蔬菜种植成点气候，而且，村子旁边就是公路，有望建成蔬菜市场、恒温库等……元渊遥想着几年以后青泉乡繁荣富足的景象。

汽车疾驰，久违了的昂扬情绪激动着元渊，他觉得这条二级公路愈发宽阔。

元渊盘腿坐在薛家村村支书杨福的土炕上，杨福是个鳏居多年的老光棍儿，长大了的儿女都远走高飞了。这个孤老头子虽然年届六旬，却是一条老骥伏枥、志在千里的硬汉子，依然兴致勃勃地带领着全村农民发家致富。

村里好多人家盖上了新房，而老杨福灰楚楚的老房子显得更加低矮，更加狭小。初到他家，有一种进了地下窑洞的感觉。本来面积就不大的窗户上长年累月地蒙了一块塑料布，使得屋里更暗。墙上覆盖了一层厚厚的灰尘，屋顶和墙壁之间拉满了尘埃结成的绳网。土炕上铺着一块人造革炕布，已经被岁月磨去了色彩和图案，又刷了几层污垢。泥土地面凸凹不平，当年的大红柜也变成了黑紫色，穿衣镜里只能看见人的轮廓，看不见人的眉目。屋里有一种发霉和烟熏混合成的气味，让人只敢呼出不敢吸入。

老杨福笑容可掬，挤出满脸的皱褶，露出两个黄灿灿的大金牙：

“元乡长，今天中午就在我这儿吧，我就在家里给您汇报工作。您想吃什么饭?”

“你做的饭能吃吗?”元渊想象不出这老头儿能做出什么好饭。

“我都不吃我做的饭，又怎么敢给领导吃？我这就出去给您找个干净利索的好厨师。”老头儿笑得眯起了眼睛，裂大了嘴巴。

“那敢情好！你得当回事地款待我，我胃里舒服了，心里就高兴，我一高兴，说不定给你撮合个老伴儿!”

“谢谢领导关心，我记得元乡长爱吃莜面饭食。”老书记挺细心。

“就莜面锅贴吧，弄上点儿土豆丝的卤。”元渊就好这一口。

老杨书记出去了，元渊根据当前了解的情况，开始琢磨怎样调整工作步骤，薛家村种菜的大多数是老弱病残，壮劳力都外出打工了，这层次的农民接受起新的种菜技术有一定的难度，而自己对于种菜充其量只能算作一知半解，怎么让第一批菜农获得比打工更好的经济收益呢?

……

老杨书记和一位五十上下的妇人并肩齐步地走进来了。

“这位是他马婶，二十年前曾经是我们薛家村一呼百应的妇联主任，现在老了，退居二线了，但是继续发挥余热。这不，给我们做饭来了。”老杨福指着妇人向元乡长作介绍。

到了发挥余热年龄的马婶依然衣着得体，反应敏捷，尽管岁月在她的脸上留下了很深的纹痕，但还是感受得到其年轻时的风姿卓越。

“元乡长想吃土豆丝蘸莜面锅贴儿，你给领导露一手吧！”老杨书记满眼的笑意。

马婶洗手、和莜面、脱土豆皮、切肉丝、切土豆丝、拍莜面饼……一连串的工序既有条不紊，又麻利轻巧，看着马婶做饭，元渊想起了小说里的那个编着芦苇席、诗一般的水生嫂，挥动着刀、铲的马婶何尝不是一首浪漫的诗，一支优美的歌？老杨书记是帮厨，负责剥葱、捣蒜、生火、打碳，配合默契，得心应手。他们两人在地上来来回回地忙碌着，元乡长自己端坐炕头，有一句没一句地跟他们搭着，他突然觉得自己更像一个东北二人转的观众。

三人拿起筷子准备吃饭时，老杨福的家地上呼啦啦闪出了一大群黑乎乎的农民，他们几乎都是手里提着农具，肩上散披着棉袄。

“怎么只拿锅贴儿招待元乡长，而且少酒没菜的？杨叔，您可真小气！”

“你别说，做这锅贴儿肯定下了一定的功夫，看着就好吃！”

“当然好吃！你不看谁做的？”

“元乡长爱吃，老杨叔更——爱——吃！”后面三个字的声音又高又长。

老头儿板起了脸：

“你们拿我开涮？”

恶狠狠的语调里没有怒气，拉长了的脸上是一双特别能显示心情大好的含着笑的老人眼睛。

元渊一边笑，一边吃，今天的胃口出奇地大，莜面锅贴儿真爽！他好久没有这样吃了！

饭后，元渊组织了一个小型会议，村委会成员、村民代表、种菜大户围坐在一起，进行了几个小时的讨论，然后形成共识：为了减少走弯路，聘请蔬菜种植人员集中指导！

接下来，元渊走访了全乡所有计划种植蔬菜的自然村，村民们那种将信将疑又想试一试的情绪感染了他也打动了他。他觉得青泉乡要比二号乡引导农民改建水地的动员工作容易得多，也许是因为这里的农民们对于水浇地的收益有所耳闻吧。因此，元渊告诉自己，今年的蔬菜种植只能胜利，不能失败。

元渊翻开笔记本，记下了所有的困难和问题。

2

元乡长终于转回青泉乡政府，而后又面对着青皮山了。

晨曦中，青皮山像一位素面朝天的村姑，朴实却不失青春的魅力，巨大的灰布衣裙点缀着葱茏一披到底，裙角的零星小花含苞待放，展示了典雅，蕴涵着美丽。

“元乡长好！”

背后传来如清泉般甜美的声音，与这青皮山景象相得益彰，元渊扭头看见了一袭黑衣，一肩直发，一张笑吟吟的望着他的俊脸。

元渊心里不由一阵激动，这个女孩竟然像他多年不见的故交！他开始搜肠刮肚地寻找应该告诉她的事情，对，讲教育理论吧，他对着她大讲索绪尔，小贾仰望着他，白皙而俊美的脸庞，两条不工自工的柳叶眉微微上挑，一双清澈的大眼睛里没有任何世俗的东西，纯净得让恶人也想不起邪念。

“元乡长，您懂得真多，我恰好要写一篇教育论文……”

女孩脸上的愉悦和惊愕让元渊忘记满心的烦杂、几天来积淀的疲惫。

“元乡长，你的衣服脏了，我给你拿回去洗洗吧！我正好要洗衣服!”

小贾的诚恳真的让元渊脱掉了夹克衫。

元渊心里暖暖的，目送那个渐渐远去的倩影……

他突然瞥见了一块儿石头，石头旁边的几株山丹丹花刚刚开放，红黄色的花瓣娇艳欲滴，乳白的花蕊顶着个小红帽在山风里一颤一颤地抖……元渊蹲下身子，对着可爱的花儿笑了笑，就起身回了单位。

他一步一回头离开了美丽的青皮山，回到办公室，开始他自己一天的工作。

首先向县委有关领导提出申请，聘请专家给蔬菜种植人员集中指导!

没用多长时间，答复和指导人员一起来到了青泉乡。农业科技人员打算给青泉乡准备种菜的农民巡回授课。

第一站就是薛家村。

讲课地点设在薛家村小学的一间教室里，为了节省技术指导员的时间，种菜的乡干部和薛家村村民一块儿听课。

九点过后，农民们陆陆续续走进了教室，黑压压坐下了一大片，而就坐的乡干部却寥寥无几。元乡长拿着薛家村村委会办公室的电话一遍又一遍地给四号村委会打，让他们转告乡干部们赶快过来听课。已经是上午十点，四十个种菜乡干部来了不到二十个，只能继续等待，教室里的农民坐不住了，纷纷起身向元乡长提出抗议。其实农家的活儿有多少，他何尝不知道，只是这些散漫疲沓的乡干部……唉，算了，不等了，再等下去农民们也该走散了。元渊从办公室请来了一脸焦躁不安的种菜技术指导员，自己也搬了个凳子，拿了台录音机，一个笔记本，一支笔，坐在了教室里最前排的右角边上。

课，终于开始了。技术指导员声音洪亮，语言幽默，元渊慢慢忘掉了不愉快。

“蔬菜种植必须注重蔬菜质量，也就是说，你必须种出好菜，没有好菜即使你请出赵本山那样的大腕儿为你做广告，效益也上不去。大明星拿着你种出来苹果大的小西瓜，替你忽悠道：‘这是掌中西瓜，水果中的极品！’……”

兴高采烈的指导员做了一个赵本山手托西瓜的滑稽动作。

“哈哈哈……”听众们笑得前俯后仰。

“农民朋友们，你们说，这像话吗——”

“嘡”一声，门被踹开了，教室里的笑声停止，指导员的讲课声音中断，门口出现了计生助理宽子和几个乡干部，他们的脸个个都涨成了猪肝色，不是窘的，而是小酒喝的。

“哥儿几个……喝了点，来……晚……了，老师……”宽子舌头打着卷儿，艰难地解释。

“下去！”元渊站起身来，铁青着脸，厉声斥责，并且狠狠地瞪了他一眼。

“啊？”

宽子收起了笑容，虎起脸直视元乡长。

“行了，行了。”

同行者赶紧推着宽子走向了教室的最后一排。

教室里一下子变得鸦雀无声，一切暂停，只有空气在诡秘地流动，而且，那空气里好像布满了定时炸弹，稍有不慎，便可导致这片天地的毁灭。

指导员的讲课声识时务地响起来，众人的思维又又回到了蔬菜种植的学习上。

四个小时里，这位农业科技指导员分析了青泉乡的土壤特点、适应种植的蔬菜，这些蔬菜的生长规律、经营特点，以及它们的市场发展趋向。早上还是无从下手的元渊一下子觉得眼前亮堂了许多。真有听君一席话，胜读十年书的感觉。

农民们散了，张书记的专车把指导员接走了，宽子像死人一般沉睡在教室里，任凭左右两边的乡干部喊破喉咙，也未能把他从“兰州”唤回来。无奈之间，两个小伙儿一人拽着宽子的一只胳膊，把他架起来，准备一起离开。这家伙软得竟像一根面条儿，被架着走了两步，好像清醒了一些，挣脱了“左膀右臂”，自己开始直立行走。

元乡长送走了指导员，返回了教室，他想跟弟兄们交流交流。元渊喜欢他们曾经共同拥有的肆无忌惮的调笑，他也曾经陶醉在跟他们一起畅汗淋漓的狂饮中。这一阵子，不知道为什么，忽然隔膜起来了。

“元乡长好!”还是小牛先跟他打招乎。

“怎么样？听了课有收获吗?”元渊真的希望他们今年能发财。

“理论好领会，操作起来不容易。”小牛又皱起了眉头。

“能拦成个球!”宽子睁大那双血红的眼睛朝着元渊吼道。

“知道自己拦不成还不早来？俯下身子听人教诲!”

元渊刚刚平息的怒火又重新燃起。

“教诲顶个屁用!”宽子直着嗓子朝他叫嚷。

“你越来越不懂事理!”元乡长越发生气!

“你们当官的最懂事理！你们干嘛自己不种几亩水浇地？懂事理的人才会设下圈套让人往进钻！我们是农民吗？凭什么让我们种菜?”

元渊语塞。

众人屏息凝神地等待局势发展，毫无疑问，宽子的话是每个乡干部滚动在喉咙里的愤懑。元乡长猛然间意识到，自己并不是他们的兄弟，而是他们共同的一个阶级敌人，一个可以用来发泄愤怒的对象！可是……真是狗咬吕洞宾不识好人心哪！

“咋就成了设圈套？谁设圈套了？”元乡长想澄清事实。

“张书记提议，你第一个举手表示同意，这不是事实？”宽子用食指点着他大声吼道。

这确实是个事实，可是该告诉他们表象后面的真实吗？那不成了搬弄是非的小人了吗？自己怎么成了风箱里的耗子——两头受气了？元渊心里越来越窝火。

“呵呵呵，真是的！他妈的！”那三个字又从元渊的牙缝里挤出来。心中的怒火还在一个劲儿地往上蹿，蹭蹭蹭地直撞他的脑门儿，他真想把这屋顶捅一个窟窿，可惜不能这样做，所以，只好用这句国骂来发泄心中的愤怒。元渊自己也搞不清现在他该憎恶的是谁。

“你妈的！凭什么骂老子！”

“噹！”宽子的话到、手也到！朝着元渊就是一拳，

“宽子！你怎么能打人？”

乡干部们不再观战了，拉起骂骂咧咧的宽子，连推带搡离开了教室。

“走吧！元乡长，您大人大量，别跟他一般见识！这家伙喝多了，一个人喝了一瓶二锅头！”小牛劝解道。

喝多了才说真话，喝多了才暴露心结。元乡长也是个喝酒的人，所以更理解醉话。他真没想到今天会挨打，还是挨了自己下属的拳头！明天青泉村的街头巷尾会把这件事情渲染了、夸大了当作茶余饭后的笑柄。“元乡长被宽子打了！”男女老少议论纷纷，乡长的威严何在？男子汉的颜面何在？元渊似乎并不介意那一拳头，最要命的是所有的乡干部都认为他和张书记“狼狈为奸”，“互相勾结”一起“鱼肉百姓！”元渊有口难辩，而且，也不能辩！

元渊提着录音机慢慢地走着，录下这节蔬菜种植课，一半是为了方便自己再听，能及时为农民种菜查漏补缺，另一半的原因

就是为了这帮因贪酒耽误了听课的乡干部。元乡长担心他们种菜欠收，工资也没有，日子怎么过？真让老婆孩子喝西北风？他们不仅不领情，而且还曲解他的善意，甚至仇视他！因为人是有感情的动物，所以世界变得美好而温馨；也因为人有感情有思维，世事总是复杂而多变！

元渊放下录音机，走进老杨书记为他准备的休息室，他不想再琢磨什么了。元渊相信，时间会摆平一切，时间会还他一个公正，还他一个清白的。

……

张万良的工作就顺利多了，因为村支书杨伟民就是种植养殖大户，在他的影响下，村民的致富意识早已觉醒，在他的带领下，村民们按部就班开始种植蔬菜。

3

白菜种植到了最忙的季节，早菜开始出秧，稚嫩的小苗要被主人从暖棚里移植到菜畦里，让它们充分地接受阳光雨露的滋润。中菜也到了下种的时候，需要把菜籽直接撒到菜地里，随着气温逐渐升高，让种子在大地里发芽生根。

农民们日夜劳作，晚上侍弄大棚里的小苗，日里则在田间栽种。元乡长也把宿舍从乡政府搬到了薛家村村委会的办公室里。他和老杨福书记一起到老寡妇马婶家里入伙。这样一来，元乡长就可以争取到更多的时间对每一户的蔬菜种植进行把关。

张万良村的菜农们大多年轻健康、精明强干。而且，这一阵子他们种的是青一色的“筒菜”，几乎都能做到合理湿润土壤，按种的深浅恰当。而薛家村就差多了，全村只有马婶的傻儿子育苗了，其他农户都准备种直播菜，种起菜来也是自创方式，接受科技课培训的效果简直等于零，元乡长只好再次口授种植程序和注意事项。可是，元渊发现，即使教给这些人最简单的动作，都会遇到很大的障碍。曾经有一个老农民打断元乡长的讲述问道："元乡长，这个'注意事项'是啥玩意？你能拿给我看看吗？"做过语文教师的元乡长此时张口结舌，他真不知道该选择怎样的词汇跟这些人交流。

为了种出好菜，元乡长只能进行言传身教了，他在这些种菜农民中间挑出几个"可塑之才"，元渊和他们一边听录音，一边种菜，这些人手熟之后，就把他们派进了各个农户做老师，手把手地教。原来，这些大半辈子面朝黄土、背朝天的老农人们差不多已经不大会用语言进行思维了，经过实践，元渊才知道，他们用肢体学习效果倒蛮好，看着他们每个人都能熟练、恰当地种植，元乡长长舒一口气，他感到由衷地欣慰！

这天晚饭间，马婶的傻儿子王小打了几个饱嗝，放下了筷子，用手心抹了抹嘴角，盯着元乡长问道：

"元乡长，我种的菜咋样？"

"八字还没见一撇呢！你让元乡长该说咋样？吃饱了赶快出去干活！"

马婶总想把自己的聪明统统交给眼前这个永远长不大的儿子，可是，好像越教越不懂事。

"你懂个屁？今天早上元乡长还夸我种得好呢！"

王小先瞪了母亲一眼，身子往后一跌，靠住了被子，他舒舒服服地半躺着，笑眯眯地等着元乡长再夸他一次。

"直播菜真的种好了！你的筒菜苗呢？什么时候种？"

元渊一直没顾得上看王小家的白菜秧子。他两个村来回跑，几百户农家挨门进。元乡长在这段日子里才明白什么叫做忙，什么叫做累，每天晚上，他几乎顾不上脱掉鞋子就睡着了，那些洗洗刷刷的习惯早没了，元渊深切地理解了大多数的农民为什么不太讲卫生。

"我的菜苗当然好，不相信你去看看！"王小坐直了，挺起了胸脯。

元乡长放下筷子，跟着王小进了暖棚，老杨也进来了，借着手电筒的光线，元乡长看清了王小的菜苗，这哪里是菜苗？这简直就是绿豆芽！元渊有点哭笑不得的感觉。

“挺好吧？”王小竟然还认为好！

“这还叫好？你连个好不好都分不清？”后边的老杨福忍不住斥责这个不懂四六的农人。

“再不好也比你强！去了张家口，别人进饭店为了吃饭，你去饭店只想小便！因为你在张家口市里找不到茅房！羞死人了！”

王小用老杨曾经有过的“丢人”经历来还击老杨。

“千年记了一泡老狗屎！”老头儿瞪了他一眼，忿忿地说。

“行了，行了，你的菜苗再好，栽到菜畦里活不了，赶紧种直播菜吧！”元乡长拍了拍王小的肩膀。

“你瞎说了吧？”元乡长咋的了？不但没有夸奖他做得好，竟然还说菜苗不能用！可是王小不敢回骂元乡长。

直播中菜前几天就结束了，晚菜的种植也进入了尾声，如果换了手脚麻利的人家可能还来得及，可是这一家的困难如山。马婶年轻时就干不了农活儿，如今上了年纪更不行了。傻儿子王小干活不知道深浅，又不听调派。唉，错了季的菜长不好不说，即使长好了也难卖出去。全乡只剩下他家的二亩菜，哪辆载重量几十吨的大车愿意跑上几十里路来拉他家的几千斤菜？没人愿意这么干！所以，王小只能种晚菜，别无选择。

第二天，元乡长比起床最早的农民还勤勉，早早来到老杨的窗前，敲起了老杨福，拉着他一块儿帮王小种菜。天色慢慢放亮，到了能看见人影的时候，他们五人已经把今天准备种的土地浇上了水。虽说这支队伍里个个都是效率最低的劳动者，可是，俗话说得好，三个臭皮匠赛过诸葛亮，叠加起来的业绩也是可观的。况且，有元乡长挂帅，增援者像走马灯，一个接着一个，来了又走，走了又来，每一个援助者都得种上十窝八窝的菜再走。王小则一会儿指派老杨，一会儿斥责母亲，他意在告诉人们，这三人中间，他是最高统帅。忽然“最高统帅”大呼小叫起来了：“啊呀呀！来了这么多小轿车！”接着超车的方向狂奔起来。

这些小轿车好像接纳了王小的热情，慢了下来，竟停在了他家的地头，随后下来许多人，一齐朝他们走过来了。走近细看，原来是张书记，他正指指点点地给后边的人讲着什么，元渊看清楚了，张书记身后的居然是刚刚上任的县委书记！元渊赶紧站起身来迎过去。

“白书记好!”元渊伸出手来。

“小元!”张书记轻声地叫着，两眼紧紧地盯着元乡长伸出来的脏手。

元渊才发现自己满手的污泥，正准备缩回去，却被一只净洁的大手握住了!

“元乡长，你如今的样子简直就是一个地道的农民!”白书记上下打量着元渊。

元渊顺着领导的目光审视了一下自己，从下村进田的第一天起，他就把皮鞋换成了黄胶鞋，一个月过去了，崭新的黄胶鞋被泥水侵蚀已经不堪入目了，他下地之后，发现自己的裤管实在太长，总得挽上好几圈儿。今儿早晨浇水时天儿太黑，水点儿、泥块儿粘在他的裤子上、小腿儿上、鞋子上。一个月来，顾不上洗衣服、理发，甚至没照过一次镜子。从前他被村里的老人们叫做“白面书生”，估计现在这脸也成太阳色了吧？他忽然自惭形秽起来。早知道白书记来，昨天自己就该打扮打扮，虽然白书记给乡镇书记乡长开过几次会，但是，元渊不能确定他真的认识自己。手，被松开了，泥土被粘去了不少，但污浊依然，长指甲缝里全是黑泥。

“怎么样？白菜种植顺利吧？还有什么困难？尽管提出来!”

白书记眼里没有嫌恶，全是关切。

“白菜基本种完了，这一家是扫尾，看样子晚不了，种菜的速度还挺快的！当然，如果有我们自己解决不了的困难，肯定得麻烦领导！”元乡长笑嘻嘻地说，他要为自己今后的求助开辟道路。

“所有父母官都像你，一心一意替老百姓着想，咱乐康县还愁富不了？”

领导有领导的高度！

白书记蹲下身子看马婶种白菜，又抓起了几颗菜籽两指头捏弄着。

“小元，你以前种过菜？”

“没有，现学的。”

白书记用两只胖乎乎的白手，拨开了一个土坑，一边下种，一边说话：

“这个窝里的水浇的有点多，水多了，种子下地后的温度低，影响发芽的速度。你看，种子和种子的间距要合适！”放进了种子之后又

盖上土，动作麻利，菜窝平整，居然像老菜农干出的活儿。

“走！我们到其他地里看看。”白书记拍了拍手上的土对着元渊说道。

元乡长陪着白书记看了薛家村几个种菜大户，又看了张万良村的筒菜，一路上白书记说了许多白菜出苗以后育苗常识以及注意事项，元渊真没想到这样的大领导如此精通基层的具体工作。

“好好干！年轻人！我就不耽误你们了！”

白书记把元乡长送到王小家的地头，然后同他握手告别。

看着县委书记的车队越走越远，张书记也坐进了自己的车向南驶去。

元乡长忽然想起四号地里的那帮乡干部。白书记一路提及了

青泉乡所有的种菜村，唯一没听说的是处长地蔬菜种植的死角——四号村种植区。显然，张书记在众位领导面前要回避这一事实。二十多天前，元渊去张万良村时，顺路看了四号村乡干部的蔬菜种植情况，别说菜，种菜的人都没几个，元乡长留下了录音机和磁带，并再三叮嘱在菜地里的乡干部一定要多听几遍，掌握各个环节的要领。

……

王小地里的种菜人手多了起来，白菜种植的速度增长突飞猛进。元乡长松了口气，马婶的笑声多了起来，老杨福书记也跟着马婶，把嘴巴笑成了一轮弯月亮。

菜，终于种完了，吃完了午饭，元渊无心午睡，便直奔四号村。

4

打算种菜的乡干部这两天差不多都到地里趴着了。有几个女青年干脆把地包给他人，自己回家坐着。组织委员小刘在种菜决议公布之后，便跟领导办了停薪留职手续后，便南下开创新世界了。本来油头粉面、白白胖胖的乡干部们几天的功夫变得邋遢了，而且黑瘦了许多。

这些“背朝黄土面朝天的劳动者们”看见元乡长，都放下手里的活儿，围了过来：

“欢迎领导督查！”

“领导巡视来了！”

快乐是年轻人的固定财产，无论怎样状况怎样，他们也能咧着嘴大叫，想方设法地搞笑。

“大家好！”

元乡长真拿出领导的派头，学着毛泽东老人家接见红卫兵时的挥手动作向众位兄弟致意。

“元乡长，我想说句真心话，您不像伟人，倒像苦大深仇的杨白劳！”

小牛又在显摆他的渊博。

“胡说！我怎么会苦大仇深了？”元乡长真的不爱听。

“您怎么也把自己变成了庄稼汉？我们现在劳碌，也许到了秋天就能发财。可您的收入一分也不增加，您还不是杨白劳呀？”小牛说话从来就是这么慢条斯理、有理有据。

“可惜啊，你们瞧瞧元乡长现在的模样，生生把个帅哥硬给糟蹋丑了！”这群人愈发放肆。

“行了，行了，越说越不像话！正事！你们的白菜种成啥样了？”元乡长故意板起脸。

“种坏了！元乡长先看看我的菜地！”小牛拉起了元乡长朝他的“宝地”走去。

四号村的土壤颜色发黑，如果耕作好了，菜苗的长势应该好。可是这片土地同薛家村的一样，是青一色的直播菜，所以现在只能看见光秃秃的菜畦子。元渊突然发现有一个人一直在侍弄土地，没有像其他人一样热情四溢地起身欢迎他，走近了，才分辨出这个身着粗布乱衫、面无表情的人竟然是宽子——这家伙还记着仇呢！

元渊随着小牛左拐右拐来到了一块儿土地旁边。

“哈哈哈，你这菜畦的外型怎么整的？咋比主人还丑啊！原来种地也如其人啊！”

众人哄堂大笑！

元乡长发现小牛干农活儿真不行！菜畦子里凹凸不平，畦背歪三扭四。

“太伤自尊了！”小牛用双手蒙上了脸。

元乡长一边走一边看，在一块儿比小牛更糟糕的地旁边停了下来。

“谁的地？还没种下呢？”

“我的，”小杨讪讪地说，“种下了，昨天刚种完。”

“元乡长，这里像不像养兔基地？这儿、那儿都像小兔儿的家！”小牛跳起脚用手着，“是不是还不如我呀？”

元渊脸上的笑不见了，让这些五谷不分、四体不勤的书生种菜，效果只能如此。他真的找不见合适的词语来评价这地了。

元乡长走着看着，忽然眼睛一亮，看见一块儿像模像样的菜地，菜畦打得方方整整的，土壤捏得细细碎碎的，窝子安得整整齐齐、均均匀匀的。

“咦，敢情这里还有‘新大陆’？这块儿地是哪位高人侍弄的？”元乡长惊喜万分。

“宽子的！宽子过来，元乡长夸你呢！”小牛扯着沙哑的喉咙高声喊道。

宽子放下手里的伙计慢吞吞地走过来了。

“他怎么种了两块地？”元乡长明明看见宽子在另一块儿地里捏弄。

“是，他刚才弄的是小周扔下的地，宽子种了。他准备大干而特干！”小杨抢着说。

元乡长不由得肃然起敬了，同样是乡干部，别人都叫苦连天，他却心无旁骛、干劲冲天。

“他可是我们种菜的‘头人’，我们唯马头是瞻！喂，宽子，昨天你说我们浇地缺什么呢？快跟领导汇报汇报。”满手泥巴的小牛说起话来依然引经据典、左拉右拽。

“地有点儿干了，该上水。”宽子耷拉着眼皮，嘟着一张胖乎乎的娃娃脸，“缺段水管儿。”

“这事好说，先去薛家村借用一下，回头我跟张书记说说，把设备给你们补全了”。

元乡长会力尽所能地帮助这帮兄弟们发家致富。

“要不现在就去拿?”

元乡长开步离开，乐呵呵的小牛和宽子屁颠屁颠地跟着走了……

5

树枝上吐出一片片的绿叶儿，小东西好奇地向四周张望着。几天来，风基本停了，大自然仿佛怕伤害了这些婴儿般稚嫩的小生命，偶尔轻抚一下，小绿叶愈发亮得耀眼。农村是一个富有生命力的区域。如今，城市文明日新月异，科学技术瞬息万变。而农村，小毛驴拉车一拉就是几千年，老爷爷的破棉袄无论春夏秋冬一穿就是一辈子，农村人的肢体是累点，心却是松弛的。元渊喜欢上了这种生活，起床后便在清新中享受着这份悠闲。

“元乡长——电话——”老杨书记站在村委会大门口扯着嗓子朝元渊喊道。

美好的东西总是短暂的，比如昙花一现。

张书记在电话里告诉元渊，他必须回县开会，这一次必须不能再被代替，否则会出大乱子。

元乡长只得更换衣服，收拾行装回去。

领会完县委组织部的会议精神后，已经是黄昏时分了。顶着一个沉甸甸的脑袋朝家走去。他已经很久没回家，好像已经记不起儿子的眉目了。元渊自责起来，这些年他给儿子的很少，没时间陪伴他，没精力管教他，所有的热情和精力统统给了农民，给了乡政工作！唉，一个彻头彻尾的不称职父亲！

家里灯火通明，元乡长推门进来了，正在厨房煮饭的丈母娘朝他笑笑。妻子坐在里屋的沙发上，儿子写作业。妻子的眼睛始终盯着毛线活儿。做作业的儿子回过头来看了他一眼，眼神是那么陌生，父子之间的亲密荡然无存。

“儿子，过来！”元渊赶紧讨好儿子，可是两手空空，一点好吃的都没买，追悔莫及起来！

“你是谁呀？谁是你儿子？”妻子突然间厉声吼起来。

“这些天太忙，我……”元渊陪笑着，希望妻子放他一马。

“你忙你的，不用跟我们解释，该去哪儿忙还去哪儿忙！”她依然不依不饶。

“别说了，闺女。”丈母娘端盆从厨房及时赶到，“再忙你也应该抽个空回来看看！你知道不知道你多长时间会回家了？四十二天！为了工作也不能不要家呀！”

丈母娘说话入情入理。真的，错误在自己！

“家？哪里是他的家？我的房子凭什么让他住？”妻子摔掉手中的毛线伙计，站起身来！

“今儿，这里有你没我，有我没你！”妻子高举着食指冲过来了。

“滚！”她使劲全身力气吼道。

“妈——别让爸爸走！”儿子突然哭喊道。

“你走不走？不走，老娘就撞死在你面前！”妻子拉开了架势。

元渊知道她会说到做到，自己领教还少吗？看来真得走了。丈母娘悄悄地往外拉他，示意着让他出去。元渊回头看了一眼痛哭流涕的儿子，拉开门出去了，该去哪儿呢？

“小元！小元！”岳母压低了声音，轻声唤他，“去找你岳父吧。他会给你弄好吃的，你媳妇儿脾气不好，让她消消气……”

可怜！天底下所有的娘都是这样当的吗？她把女儿宠大了，还准备宠她到老！其实，最委屈的，最无辜的应该是她！

……

元渊像个泄了气的皮球，耷拉着脑袋偎在椅子上，岳父走来走去为他准备好吃的，好像在炖鱼，电视机自己演着节目，一个女人一把鼻涕一把泪地哭着，比自己还惨，不，还是自己惨，起码女人可以用哭声和眼泪宣泄一下心中的不平和忧伤，而自己却只能任懊恼肆虐着那颗不太坚强的心。

“咱爷儿俩喝一盅吧！反正也没什么大事情，喝多了就睡觉。”

岳父特别善解人意，而且是个几乎忘记了生气的和善老人。他摆上了一瓶老白干儿，端上了半截鱼尾，一碟咸菜后，便打开了话匣子。他从58年参加大生产讲起，讲到了生产队、供销社。老爷子说，自始至终，他是个热情澎湃的劳动者。在小单位当“头儿”，必须凡事当楷模、做表率，才能树立起自己的领导威信，老爷子回顾自己的光荣历史，依然是两眼放光、热血沸腾。

“男人呀，”他呷了一口美酒，“就得有这么一股干劲！”元渊跟着老爷子回到那个如火如荼的年代，感受着那个时代的人们单纯的思想和淳朴的生活，更佩服老爷子曾经拥有过的男子汉之坚韧，不愉快渐渐消失了，他跟岳父推杯换盏起来。

“砰！”门被踹开了，满脸盛怒的妻子出现在他们的面前。

“你挺会找地方啊！”冷笑使她的面目狰狞。

“丫头，你来干嘛？”岳父曾经拥有过至高无上的领导威信，却从来都管不了自己的女儿。

“这是我的家！”妻子眼睛盯着元渊，步步逼近，压根儿就无视父亲的存在，元渊想起了狼和小羊的故事，而自己就是那只即将入狼口的可怜的小羊，牧羊人又那么懦弱无能。

“之前我跟你解释过，媳妇儿，你还要怎样？”

他已经无计可施了，不想招惹妻子，从结婚那一刻起，她就能步步为营，是真正的常胜将军。每次受伤的总是自己，况且，他也不想殃及鱼池，让无辜者受伤害，只要她浅搁矛盾，让他下地狱，他也认了。

“我让你从我姓王的地盘里消失，这套房姓王！那套房子里小到墙上的一粒灰尘，院子里的一颗沙子都姓王，没有你们姓元的东西，你干嘛要赖在王家?”

妻子嘴里的话像一把极重的大铁锤，一个个音节就是一次次的敲击，每一击都能打中他的要害，心，迅速地下沉，而血却一起往上涌。没错，房子和家具确实姓王，那是结婚时岳父为他们置办的，这么多年来，原来这家还是全部姓王，跟他这个姓元的没有一点儿关系，而他只是在她大发慈悲时的一个收容对象，她冷静下来以后，就可以趾高气昂地，像赶一条狗一样，把他驱逐出家门，也许，她从来都不认为自己是她的丈夫，天底下的富人大概都如此，不管他自己有多么无知、多么低能，只要拥有了财富，就能把自己封为皇帝，周围的人都得沦为他的奴仆。

“我儿子姓元吧?”元渊终于管不住自己了，满腹的遗憾变成了怒火。

“你还有脸提儿子? 你为儿子做过什么? 该不会看见儿子长大了，想跟我抢儿子吧?”

妻子居然把嗓子给吼哑了!

“没良心的东西，让你跟我抢!”

她随手端起了父亲的酒杯，朝丈夫脸上泼去，满满的一杯酒，让元渊的五官都充分地接受了一次酒精的洗涤。眼睛睁不开了，鼻子不能呼吸了，原来美酒从嘴巴进入人体是享受，而率先进入其他器官是劫难。

“干嘛? 天底下还有这么不懂事的孩子?”老父亲站起身来要夺过酒杯，推出女儿，可不及年轻人的动作快，她左手一摔，酒杯落地后，“啪“一声，就粉身碎骨了，右手拿起鱼盘狠狠摔在地上，鱼、碎瓷片、玻璃渣混在一起，鱼味儿、酒味儿彻底交融，更加浓烈了，弥漫了整个屋子，瘦小的她用张牙舞爪的大动作，竭斯底里的吼叫声冻结了空气的流动。

元渊看了一眼手指在哆嗦、嘴唇也在哆嗦的岳父，站起身来，平静地对妻子说:

“你不就是让我走吗？我现在就走！你就别闹了！”

说完便推门出去了。

“嘡！”

“哗啦啦……”

器皿倒地的声音随后跟来了。

“哇——呀——”

妻子的尖叫着，元渊想象得出身后的情景，他加快了脚步逃离了这个是非之地。

去哪儿呢？亲戚朋友家不能去，无论他去谁家，她都会把战火烧到别人家里，祸及无辜，问心有愧。干脆住旅馆吧，她应该找不到。他相信如果不走，她四十二天里积累起来的怨气会把他蒸烂煮熟了，她已经熄灭了他的爱情梦，绝对不能再受摧残了！

躺在旅馆的床上，坚决禁止妻子进入自己的意识层面，他要努力地想些工作上的事情来代替浑身上下的“战争创伤”，可是想起了薛家村的白菜，也就想起了满脸温柔的马婶儿和笑眯眯的老杨福书记，想起了他们配合默契的劳作，想起青皮山脚下的小贾，和她为自己洗的夹克衫，元渊流泪了……妻子那张飞扬跋扈的脸一下又跳出来。

元渊不想再睡了，他站起身来到卫生间打开浴霸，让滚烫的水冲刷自己的脑袋，热气顿时涨满了卫生间，耳朵里全是流水声，水拍打着他的脑袋，冲进他们的眼睛里、嘴里、鼻孔里。他真的不能再想什么了，哦，摆脱痛苦最好的方法是让另一种东西充满自己，不知过了多长时间，他，终于困了。

第八章　喜忧分明

1

元乡长又回到青泉乡乡政府当乡长了。

曾经当家作主欲望强烈的张书记被过多的权力行使给逼恼了。他不停地数落着元渊，作为乡长应该这样，作为乡长应该那样，怎么可以学着陶渊明跑去种豆南山下呢？也难怪张书记生气，也不知道是哪儿的人，哪儿的事，一股脑地冒出来，把他团团围住，几乎喘不过气来，真正日理万机了，张书记哪能受的了这种艰辛呢？他看到元渊乖乖地坐进了办公室，于是对来人说：“找元乡长，这事归他负责！”他脱身了，元渊便被包围。几天下来，元乡长的头都大了，天哪！他哪里是在当乡长？他是计生助理，林业助理，农金会计兼出纳，还得连办公室的材料员一块儿当。唉！当就当吧！以往负责这些工作的干部全在地里种菜，可乡政工作还得正常运行，只要有一口气就干吧。累死不要紧，还有后来人！元渊苦笑着处理了一项又一项的事务。这些天，他真佩服那个不为五斗米折腰，敢于挂官彭泽令的陶渊明。

吃饭时，消停下来了，元乡长终于可以坐在食堂的椅子上喘口气了。食堂几乎没什么人吃饭，张书记也不在，估计，他又有饭局，两个炊事员一边说笑一边做饭，这十多天来，元渊在乡政府里几乎没听到什么欢声笑语，两个女人轻松的笑声好像能消除掉他一些体力上的疲惫和心底的烦躁。

“哎！今后孩子找对象，可得注意啦，必须告诉他们，两个人必须知脾合性，过日子才能互相关心，否则，什么时候也是父母的一块儿心病。”这是崔姐的声音。

“说得太对了！”杨嫂应和道。

“我们隔壁的小贾……”声音低下去了，低的大感只有她们俩人能听见。

崔姐又在说小贾！她又怎么了？元渊心里一紧，不由得站起身来，朝着这声音走了几步，这回全听清楚了。

“小贾的妈妈在小贾家住了几天，昨天刚回她自己家了。临走的前一天晚上，小贾去学校上晚自习，老太太到我家坐了一个晚上，老人家里也有大有小的，放心不下；这里，怀了孕的女儿一天到晚孤零零的一个人，没人照顾，更放心不下。老太太说着话眼泪汪汪的……

“小贾家里也没啥活儿吧？”杨嫂有些不明白。

“给自己做饭，生炉子，抬水，对于咱俩来说无所谓，小贾是她父母娇生惯养出来的掌上明珠，从小念书，连饭都不会做。”

“也是，我家小宝连个袜子都不会洗。”

“从前小杨不常在家，自从种了菜，他常不在家。去年冬天，我去她家串门，小贾正拿着锤子打碳，一锤下去，摔下几滴泪水，碳打完了，抬起头来找碳桶，我看见她泪珠儿挂了一脸，家里冷飕飕的。不要说她妈了，就是我看了，都想哭……”

崔姐很善叙述。

“我家闺女绝对不嫁乡干部！”杨嫂斩钉截铁地说。

元渊心中一阵抽搐，烦躁变成了忧郁，慢慢上升，又一次淹没了这个大男人。他默默地回到椅子边，坐下来，拿起了崔姐为他准备好的碗筷，却没了食欲。他没见过小贾流泪，但是想象得出她流泪的样子，那张白皙的脸上先是布满阴云，继而又大雨滂沱。他的心也被打湿了！乡干部到底是个什么职业？杨嫂的闺女不嫁乡干部，把女儿嫁给乡干部的妈妈后悔得抹眼泪。难道做了乡干部都拥有不了美好姻缘？小贾是个好女人，元渊打心眼儿里喜欢她，他希望她过得充实，快乐，幸福。他本来认为一起生活会使小杨和小贾的磨合期缩短，情感升级，可谁曾想竟使矛盾升级，冲突加剧，生活磨难增多！

忧伤的他扳着指头数起了自己的同事和朋友，小杨，宽子，禄兄，还有自己，组建起来的几乎都是战火纷飞的家庭。更有好事者，天天到办公室报道，谁家的战火升级，谁家进入冷战。

呵呵呵，真是个惨淡的世界！

2

日子在忙碌和低落中迅速飞逝，元渊还是能抽出时间关注张万良村和薛家村蔬菜的除芜和灌溉情况。

张万良村的菜长得又大又好，看着这喜人的白菜，农民高兴，元乡长也愉快起来了。农民嘴里念着发财梦，眼睛里蓄着希望。元乡长呵呵地笑着，同时，心里悄悄盘算怎样将收菜大汽车拉进来。

薛家村的菜小多了，元乡长勉励那些菜农说，有小不愁大，一分耕耘一分收获，流下的是汗水，挣来的是钞票，和他们在一起憧憬着收获的幸福，制定着秋季卖完白菜以后的购买计划。元渊特别爱看农民们憨憨地笑，和农民在一起，他会用尽所有的词汇给他们解释清楚一件又一件的事情。

路过四号村蔬菜区，元乡长哪怕只进去走一圈儿，也肯定得看看，可惜地里立着的白菜叫人看了寒心，整块儿菜地仿佛被匪劫了一般，一个特大的畦子里没有几颗菜，东一颗，西一颗，这些“留守”白菜也几乎都是”老弱病残”，要不爬满虫子噬过的洞，要不就是叶子黄枯，萎靡不振站在那儿瑟缩着。菜主人也少了一半，即便他们在这儿，比地里的白菜还蔫儿。小牛和小杨早就不见了踪影，小牛的地里还有几颗“站岗”菜，小杨的菜地则“全军覆没”。

元渊每次来这里，都能碰到的是计生助理宽子，他总在菜畦里摆弄着什么。付出了，肯定有收获，宽子种的菜还是值得一看。宽子和梁山好汉的性格一样，不打不相识，自从打架后，他俩反倒亲密了许多。元乡长成了宽子最信赖的求助对象，有什么顾虑和困难，他肯定找元乡长探讨，解决。元乡长则有求必应，哪怕误了吃饭、深夜不眠，也要搞明白问题、摆平困难。

白菜长大了，收菜车却姗姗来迟。好不容易盼来了一辆，白菜价格低得使菜农们揪心般的痛——每斤毛菜5分钱，女人们痛哭流涕，男人们唉声叹气。

菜农手提着编织袋，却无论如何都不忍心砍下这些汗水和心血浇灌长大的”宝贝”们。

可是，菜贩子们面对着一地白菜，极其冷漠，这些人都视它们为垃圾。

“不卖?”满脸横肉的浙江侉子铁青着脸，耷拉着眼皮，操着当地人们勉强听得懂的浙江普通话，拖长声音说，“人家不卖，开车！咱们走吧!”

于是，笨重的收菜车慢吞吞地上路开走了。

领车来的小伙子气急败坏地骂道：“现在就这么个行情！你们舍不得卖，就等扔烂白菜吧！过两天怕你们扔也扔不过来呢!”骂完后，脚一踹离合，骑着摩托车跑了。

男人们摔下手中的袋子说：“5分钱连种菜成本也回不来，不卖就不卖吧，一下子烂不了!”聚集起来的人群又走散了，各回各的菜地里干活去了。

元乡长心急如焚，夜很深了，他还在自己的办公室里拨着一个个电话号码，只要和白菜有关系的熟人，什么种菜的，贩菜的，领菜车的，他都联系，跟他们打听白菜价格的涨跌，寻找收菜的商人。销售白菜成了他处理工作事务之外的一个当务之急了，也是这段时间他的一个最重要话题。

终于，他听到一个让他满怀希望的消息：毛菜一斤涨到7分！7分不是一个让人人满意的价钱，却是一个让人产生希望的信息，显然5分到7分是一个上升的趋势。他赶紧告知了白菜长成了的菜农。

菜车也多了起来，张万良村热闹起来了，大汽车、农用车、拖拉机、毛驴车，一起涌向菜地，男女老少神色严肃，手脚不息。生意人很快捕捉到了商机，卖编织袋子的，卖馒头啤酒火腿肠的，迪哥也在招呼生意，还有简易冷库……魔术般撒满菜地。

一个周左右，早菜处理完了，包括杨民在内，计算每亩的收益略高于旱地。收好卖菜钱，返回菜地，听见菜价变成2毛，只能扼腕跺脚，后悔当初没多种几亩中菜，元渊顾不上陪他们叹息，直奔薛家村，看看有没有可出畦的菜。

张万良村的卖完了，薛家村的白菜便成了抢手货。

勤快人家的中菜已经长成了。主人的嘴巴笑成了一轮弯月亮。两天一浇水，五天一打药，精心培育出来的白菜娇滴滴、嫩灵灵，绿白分明、鲜亮诱人，活像一个个端庄秀丽的待嫁女；而种菜人把自已劳累成了一个满脸皱纹、瘦弱、邋遢的丈母娘。偶尔来一辆小车，跳下一两人，问一问，看一看，估计一下菜出畦的大致日期和产量，留下股黑烟儿就没了踪影。

元渊又找到了老杨福书记。

老杨和马婶的感情随着白菜一天天长大，现在他几乎所有的时间都在马婶儿的菜地里。一个驼背小青年尾随着元乡长进了菜地，一边走，一边大喊：

“老杨叔，元乡长来为你主持婚礼了！”

“灰小子，净瞎说！”老杨福急得吹胡子瞪眼睛。

“你老都老了，还这么着急想娶媳妇儿？”元乡长跟着青年人打趣。

“不急，别听这个灰小子瞎说，秋后再说吧！”老头儿一着急，脸变成了猪肝色。

“还不急呢？人不知鬼不觉就把婚期给定了，世上再也找不出这么心急的新郎官啦！马婶儿，你老也着急了？”元渊今天心情好，跟马婶儿也开起了玩笑。

“就他那样？还新郎官呢？根本就是一条老狼！”

一起跟着来看菜的长着络腮胡子的老汉话音落下。众人一片哗然，两个老“新人”窘态盈盈，坐也不是，站也不是起来。

……

元乡长坐在办公室里，捷报频频，老杨书记一个劲地通过电话报道着每一家石破天惊的种菜收益，元乡长从来没有过的兴奋，他笑嘻嘻地处理着繁多的公务，应答着张书记凉飕飕的吩咐，不温不火地听着他这儿没做好，那儿没完成的抱怨。

终于有一天，张书记指派元乡长亲自去白菜地里，务必抽回一些重要部门的工作人员。

3

四号村种菜区相对而言就冷落了许多，地头畔停放着一辆130农用车，来来回回走着几个扛菜袋子的人，地里稀稀拉拉的白菜在静默着。走近了才知道，宽子正准备卖菜，这个蔬菜区可以出畦的菜凑不够一车，所以大车不肯过来，这些乡干部们只好自己找车，把菜拉到薛家村的收菜场地。

宽子看见元乡长就咧开大嘴笑着高声招呼：

“元乡长好！”

“发财了吧？毛菜多少钱一斤？”元乡长替他高兴。

“比上正常班的收益高得多！今天毛菜三毛！卖完了菜请您喝酒！”

“喝什么酒？回乡上班！这是张书记的命令！”元渊收起笑容吓唬宽子。

“什么？怎么能这样？我这一地的白菜谁给处理呢？要是卖不了，谁赔偿我的经济损失？”宽子又急得大叫起来了。

“怕财神爷疏远你？那就安安心心卖你的菜！”元渊忍不住笑了，“小牛和小杨哪儿去了？这两个人没菜可买，应该能回去上班吧？”

“小牛一颗菜也没有，应该能上。小杨也上不了，人家才叫发财了，专门给收菜侉子领路。每一斤他抽一分钱。一不用浇水，二不用锄菜，您算算，每车菜光他能得多少钱的回扣？”

“啊？这小子挺能！”元乡长既惊讶又佩服。自打收菜车进地起，元渊几乎每天都在地里转悠，前两天他才发现这是一份收入颇丰的季节性零时职业。

“人家小杨天天跟着侉子们住宾馆、吃饭馆。看菜，收菜，身边还有大姑娘、小媳妇儿们陪着。”宽子脸上、话里全是羡慕。

“哦，怪不得他不回家呢！”元渊想起了小贾滴进煤炭里的眼泪。

“回去干吗？面对着他那个冷冰冰的老婆有啥意思？换了我也不回去！”

“你更没出息！”元乡长盯着宽子那张只剩下一个咧开的大嘴的黑脸厌恶极了，真想上去扇个耳光子。

听到骂声，宽子非但没生气，反而大声地笑了起来。

元乡长记了几个无需卖菜的乡干部人名，回乡供张书记挑选去了，果然材料员小牛是张书记第一个选回的人员。因为他已经回家，元乡长决定学习古人访贤路数，亲自上门拜访。

时至中午，元乡长一行几人，进了忠义镇小牛的家里。

里软外硬的三间房子，一掏两屋，中间的一间当地人称作“堂屋”。右边算作上首，故父母住着，左面的一间屋子里住着小牛和媳妇儿。父母屋里摆放得当，整洁舒适。小牛家里，则使人产生一种立刻离开的冲动。唉，这哪里是家？一口大黑锅敞着口，屋里竟然没有锅盖的踪影。炕上摆放着几个完好的碗，里面布满了吃剩食物的残渣。地下扔着几块儿破碗片儿，被子垛上方的挂钩上挂满了大大小小长长短短的黑乎乎脏兮兮的衣物。转身又见那大红柜上的尘土足有二毫米那么厚，散放着蒙了灰尘和油腻的瓶瓶罐罐。

炕头上躺着一位，后炕卧着一个，两人都面壁，背对着彼此，听到脚步声，依然睡着。

“大白天睡啥觉？”元乡长受到冷遇很不高兴。

“哦，元乡长！”还是小牛先抬起一张满是血痕的脸，“您坐啊！”说完直起身来。

那边也有了动静，抽噎了一下也坐起来了，这位是一脸的泪痕，长头发湿了一半，眼睛又红又肿，衣衫上的扣子全开了，啼哭加上肚子太大，她有点呼吸困难了。

“这是怎么啦？”

“没什么，嘿嘿嘿……”小牛拉开嘴角做出了一个笑的表情，额头上的血珠子却跟着滚下来了。

看情形，一场恶战刚刚结束，盘碗摔碎了，人也受伤了！

婚姻真是一座围城吗？元渊想起了前不久自己的家庭大战，小杨和小贾不见硝烟的冷战……相聚了，却无法相对，彼此敌视，彼此攻击，最后，两臂俱伤，斑痕累累。在婚姻里，温馨和恩爱竟然是一种奢望！

“有什么大不了的矛盾，竟然这样大动干戈？”元渊知道劝解是一种徒劳。

“鸡毛蒜皮的一些小事，元乡长，你们快都请坐！”小牛企图掩盖“家丑”。

“什么事也是小事情啊？你整天打麻将不回家是鸡毛蒜皮的

事？你把我所有的钱都输干净是鸡毛蒜皮的事？”女人一句接一句地质问，声音越来越高。

“给老子闭嘴！”

小牛恼羞成怒，一跃而起，像一条发现了猎物的警犬，以极快的速度扑向了妻子，而且用迅雷不及掩耳之势搧出一掌。

“哇——呜呜——”

挨了揍的女人尖叫着嚎哭起来了。

“你要反天了？”元渊骂道。

众人上炕把小牛拽下来，拉了出去。

“怕他输钱，你就把钱放好了！”

元乡长找不到合适的语言来安慰这个又一次被殴打孕妇，真的，好多时候，谁也说不好，到底谁是谁非，更何况清官能断家务事。

“放好钱？我真没那样的本事。我放了那儿，他就去那儿偷，实在无处可放了，我就把钱抹在墙缝里，可是他又从墙缝里拿走了，我实在没办法了……呜呜呜……”

“他还能从抹了泥的墙缝里偷钱？他长着狗鼻子吗？这么灵敏？奇了怪了！”司机老苗惊叹不已。

“去年冬天，我还把钱缝进了棉裤里，结果也被他拆开抢走了……再有两个月我就要生孩子，可是，家里却一分钱也没有了……这日子还能过吗？”

女人凄凄惨惨地说着，悲悲切切地哭着。

小牛好打麻将，青泉乡人人皆知，只要有空，他肯定要搓上一两把，可是好像没有因此影响过工作。在工作作风方面，虽然有些散漫，但是元乡长还是认可他的工作能力和工作态度，怎么在家里就是这种表现？他不爱他的妻子吗？其实元乡长早就认真端详这两个人了，论相貌媳妇儿比他强多了，说工作，他是行政干部，人家还是正儿八经的正式工教师，这丑东西还有什么优越感可以拿来得瑟的？换了别人，单位没事可干，他可以利用这个机会照顾为他孕育子女的妻子，享受一下当准父亲的感觉。可惜，他却利用这个机会打麻将，制造战争！虽然自己也处理不好家庭关系，自己的妻子总是怨气冲天，在妻子的眼里，自己也是一个极不称职的丈夫和父亲。但是，他觉得这个丑小牛比他更不是东西！

女人还在啜泣……

一个老年妇女破门而入，穿戴整齐，皮肤白净，动作利索：

“领导来了！你还哭？咱们让领导看看，这像个有女人的家吗？”

老妇人铁青着脸，先用食指指着正在啼哭的小牛媳妇儿，然后用她的身体跟着她自个的食指在原地转了一圈儿：

“安家一年多了，连个锅盖都不买，整天跟我抢着用，你说说，你哪有个过日子的样子？以后别再碰我的东西！”

客人们听明白了，眼前这位老妇人应该是小牛的母亲，是这个正在嚎啕大哭的小媳妇儿的婆婆。听着听着，元渊突然觉得这老妇人简直是旧社会的恶婆婆！现在的农村，娶一房媳妇最少得花上十万元，给儿子娶完媳妇儿，哪一家不倾家荡产？债台高筑？夫妻半辈子的辛劳最后具体成一个儿媳妇，这样娶来的媳妇儿谁敢怠慢？哪家不是老子串房檐儿（租房子住），儿子住新房？哪家的媳妇儿不是供着？哪一个婆婆敢面对着儿媳妇指三划四地挑毛病？元渊忘不了他每次带着妻子回家过节之前，母亲都要把被褥全部拆洗一遍，再把家里的墙壁重新粉刷一遍。甚至寒冬腊月里还要重建厕所，生怕县城长大的儿媳嫌脏。一切就绪，然后全家虔诚地恭候“慈禧老佛爷”的大驾光临。做饭时，母亲总是把手和器皿洗了又洗，看着老人家疲惫的神色和小心谨慎的样子，元渊都不忍心回家过节。

“呜呜呜——”哭声不知什么时候低了下去，而且变得时有时无。

“我说错了吗？领导，你来看看这块儿柜盖，”老妇人硬把元渊拽到柜跟前。用食指在柜盖上画了个圆圈儿，触起了一道厚厚的灰尘，“再看看这碗，领导，您能说出这个原来是什么图案吗?”元渊推开那只油腻和灰尘在上面安了营、扎了寨的碗，因为他觉得胃里的东西在剧烈地蠕动，有一种抑制不住想吐的感觉，这些碗筷难道真的是用来吃饭的？又如何吃得下？

“女孩子怀孕了，就得有人照顾，我家闺女也怀孕了，自己啥也不想干，她妈天天跑去做饭、洗衣服。”老苗慢条斯理的说。

“哎呀呀，他大爷，我怀过三个孩子。说起腆着肚子的时候，哪一天不是锄完地、做饭，洗衣服，还要养猪，连个帮手都没有!”老妇人撇撇嘴，提起了“当年勇”。

“让她跟你比？你是什么年代的人？现在的孩子娇生惯养长大的！依我看，这个媳妇儿就不错了!”老苗越发看不惯这个专横的老太婆。

“好了好了，丫头，下来！梳梳头，洗洗脸，把家整理整理。”另一个同行者安所长要平息冲突，大事化小，小事化了。

小牛的媳妇儿终于擦干眼泪，从炕上下来了，趿拉着拖鞋，艰难地弯下腰，把地上破碎了的餐具捡起来，然后拿起了一块儿抹布，把柜盖上厚厚的灰尘拭了去。

小牛洗掉了脸上的血痕进来了，看见了母亲，叫了声“妈”，然后讪讪地笑了，母亲却拉下脸来，冷冷地瞅了他一眼，推门出去了。

“上班吧！省得你在家里欺负媳妇儿，”元乡长忽然想起了他们此行的目的，于是赶紧阐明来意，“张书记要抽你回去继续写材料。”

“正好，我也不想在家里呆着了，什么时候走?”好像他更着急地要走。

“没什么事情的话，现在就走吧!”元乡长觉得冷却矛盾最好的办法是拉开距离。

“吃顿饭再走吧，第一次上门哪能不喝点儿呢?”

小牛抬脚准备出去买酒，老苗一把拉住：

“别去了！你这哪里是家？分明是战场！快走吧！回乡政府!”

众人各自上车，汽车起动机呻吟了一会儿后，迅速离开了，元渊回头看时，发现浓烟裹着的那个大肚子女人，是那么孤独，无助!

……

被分流出去种了菜地的乡干部，陆续进书记的办公室，接受张书记的单独教导后，又回到了原来的职位，乡政府渐渐低恢复了热闹。

4

站在乡政府的大门口，可以看见好几块菜地，元渊只要有闲暇，必进菜地。

停着的大菜车，罩粉头巾的年轻女人，露着臂膀的黑脸汉子，分外吸引人眼球，可以算做这片风景里的亮点。这个季节，菜农们白天夜里几乎都守在地里，悉心照料着他们的“眼睛珠子”。浇水，打药，越到出畦子越得加强“护理”。因为起虫子了，缺水干叶了，收菜的侉子们会把脸绷得紧紧的，低着眼睑大声喊“这个，拿走，俺们不要”。他们嘴巴不停地说话，菜农们不理会，因为根本听不懂，这句话却人人一听就懂。

当菜农听见这句话，他们的脸比被打下的白菜都难看，夫妻互相埋怨一通，然后想办法把菜处理掉，实在没人要的就得扔掉。可是每颗白菜里凝聚种菜人多少心血和汗水，投进多少牙缝里挤出来的毛票，只有种菜人最清楚。据说，菜地该打农药了，马婶翻遍自己所有的衣兜凑了三十元，还不够，她便翻起了王小的衣兜，找出了十块钱，买了两瓶农药。过了几天，王小准备买瓶酒，死活找不见他藏在棉袄兜里的十块钱，于是，找他妈问罪。马婶不敢承认自己拿了他的钱，怕傻儿子浑闹。没有烟酒安慰，王小开始罢工，一整天盖着被子睡觉，谁劝骂谁。直到老杨富来了，问明原因，从兜里掏出十元钱还给他，王小对着钱嘻嘻地笑了半天，才起身穿衣服。所以，元渊在菜地里蹲点，不管装多少钱，总被菜农们借走，最后兜里一分不剩。

好在农民习惯了田间耕作，菜成以后，吃在地里，睡在地里。黑绿黑绿的手指捏着大白馒头，几下就能吃个肚儿圆，然后，嘴对着瓶口，咕咚咕咚，半瓶带着胶皮味儿的温突突的水下肚。干活累了，找个大格楞底躺下，伸伸胳膊，蹬蹬腿儿，暖烘烘的太阳照着，不用两分钟就进入了梦乡。到了晚上，搭个窝棚，男人们留下，女人们回家，喂喂猪，饮饮羊，打打孩子，吩咐吩咐家里留守的老人。

一辆又一辆的大汽车装满了白菜，晃晃悠悠地开走，绿汪汪的菜地渐渐变灰了。早菜，中菜，已经全部出畦，晚菜开张了。在地里转悠的元渊，偶尔也搭把手。

每逢周六，孩子们从学校直接下菜地，七手八脚，一边和父母一起砍白菜，装白菜，一边和父母攀谈，“我装十袋子，你们给我多少钱?”有的干脆躺倒不干，“再给我买三根火腿肠和一个面包，我就起来!”菜地里响起了女人们的骂孩儿声。孩子们知道，再不争取机会，卖菜完毕，他们又只能眼巴巴地盯着这些精美的食物了。“那我也跟你妈要钱了，我还给你家装了十袋子白菜!”元渊逗起了这些和自己儿子一般大的孩子。小孩立刻不要钱了，瞪着乌溜溜的大眼睛看着眼前这位大个子，然后再看看母亲瘪瘪的衣兜，乖乖地起身干活了。

手机的信息铃声响起，这是元渊从白菜上苗后特意订阅的天气预报信息，以前他没有习惯关注天气情况，可是现在他也成了中央电视台和河北电视台天气预报的忠实观众，“局部地区有冰雹”手机短信最后的几个字直刺他的神经。

他抬头看天，湛蓝的天空上不知道什么时候点缀上了朵朵簇簇的棉花团儿。

元渊赶紧回到乡政府通知各个包村干部，要所有乡干部协同菜农做好预防工作，他自己率领小郭和小牛直奔薛家村。

此时天空的云越积越多，太阳一会儿地钻入云层里，一会儿又钻出来，天色忽明忽暗。

小牛和小郭被指配到晚菜种植最多的人家，而元渊径直来到王小的地里。

食指和中指夹着香烟卷儿的王小正在田埂上“观敌瞭阵”，看见了元渊，便笑嘻嘻地迎上来，元渊顾不得跟他闲扯，只丢给他一个选择“马上要下冰雹！用苫布盖上，白菜就打不烂了。卖了白菜的钱攒起来就能给你娶上媳妇！想娶媳妇儿就找苫布去，不想娶媳妇儿你就呆着！”

王小一边格格地笑着，一边颠儿颠儿地跑了。

元渊拿起铁锹拨开菜畦子旁边的水渠。

天上彤云密布，狂风卷起，接着传来了隆隆的雷声，葡萄大小的雨滴砸下来了，先疏后密，眨眼间，地面湿了，元渊的衬衫也湿了。

他赶紧拨通手机向只种早菜和中菜的菜农求救。

每一次闪电雷声后面跟着瓢泼大雨，一阵紧似一阵，大雨中的元乡长终于望来了披着雨披，打着雨伞，拿着苫布的农民们。王小和马婶抬着一卷东西也来了。

元渊身上不知道被谁套上了一件雨衣，雨帽的遮挡呼吸容易多了。这群人在风雨雷电中给白菜也穿起了雨衣，一个闪电引着一阵雷声，跟着就是又一阵急雨，突然，“刷刷刷”变成了“砰砰砰”，雨滴变成了冰雹，黄豆大的，花生米大的，鸡蛋大的白球到处乱滚，砸在人们头脸上，人们嗷嗷大叫，可是谁也没有因为被砸去躲避，终于，盖好了，空中的冰雹没了，又变成了稀稀拉拉的雨滴。

慢慢的，雨停了，云散了，太阳出来了，大地白茫茫的。墨绿色的植物的叶杆支离破碎、东倒西歪，一片狼藉。苫布底下是唯一的完整。

元渊突然感觉到自己动不了了……

乡卫生院的病房里，医生给元乡长打起了点滴，他却依然处于昏昏沉沉的不思维状态。不知道过了多长时间，一阵清新的洗发液的香味拂过他的面颊，似乎有个黑影儿在他身边飘动。元渊努力地睁开眼睛——小贾正左手捧着鲜花，右手提着水果，若有所思地凝视着他。

“元乡长，我们追求理想，也要爱惜自己的身体啊……”

声音低下去了，白皙的脸上泛起了红晕，神色又腼腆起来。

元渊憨憨地笑了，一下清醒了许多，精神了许多……

5

又到了年底，工作一项紧跟着一项，焦头烂额后，终于告一段落了，也临近了年关，乡政府放了半月的假，乡干部也可以享受一下天伦之乐了！

元渊提着大包小包的年货推开了自家的门，家里温暖、整洁。不同以往的是，妻子没有坐在沙发上织毛线活儿，居然床上躺着，身上还搭了条棉被。结婚十多年，他还是第一次看见妻子大白天盖着被子睡觉。元渊倒是习惯从前，她手里编织着毛线活儿，听见他推门进家，面无表情地抬起眼皮看他一眼，接着，元渊开始干家务，或者忙乎自己的事。今天，他突然不知道自己该干什么了，放下东西，走到妻子的床头跟前，她还是没反应！

“怎么了?”元渊有点紧张，他也不知道在紧张什么。

拉开了被角，露出妻子整张脸——两行眼泪从眼角缓缓地流出来了!

这个大男人害怕起来了——这时他到怀念起她站起身来凶神恶煞地骂自己，用酒泼洒自己，宁愿她还是个小泼妇，精神抖擞地欺负自己，可是，她却安静极了，只有眼泪慢慢地流着。

“小芳，王芳!你怎么了?啊……”他像小孩子一样，摇着妻子的胳膊，大声喊着。

“我的腰疼……哎呀……”泪水浸湿了枕头，弱弱的说话声音像蚊子叫。

“去医院呀!”女人毕竟是女人，平日里飞扬跋扈，事情真的来了，只会哭鼻子。

车来了，他把妻子抱上车，直奔县医院，车上妻子断断续续地告诉他：她感觉腰疼已经有好几天了，母亲说，可能是着凉了，晚上为她拨了几个火罐，今天上午一下子就疼得动不了……有病就医是个常理，怎么能自己瞎折腾呢?元渊的抱怨，妻子第一次没有反驳，她哪有精神再跟他争吵?滴水未进，还不停地呕吐，小脸儿蜡黄蜡黄的，额头、鬓角全是汗珠儿，元渊用大手轻轻地拭掉了汗滴。真的，他祈求上天，现在被病痛折磨的是他，而不是他的小女人!元渊猛然间发现妻子在自己心中的真正位置!

经过专家会诊，妻子得的是尿毒症，必须手术——肾脏移植!

护士为妻子打起了点滴，她不再咬牙切齿地流汗了，搁浅了所有的烦恼，安安心心地睡觉去了。

岳父岳母心疼地看着他们的宝贝女儿，然后再仰望着这个乡长姑爷，希望得到他英明的决断，这病应该怎么治，这年又该如何过。

思忖良久之后，元渊告诉他的家人，必须转院，到市医院就诊，为了手术的安全系数更高，过年、花钱统统退居二线！老人家使劲地点头表示赞同。

终于办完了住院手续，他把妻子、岳父岳母安顿好以后，开始筹措手术押金。8 万元！对于自己来说，是个天文数字！虽说参加工作十几年，却没有多少积蓄。礼尚往来是乡干部的重要开支，逢年过节，必须提着烟酒，走访同事、领导、朋友、和交好的农民。时逢三、六、九，每个乡干部肯定有酒席要吃，上至县领导，下至老百姓，甚至街面店铺，没有哪一家办喜事会落下乡干部，他这位乡长更不在话下。谁家的老人病了，谁家的媳妇儿坐月子了，即便人不去，礼钱也得随上，而且，出手小了，他丢不起人。兄弟来往也得掏腰包，有时他庆幸自己人缘好，朋友多，有时懊恼起了自己这个好好先生没有交友原则，总给钱财造孽，可是，懊恼归懊恼，无论谁来了，他还得请，因为他抹不下这张脸，生怕丢了哪份情。最重要的是他的收入确实不高，一年下来工资总数三千多，妻子虽说也挣工资，可她是富家女，有超收入的消费习惯，她已经不好意思再向父母伸手要钱了，能张开嘴的只有他这个当乡长的丈夫了。唉，整个儿一个“外强中干”的家！

早早就躺下了，却无法入眠，该跟谁借钱呢？他把和自己交情深厚的人，逐个想了一遍，似乎谁也没有余力帮助自己，怎么办呢？5 万元就把一个堂堂的乡长——一个大男人弄得愁苦不堪，报时钟声响起来了——天已经亮了，他竟彻夜未眠！

还是找他的“狗头军师”禄兄商量一下吧！

“你肯定知道我心有余而力不足。但是，病必须要治！这几天我可以在你的胯下效犬马之劳！走，先找你们俩的单位领导解决，剩下的哥儿几个平摊，你看怎么样？”

军师毕竟是军师，出谋划策高人一筹。而且，这次他还要当大帅！元渊心中一下踏实了许多，真正地抓住了一根儿救命稻草。他跟在禄兄的身后，禄兄逢着领导就说，言辞恳切，语气委婉，两个单位解决三分之二。然后，他又打电话通知了十个师范同学，平均分派任务，押金问题终于得到圆满解决。

手术进行得异常顺利，术后，元乡长尽量给妻子最好的营养品，最好的照顾和服务，因为他知道这个娇弱的女人已经经受不了更多的苦难，他也极尽模范体贴之能事，力争让她舒服舒心，早日恢复健康。

术后的妻子温顺多了，也许跟手术大伤元气有关系，也许是元渊竭尽全力、至诚至真所致，他和妻子竟然也能默默相守很久很久，淡淡的浅浅的温馨滚动于他们之间……

妻子终于出院了，岳父岳母一刻不离守候女儿床前，无微不至的照顾使病人一个劲儿地喊“烦”。

元乡长又回到了乡政府，拖下的工作，现在必须还的外债，使他焦头烂额起来……

第九章　谁未未卜先知

1

太阳东升西落，生活周而复始，似乎一切都在照搬昨天。其实，很多事情就在这循环往复之间发生了质的飞跃。清泉的农民仍然日出而作，日落而息，不管是男女老少，凡下地干活儿的，还是要披着大棉袄，穿上黄胶鞋，日复一日地耕耘锄割。四季交替，腰包鼓了又瘪，瘪了又鼓，在这瘪鼓之间，他们生存状态的变化日新月异，红砖瓦房悄悄地取代着土坯小屋，摩托车开进了农家小院，农民兄弟自个儿家里装上电话，无需出门，尽得各方的信息。乐康县县城，张家口大街随时都能碰上前来购物的清泉农民。等到了农闲时期，不少时髦的帅男靓女溜达出来，装点这个曾经荒凉落后的农村小镇。

清泉乡政府依然如故，张书记还是全清泉乡一万多口人的第一把手，力尽所能地做这一片土地大大小小事情的决策者。元乡长还是在张书记的光辉照耀不到或者不想照到的地方发光发热，舞台小不要紧，他忘不了自己曾经在三尺讲台上尽得风流。清泉乡这么多的自然村，他的天地已经不小了。所以“党政”之间，相安无事，关系和谐。

吃完晚饭，元渊没回办公室，跟在年轻人身后出了乡政府的大门。坝上的秋天在一年四季中，最招人喜欢。气候宜人，凉风习习，公路两旁的杨树叶子依然是深绿色，微风吹来沙沙作响。

田野里倒是一望无际的金黄，菜地里已经是光秃秃的了，他享受着这份秋高气爽，觉得自己也是浑身的清新。他从来没有遗憾过自己在基层工作，甚至有时设想过假如自己是个农民，他会更爱这块土地。因为他喜欢这份宁静和古朴，也因为他能完全地置身于大自然之中，真正体味陶渊明“采菊东篱下，悠然见南山”物我两忘的高蹈情怀，过一把作古圣贤的瘾。不过，最近这位元乡长的作派越来越像村妇，他竟迷上了串门子。跟丢了小青年，脚自己找进了农民爱军家。

爱军未满三十岁，是个黝黑粗壮的庄稼汉。他勤劳也点子多，所以日子过得红红火火。几次村民代表讨论会后，元乡长喜欢上了这个年轻人，这不，他们成了莫逆之交。无话不谈，也无所避讳。元渊很喜欢听他各种各样的想法，替他枪毙一些不可行的，和他发展完善一些有生命力的。

爱军媳妇出出进进往炕上摆着餐具，准备吃饭。爱军一把将元乡长拉上了炕头，自己也上了炕，随手抓了一个芥菜疙瘩，半躺在被子垛上，一边啃着，一边念叨：

“这架子牛育肥就是不错，元乡长，你看那两个回民村，这两年肥的，真的受益不浅。”

“你好好掂量掂量你自己够几斤几两吧，真是狗肚子里装不下二两香油！日子过好了，开始瞎折腾了。”

爱军父亲是个体育老师，他听不得儿子说这些别人从来没想过的奇谈怪论。

“您老了，您不懂。”

爱军也讨厌父亲否定他，打断他。头一扭，就把笑脸一下子拉成了驴脸。

因为自己的角色尴尬，元乡长一时找不到合适的语言，看这架势，如果说不好饭桌就会变成战场。

媳妇端进一笼冒着热气的山鱼儿，婆婆捧着一碗香喷喷的卤，一前一后走进来，爷俩紧绷的脸松弛下来，微笑悄悄浮现。

“吃，元乡长，这可是好饭！”

老赵老师不容分说硬塞给元渊一碗浇了卤的山鱼儿和一双筷子。食堂的馒头只能充饥，每顿饭至多吃个半饱。元渊不是女人，无需忸怩作态，于是，他咽下口水，开始享用这坝上的美味了。山鱼儿精到爽口，鸡蛋糕和牛肉末儿拌起来作卤，滋味鲜美。山鱼儿是由土豆煮熟，捣碎，和着莜面揉合而成，堪称坝上一绝。但是想做好，各个环节必须做的恰到好处，婆媳两人把这种地方饭做到了极致。也许是饭香，也许是全家人都在悉心保护这好气氛，除了吃饭时吧唧嘴的声音，就是对炊事员手艺的赞叹声，谁也不提及其它话题。爱军和他父亲都是急性子，他们家的两个女人也不是细嚼慢咽的主儿，不到半个小时，都先后放下了筷子。婆媳俩洗碗去了，爱军剔着牙，皱起了眉头：

“元乡长，你说先养十头牛，怎么样?”。

说完，斜着眼看了父亲一眼，老赵老师果然将头一歪，白了儿子一眼：

“家里弄上十头牛吃什么？谁喂？买十头牛得一万多块，如果赔了，你就哭吧！到时候哭你娘都转不过弯儿来！”

“知道个啥！谁过日子不是摸着石头过河？哪有现成的套数?”爱军被父亲一呛，涨红了脸。

真是话不投机半句多。

“过个屁河？小心河水淹死你个半吊子！”

老赵老师骂完跳下地甩摔门出去了，因为他知道，自己早就管不了这个不知道天高地厚的儿子了，骂几句发泄一下怨气罢了。养牛不养牛，或者干不干其它事情，自从爱军自立了门户，不要说决策者，连个参谋他都当不得，老赵老师和老伴儿只能做个不要工钱的伙计。眼不见，心不烦，自己还是走开好，省得添堵。

老赵老师走了，屋里却越发热闹起来，元乡长和爱军策划着架子牛育肥的每一步骤，计算着每一环节的费用，婆媳俩也参与了这一讨论和预算，算盘、本子、铅笔摆满了一条大炕。讨论中，有分歧，也有统一。他们喝完了热茶，坐凉了炕头，每个人的兴致依然高涨。直到办公室小牛进来告诉元乡长，乡里有事，元渊才恋恋不舍地离开炕头。出门时，他一再叮嘱爱军，尽量多找几个伴儿，养的人多了，买饲料时可以便宜，肉也能卖个好价钱。作为一乡之长，他知道，无论哪个项目想成点气候，必须具备规模。也就是必须有很多农民都养架子牛。可是，穷乡僻壤中的农民，两耳不闻其它事，一心侍弄着自己三亩二分地，想让他们多养几头牛也不容易。更可行的是找到思想意识超前的带头人，是，得找育肥架子牛的带头人！元渊加快了脚步，他要把每个村可能的带头人列出来。

……

2

又一个艳阳高照的早晨，院子里的气温让人想起里刚刚过去的酷暑，花儿不再光洁耀眼，只是木然地呆立着，树梢懒得动弹，好像在思索着什么。乡政府的工作却开始正常运行。

元乡长本来打算下村转转，张书记突然一反常态，当起了甩手掌柜，他嘱咐元渊此段时间必须负责起乡里所有工作，哪个环节上也不准出错，而且，这段时间他本人最好留守乡政府。元渊只好取消了下村计划，巡回于各个站所之间。真可谓秀才不出门，遍知所有事，张书记悄悄出门的消息不胫而走，各个站所的工作人员紧绷的神经放松了，办公椅子的吸引力消失了，院子里，走廊里，都有来来回回走动着的乡干部，上厕所的，回宿舍的，串办公室的。元乡长也坐不住了，因为他今天是这一大家子得当家人，可是他知道这些人只把他叫作“元乡长”，从未真正像一个一言九鼎的领导那样被他们尊重过，平日里跟他称兄道弟，挤眉弄眼，以前他不在意，甚至喜欢这样，他一直觉得人和人之间没有高低贵贱，何必拉开层次，拉大距离？他也不习惯用领导的口吻说话，用领导的作派办事。现在，他怎么叫这些兄弟姐妹们继续对自己的工作负责呢？他站在乡政府大门的台阶上，瞪着眼看着这些悠闲的人们，元乡长拉长的脸终于让过来过去的下属意识到，他是领导，张书记不在了，他就是当家人，这儿不能变成一滩散沙！元乡长熬着每一点钟，每一个上午和每一个下午，掐着指头盼望着张书记能尽快回来，可是一天，两天，三天……仍不见任何动静。

张书记似乎从人间蒸发了，看不见人，也从未接到他的电话。他去哪儿了？张书记不是个十分恋家的人，过去，需要元乡长"看家"，张书记总要把出去的原因说清楚，留下每件事情的处理方法及注意事项。可是这一次他只留下一脸的焦急和严肃。而且，乡政府的工作人员表现出来的是从未有过的涣散，更让元渊着急的是，酝酿已久的架子牛育肥计划也迫在眉睫，如果此时张书记从大门进来，元渊会热烈地拥抱他！然而，还是没有出现这样的惊喜。元乡长的两道浓眉弯曲起来使劲往近凑着，随时可见的两酒窝消失了，整张脸如那隐去日头的天空阴沉了起来。还没到六点，清泉乡的工作人员陆陆续续走出了自己办公室，几个小青年没去食堂，相随着朝大门的方向走去，小牛还回过头来朝元渊笑笑：

"元乡长，一块儿出去？"

元乡长依然是那副表情，用两只大眼睛直视着他们。派出所小元和财政所小郭拉起小牛快步走出乡政府的大门，他们很快从元乡长的视线内消失了。唉，随他们去吧，反正已经下班了，下班的时间，责任领导也该换班了，大多数的人换成了老婆，轮到听凭老婆大人使换，挑水，生火，洗锅，刷碗，然后再辅导孩子作业，陪老婆看电视剧，拉灯，伺候老婆睡觉。可是，在乡干部中这样的“乖孩子”真的是为数不多，满街都是“革命小酒天天醉、喝坏了党风喝坏了胃、喝得和老婆背靠背”的“坏家伙”。也许是乡领导不力，也许是因为家领导失策导致失控，或者是时势造“英雄”，乡镇的行政机构这种土壤，孕育出的大多是豪喝、好赌的洒脱“侠士”。有人干脆把乡政府叫做“大染缸”，有人还说，进了这“大染缸“的人只能是红的变蓝，蓝的变黑。

太阳走了，造物主原本想把黑暗留在这尘世中，让人们停止手中的活动，闭上眼睛，作精神上的反思，以便调节、改善自己来日的行为。然而，天不遂人愿，人也不如天意，人类偏偏自己制造光明，延续白天的活动，或者制造财富，或者制造罪恶，无论干什么，都违背了造物主的初衷，破坏了老天给的平衡。仔细想来，人类几千年的文明不过是加速了自己家园的消亡，灯光璀璨的现代生活使人们忘记了月亮和星星的存在，那份安逸和静谧早就找不到了，失落和困惑越发膨胀。元渊的头痛极了，他可真正寝食难安了，走廊里来回地渡着，不能读书，也不能做事，各个站所的办公室里都是空的，办公室的主人早就不见了踪影，可是室内的灯几乎全部亮着，加上路灯，整个乡政府算得上灯火通明了。几天来，他就一直这样的等待着，原来，等待是一种煎熬！

只有后排宿舍里有点儿人的声响，是几个年轻女干部在做饭，这几个女孩子是回民，她们必须遵守伊斯兰教的教条，不能吃大食堂的饭，每天下班她们并不着急做饭，先慢条斯理地上街买菜，水房打水，在食堂吹事员收拾停当准备回家时，她们才开始动手，吃辣子（辣椒）是回民的集体嗜好，她们炒菜必放辣子，辣子味大，所以弄得满院飘香，以往这香味总能引起元乡长的食欲。大多回民比汉民更讲究卫生，居家整洁，炊具干净，饭食可口。所以他喜欢吃回民的饭菜，下饭馆时，总要挑回民饭馆，元渊不爱吃油炸食物，偏偏贪恋回民做的一种叫“油香”的油炸面食。

锅碗瓢盆的撞击声和着她们的说笑声，像那闷热的夏夜中一阵轻柔的凉风，让人的身心产生一瞬间的清爽！女孩子的世界简单，纯净，真羡慕她们！元乡长刚返回了前院，听得一阵吵闹声由远及近。

“你赢不了，是因为你智力不够！怪谁呀？”

“怪你，不是你的’白花‘，我就胡了！”

“你胡不胡跟我有什么关系？我又不负责给你看牌！”

“少扯蛋！我算认清楚你的真面目了！不是东西！”

“你更不是东西！绿头王八蛋！”

“别说了，没意思。哥俩发生点儿冲突，就成了阶级敌人？当敌我矛盾处理？要你死我活？”

走近了，原来是小元和小郭等一群年轻人，看样子这次麻将打得出师不利，还打出了矛盾，连脏话都冒出来了。看见元乡长，吵架的和劝架的都放低了音码，好像只剩下狠重的“沙沙沙”的脚步声在释放怨气。

“小牛呢？”

元乡长发现少了一个，有点不放心。

矮个子小郭停下来了，仰望着元乡长，呵呵呵地笑起来，喷出了满嘴的酒气：

“他还在打麻将，刚才喝高了，走路打趔趄，说话舌头打卷儿。可是，这家伙死活拉不回来，我看，他一会儿就输了。”

“什么时候了，还不回来？你们在哪里喝的酒？”

“二胖饭馆”。

“叮零零……”

乡长办公室的电话铃响了。

“必须把他找回来！”

元乡长丢下了命令，快步走向了办公室。原来是家里的电话，自从手术后，营养的补充使原本瘦小的妻子渐渐发福起来，急躁的性情变得平和多了，竟然懂得体谅体贴别人了，但是，也好像迟钝多了。

有人牵挂着总是件令人心暖的事，何况是和自己携手一生的人！元渊和妻子拉起了家常，她告诉他，这次考试儿子的成绩提高了，语文数学都突破了九十分，而且，他特会照顾恢复中的妈妈，每天晚上帮妈妈洗脚，这孩子将来肯定孝顺。说起儿子，元渊心头一热，鼻子酸酸的，眼泪在眼眶里打转儿，男人也有非常柔软的时候。放下电话才发现，整个清泉都进入了梦乡，元渊心里舒坦多了，躺在床上第一次想起了妻子的身体，肉多了，看着臃肿，搂着却舒服，他哑然失笑了，困意也慢慢来了……

3

人之所以是人，而不是其他动物，是因为人拥有精神世界，人拥有情感，元乡长一晚上的情感滋润，思想减压了，心力恢复了，所有的有早起习惯的人都起床了，他还在美梦中，终于，电话铃声惊醒了酣睡中的元乡长。

“元乡长，你怎么领导你的部下？”

宣传部张科长的电话，虽说语气中满是戏谑，元渊的心脏还是猛地收缩了一下。

“怎么了？”

这张科长是元渊师范同学，平常说话也没个正经，本来可以不当回事，但这两天是非常时期，不可以掉以轻心，这两天元渊时时刻刻担心他“麾下将士”出什么差错。

“别吓唬我，我胆小，你是知道的。”

“你胆小，你部下的胆子可不小，一个‘三字六不让’计划拖了十几天，人家张书记马上就调走了，你们都不活了？该干什么工作还得干什么工作!”

对方语气中的戏谑减少，愤怒增加。

“张书记走了？胡说把!”元渊不相信自己的耳朵，那么热衷于当家作主的一个人想离开他辛辛苦苦经营了这么久的家？

“走不走是人家的事，咱们不管。你那个办公室的材料员，前几天打电话每天说明天就交这个计划，可是，从昨天到今天他连我的电话也不接了，干吗跟我过不去？成心想让我在新领导面前下不了台！元渊，我告诉你，哥哥是顾及你的仕途!”张科长气势汹汹地放下了电话。

张书记走时千叮咛玩嘱咐，有一百个不放心，但还是出了问题，不过是撞在自己老同学的枪口上。这个该死的小牛！几天来，元渊觉得自己像个牢头，一会儿一会儿地在各个办公室窗前转游，搜寻异端，以防不测。对，昨天就有几次没看见这个丑八怪！元渊三下五去二地穿起了衣服，直奔办公室。敲了半天门，里面没有动静，只有电话铃声在不厌其烦地响个不停，党政办公室的工作人员必须一天24小时在岗，是乡政府自古就有的老皇历。这些人真是胆大妄为！元乡长火冒三丈！

“办公室谁值班？“

恰好碰到了办公室的另一成员小周。

“该牛哥值班，我刚来，现在还没到我换班的时间，元乡长，你看时间，不到八点呢!”

小女孩怕挨批，着急地向一脸愠怒的元乡长解释到。看着女孩一脸的焦躁，一副可怜楚楚的样子，他的心一动，唉，再生气也不能滥杀无辜，元渊压了压火气：”

“你先呆在办公室里，他不来就是你的班。”

女孩儿郑重地点点头，拿出钥匙开了锁，进了办公室。元乡长决定自己去找这个姥姥不爱舅舅不亲的丑东西，宿舍，食堂，厕所都不见他的踪迹。彻夜未归？上街看看吧，元乡长走完了清泉所有的饭馆和麻将馆，还是没追到他的影子，元渊又不便向人打听，会不会失踪了？真是丑人自古多作怪！他又转回了乡政府，准备发动群众力量找人。刚走到办公室门口，他就听到了小牛沙哑的声音了：

“我这一辈子是不行了……我告诉你们，这世上有三种笨鸟，一种是先飞，一种是不飞，还有一种是下个蛋，把希望寄托在下一代，我呀，就是那第三种，我家的孩子可聪明了，肯定有前途……”

这家伙回来了！虽说没有踏破铁鞋无觅处、得来全不费功夫的惊喜，但元渊也把一颗悬着的心放了下来。

“你去哪里了？不知道昨天该你值班?”

“我以为是小周值班，小卖部的二王硬叫我去他家喝酒，我就去了……额啊……元乡长……嘿嘿嘿……额啊……”他一边说话，一边打着哽儿。

“三字六不让计划呢？“

“我马上写。”说着就摊开了纸笔。

元乡长不想再说什么了，因为他这一转就是大半个上午，耽误下去说不定其他地方还会出什么差错。于是便离开了那个满身酒气，满脸醉态的家伙。

元渊开始了对各室的监督和检查的工作，有的人真忙了起来，也有一些人流露出不屑一顾的神色，不管怎样院子里溜达的人少了。

轮到检查办公室了，只看见了小周伏在桌子上写着什么，小牛的位置上又空了，桌面上摊开的信纸上只写了个题目，里屋传出了惊天动地的打鼾声。

党政办公室里屋是值班人员的休息室，放着一张床还备着一套简单的行李，小牛和衣穿鞋躺在床上，鼻梁上还歪架着那副早已走型的眼镜，嘴巴随着鼾声一起一落而一张一翕。元渊怒发冲冠了，老百姓用血汗钱竟然养着这样的干部，打完麻将喝酒，喝完酒睡觉，本职工作却是一拖再拖！标准的尸位素食！

可以吸进气管的空气越发稀少了，热血直冲向脑门，他觉得自己的思维不再能支配自己的行为了，只看见自己的两只大手抓住小牛的两个肩头使劲往上一提，再往下一摔，“啪”瘦弱的小牛四脚朝天掉在地上，鼾声停了，变成了“妈呀，妈呀”的叫喊声，眼镜掉在一边，高度近视的眼睛还是能认得清站在他上面的是元乡长！

他挣扎地站起来，努力地睁开那双血红的醉眼问元渊：

“怎么了？您咋地了？元乡长，是不是喝多了？”

“我喝多了？咋不问问你自己？你还有脸说我喝多了？”

“嘭！”元渊照着小牛的胸膛就是一拳，本来没站稳的小牛一个趔趄又栽倒在地。

“哎呀！我的妈呀……妈呀……呜呜呜……元乡长喝多了……”

小牛竟嚎啕大哭起来，不知啥时侯钻进了一屋子人，小周，小郭，小刘，等等，众人定了定神，小郭使劲地往外拽着元乡长，元乡长涨红着脸，喘着粗气，扯开喉咙喊着：

“拖了很久的工作任务你不完成，上班时间，你却睡大觉！我让你睡！你再睡！”

小牛不作任何解释，捂着眼睛大放悲声。

被人推回到自己的办公室，元渊的意识渐渐复苏了，记起了刚才的发生的事，小牛挨打的狼狈相驻进了他的脑海里。第一次打人，打的竟然是自己视为兄弟的人，自己颇为欣赏的人，办公桌上摆着他的墨痕——

《夜色迷离心憔悴》

“原以为我已经将你放下，将爱放下，随着一杯红酒咽下的却是刻骨的相思，你的影子或浓或淡，你的笑容或深或浅，你的语言或真或假，在我的眼前轮蕃出现，没有终点，原来，放得下是执念，放不下的是爱恋。

点亮一盏灯，照亮一颗心，洒下一滴泪，留下一段情。

午夜梦回，屋子里漂浮着孤独的味道，呼吸都是疼痛的，伴随着我的心碎。不想睡，梦里没有你的影子。刻意的隐藏依然遮不住对你深情的思念。

在夜里一路蔓延，生长，直到长成参天大树。不该想你的，想你太痛；不该喜欢上你，让我的寂寞更加寂寞，让我的孤独更加凄楚。

在淡淡的初秋，让我的日子平添一丝忧伤。不知道这种思念让我懂得了什么？聪明伶俐又岂能万事如意？不需要推销自己，更不要暗示自己聪明美丽，个性张扬的我只想随性的活着。

寂静的夜里，我的心在沉睡，我的梦在外漂泊，我想我的生命会不会如歌，风吹起了落叶，我期待有一个人让我牵挂，渴望一份真实的感情，渴望她带着些许温柔给我一个轻吻，哪怕是一个没有做完的梦。梦中有星星的完美，有月亮的明亮，有太阳的光芒照耀大地，一片生机，万物正在绽放所有的美丽。

有点清凉，有点温暖，却又点浪漫，无数的星光弥漫着整个心空，我的天空一片蔚蓝。心海波涛汹涌，没人能懂，没人能知道，没有一只小船为我停留。所有的雾鎖清夜变都得好长，风好冷，孤单的心空没有星星，心儿变得懒散

雨还在下，泪还在滴……”

这是两张发了黄的旧信纸，上面斑斑泪迹仍然依稀可见。上周，元乡长跟小牛借了一本书，书里就夹着这墨迹。

很多人都在背地里讲着小牛的故事，小牛念大学时有过一段生死恋，那个女孩儿不计较小牛的长相，爱慕他的才情，小牛是那个女孩忠实的仰慕者、保镖、保姆。四年大学两人个人好的像一个人似的，从来不离半步。可毕业分配时，在女孩父母的操作下，劳燕分飞。情感挫折对小牛来说几乎是个致命的打击，自此他便像一个看破红尘的老者，得过且过，今朝有酒今朝醉，他不想明天，也好像没有明天。按照生活的常规，颓废只能制造了落魄。

开始，元渊不太相信小牛能有这样凄美的经历，现在，他终于找到了这一事实的佐证。

这是一篇血泪交融的文字，诵读起来，虽然像梦中呓语，元渊念着念着，眼泪迸流，因为他念出了其间的情，深沉真挚，其间的痛，撕心裂肺。一心只追逐名利的人哪有这样的感悟？小牛是一个情至深义至重的性情中人！元渊也想起自己那次朦朦胧胧的恋爱，未曾相爱，那淡淡忧伤的记忆还是跟了他很久。虽然现在想起来觉的很可笑，他忽然庆幸自己当时的目的没有得逞，感情这东西能成就一个人的幸福，也能将一个人推向痛苦的深渊，他还是适应中国人都走的老路：

不靠前，不靠后，骑着毛驴居中游——中庸之道！情感婚姻生活也应如此处理，拥有一个平实的家，家里有一个为自己生儿育女的平凡女人，享受一份不深不浅的幸福，这似乎就够了。

元渊手里拿着那张信纸，跌坐在椅子里。

小牛被他提起时一脸的恐惧，被摔倒在地呲牙咧嘴的样子，稍微清醒后羞愧难当的神色，像过电影似的一幕接着一幕在元渊的脑海中重现。遗憾，痛心，悔恨缠绕在一起向元渊压来，自己鲁莽出手是个错误！难道就眼睁睁地看着他消沉下去吗？绝对不行！可是，打，不是解开心结的办法，自己的行为不是雪中送碳，而是雪上加霜，往伤口上撒盐罢了，可是当时他的思维根本不起作用，稍稍冷静一些，他是不会出手的。忽然他又诧异起小牛的不经一提，一个大男人为什么只有那么点重量？也奇怪起了小牛的不经打，只一拳就把他打翻在地，就鬼哭狼嚎起来！喝高了？溃不堪一击？欺负弱者哪是男子汉的行为？何况他是领导，现在乡政府大院中的最高长官，全体乡干部的带头人！

他一直鄙视的“粗鲁”如今紧紧地贴到他的身上，成了他的标志。可是，这覆水难收啊！

即使元渊把自己打入了十八层地狱，在乡政府工作面前，他依然是个当家人，精力不能被情绪所吞食。他站起来继他的续检查和监督工作，这一次却出奇地顺利，所有人都表情严肃，埋头工作，不再找理由推卸责任。院子里没人，走廊里没人，人们竟然连厕所也不上了！元渊突然悲哀起来，人啊，为什么是一种如此奇怪的动物？不懂珍惜情分，只在现实面前屈服！元渊作了几天这个单位的大管家，每走一步都得付出代价！

隔着窗户，他看见了这刚刚取得胜利一步的牺牲品——小牛，正在桌前奋笔疾书。

元渊觉得自己的心在阵阵地作痛。

4

在灯火辉煌中又送走一夜晚，还是看不见张书记人影。元乡长集中所有的精力履行着张书记留给他的使命，神经紧张，情绪激动。所以，清晨起来仍然疲惫不堪。各种问题此起彼伏，这不，小牛不醉了，小杨却失踪了——

小杨种了二年菜之后，回乡任起了农金站的出纳，准确地说，这职务是个闲职。小杨科班出身，可是他的业务能力远在会计老贾之下，而老贾本来是个村会计，因为工作出色，被抽到乡农金站当会计。清泉乡有二十多个自然村，每个村都是一个大家庭，收入和支出的大账中名目繁多，数字细碎，做到账目清晰，确实需要一定的经验和智力。村干部喜欢老贾，乡领导也信任老贾，所以，农金站好像没有小杨什么事。高兴时，他可以做做辅助工作，打个下手，给村里来报账的会计搞搞后勤，然后跟着蹭顿饭吃。不高兴时，抱着自己的胳膊，翘着二郎腿，瞪着两只大黄眼，一言不发，吃饭时照样跟着。

今天小杨竟然没来，也没向谁打个招呼，就给自己准了假，到更快乐更自由的地方逍遥去了。处理完许多公务的元渊联系不上他，还有一个小时就下班了，束手无策中，元乡长进了食堂，想寻找点线索，然后再顺藤摸瓜，把这小子抠出来！因为炊事员崔姐是小杨的邻居，也许能找到点什么。

食堂里，杨嫂切土豆丝，崔姐搓莜面鱼儿。

“哈哈！莜面鱼儿！好饭！”

脚跨过门槛儿，元乡长就跟莜面打招呼。瓷盆里刚刚和好的莜面团正在冒着热气，笼上已经摆上了十多根细细的莜面鱼儿。崔姐两只手迅速地来回搓着，手底下的三根鱼儿活蹦乱跳，然后乖乖地躺在笼面上。那些莜面鱼儿粗细均匀，比起馒头来，莜面的色泽又黄又暗，却深得坝上男人的青睐。而且，“坝上三件宝：山药，莜面，大皮袄“的说法远渊流长，因为，在这自古以来就物资匮乏经济萧条的高寒地带，山药经用，莜面经饿，大皮袄经冻。莜面是我们这一方老百姓的第二大宝。在寻常百姓家，一日三餐中，莜面几乎都是主食。所以，即使不经过太阳的暴晒，坝上人的肤色一般呈莜面色。

元乡长挽起袖口洗手后，走到崔姐身旁，拽了块莜面按起了“柳叶片片”，和莜面鱼儿比，他还是喜欢这“柳叶片片”。这两头尖中间宽的东西更能体现莜面精道的特点。

“我自己捏就行了，您怎么又来帮忙？再说，时间还早着呢！”崔姐笑着说。

“捏给我自个儿吃，一边跟你说说话，反正手闲着。”

孟子说过，君子远庖厨也，元乡长却跟这俩人的关系很好，经常给她们打打下手，做做帮厨，就像在自己家的厨房里那样。

“这两天看见小杨两口子了吗？”元乡长问。

“没看见人，但能听见他们的声音，我们两家的房子共用一堵山墙，房顶是通着的，说话声音稍微大点儿，隔壁都就听见，昨天小两口又打架了。”崔姐不紧不慢地叙述。

“打架了？为什么？”果然有事，夫妻打架也不能不上班呀！

“中午吃饭的时候，我看见小杨带回家三四个人，一会儿的功夫就听见小杨大声地骂起来了，旁边有人劝说，十多分钟以后，人们都走了，只听见小贾小声哭，孩子大声哭。我们家老韩一直在看电视剧，所以没听起听清楚为什么打架。我又急着来这儿做饭，没顾得上过去。“崔姐很善叙述，可惜没了下文。

“我知道这件事情，”林业站的郝雷不知道啥时也进来了，“昨天中午我就在小杨家，亲眼目睹了家庭战争。“

“怎么就打起架来了？”元乡长真的想不明白，小杨和小贾为什么会打架，虽然自己的家庭战争曾经也屡屡发生。

“事情是这样的，我们四人进家时，小贾已经做好了一个菜，摆在桌子上，准备她自己和孩子吃。小杨把他刚买回来的肉和豆腐递给已经落座的媳妇，让媳妇儿炖上。我们四个人上了炕盘腿坐下，就着刚刚做好的一个菜和一碟咸菜，开始喝酒。

喝完第一盅酒，小贾手上端着一盘肉炖豆腐，腿上带着个哭着喊妈妈的孩子进来了。

坐在炕头上的小杨一口干了三杯二锅头，赢得了一阵掌声，越发兴奋，意气奋发，于是吩咐媳妇再炒个土豆丝。

看见妈妈放下菜盘子，小孩儿大声哭喊着让妈妈抱，小贾皱着眉头抱起了孩子。我看见那小女孩儿哭得像个小花猫，挺可怜也挺可爱，就说了句：‘小家伙儿淘气！’谁知道这句话说坏了，小贾接着我的词儿说了一大推，什么这孩子跟她父亲一样，什么不是好东西！

那些话咱学不来，就这么个意思。反正当时我听着心里一颤一颤的。小杨不是聋子，也不是傻子。众人面前丢了面子，又仗着酒劲，所以，“噌”一下站起来要打媳妇，我们赶紧放下酒杯拉架，打媳妇不成，小杨一抬手就摔了酒杯和筷子，跳下地，穿上鞋，带着我们下了饭馆儿……”

不知道什么时候，说话人身边围了一圈听众。

“小贾自己哄孩子、自己做饭，两样同时进行，手忙脚乱的，换了谁也肯定生气。况且，她也不大会做饭。“

崔姐替小贾分辩，感觉得出她护着她的女邻居，为小贾开脱。

“现在的政策把女人都给惯坏了，做顿饭就打架？自从中华人民共和国解放，妇女确实彻底翻身了，也就反天了，老祖宗留下的三从四德全一点没了！”

宽子拿了一双筷子敲了敲桌子，仰天长叹，滑稽的神态逗得满食堂的人哄堂大笑。

“现代女人也有三从四德啊，不过内容有所变化，主旨有所改革。她们呀，从不温柔，从不体贴，从不讲理，这是三从；说不得，打不得，骂不得，惹不得，这是四德。“小牛哑着嗓子发表高论。

“经典！牛哥牛人也，真是高啊！佩服！佩服！”

几个年轻人用夸张了的表情和语气称赞小牛对生活高超的感悟，和准确的概括。

饭桌已经围圆了，人们用筷子敲着碗，大声地骂着现代妇女，元乡长依然是一头雾水，谁也没能告诉元乡长，小杨到底去哪儿了。谁也不关心小杨去哪儿了，跟老婆打架，然后消失，似乎是个顺理成章的事，没什么大碍。

……

肩头搭拉着夹袄的爱军和几个村民在乡长办公室门口等侯多时了，看见元乡长过来，一张张黑脸膛上绽放了明朗率真的笑容。

元渊拉开办公桌的抽屉，拿出了自己保存了很久的一盒金钻牌香烟。散发给他们，他知道这些兄弟的烟瘾很大，累了，抽支烟解乏，闲了，抽支烟消遣。民间有一句话：饭后一支烟，赛过活神仙。

“元乡长，他们都打算买牛育肥，只是手头没钱。”

爱军一边吞烟吐雾，一边指指身边的人说。他说话从来都是直奔主题，不喜欢拐弯抹角。农民生存靠的是辛勤劳作，即便是新型农民也是找准路子后，在他的产品上下功夫，然后用拿得出手的农产品说话。一般来说，无需口舌费事，该干什么只要跟自己的钱包沟通就行了。这种思维方式也是元渊在很短的时间内和他结成莫逆之交的最重要原因。

“钱是个真家伙！大约得多少呢？做了预算没有？”

就是爱军不提，元渊也知道，无论搞那个项目，资金总是个令人头疼的大问题。

“建圈，备饲料，和一些简单的设备，还有买牛，按每户十头计算，起码得八万。大多数的农户，自己家里最多能筹两三万，大头还没下落。”

爱军的眉头蹙起来了，声音没了，笑容消失了。只有两指间燃着的香烟里继续往外飘着一缕袅袅青烟，一缕缕变成了一团团，然后，渐渐稀薄起来。

“昨天，两个回民村的村支书打来电话，他们想组建个育肥牛小区，这更得一大笔钱。回民们比咱们有钱。他们自己就能拿出个大头。可是搞养殖基地的小头也是个大数目啊……”

满屋子青烟缭绕，这烟雾包围了从不抽烟的元乡长，一点一点侵入了他的身体，也渗透了他的思维，元渊渐渐迷茫起来，不自觉地面露难色。忽然想起自己是他们发家致富的一个指望，一座信得过的靠山，如果元渊自己的信心消失了，情绪低落，农民的希望和干劲就会泯灭，所谓的兵倒帅不折，就是这个道理。

“大家尽量自己想办法多解决点，没事，哪有过不去的火焰山？放心，办法总比困难多！我会向上级申请贷款。农村的发展、农民的脱贫致富也是省，市，县领导的主要工作任务。”

村民们像吃了颗定心丸儿，踏踏实实地走了。

乡长办公室只留下了元渊，他顶着一脑袋的事情，却无从下手。架子牛育肥数字的进一步落实，所需的款数，乡政府的日常工作，应付各种检查，以及工作人员按步就班地作息，挤着占据他的中枢神经，当然，他最让他头疼的还是小杨下午是否能来上班，其实，人第一需要的是周围人的安康，安康了，再追求更好。

小杨能跟乡干部打成一片，抱成一团，可是相处几年，元乡长真的不太喜欢小杨，小杨有中专毕业证，却没有知识分子应有的素养，像一个白丁一样无知，像一个妇人一般浅薄。有人说，小杨像江湖中的大侠，好多事实证明，他无大侠的胸怀，只有他的豪喝像大侠罢了。更不具备知识分子的作派，小杨曾经跟人说过，这一生当中，他最痛恨斯文的人。真的，他能结交各方神圣，包括村霸，流氓，富商，小偷，唯独没有知识分子，可惜，他却错娶了一个知识分子放在家里，来锻铸自己的悲剧。元乡长倒欣赏小贾的执着和纯净，真心希望这个年轻女子在自己的岗位上做出点成绩来充实她的人生，提升她的价值。可是，不知道是上苍的畜意作弄，还是人自己不明事理，总要制造不和谐，竟然成就了这样的一桩婚姻。元渊想起了《红楼梦》中的呆霸王薛蟠和香菱的个性截然相反和命运里却必然相对。曹学芹是个高手，他能洞察人世的艰涩，还把它活灵活现地端出来，让多少人再抹一把辛酸泪……

元乡长走出乡政府，远远低看见了小贾骑着自行车，车后座上带着小孩子上班的背影，车速很快，渐行渐远，那两个飘零在这偌大空间中的背影愈显渺小，元渊却觉得这个小女子的纤弱而倔强。

元乡长转身往后走去，过了乡政府，来到清泉村的最北面，一眼看见了小贾和小杨的土房子，房门上挂着个大铁锁，向元乡长昭示个事实：小杨跟妻子赌气的方式不是卧床不起，而是离家出走!

元渊又慢慢踱到青皮山的脚下，这里杂草已经绿得发白了，草地被人蓄践踏，一棵棵东倒西歪的，元渊突然看见了一株开败了的山丹丹花，花瓣皱皱的，花伞小了许多，一个个花瓣红得发紫，已趋向干瘪，有一瓣儿飘飘悠悠，落入尘埃，完成了它的历史使命。元渊拾了几块儿石头，又扯过了一把青草，掩住了那颗山丹丹花，他希望明年还能看见她美丽的容颜。

他路过了一片小树林，重新感受了一下万物成熟，万物衰败的秋意，那些被树枝抛弃了的黄叶子，经历了葱茏，却也失去了以往，不知道何去何从，像一个无所依托的老叟一样，困惑，彷徨，忽而又毫无意识地悬浮在空中，飘飘洒洒后，回归土壤。一阵风儿吹过，黄叶们发出了无奈的瑟瑟瑟地呻吟声。干枯了的躯干快速地抖着，谁都知道，它们逃脱不了被黄土掩埋，或者被大火焚烧的命运。黄叶害怕消亡，但它毕竟已经完成了大自然赋予它的使命，回到虚无，是个宇宙法则。谁能奈何？其实黄叶也不枉此生，它拥有过朦胧的梦幻般的娇嫩童年，蓬勃生机的鲜活壮年。拥有梦想，拥有精彩的一瞬，是生命价值的重心。树叶这样，人也如此。一个个小梦组成一个大梦，那就是追求人生中的辉煌，让自己不枉此生，元乡长痛心于小牛的破罐子破摔，鄙视小杨的浑浑噩噩地混日子。而自己，作为一个乡长，他真的想造福一方百姓，这是个好梦，也是个大梦。他知道好梦成真不是等来的，尤其在竞争激烈的时代，坐以只能待毙，只能眼睁睁地看着那个绚丽多彩的的好梦变成肥皂泡，接下来肥皂泡破碎，最后空剩下一肚子的悲叹。

元渊的思维不再纷乱了，心静下来，头脑就会清醒很多。他快步走进乡政府的大门，忽然听到后面有汽车喇叭鸣笛，他回过头来，身后跟着一辆黑色的宝马，车牌号是G981218.

天，竟然是张书记从天而降!

张书记摇开车窗的玻璃，笑着和他点头。

元渊高兴极了!

元渊觉得张书记那张胖脸可爱极了！好想拥抱他！可是元渊拥抱不了这辆继续前行的汽车!

汽车缓缓前行，直行到书记办公室门前才停了下来。西装革履，步伐稳健的张书记出现，引得各个办公室的窗户上扒满了脑袋。书记毕竟是书记，永远保持着器宇轩昂的神态，他旁若无人，目不斜视地走进了自己的办公室。

5

出门回来的张书记从早到晚满面春风，对属下和蔼可亲不说，还一改以往的严谨，对人对事，大有古时皇上逢好事大赦天下的风范。而且，居然“恩准”元乡长回家住住，其实也应该，在他不在的十几天里，元渊的神经拉长绷紧到了最大程度，好像开始挑战极限。工作量重不重先不论，心累到了极点。再则，元乡长也确实需要一个自由的空间，干他想干的一些事情。出了乡政府，元乡长的精力真的一下子得到恢复，马上生龙活虎起来。人究竟是一种高等动物，物质的生物体有时不遵循生物钟的客观规律，用马克思老先生的理论是主观能动性在起作用吧。元渊没有回家，直奔米家营四号两个回民村。

清泉乡一共有三个回民村，米家营，四号地，大营子，信教的人们生活在这一片土地上已经有上百年的历史了，少数民族集中居住，便于传教，所以这里的人们，严格遵守教规，特别是老人和妇女。

不过，改革开放以来，大多数的年轻人离开了土地，到各大城市做起了他们回民面食的绝活儿——清真焙子。回民是个勤劳坚韧的民族，年轻人出外，留守的老人们仍旧种很多地，养很多头牛。村里到处都有堵起门窗的新砖房，清泉乡的信用社三分之一的存款来自回民村。

米家营的村委会和学校是一体的，村委会办公室紧挨着教师办公室。米家营和四号是只隔着一条土公路的两个村子，两个村子的在读学生只有二十几个，所以只建了一个学校，雇用了一个叫刘玉珍的回民代课教师。

元乡长在教师办公室找到了村书记林老根儿，林老根儿中等个，身体多肉，给人以敦厚，壮实的感觉，红润润的脸面，笑咪咪的神态，看得出林书记的心情很好。

“林书记，你对愿意组建小区的农户做了统计了吗?”元乡长不想寒暄，直奔主题，

“干嘛呀?元乡长，这么长时间不见了，怎么第一句话就是谈工作?”

林书记特纯的男中音，加上字字翘舌音的说话声，清晰而富有磁性，还真有点儿魔力，两眼直盯着元渊，脸上的笑容越发像一朵花。

他拆开烟盒包装用母指和食指捏出一支软中华香烟递给了元渊，又从白绿色的木制酒柜里拿出一个特意为汉族客人准备的白瓷杯子，时尚靓丽的刘玉珍老师提起了水壶，为元乡长满上了热

茶水。

元乡长不好意思地笑了笑，接过香烟放在桌子上，端起杯子呷了口茶，说：

“最关心的事肯定得最先说，再过几天就错过育肥牛的最佳时间了，我们必须马上行动。“

“好，现在就办!”林书记非常配合，立刻站起身来，开步出门。走到门口，回过头来笑咪咪地嘱咐刘老师，

“中午过来，一起吃饭。”

“老伯，你就别管我，我自己做着吃吧。元乡长，您慢走。”

刘老师回首一笑，明目皓齿，春意盎然，那张毫无瑕疵的脸笑起来真有百媚生的效果，略带沙哑的音质不但不是缺点儿，而且使娇柔中带点磁性，更能勾起人的无限遐想。

元乡长跟着林书记回到村委会办公室，打开扩音器，召集村民代表开会。没用十分钟，三三两两的村民陆续走进了村委会。听取村民意见，分析当前形势，再和村民说道说道自己的宏伟蓝图——在清泉乡搞个规模庞大的架子牛育肥工程。接下来，统计育肥牛的数目，计算所用的款数，以及预计贷款数额，不觉上午飞逝。

元乡长一行几人中午到了另一个回民村大营子，和矮胖的马书记一起在一户回民人家进餐，期间，既没点烟，也没倒酒，很快开始，又匆匆收场。然后一群人在村子里转游起来，因为上午听取村民意见的时候，有个村民说，育肥小区建在大营子村更好，这个村子的地形高凸，水源丰富。元渊发现村子的西南有块儿空地，平整，宽阔，在这儿建小区应该不错。

用了两天的时间，元乡长走访完了清泉乡所有的村子。除去回民村外，清泉村、新城子村、三老汉村有育肥牛计划的农户最多。

元渊做了最后的合计，也就完成了他自制表格的最后一项。在张书记准假的最后一天上午，元乡长驶向自己家所在的方向。

然而，进了县城，却没有进家，径直去了县委大院的扶贫办。

办公室的小伙儿极其冷漠，小眼睛迅速地扫了一下元渊的头脚，便盯起了手中的文件。元乡长还是硬着头皮把自己的来意叙述了一遍。不知道小伙儿是否在听，因为他始终板着面孔，几分钟后，元渊听见了从他那里传来的一种类似马蜂嗡嗡嗡的声音，大约是那小伙儿在说话，可是他的嘴巴却未曾张合，好像在用鼻子传送：这儿很长时间没有上拨任何款项。

元乡长只得告辞，转身拉开门——竟出现了白书记——那个曾经紧握他满是泥巴手的县委书记！

“小元，你怎么在这儿？有事？“

白书记还认得他，让灰头灰脑的元渊顿觉得受宠若惊，于是，他按捺住内心的喜悦，赶紧说明来意：

“我想争取点贷款……”

元渊发现他的叙述应该停止了，那个本来一脸木然的小伙儿不知什么时候换上了一脸媚笑，拿着一叠纸，吸引了白书记的注意力，而且，白书记向前跨了一步，面对着那个小伙子。唉，还是走吧，兴奋刹那间变成了失落和尴尬。

“白书记，那您先忙啊！再见！”

“好的，再见，正好今天下午休息，去家里吧，小元，咱们交流交流。”

还好，白书记分出点注意力跟元渊客气了一下，元渊空落落的心里总算得到点安慰。

元乡长怀着满腹的心事回家了，没有贷款，他的架子牛育肥工程就是一个虚幻的海市蜃楼，这个美妙的东西只是闪烁了一下，也许很快就会消失了。元渊知道，消失的不仅是财富，还有他作为清泉乡一万三千口农民兄弟的领导的威信。为了鼓起他们的致富信心，他曾经信誓旦旦的向他们保证过，然而，农民的万事具备了，作为一个政府乡长，他再亲口告诉他们，东风不来了了，我们还回到原点，过原来的穷日子吧。

不行！他不甘心，而且他也看不得农民兄弟们那失望的眼神。

元渊心不在焉地和家人说活，食不知味地进餐，不过，今天妻子没有生气，为了让元渊安静，还把儿子支开了，她自己也闭上了嘴巴。

白书记的笑脸一个劲儿地出现在他的脑海里，还有那双宽厚温热的手，临别时的客气话“今天下午休息，去家里吧”萦绕耳畔，他蓦然间觉得应该求助于白书记！去家里！对，他茅塞顿开，一个县委书记不可能解决不了这么一点钱，至于其他的问题，先靠边稍息吧。

他站起身来，拽过褂子，推门出去了，身后跟出了妻子的声音：

“你还没吃完饭啊！又去哪儿？”

“一会儿就回来了！你别担心我！”

他一边走，一边为自己的想法激动地“嘿嘿”直笑，听到自己的声音，他赶紧环视了一下四周，幸好这路上只有他一个人。

乐康县城小得可怜，骑上自行车一个小时可以绕县城一周，徒步的元渊腿长脚快，十分钟后就走近了白书记院门口。站在铁门跟前，他竟紧张起来，该说什么？怎么说？白书记凭什么帮自己？帮处长地乡致富？他可是全县所有乡镇的父母官！清泉是乐康县的一个再平常不过的乡，和“重点乡镇”没有任何瓜葛，不穷不富，又没什么特色，他忽然觉得自己来得有点唐突，白书记会笑话自己的冒失！确实这样，自己又有什么资历让白书记高看一眼厚爱一层呢？

到底进不进这扇已经推开的门呢？直觉告诉他：进！哪怕白书记家是一锅烧开的油，他也只能闭着眼睛往下跳了，因为开弓没有回头的箭。

透过窗户，看见屋子里人头攒动，元渊顶着个空白的大脑，带着飞蛾扑火的壮烈，推开白书记的家门走进去了。

原来，白书记正在宴请宾客，一张特大的水墨石餐桌上，摆满了菜，也围圆了人，一个个白白胖胖，神采奕奕，都是领导干部的模样。白夫人在客厅和厨房之间来回走动，元渊的突然出现，让主客都瞪圆了眼睛，我们的元乡长极尽了视力也没看见一个眼熟的面孔，像在噩梦中一般，他只能无所适从地憨憨的笑，在这难堪无比的时刻，白书记从后边的厨房里走出来了，这位突然飘至的“活观音菩萨”拉着元渊的手，把他拽至桌前，向众人介绍：

“到目前为止，这个小伙儿是我县最年轻的政府乡长，也是最名副其实农民致富的领头人，清泉乡的元渊同志！自从我第一次看见了这个年轻人，就再也忘不了。那是大前年的春天，在农民的菜地里，我认识了元乡长，他当时没有今天这么整齐，白净。那天，他脸很黑，头发也很乱很脏，裤子和鞋上都是泥巴，我记得你穿的是黄胶鞋，对吧?”

元渊点点头，他也忘不了那段日子，更忘不了这位让他内心感动、突然产生想重新认识高层领导的冲动的高个子男人。

“在座的都到当过乡干部，好几位也当过乡长，请问，你们谁帮农民干过农活儿？他就干！而且，他还是四十天不回家地跟农民一块儿种菜！不是虚构的，我们乐康县真有这样的干部!”

白书记说得很慢，一边说一边动情地拍着元渊的肩膀。

白书记话音刚落，站起一位，端着酒杯，伸长胳膊，冲着元渊说：

“兄弟，好感动啊……我敬佩你！有你这样的乡长，清泉乡老百姓有福气！你也是我们乐康县行政机构的骄傲！我先干为敬!”

说话人脖子一扬，满满一杯白酒下肚。元渊不认识，但毫无疑问肯定是位领导，在这种情况下，无论谁，只要有人敬你，哪有不喝的道理，他也端起了书记夫人刚为他准备的酒杯：

“领导好！我……”

“怎么？元乡长不认识这位领导？市人事局的吴大局长！德高望重呀！”白书记介绍。

“言重了！白书记，在你家里，咱不是领导，都是兄弟！小元，叫我吴哥！”

“吴哥”笑咪咪地瞅着元渊，越发显得和蔼可亲。

元渊那只端着酒杯的手哆嗦着，咽下了要说的话，仰起头来，也一饮而尽。

这些领导在白书记深情叙述之后，都向元渊敬酒，白书记为他一一介绍，原来都是市委、县委领导，其实开会时都打过照面，只是没有直接触罢了，估计刚才太紧张了，看谁都面生。再则，他也是个忙于具体的基层工作疏于人际的人，禄兄早就指责过他这一点，当时他讨厌禄兄的世故，今天看来，这真是自己的一个缺憾，以后不能光低下头来做苦干了，打通人脉，办是效果自然是事半功倍。

被敬结束了，元乡长开始敬人，因为陌生，他找不到适合的敬酒词，仅仅一句“一切都在酒中“他说了七次，他感觉自己的思维赶不上情绪了，情绪高涨，却言不达意。两圈儿酒下来，感觉有点晕了，也是，这两圈儿就够一斤半白酒，对于自己来说，已经是超量了，可是他的此次来访的主题还没呈上，乘着还清醒，他赶紧找见他的“太阳”——白书记，先为白书记倒满，再给自己倒上，便直插主题：

“领导，我们清泉乡想搞个架子牛育肥工程……”

元渊颇费了些口舌，阐明了来意，之前修改了几次的腹稿早跑了九霄云外。白书记笑意盈盈，满面春风，但未置可否。

喝酒的热潮又起，新一轮敬酒开始了，原因是元乡长年轻有为，思想超前，肯定前途无量，也预祝架子牛育肥工程走向辉煌。元渊一杯白酒就着一句感谢领导，一杯杯的白酒倒进肚子里，一次又一次地感谢领导关注，一圈儿又结束了，元渊扭头再找他的“希望”，他的“太阳”，再说几句肺腑之言时，发现白书记的五官错位了！鼻子，眼睛、嘴巴居然在那张慈祥的脸上乱转！太滑稽了！元渊情不自禁地笑了，然而，无论如何，酒还是要喝的，因为来而不往非礼也，他开始回敬，希望领导多多教导，渴望领导帮助解决工程的贷款问题，盼望领导切实考察清泉养牛情况，希望领导……他不知道自己在说什么……

后来也不记得了……

……

一阵刺骨的头痛，他终于清醒了，屋里已经亮了灯，自己躺在床上，家里很静，只有妻子来回地走动着，妻子怎么一下变得这样高大？衣服也换了？再仔细瞅瞅，白书记的夫人！他抬起头四下里看看，竟是白书记的家！元渊一骨碌爬起来，朝着白书记夫人满心惭愧地笑了笑：

“嫂子，不好意思……让你见笑了……我……我喝多了。”

“小元醒了？还不舒服吗？没什么！男人们都有喝多的时候，今天，你确实喝得有点猛。他们也刚走一会儿。”

书记夫人宽厚地笑了笑。

元渊回忆起来了整个喝酒情景了，自己喝得的确有点猛了，一下子进行了四圈儿酒，不到一个小时就把自己罐倒了，在白书记家睡了整整一下午，办事的效果和白书记对自己的影响不得而知。

唉，赶紧走吧，无颜面对白书记了。

他都没有勇气懊恼了，只想找个地缝钻进去，从此不见任何人。

元渊往外看看，其实天还没有完全暗下来，告辞了书记夫人，拖着一个软颤颤的躯体，回自己家中。

脑袋涨得厉害，心中全是悔恨，觉得自己亏对白书记，亏对清泉的农民，甚至亏对自己的妻子和自己的儿子，这些人都对自己寄以重望，而他却把自己的脸丢在大庭广众，丢在了众目睽睽之下。太多的酒精不容许他做更多的忏悔，又迷迷糊糊地睡过去了……

6

今天，元乡长无需像个牢头似的监视各个办公室窗户里面的动静了，虽然他依然是政府乡长，因为张书记的归来，却有了一种无官一身轻的轻松。人忽然间轻松了，就有一种淡淡的似失落又似虚无的感觉。

元渊无精打采地呆坐在办公桌前，昨天的狂喝大大地损伤了他的头，他的胃以及他的肢体，大脑无法统领这些器官，只把它们交给办公椅和办公桌，这次狂喝也使他不敢再幻想“架子牛育肥工程”了。他把窗帘拉到自己坐着的椅子旁边，让整个身躯躲藏到了窗帘低下。屋子外边的人看不见他的存在，因为他最担心今天爱军或者其他的计划育肥架子牛的农户来找他，元乡长实在找不到搪塞他们的语言，他不敢告诉他们：他们的发财梦被他们信誓旦旦地要带着他们致富奔小康的元乡长给喝没了。

然而，谁也不会因为元乡长的羞遇见人而闭门不出，相反，乡政府的大院里笑语欢声不绝，热闹非凡，人来人往，但不再是乡政府的干部职工泛滥，这些人当中有清泉乡各个自然村里的村支书、村委会的会计、清泉村大街上的商贩们、有饭馆的老板们、还有盖学校的包工头，组成了一支形形色色的人流，他们走着，站着，彼此打着招呼，小声切磋着什么，当然，这些人今天不用再找元乡长，清泉乡的第一当家人已经回归本位，人们自然而然、陆陆续续地进了书记室，几分钟之后，径直地回去了。

食堂的铃声惊醒了昏昏沉沉的元乡长，他从窗帘下钻出来，拖着沉重的脚步走进了食堂，食堂的气氛也跟以往迥然不同，乡干部们三个一群，五个一伙儿，脖子前倾，把头压得很低，嘁嘁喳喳地说着什么，声音只有他们彼此才能听得见。看样子要地震了？还是要发动政变了？元乡长的好奇心大增，可是他不好意思把脑袋扎进任何一个脑袋堆里，看见小牛身边有个座位，便走过去，坐下来了。过了很久，小牛终于把脑袋抽回来，转脸看见了身边的元乡长，笑盈盈地打了个招呼：

“元乡长好。”

这丑人倒是个大肚的人，前一阵子，元渊愤怒之后大打出手，事后，打人者纠结了好一阵子，而挨了打的小牛却坦然，对待元渊的态度之前之后看不出有什么变化。虽然彼此之间，没有明确地表示过遗憾和歉意，他俩的情份也未曾因此减少，就像那件令人五味迸发的事情压根儿就没有发生。元渊一想起这件事情就心生感动，小牛没有因为挨打而忌恨他！

“这是怎么了？天要塌了？”元乡长板着面孔问。

“天才塌不了呢，张书记要调走了。”小牛依旧笑嘻嘻地说，看得出，他的心情很好。

“是吗？怎么可能呢？”元乡长不能相信这是事实，他理解不了，张书记怎么舍得离开清泉？

“您是真不知道？宇宙人都知道啊！而且早就知道了。前些天，人家是去市里找领导操纵晋升去了！您没看见今天上午人来人往的情景？都找张书记处理经济问题。”

这丑人压低了声音，又开始得瑟。

元乡长恍然大悟，张书记的突然消失，乡干部的泛滥，那些不明人物的出没都源于张书记的调动！他笑自己的迟钝，原来如此，他对宦海沉浮的奥妙才有点感觉，自己从语文教师，教导主任，宣传部的材料员，副乡长，到了这政府乡长，一路走来，似乎是自然而然，没动什么脑筋，虽然他太希望自己升迁，来提升自己的人生价值。他突然想起了他昨天的“艳遇”，和他推杯换盏的可都是市县重量级的人物，举手投足都能牵扯到乡镇干部们的沉浮。如果攀伏其中任何一个，自己的平步青云也很可能实现，可当时他竟然一点儿没想起自己的职位，他又暗笑自己的愚。可是，想起又能怎么样，凭自己低劣的酒技，怎么讨得领导的喜欢？只能丢人现眼罢了。

过了几天，县委开会，一部分领导职务的变动真的向全县老百姓昭示，当然也有张书记的调令宣布，他高就于畜牧局局长的位置。元渊，除了政府乡长职务外，暂时代理清泉乡的党委书记一职。

在张书记的授意下，元乡长为张书记组织了一个欢送会，这欢送会体现在一个“欢”上，送人和被送人的脸上找不到依依不舍的惆怅情绪，而是喜笑颜开、无拘无束的欢乐和兴奋。张书记和每个人道别，道别词里有娓娓的教导，也有真诚的祝福，还有必要的指点，然后，张书记先抿一小口啤酒，略表寸心。下属们洗耳恭听，频频点头，一副肃然起敬的模样，等张书记喝了，豪放的说几句“芝麻开花节节高”之类表示祝贺的话，再斗胆开个玩笑，而后，一饮而尽。腼腆的连声说着“谢谢”、“是是”、“一定”，接着也喝上一口。张书记，不，张局长，已经是拥有更大权威的领导，部下依然是部下，不过是多了一份洒脱少了一份拘谨罢了。

元乡长也不寂寞，那些副职都过去给他敬酒，一般干部也蠢蠢欲动，元渊不敢再狂喝了，他苦口婆心地解释，征得兄弟们的同意，暂且放他一马，每次只喝半杯啤酒，当然，谁也不跟这位代理书记过不去，他愿意喝多少就喝多少，张书记走了，他们就归他管了。“临时大总统”也是“大总统”。再说，这元乡长为人厚道，不懂权术，真心实意地把他们每个人看成兄弟，而非麾下将士，只要感情有，喝啥都是酒，何况元乡长也喝得是酒，只不过少点而已。所以此处的风景不比彼处的风景差，也是欢声笑语、其乐融融。元乡长静静地欣赏他们放肆的说笑，欣赏他们一饮而尽的豪迈。

欢送会散场，满脸红光的张书记拉着元乡长的手回了书记办公室，他把元渊按坐到书记椅子上，自己则上半身匍匐在桌子上，脸对着元乡长的脸，语重心长地说：

“兄弟啊，现在，你就安安心心地坐着吧，哥哥早就知道你行，比哥哥强一百倍，你年轻，你有魄力！不过，你得适时表现！有的是你大显身手的机会，你急什么？不压着你点儿，哥怎么在这个乡政府里呆下去？别记恨哥，在县委领导面前，我力荐了你，这个位置，它跑不了！只属于咱哥们的！”

元乡长不知该说什么，只是定定地看着这位局长哥哥，他压根也没想过要记恨他，“党政”之争是个现实，禄兄说过，自己也见过，何况自己也有事可做，跑到村里，结识了那么多的农民朋友。也制造了“昙花一现”的光彩，自己不是给白书记留下了难以磨灭的印象吗？好像就是这个书记哥哥给他创造了机会，现在又在县领导面前替他美言，他更应该感谢他，何谈忌恨呢？张书记从元渊的眼里读出了感谢，站起身来坐到了他的对面椅子上：

“说句心里话，兄弟，你想到过我要走吗？”

“没，我从没想过你要调走，你要离开清泉乡政府。”元渊老老实实地回答。

“做官必须具备非常灵敏的政治嗅觉，这才能逮住机会，才能确保仕途的畅通无阻！这宦海沉沉浮浮，瞬息万变啊……”

张书记也许是心怀愧疚，想弥补从前，也许是酒精刺激神经，兴奋不能自已，开始传授元渊为官之道，然后罗列县委大员们的一些人际关系，而且特别提起财政小郭和县委纪检书记的甥舅关系，林业站的小王和常务副县长是姐夫小舅子的亲戚，等等。他告诉元乡长，这些都是在今后的工作中敏感区域，处理事情必须特别注意，处理好的各种关系问题是每一项工作的立脚点。元乡长洗耳恭听，听着听着，他忽然有一种《红楼梦》中贾雨村得到门子的护官符的感觉，自己也会变成贾雨村？原来现在的官场也有这么多的奥妙，系一发而动全身。然而，他觉得自己好像记不了这么多的东西，真后悔走上这仕途，走进这宦海。

夜，很深了。

张书记还在絮絮地说的，元乡长还在愣愣地听着……

7

元乡长作代理书记一周后的一天，他接到县委扶贫办一个电话，说有一个40万元的育肥牛专项贷款下拨清泉乡，希望尽快接恰手续。那头说完就挂了，元乡长差点儿晕过去，他不相信自己的耳朵，怎么可能有这种好事呢？贷款被自己喝掉了，怎么可能又冒出来呢？

元乡长稳定了一下情绪，按了个回拨，询问了下拨款项的时间，负责同志的姓名，接电话的小姑娘很不耐烦，元乡长却狂喜。其实他只是想证实一下这是否是个事实，清清楚楚地告诉自己，是他，元乡长，把贷款喝来了！

他想跳起来大喊，可是没敢，怕下属当作神经病发作处理，只对着电话机嘿嘿嘿地憨笑了几声，释放一下他突然膨胀的喜悦情绪。

元乡长高高兴兴地开始了他的架子牛育肥工程，一路畅通无阻。

换届选举之后，他真的被正式任命为清泉乡党委书记！好梦成真是许多人的追求，包括张书记，元乡长，爱军等等，即便是殊途同归，其结果也是可喜可贺的，元乡长，不，元书记朝思暮想的事情落实了，他想也没敢想的事情也变成了事实。

第十章　火烧第一把

1

元书记开始走马上任，正式履行青泉乡党委书记的权力。

在这之前，一个月的代理书记，使得他做青泉乡当家人的新鲜感消失，思想负担加重。虽然前任书记卸任前把“护官符”赠于了他，可是这项“技术”的理论太深奥，就好像这个刚刚配备的新手机一样，无论怎样摆弄，自己还是操作不来，除了接听电话之外，其他的功能都闲置。同样，这“护官符”也只能毫无功效的停放在自己的大脑里，在各种事物的碰撞下，白白损消。

新官上任“三把火”似乎是个规律，谁也得烧一烧，因为每人有自己的世界观，每人有自己的理想蓝图，至于这火能烧多旺多大，要看烧火人的能力和勇气了。做一天和尚撞一天钟，终究是一种行为受阻、理想夭折的无奈之举。如今青泉乡“改朝换代”了，“三把火”的烧起也是必然。再说，元渊书记本来就是个太有想法的人，如今，变成了青泉乡的第一当家人，怎么可能没有铸造翻天覆地变化的雄心壮志呢？

像羊倌放羊，第一步必须弄清羊的总数目，然后掌握羊的各种习性，针对现状，形成方案。元渊书记开始关注他麾下的每一个将士，忽然想起了一个人——小杨。前一段时间小杨和妻子发生冲突，负气搞起了失踪，元渊正要差人寻找的时候，张书记回来了，于是，元渊便把一大堆乱事皆同这件事一起交给了“大当家人”。由于这一阶段元渊尽心竭力地主持乡政工作，“大当家人”感动感激之余，“赠送”给元渊几天休息时间。元渊利用这个特准假期，继续建造他的“架子牛工程”，焦头烂额的他早就把小杨失踪的事抛至脑后。当他返回乡政府时，发现小杨还没出现，问了张书记，张书记告诉他，小杨请假了，他不便多问，也没有多想，谁也有有事的时候。现在，二十多天不见踪影，到底发生了什么事？

一阵急促的敲门声打断了元渊的思忖。开门时却迎进了小杨的父亲——一个满脸憔悴，嘴唇干裂的老头。元书记客气地让座，递茶，点烟。他们已有十多年的交情了，老杨头是司机出生，年轻时给农机站开过大拖拉机，人民公社生产队时代结束后，和朋友搭伙买了一台大55型号的耕地机，专门给农民耕地。合伙干什么，日久天长了，总要产生这样那样的矛盾，就连亲哥儿俩都是这么一个规律，所以耕了几年地便卖车分钱。后来，一家人四处凑钱买了一辆大面客，跑起了短途客运。老杨头天生见人就爱笑，说话从来都是和声细语，加上改革开放农民兜里有了多余的钱，都想进县城消费，所以，这面客的生意就特别红火。老杨头面客的路线就是从二号乡到乐康县县城，途经青泉乡，元渊在二号乡当副乡长时，就是老杨头面客上的常客，主顾之间和谐友好。也因为这辆大面客，老杨头认识了现在的儿媳妇小贾，看见了朴素大方的小贾，老杨头想起了自己的儿子也到了谈婚论嫁的年龄，跑面客很容易成就婚姻，亲同学，远亲戚为了免费乘车都来和老杨头拉近乎，听到他打听小贾，好多人都自报奋勇地当媒人，很快促成了儿子的婚姻。

可是，天有不测风云。

一个秋天的清晨，一群人在村口围成团儿站着，土工路上跑同一条路线的两辆面客一前一后驶过来了。为了先到村口，多抢乘客，老杨头刚带了不久的徒弟手握着方向盘，两眼盯着那几个像要坐车的村民，加大了油门，发疯似的往前冲，终于，超过前边的面客，他的车停在了村口。

抢到了目标，却酿造下横祸！

那个狂热的愣头青始终没有注意到道路的另一旁边还蹲着一个正在低头系鞋带儿的小姑娘，就在超车的刹那间，老杨头面客的左轮压过小女孩的脚，铁皮车厢撞到小女孩的头。

小女孩当场毙命！

十九岁的愣头青未经世事，用急躁杀死了个年轻的生命！

老杨头是车主，也是这场横祸的主要负责人，他几乎倾家荡产，才摆平这一件人命关天的大事。事件平息后，跑面客这条财路也就断了。

老头儿用面客换了一辆 130 农用车，想着不用再投资，光挣点运费，来维持生活。可生意惨淡，老杨头又体力不济，三天两天地停车休息，汽车的各种费用却照交不误。所以，这钱越挣，手头越紧。

一次长途运输中，这个老司机感觉自己呼吸困难，胸口涨得慌，进县医院一检查，医生说，心脏的二间半关闭不严，起搏失控，必须马上手术。一个手术又花掉七八万，父子俩债台高筑，更确切地说是即使挖地三尺再也弄不出钱来了，哪怕是高利息贷款。

元书记曾经是老杨头面客上的老乘客，后来又做了他的街房邻居，所以他们彼此熟知后，元渊同情这老杨头，也颇为欣赏这个老头，他是一个不甘寂寞的折腾者，可惜命运波折，屡屡受挫。

“小杨呢？他怎么了，请这么长时间的假？”元书记还直呈他最关心的事情。

“唉，别提了，我儿子出车祸了，现在人还在医院里。”老头慢慢地说，那声音越发羸弱，“他的胳膊折成了三段。”

“车祸？怎么搞的？”元书记大吃一惊，小杨发生了这样的事自己一点儿也不知道。

“那是个星期天，他姨哥开车卖苹果，看见我儿子闲着，就让他跟着帮忙。在县城里吆喝了一会儿，没有一个人过来招呼，看样子是卖不动了。于是，哥儿俩合计着到乡下去卖，他姨哥开着三轮车，我儿子坐在副座上，慢悠悠地行驶在去张地乡的公路上。哥儿俩正唠着欢，那辆迟缓如老牛车一般的农运车突然间偏了方向像箭一样飞了起来！原来，被后面的一辆夏利车追尾，他们的三轮车车身被猛顶，撞到大树上……他姨哥开车，受伤不严重，只是蹭破点皮，而我儿子当时就晕了过去……”

老杨头一边诉说，一边老泪滂沱。脸上的皱纹像犁耕了一样深浅，污垢和泪痕交错，一副好多天没有洗漱、好多天没进水米的样子，他表情沮丧，身子瘦弱，由于啼哭，干瘪的嘴唇裂开了一个个小口子，点点鲜血慢慢渗出。

元渊的鼻子也酸酸的，眼睛湿湿的。

“家里人接到交警队打来的电话已经是半夜12点。当时我们都睡着了，听到他出事，我和她妈都吓坏了，我的腿软得抬不起来，不知怎样才走到了医院。进了急诊室后，我看见了我血肉模糊的儿子……”

元渊只觉得浑身发冷，他端起茶杯，掀开杯盖，递到了老人的手里，老杨头抿了一小口热茶，继续叙述：

“肇事者是张地镇中学的一个体育老师，他交了一万块钱押金，医院开始了治疗，一个接骨手术的手术费就是好几千，不出半个月，押金就得花光。我再找到那个体育老师时，人家不管了，说法庭上见吧。可是，这病咱不是还得治？你知道，我家里没钱，也没有其他办法，只好来找了张书记，想预支我儿子几个月的工资，张书记说过几天给我解决。我来了，办公室里那个年轻人说张书记调走了。我只能找您了。医院里催得很紧，元书记，嘿嘿嘿，您看……”

老人眼角还挂着浑浊的老泪，却使劲地灿烂着脸上的笑容。

“唉，这发生的叫什么事！自认倒霉吧！运气不好！可是……无论如何得先看病呀！估计还得多少钱？”

元渊心里也很着急。

“主治大夫说，还得一万多，他呀，需要从张家口市医院请来的专家做手术，费用很高。”

“小杨一个月的工资三四百，一年才三四千，还不够呀。”

元书记皱着眉头，嘴里念叨着。

“不够，嗯，……元书记，是这样，几年前，我给青泉乡拉过半年的木料，运费够五千多，乡政府的领导换了一个又一个，可我挣下的运费谁也不肯给。现在您是当家人，能不能想想办法？”

老杨头柔柔弱弱地说着话，而后，那张老脸上又挤出许多笑容。

“运费？乡政府欠下的？那正好，我现在就去财政那儿看看，您老别急，办法总会有的。”

元书记站起身来，大步流星出奔办公室，推门就进了财政所。

老杨头，迟疑了几分钟，也尾随了进去。

……

经过元书记和财政小郭几次“密谋”，最后决定：乡干部的工资先推迟几天再发，先救小杨一个急。

老杨头拿着一万元，对着元书记一边哭一边笑，然后蹒跚离开了。

下午快下班的时候，元书记从厕所出来，远远地看见了小贾老师带着孩子骑着自行车回家，她一边使劲地蹬脚蹬，一边跟身后的女儿说话，母女俩突然大笑了起来，淋漓尽致的银铃般的笑声飘了很远，这声音也钻进元渊的耳孔。他竟有一种怪怪的极不舒服的感觉。元渊想起了他们的夫妻冲突，小杨负气出走，而后身遭车祸，老杨头百感交集的眼泪，但元渊还是站定了，注视着，注视着直到这个身影完全消失……

元书记跟着人流进了食堂，崔姐把馒头端上了桌，杨嫂分好了菜，男的用筷子串着大馒头，女孩子则用她们的拇指和食指捏着小馒头，端着各自的菜碗，分堆坐下，边啃边说话。元书记选择的吃饭位置还是离崔姐干活最近的桌子边上。

“小贾没去照顾小杨？我看见她还上班。”元书记低下眼睑问正在收拾炊具的崔姐。

“没去。上周六，小贾妈妈来她家了，有姥姥带着外孙，小贾自己在周日的早上去了趟乐康县医院，没想到中午刚过就回来了。唉，他夫妻俩把日子过到了冰点。以前，她也从来不问丈夫去哪儿了。小杨出事，小贾几天以后才知道，小杨没让家里人告知她。”

“天哪！小贾和小杨这样的关系也叫夫妻？什么冷血老婆？要她干嘛？”也不知道是谁在夸张了语气大声地发表评论。

“不叫夫妻叫啥？不过是冷漠一点儿。”

“岂只是一点儿？不是冷战就是热战，他们家简直就是一个‘悲惨世界’！”

“其实小贾是个好闺女，我们作了几年的邻居知道，厚道又聪明，他们俩个人之间...... 唉，清官难断家务事。我也不怕这话传到小杨的耳朵里，他也不是个称职的丈夫。今年春天，有一阵子流行感冒闹得挺厉害，小贾也病了，小杨大约有二十多天不着家，可怜的女人就硬撑着照常上班，而且，还得带个孩子。也是个星期天上午，我正在看电视，忽然听见隔壁“噹”的一声，然后是小孩的惊叫声，我不放心这娘儿俩，就过去了，推开门看见的情景那才叫惨呢，地上扔着个稀粥锅，炉子上放着个小铁碗，小贾在炕上躺着，小孩子眼泪鼻涕地跪坐在妈妈的头跟前，小手捂着妈妈的鼻子。我问孩子：‘宝宝，你在干什么?’孩子眨着两只眼泪汪汪的大眼睛，抽噎着说：‘宝宝怕妈妈不出气，……呜呜……妈妈会不会死呢?’我伸手摸了摸小贾的额头，烧得像个火盆，怎么叫也叫不醒。我问孩子，刚才是什么声音，孩子说：‘宝宝怕……炉子不热，妈妈的病好不了……想放一块煤，可是……宝宝拿不动锅，就……掉地上了。’小孩子低声地怯怯地说着，好像自己犯了大错误，无所适从中端详起了自己黑黑的小手，接着抓起身边的抹布使劲地擦着黑污。我才发现，炉子膛里着空了，水缸里一丁点儿水也没有……”崔姐竟抹起了眼泪，“我把孩子抱了我们家，赶紧喊来医生给小贾输液，我们家老韩帮她担水打碳……”

“怎么我听着像旧社会?小贾像个祥林嫂?可怜！真是个‘悲惨世界’!”小郭感叹。

崔姐的眼泪影响了大家的食欲，好几个人都放下了筷子，笼上了一脸的抑郁……

“小贾在学校里总带毕业班，早自习、晚自习多得没完没了，多早多晚上班也得带着个孩子，孩子生病，也没个帮手，只有她自己。苦命的孩子……”崔姐还在说。

“一个有丈夫的女人，把日子过得像孤儿寡母似的。一个有老婆的人，在西天路上转悠了几天又回来了，楞没看见老婆的身影。唉……谁的命不好?”

不知道小王在问谁，也许是在问他自己吧。

没人接应，也没人发话了，冷漠的故事里弥漫着冷漠，侵入了食堂里的每一个人，也冻结了他们的热情，凝固了他们的思绪。

元渊放下了刚咬了几口馒头，因为他觉得自己的心在下沉，肠胃也在隐隐地痛。

原来，在物质世界之外的精神世界里，法则抽象，操作艰难，是非曲折真的很难辨别。难怪有人说，在情感世界里，最好不要给予太多的道德评判，真的，是一个挺有道理的说法。

元渊突兀地想起一首民歌："青皮大山高又高，拿把刀儿别在腰。那家姑娘不嫁我，关起门来放火烧……"

这个世界也许从古到今都是荒谬的，什么是爱情？哪里有爱？他叹了口气，摇摇了头。

2

吃完饭，元书记没回办公室，出了乡政府，朝后面的青皮山方向走去。

这些天，有一个不很清晰的东西在他的脑海里时隐时现。今年春天出外面考察，遇见了三元集团的一个老总，这位老总说，他想在一个自然环境好的地域建一个奶牛厂。元书记记住了这位老总的想法，也记下了他的联系方式，因为元渊太想把它形成在自己管辖的这一片土地上。再则，元渊自己也不知道有几年了，好像后边总有东西在拉扯着他的心，侵入他的意识，牵动着他的行动，有事没事，他总想往北边跑。

今天，元渊却觉得他的周围似乎愈发混杂，连脑袋也变成了一个乱麻团儿，这团乱麻在风中丝丝缕缕地飞舞着，彼此之间缠绕着，寸步不离地追随着他。

青皮山的旁边是一片平坦的土地，中间夹着小贾、老韩的几间房子，如果在这儿建个牛奶厂应该不错。

他忽然看见一个纤细的身影朝他走来，不，朝着压水井的方向走来！她？提着水桶到压水井跟前打水的是小贾？元渊的心狂跳了几下，他暗暗骂起自己，你多大了？还这么没出息？然后努力抑制了这躁动，再调整好笑容，迎上去问：

"你自己抬水吗？行吗？"

坝上农村的自然环境恶劣，生活条件差。

没有自来水，每家屋里放上个大水缸，每天早晨男人们吭哧吭哧地喘着粗气，一担一担地从井里往家挑，然后，人和家禽家畜一起吃这大水缸里的水。这里一年四季里没几天暖和日子，冬天气温更低，几乎滴水成冰。所以，每家必须盘一条大土炕来取暖，炕热了，土坯房里才有人能生存的温度，这里的人们都说，家暖一条炕。土炕变烫后，人才能在上面睡觉。一般农家都养几头猪，煮猪食，给家人做饭，烧锅开水，就能把土炕烧热。庄户人家有的是烧火用的材料，牛粪，羊粪，庄稼的秆颉，这些东西烧炕特好，火旺，热量大，即使不再拉风匣了，还能慢慢在灶膛里燃烧很长时间，所以坐农家的炕头是个享受，坐上一会儿，下半身就被烫得痒痒的，整个人有一种升腾的感觉。如果你吃多了，消化不了，腹中不适，无需就医，坐一会儿土炕头，放上两个屁，保证你的不适消失。有腰病腿病的人，只睡两年的土炕头肯定好。

然而，伺候好一条大土炕，也是一件耗时费事的事情，如果家里没个男人，女人自己很难独立完成这项艰巨的任务。

所以这一地区几乎没有单身女人，因为吃水、取暖这些基本生活问题，女人力所不能及，只能把自己嫁了，依附于男人生活。能寻觅到自己钟爱的男人自然好，可以温暖一生，幸福一生。如果实在没有中意的，只能降低水准，找一个会挑水抱柴的汉子，充饥驱寒，维持生计，也就构成一个组合，一朵鲜花插在牛粪上了。真的，这片土地上太多的是这样的“鲜花”，白天阴着脸干活儿，晚上紧闭眼睛，捂住鼻子，忍受男人的“疼爱”。一年半载生个娃儿，“必须把娃抚养成人”，活着变成尽一份责任，完成一项任务。

小贾是个中等个儿，偏瘦的女人，娇生惯养大的，自然长着一双纤纤玉手，提着一只空的红塑料桶，若有所思，但步履轻盈。猛然间听见有人发问，被骇了一跳，抬起头来，才发现了这位青泉乡的“头人”。

女人浅浅一笑：

“哦，元书记，您好！家里没水了，我出来提点水。”

“小贾辛苦！你一直自己提水吃吗？这……”

元书记忽然想起了食堂有人把她叫作祥林嫂。想说的话流到嘴边又咽下去了，他真有点不忍心向她提起小杨。

这“祥林嫂”一身黑衣服，素面朝天却依然俏丽。看着她，很难把她和祥林嫂相联系，因为元渊发现，她的眼睛里找不出哀怨，更无卑微的神色，而是一脸的昂扬。

“没事，我用的水桶小，能提得动。您吃过饭了？”

小贾一边笑盈盈地说着青泉村的人们见面打招呼的礼貌用语，一边放下水桶，往上扶了扶眼镜，语音亲和，动作轻柔。

“我刚刚吃过了。小杨这两天怎么样了？”元书记最终还是没有忍住。他真不希望人和人之间的冷漠常驻。

“这两天应该做完手术了吧，我只去看过他一次，孩子的爷爷陪床，照顾挺周到的。”

昂扬渐渐地退去，年轻俊美的脸变得黯淡了。

“老人照顾得再周到，也比不上自己的媳妇儿伺候得随心啊。”

元书记酝酿在肚里很久的话终于脱口而出，话一出来，元渊就有点后悔，因为他自己重新审视了这句话，越发觉得自己简直在责怪她，无论从哪方面说，她都不该受责备。

“元书记，您不知道，如果我去了，即使我伺候他，他看见我也会生气，伤口更好不了。再说，孩子小，我更得照顾孩子。对于我来说，孩子更重要。”

昂扬和轻松彻底消失，淡淡的阴云浮现。

“过日子，谁家没有个冲突？一生气就结下深仇大恨了？恩爱夫妻就变成阶级敌人?”

元渊说出去的话就像泼出去的水一样，收不回来了，只能顺着刚才的思维逻辑走。再说，他也想使他们夫妻大事化小，小事化了。

“不一样的，真的……不一样!”

女人垂下了眼睑，减缓了语速，声音也低了许多，蓦然间，她停止了压水的动作，左手揉着右手上由于太用劲挤出的红痕。一阵劲风袭来，根根青丝无奈地随风飘舞……小贾沉默了，阴云迅速地笼罩了这个刚才还轻松愉快的年轻女人，眼边慢慢变红了……突然，她一仰头，手捋了一下被风吹乱的头发，抓起了压水机的铁杆，使劲地压了起来……一股清泉喷涌而出，晶莹透亮的水花无所顾忌到处乱飞，所到之处，留下一片冰凉。飞落在肌肤上，化作了丝丝寒意，直入人的精髓，冷到了心底。

“妈妈……你去哪里了?……哇……妈妈……”

光着脚丫的小孩儿一手抓着一只小鞋子哭喊着跑出来了，朝天辫散开了，黑黑的头发姿态各异，直的、斜的、趴下紧贴头皮的。看见了妈妈破涕为笑。小贾蹲下身子，擦干女儿脸上的泪痕，帮她穿上小鞋子。这个蓬头赤足的小女孩从妈妈怀里伸出脑袋来，圆脸大眼，樱桃小口，真是个美人胚子。小家伙一个劲地朝着元渊做鬼脸，元渊想送给孩子一个笑脸，可是他笑不出来，只能和她们母女点头告别。

小贾也站起身来，右手拎起水桶，左手拉着孩子，慢慢地朝家走去。

元渊继续前行，他有信心为青泉乡拉资建起牛奶厂，无力再调解小杨和小贾之间的矛盾，也不忍心继续面对那满脸的抑郁。医生救治病人，找准病患，或肌肉注射，或剜肉切肤，不可避免地关注那张因痛苦而扭曲了的，变异的脸，然后才能根除症结。现在，他觉得自己做不了这心志坚强的医者，心中的沮丧猛涨。

太阳没了踪影，晚霞退却。天渐渐暗了下来，小贾和小杨的小土屋变成了黑灰色，依稀起来，一缕青白色的炊烟从房顶升腾，弯弯曲曲的，像他们的情感和生活一样，坎坎坷坷，阻碍无数……

青皮山的身影越发漆黑，狰狞，那个悬浮于青皮山上空的浪漫而美丽的爱情故事，此刻已经变成了一个魔鬼，似乎要吞噬人世界所有的幸福。

"青皮大山高又高，拿把刀儿别在腰。那家姑娘不嫁我，关起门来放火烧……"

山歌又起……

3

即使天塌了，元书记也忘不了他的万头架子牛育肥计划。这不，他又来到回民村的养殖小区，这养殖基地已初具雏形，在林书记的带领下，人们正热火朝天地建造他们的梦想。砖、水泥，钢筋到处都是，农民熟练地捏弄着这些材料。自给自足的自然经济在中国盘踞多年，所以，我们的农民从古到今都是多功能的，生活需要什么，农民就是什么种类的工匠。元渊走着，看着，想象着这个养殖小区不久以后的样子。迄今为止，它是我县规模最大，最具现代化特点的养殖基地，他踌躇满志起来。

视察完毕，车往回行驶，风擎电驰。

车里，元渊别无选择，只能把满怀壮志传递给这个光头司机。

司机姓王，今年三十五六岁，是个标准的"江湖豪杰"。在青泉乡，小王以"飞车"闻名，他曾经骑着破摩托车回乐康县县城，三十里的路只用了6分钟，创下了"吉尼斯"世界记录。青泉乡的男女老少都熟悉小王的摩托声音。只要一听到他摩托喇叭嘶哑的鸣叫声，街上的行人便自动散开，为他清道。

他的大名妇孺皆知，青泉村里谁家的小孩难管教，只要把他搬出来，哪怕只是家长的一种口头行为，孩子立刻变成乖乖男或乖乖女。

几年前，他是威震一方的司法所长，因为这一重要职务，他更加频繁的“行侠仗义”。马克思老人家早在一百年前，就强调过环境的重要性，推出了“时势造英雄”的结论。真的，一点儿不错。小王的爸爸是乐康县县委大院里数得出的要员，小王初中毕业后，当了三年兵，便做起了青泉乡的司法所长。小王按照自己独特的思维方式，凭着他忽高忽低的判断力，用着特别的方式排除着他能遇见的是是非非。正当小王意满志得的时候，天外飞来横祸，他爸爸——那个县委要员，在一个秋天雨夜驾车撞树身亡。

小王的命运也因此发生了根本性的转变。

几个月后，一个各方面更加合适做司法所长的年轻人飘然而至，小王心悦诚服地让出“宝座”。然而，他却找不到了自己，以往的显赫荡然无存。一夜之间，青泉乡重量级的人物变成了“无穷小”。

然而，他毕竟是个“官宦子弟“，耳濡目染，深知政界的奥妙，做不成所长就当“马夫”，小王瞄上了党委书记的司机这一位置，他娴熟地运用各种手段向目标靠拢。他从“无穷小”，开始慢慢长大，但是无论哪任书记都不肯把这“马鞭子”给他。小王百思不得其解，问题到底出在哪儿？群众的眼睛却是雪亮的，议论纷纷后，得出结论：一定是领导考虑到自己的生命安全更重要，才不敢把“马鞭子”交付于小王。

前任张书记调动带走了他的司机，小王觉得时机到了，软磨硬泡，向元书记索要这一工作，元书记掂量了很久，觉得就小王的各方面来说，做司机再适合不过了，于是，他就把自己的生家性命和这位“英雄”绑到一块儿了。

小王的车速快没让元渊感到紧张，反而觉得很爽，此时，我们的元渊书记竟然滋生出一种心轻上天堂的愉悦。

元渊告诉小王，下午准备召开由他——党委书记主持的新一届乡政府党委书记工作以来的第一次党委会。

会议如期进行，到场一共十几个人，却姿态各异，有抽烟的，有看小说的，也有喝茶的。年轻的在玩手机；什么也没干的人，几乎都眯着眼睛，胳膊盘伏在桌子上，头埋得很低。无论什么问题，只有元渊自己发言，征求意见时，回应他的是一片鸦雀无声的寂静。

元渊没有兴致再往下说了，说不清楚是泄气了，还是气懵了。

“当啷”

一声巨响，门被撞开了。

人大主席老韩出现在会议室门口。

因为老韩人太胖，即便坐着，也呼吸紧张，此刻，他更是趔趔趄趄，气喘吁吁。

元书记看了一下时间，预定的3：00开会，现在已经是3：40，迟到了40分钟！一个领导干部，非常重要的党委成员，竟如此姗姗来迟！

可是老韩觉得没有什么大碍，他冲着元渊嘿嘿一笑，扭动着满身的肥肉，准备走下去找座儿。

“站住！作为一个乡党委领导，你为什么迟到？”元书记板着脸问。

“睡过头了，不好意思，嘿嘿嘿……”老韩讪笑着。

“小学生都知道迟到了要罚站的，你这么大的人怎么能不懂规矩呢？站了那儿吧！今天你就站着开会！以后大家都得注意了，再有违纪者，韩主席就是例子！”

元书记声音提高了八度，火药味横冲直撞！一字一顿的训话声音震落了窗帘上的灰尘，也震得下面坐着的好几个人都睁开了眼睛，下意识地挺直了腰杆。看小说的合上了，玩手机的装兜里了，整个会议室里静极了，掉根针都能听见。

老韩的笑容不见了，脸色先红后白，变成了愠怒。突然，他转过脸，大踏步走进会议室，坐下来，昂起头直视着元书记……

元渊的思绪全乱了。他本来想杀一儆百，完事后再向老韩做个解释，可是，他不吃这一套！但会议还得往下进行……

老韩是七十年代末的老牌中专毕业生，青泉乡政府的“三朝元老”，曾祖父那一辈就居住这儿。所以他熟悉地理，熟悉民情，更熟悉人事，又为人和善，可谓德高望重，是历届书记的一条坚实的臂膀。做乡长时，元渊一直尊称他为“韩主席”，而且，面对老韩时，总把自己低调成晚辈。然而，今天他好像必须给老韩当领导，否则，怎么收拾这一摊散沙？可是，看这架势，他——元渊却变成了老韩的阶级敌人！

晚饭后，元渊回办公室，发现走廊里乱糟糟的，好像发生了什么事，有几个人急急地往外边走去，准确点说，是在跑。元书记低落的情绪紧张起来，赶紧从人堆里找到了小牛，小牛身上散发的永远是股难闻的酒汗混合味，不过，今天他没喝醉，很清醒。

元书记拽过小牛，悄声问他：

“咋回事？人们为什么事情都议论纷纷的？说什么呢？”

“这不是怕您知道嘛！唉，呵呵……是这样，今天中午您的司机小王在二胖饭馆儿喝酒，一块儿喝的有林业站的，还有医院的，”丑人不好意思地笑了一下，继续说，“嘿嘿嘿，当然，我也在场……”

小牛讲起了这件事情的整个过程——

服务员进来拿走了五六个空酒瓶，这七八个人都喝得差不多了，兴致高了，嗓门也大了，话题也多了。因为小王的性格平时就特张扬，理当所然的成了这个酒座的中心人物，哥儿几个都关注他的生活和前途，也就说起了他爸爸，说他爸爸以往的辉煌，佩服他爸爸的为人处世的高明。乡卫生院的王大夫感叹：

“人，无论干什么都必须有个度，一旦高到了顶点，接下来的就是衰败。聪明人也不能机关算尽，老人们常说的一句话‘十分聪明用七分，剩下三分留儿孙，十分聪明都用尽，后辈儿孙不如人’，这话是真理啊！”

人们聚在一起说话，很多时候说者无意，听者有心，也许王大夫也就那么随便发一下感慨，他根本没什么用意。话说回来了，也许这句话真的有问题，反正谁知道呢。可是小王听着不舒服了，他哪里是吃素的？当时就不干了，两手提啤酒瓶站起来了，他向王大夫喊道：

“你他妈的什么意思？你想说老子不如别人？放什么屁？”

王大夫也站起来了，涨红着脸：

“我就说个规律，这种说法确实有道理！再说，这是事实嘛。”

“事实个你妈的 x！你再给老子说一遍！”

小王抬起胳膊用瓶子指着王大夫大声吼道。

“你怎么骂人？”

王大夫是个知识分子，容不了粗野，也生气了。

“骂你怎么样，老子还要揍你呢！”

小王举着的是还没开口的啤酒瓶，猛地朝桌子上一摔，酒瓶变成了碎玻璃渣，玻璃渣混着啤酒四处飞溅，再看小王，他手里只剩下了利器——半截酒瓶！啤酒瓶的底儿飞了，剩下了一个连一个的闪着寒光的玻璃茬儿对着王大夫，那些玻璃茬儿像刀尖儿，也像标枪尖儿，小王提着这“利器”以光速向王大夫的腹部刺去……

等众酒友睁开迷蒙的双眼看清楚了，也反应过来，赶紧拉开俩人时，王大夫已经血流如注……在场的人都冒着冷汗清醒了，也傻眼了，怎么喝酒还喝出人命来呢？

人们七手八脚地把王大夫抬回了医院……

小牛一口气叙述了很多，而且，有声有色，引人入胜。他的这一本事让元渊着实佩服。这丑人真有文学家的“技术”。这份细腻，这种表达，元渊真没碰见过几个。

“竟然发生这样的事！王大夫怎么样了？要紧吗？”

小牛叙述得越生动，元书记越紧张，他的故事到了高潮，元书记的心也就提到了嗓子眼儿。生活变化莫测，很多意料之外事情的发生防不胜防。当党委书记没几天，书记的司机就搞出了命案，这叫人怎么接受得了？元渊的脑袋里突然冒出个问题，如果这真变成故意杀人的事实，是不是在预示着青泉乡政府的什么？还是在向世人昭示着一些令人不敢明言的内容？他的心瑟缩着，身体不由得打了个寒颤。

最揪心的、也最关键的这件事情是否已经构成灭绝人性的惨案？啊，鲜血淋淋的生活真实！骇人听闻的野蛮！

“没多大的事，只是点儿皮肉伤，比我们想象的要轻得多，过个半月二十天的就好了。您放心吧！”

小牛有时很会体贴人，但愿他告诉自己的不是被他轻描淡写后的事情。作这青泉乡的几天“头人”，他觉得自己好累，也很困了，可是却难以入眠……

“叽溜溜……”一阵清脆的黄鹂儿鸣叫声后，是悠扬舒缓的乐曲，这是他新设置的手机信息铃声。元渊听着却有点害怕。可是，古人说得好，是福不是祸，是祸躲不过。打开看看吧。原来是小牛的信息，不可能是什么倒霉的事情，否则，他会打电话的，但愿是一场虚惊。只见那手机屏上有一行文字：

“生活要有一分气度，容得下是非；有一分度量，放得下计较；有一份洒脱，想得开忧烦”

这位“文学家”什么时候变成了“哲学家”，其实文学和哲学本身就有很近的亲缘关系，一个高明的哲学家必须具备一定的表达能力，同样，一个文学家的思想蕴含必须深厚。元渊念叨着手机屏幕上的这几句话，他真的轻松了，释然了，瞌睡虫终于钻进了他的脑子里，身体里……

4

第二天一早，元书记去县医院探望了那个不知死活的，敢去太岁头上动土的王大夫，确凿了一个事实：这个身缠白纱的人确实死不了！看样子真的没什么大碍，元渊一颗悬着的心放下来了。元书记向王大夫及其家属表示了慰问，表达了遗憾。

接着，元书记提着两瓶酒去老韩家里做客，他用了好多的耐心与热情软化了他的“阶级敌人”老韩，精诚所至，金石为开。老韩终于真诚地向他的新领导保证，他会一如既往，鼎力支持乡政府的所有工作，做“书记弟弟”坚实的臂膀。

这个老同志变成了弥勒佛，又重新喜笑颜开了。

元书记头脑中的纷扰少了许多。

他准备继续召开党委会，这已经不是烧几把火的问题了，作为一个当家人，想统领好全盘工作，必须统一思想，鼓舞士气，整动纪律，营造青泉乡良好的工作氛围。一个大男人，谁能不爱惜自己的政治生命？多少好男儿，为了自己的抱负和信仰，励志图强，进而抛头颅，洒热血。元渊养精蓄锐二十几年，足够他大展宏图，造福一方，创造他政治生活的辉煌。他运用不了那个神奇的“护官符”，达不到平步青云、飞黄腾达的速度。但他有的是百折不挠的精神，坚强如铁的品质，脚踏实地的作风，随着阅历的增加，元书记觉得自己真的越来虚怀若谷，胸纳百川。条条大路通罗马，他会让贫瘠的地方不再贫瘠，用实绩取胜。元渊又气壮山河起来了！

他觉得确保党委会的有效召开，还需要个一前提，找一个人认真地切磋切磋，以便统一路径，增大合力，这个人就是青泉乡政府新近调来的程有为程乡长。

这位新乡长是后起之秀，年过四十才开始在仕途起航，做了副科两年，升迁至青泉乡政府刚刚空出来的政府乡长职位，变成了正科级干部。所以他的年龄比元渊大几岁。程乡长瘦瘦的，高高的，颈部稍稍前倾，他天生老相，额头的皱纹很多也很深，却生得白白净净的，极像古装戏中的老生。谈吐不俗，语调轻柔，浑身透着一股书生气。然而眼神却闪烁不定，从他的眼睛里读不出真诚善良的东西，无论他在说话，还是在微笑，（也许是初来乍到吧，谁也没见过他情不自禁地笑过），或者是沉默，那幽幽的眼波总深不可测，恐怕即使是智者，也休想窥到他内心世界的一斑，女人或小孩和他对视片刻，便有一种毛骨悚然的感觉。读其相貌，只能用一个“阴”字概括，谁都喜欢阳光的人，元书记也不例外，但是，为了工作他只能告诉自己——人不可貌相，海水不可斗量，这也是个生活常理，他必须跟程乡长结成“联盟”。

这时，恰好来了个项目，谣言了几年的二秦高速公路的修建工程真的要启动了，这条不久将要修建的高速公路途径乐康县青泉等几个乡镇，因为涉及到占地问题，和民宅的拆迁问题，所以修筑之前的土方工程的承包权隶属于当地政府。那些投资商们几乎都长着千里眼，顺风耳，很快得到了这一信息，都端着十八架算盘，搬着二姑姥姥三姨姨，和当地政府拉关系，套近乎。商界和政界有些时候惊人的类似，为了目的，可以无限制地俯下身子打通关系，这也许是一种生存法则吧，无论是企业还是个人，想要发展壮大，必须在这个社会大市场中制造一个天罗地网般的人际脉络。这样便可游刃有余地行事，否则难成气候。

元书记家里这几天门庭若市，夫人一个电话接着一个电话向元渊报告，哪个投资商又拜访了，他们说了什么，要送什么东西，她是怎样拒绝的。元书记给夫人出主意，让她先去娘家住几天。真是妙招，他果然清静了。他把对这些投资商的筛选交给主管企业的副乡长小张，让他寻找有实力、讲诚信的工程承包方。

终于，目标被锁定了，张副乡长带着两个年轻人来接受元书记的检阅，小伙子都是宣化县人氏，满口的翘舌音。一个被张副乡长称作吴总，另一个是李经理，前者敦厚，后者干练。初次见面元渊竟然很喜欢这两位青年。张副乡长陈述了把工程承包给这两个人的理由，证件可信，依据合理，元书记点头表示同意，并嘱咐张副乡长着手筹措合同的签订事项。

吃晚饭时，程乡长破天荒地端碗坐到了元书记身边，先把咸菜盘放到元书记的面前，提醒元书记，山药熬豆腐，就着咸菜才好吃，元书记表示感谢。接着又问是否爱吃辣椒，元书记摇摇头说，忌嘴，不能吃。然后，程乡长告诉元书记，养身之道之一，多吃醋，少吃盐，无论吃什么菜，喝什么汤，加点儿醋最好，而且，他自己一直都有这个习惯，说着，端起醋壶，问元书记，来点儿醋怎么样，元书记说，加过了，再加就酸了，于是，程乡长只为自己倒上。程乡长超乎寻常的热情激发了元书记的说话兴趣，于是乎，他也大谈起了养身之道，特别在饮食方面，现在很多人吃味精上瘾，其实这不是什么好东西，加工合成的物质，受热分解就产生毒素。不是什么健康的调味剂，如果自己做炊事员，一定不放这东西。程乡长嘴里除了“是啊，对，对对”的敷衍，没了其他的词句，而且低下了眼睑，若有所思。元渊的感觉从碰到了“恨不相识未嫁时”的知己一下降到简直是“对牛弹琴”的音盲，说话热情顿消。

他沉默了。程乡乡长突然问：“元书记，土方工程的承包人选定了没有?”元渊已经放下了筷子，站起身来，边走边说：“我不管这事，决定权归主管领导。”

两天后，宣化县的小伙儿又来了，他们先是进了书记办公室，元书记告诉他们，直接找张副乡长就行了，两人笑眯眯地退出来了书记室，进了副乡长办公室。元书记正准备着即将在党委会上讨论的各项新的规章制度，基本就序后，顺路也进了副乡长室，看看土建工程的承包事项的进行情况。

门半开着，程乡长的训话声传出来了：

“包工程是个大事情，胜负盈亏不仅仅取决于工程质量，它牵扯到方方面面，弄不好，后半生就身陷泥潭了。我们乡有个叫小聪的年轻人，几年前承包了一段乡级公路的修建，做完了，自己以为胜利竣工。验收时，就因为上边没有认识的人，就被指定为不合格工程。所以也就拿不到政府的上拨款，修路用的料钱，雇佣工人的工钱，统统变成了偿还不了的债务。讨债人天天堵着他家的门口找他，父母和他划清界限，媳妇儿起诉离婚，小聪外出躲债，一年了，不见踪影。你俩准备包这工程，有硬人吗？”

“有呀！市路检局主任是我亲同学”。

接下来是一片寂静。

元渊不知道自己该进还是该往回返，停了片刻，还是进去了。看见了元书记，程乡长从椅子上站起来，送上了一个谦卑的笑容，张副乡长倒是一脸的尴尬。

元书记看着众人说：

“双方都要好好斟酌斟酌，不急，张副乡长，党委会你可以不参加，你和吴总，李经理多了解了解情况，分析分析各个步骤中可能出现的意外。”

又看了一眼程乡长，接着说：

“程乡长，我们走吧。这件事情交给张副乡长，我们着手那边的会议。”

党委会的会场上，党委成员议论纷纷，各抒己见，只有程乡长的态度不咸不淡，讲话也不着边际，看不见他的方向，也摸不清他的立场。

元书记只好撇开他。

这时韩主席一边喘着粗气，一边站起来表明自己的观点，他的见解倒是掷地有声。元书记庆幸自己制造了“糖衣炮弹”，炸开了这老头儿的“金口”。

新的规章制度终于与青泉乡的全体职工见面了！

元渊长舒一口气，这个宛如襁褓中的婴儿一般的新东西虽然难产，但是终于诞生了。

青泉乡政府的工作秩序，职工的精神面貌似乎焕然一新。

一个太阳发出耀眼强光的上午，张副乡长办公室里，一对单人沙发上坐着那两个小伙子。

土方工程的合同正在拟定中。

张副乡长大动干戈，合同的每一条款几乎都要请示元书记的意见。合同的形式，文字的斟酌，又使他穿梭于副乡长室和党政办公室之间。

这份决定着青泉乡一部分百姓吃喝拉撒睡的合同即将出笼，最后，只等“头人”签字画押。

此时，元书记正被各村的架子牛育肥准备者包围着，安排购买架子牛的每一步骤。终于事定人散。

站在人群外围等候多时的小牛手捧合同走近了元书记：

“元书记，您觉得这个合同的形式有问题吗?”

这时，张副乡长，土方工程的承包人也推门进来了。

元书记接过合同，很仔细地看了一遍，觉得完备，严密，看了看宣化县的两小伙儿，问：

“你们还有什么异议?”

“当然没有，元书记觉得合适，我们甲乙双方就可以签字。”

两小伙儿脸上的笑容灿烂得像初开的花儿。

元书记拿出公章，率先签字盖章，随后，吴总也满心欢喜地进行了同样的手续。

小牛边往外走边嘀咕着一句话：

“程乡长怎么说这个合同的形式不对呢？哪儿有漏洞呢?”

什么？程乡长说不对？元渊不由得心里一紧，拿过合同细瞅了一阵，还是没看出问题。可能是这位程乡长太过谨慎。

完事大吉后，彼此道别，元书记送客人出门，碰上了站在书记办公室门外的程乡长。他正要进来吗？看样子又不大像，白瘦的脸上掠过一丝不易觉察的难堪。元书记很快把注意力抽回来，放在了即将离开的客人身上，嘱咐他们，开工后，如果有人不愿意放弃旧宅旧地，工程队避免和农民直接发生摩擦，切忌不要让矛盾激化，要告知乡政府，三方一起协调解决。农民的眼界狭隘，文化素质低，决定了他们的思想落后、行为保守，但是贫弱者的权力和利益更应该受到保障。吴总一边听着一边连连点头。

李经理的眼睛却直瞄一直沉默不语的程乡长，继而亮起大嗓门说到：

“程乡长，谢谢您，在您的监督下，我们的合同越发完美无缺，无隙可乘，很大程度上保障了我方的利益，我代表公司感谢您!”

外地人夸张地做了个弯腰施礼的动作。

“不用，不用谢，是我分内的事情。合同签完了，我们出去吃饭吧!”程乡长脸上的笑容恰到好处。

“对不住程大乡长！我们忙啊！哪有时间？没法奉陪!”李经理将拒绝的表情做了过分的夸张，显然，他是在故意凸现程乡长的尴尬。

“吴总都没有说什么，你倒忙成这样！来一次不容易，走吧，一起出去喝点吧。”

程乡长又一次鼓起勇气，热情地邀请。

“不去！恕不奉陪!”

李经理的不近人情叫程乡长面子上有点挂不住，他站也不是，坐也不是，无可奈何之间，可怜兮兮地瞅瞅元书记，他在用眼神求助。元书记的心里一下子难受起来，他见不得任何人受挫，当然包括程乡长。

“兄弟们，今天中午的饭就在乡政府食堂吧，上两个好菜！我们一块吃，好好叙叙！”

“谢谢，元书记，中午饭就免了，都挺忙的。晚上我们来车接元书记和张副乡长去康都酒店消费！希望我们合作愉快！再见！“

吴总一脸诚恳，但眼睛只瞅元书记和张副乡长。

商人的情薄如纸、利重似泰山、有奶便是娘洒了一地。李经理、吴总和元书记、张副乡长互相握手告别，却对程乡长已经伸出的手不屑一顾，青泉乡政府乡长的难堪终于无处可藏，他操起了伸出了的手放在衣兜里，也冻结了那本来永远深浅适中的笑容。

午饭时，小牛紧挨着元书记坐在远离众人的饭桌上，他伸长脖子为元书记“掏耳朵”：

“昨天有一个廊坊的投资商来乡政府找程乡长了，程乡长不在，就进了党政办公室，那时只有小周自己在，问了好多关于二秦高速青泉乡地段的土方工程承包的问题。那两人说，程乡长答应把工程包给他们……”

“别听风就是雨！得对自己说出的话负责！”元书记喝住了他。

“那他干吗对份合同吹毛求疵？我一上午就忙了份合同，写好了改，改完了再写！”

看见小牛满脸悻悻的神色，元书记突然想起小牛手捧合同去书记办公室时，汗水和着墨水把本来就不好看的丑人涂成了大花猫，当时人多，也太忙，竟然没觉得可笑。现在这张拉长了的脸干净多了，元渊瞧着，反而想笑，但他硬是把给这笑压回去了。

这家伙好像跟馒头有了仇，虎着脸，使劲地咬着馒头……

5

风水轮流转，房地产开发商突然慧眼圆睁，居然看上了乐康县县城这块儿弹丸之地，于是，在这片土地上，一幢幢楼房拔地而起。

原来任何事情的走向都不能空口判定，穷地方也有富人，而且，乐康县的富人为数不少，因为乐康县楼市的销售情况好的出奇，售楼处的楼盘只要一开，便抢购一空。也难怪，只要手头有钱，谁不爱享受？楼房里干净，舒服，方便，楼房主人也显得白白净净，更像现代社会中的文明人。

乐康县县城和内蒙古大草原接壤，三十年前，一到冬天，这里的居民便是蒙古族人的装束，狐皮帽子，毡疙瘩靴子，羊皮袄。随着气候变暖，寒冷有所缓减，厚厚的积雪变薄了，人们开始植树种草，刮黑风天气也减少了，这里居民的衣装也轻巧起来了。然而，一股劲风从春刮到冬始终不变，黄沙漫天时有发生，这儿的女人无需面饰胭脂，就能用两个天然“红太阳”显示其健壮和美丽，所以，有人寓意丰富地说：“坝上的女人真漂亮，一边一个红太阳”。当然这里也有天高云淡的时候，在这样的日子里，开阔就无处可比了，一览无余，只望到天涯，地角。再下点儿小雨，朦朦胧胧，一片清凉，沁人心脾，可惜，这样宜人的时日太少，大多数的天气只能用“冷”字涵盖。一年里只有四个月不需要供暖，所以，在这天寒地冻的北方，谁家不烧多半年的煤？十指黑黑的烧煤工作谁喜欢做？众多的理由使这个小县城的买楼人家多起来了。一开始买楼的业主是些商人，他们直接去银行提出款，一次性就把房钱交清了。接着是干部，工资稳定，人脉广阔，付房钱也不费吹灰之力。教师们也加入了买房队伍，东拼西凑，分期付款，虽然费些周折，用些时日，最后也能把楼房买到手。

房地产开发商独到的经商眼光，使小县城热闹起来了。亲戚朋友奔走相告，哪小区的工程质量好，哪小区的房价更便宜，谁家楼房的装修更值得借鉴，哪个木工手艺做活认真；当然，张罗买楼了，亲戚朋友之间也互相之间解囊相助，姐姐借给妹妹三万，哥哥帮弟弟贷款五万。另外，楼房的落成，繁荣了好几个市场，润活了亲戚朋友之间的关系，死气沉沉的乐康县县城蓬发生机了。

青泉乡的干部们也跃跃欲试，想买一套楼房来提高自己的生活质量水准，也让自己的生活品味上一个新台阶，过一过都市人的生活，接纳点儿现代文明。

很多乡干部此时想念起了学生时代的都市生活。谁都忘不了，入大学伊始，农村来的学生面对着许多从来不曾见识过的设施，手足无措，甚至连楼房里的卫生间都不会用，拉进马桶的粪便总是安安静静地摆着，弄得打扫卫生的清洁工天天告状。新环境里的陌生终于消失了，他们开始习惯而且享受这种“电灯电话，楼上楼下”的文明生活了。一点儿不夸张，地域的差异使得北方农村和城市的生活质量有着天壤之别。自己享福了，精神愉悦了，就想起了终日田间劳作的父母，就像孩童时代，吃着了可口的食物，就赶紧跑过去，让母亲也咬一口，看着至亲品尝美味的表情，心里也会欢呼雀跃。父母多少年的含辛茹苦使自己来到了到处闪烁着文明的城市里，而且，实打实地领教了市里人的优越，有时竟然异想奇发，自己要努力拼搏，成点气候，让父母也不再过那种满身柴草、满院的动物粪便、一到晚上、点起了煤油灯、满屋飘得是煤油味儿的日子。可是，想归想，谁也超越不了现实，毕业分配，大部分农村学生回归故里，继续被大草原的劲风热烈拥抱。接着，娶一个两腮挂着红太阳的女人做老婆，也过起了土房土炕的日子，与父辈不同的是，无需天天背朝黄土面朝天亲自下田耕作。多少年过去了，似乎已经翻不开记忆深处那点儿文明了，也想不起了那个飘渺的梦想，好像生活从来都是这样过，以后当然还是这样过。

购楼时潮乍起，觉得十几万元的楼房价格简直是天文数字，而自己的工资只有几百块，这豪华居所，实在是个力所不能及的档次，距离自己的实际生活还是很远，只能听听而已，连说也懒得说。不过，别人买楼还是勾起了曾经有过文明的记忆，心里默默盘算着，自己几年后才具备购买楼房的能力。想来想去，觉得这种欲望和学生时代的梦想一样飘渺，可是，那时的梦想随着时间流失越飘越远，这个好像空中楼阁般的购房欲望随着购房热浪的猛增，竟然越来越近了。因为自己身边的同事，同学，那些档次跟自己差不多的人买了楼房或者正在买楼房，类比一下，然后觉得，自己购楼也是早晚的事情。

青泉乡的干部们一片哗然：

青泉乡政府里一对儿年轻干部小刘和小李，谈了几年恋爱，到了该走进婚姻殿堂的年龄，现在准备买楼房了！小伙儿的父母拿出了一辈子的积蓄，姑娘的父母不仅免掉了彩礼钱和衣裳钱，而且，还掏自己的腰包，在孩子的新楼房里添置新家具，万事俱备后，两个年轻人交钱、结婚，欢天喜地地拉开了他们新生活的序幕。

财务小郭买楼房了，他弟弟就是房地产的开发商，不仅价钱优惠，还可以赊账，买的是底商加二楼住房。小郭说，他目前不准备入住，简单装修一下，就把它租出去，一年下来可得一万好几房租，超过夫妻的全年工资总和！出租十年，楼房的成本价就回来了！天！为什么老天爷偏偏往他嘴里扔馅儿饼！众人用"啧啧"声表达羡慕嫉妒恨，然后彼此互相对视一下，表示猜测狐疑等复杂的意思。小郭顾不得在意这些，用满脸笑容宣告他的意满志得，超乎众人。

程乡长也买楼房了，人家夫妻都是干部，成家多年，想必有些积蓄，再说这穷乡僻壤里，一乡之长也是位高权重的“头人”，其“府邸”怎么能寒酸呢？

……

各有资本，各有依靠，应该拥有楼房的人家似乎都已买好，乡政府里似乎平静了。

然而，表面的平静原来在孕育新的高潮，青泉乡的买楼人突然间又增加了，元渊书记的司机小王也买上了，人们背后议论推测，这个愣头青从他亡父那儿分得了一大笔遗产，到他儿子那辈未必花得完。小王的兄长就是确凿这种推测的佐证，那位老王要员在世时，王大公子也就是小王的哥哥，因为腰缠万贯，就成了乐康县县城的一霸，欺行霸市，欺男霸女，其父不慎身亡，这位大公子失去了束缚，越发猖狂，赌博，吸毒，女人一天一换，真正挥金如土了。然而，法网恢恢，疏而不漏，王大公子当然不得善终。

呵，青泉的中学校长也买了楼房……

买到了楼房的人家，不但买上了楼房，同时也买到了心轻上天堂般的喜悦。没买楼房的，怀揣着一两张张轻飘飘的存折，也揣着满心溜溜的酸，惶惶不可终日地犹豫着——买还是不买？

元书记在乐康县县城的购楼热潮里心烦意乱起来，不想听那些“最新消息”，因为近来的“最新消息”里总和楼房有关系，一向对新事物感兴趣的他，在如雨后春笋的楼市面前蔫了，华美的楼房勾不起他的一点儿热情，他把自己关在书记办公室里，使劲地封闭着有关楼市的最新消息。

终于到了休息日，小王驾车，元书记坐车，用了比小王自己曾经创下的“吉尼斯世界纪录”6分钟还多一点儿的时间回了乐康县县城。

乐康县县城的新楼就在眼前，马克思老人家说过，忧心冲冲的穷人甚至对最美丽的景色都无动于衷。元渊驻足了，估计他算不上忧心忡忡的穷人，虽然他买不起楼房。此时此刻，坐落在这块儿贫瘠的土地上的楼房对他来说有着强烈的吸引力，黄土地辽阔，直视无碍，天空湛蓝，悠远深遥，天地之间，那一座座刚刚落成的崭新房楼，就像那初嫁的新娘，庄严，典雅，魅力无穷。心烦意乱在一瞬间就变成了无限的欣慰，乐康县的老百姓也可以住楼房了！自信心又悄悄溜进了这个蔫了好长时间的男人心里，而且变得硕大无比。

自己的砖瓦房里清清爽爽、安安静静的，这是个远离信息和诱惑的地方，妻子还没回来，自从手术后，她就放下了酒厂工人的工作，做起了专职太太。烦了，就去娘家转转，没有了单位，也就没有频繁的社会活动了，自然各种消息闭塞。所以元渊觉得自己的家越发像世外桃源，自己就是陶渊明老先生杜撰出来打渔迷路的武陵人。耳根清闲也是一种享受，元渊很惬意。

他翻着乔伊斯的《尤利西斯》，欣赏着现代主义作家对人类意识的挖掘，和一大段一大段的细节描写，忽然觉得西方文学更注重一个“真”字，真的东西，他喜欢。

“哎呀呀，原来你在啊，元大书记！今天什么风向，怎么把您老人家给吹回来了？看见门开着，我还以为我忘记锁门了！”

未见其人，先闻其声，妻子的大嗓门叫他觉得书外面的世界更精彩，话落人到，《尤利西斯》已经被妻子从手里夺走，高高地举在空中。

“瞧瞧别人怎么过日子，幸福得没的说！睁开眼睛瞧瞧，人家都住进了天堂！你倒好，忙了在外面，好容易闲下来，又钻进书里，当一条书虫子！想不想过了？不想过了就说话！”

妻子脸上没有怒气，声音却出奇的高。睁大了她本来就很大的眼睛，鼓着一年来用很多营养品填大的肚子。

“天堂和地狱其实没什么区别，还不是一天一天地过日子？

不要羡慕他们。当书虫子多好，只要你别大声嚷嚷，安安静静地呆在书里，可以尽享太平，延年益寿，长命百岁。”

元渊站起身来，捏了捏妻子的肚子，柔软而富有弹性。

“扑哧”，妻子笑了，她推开了元渊的手：“死相！就知道胡说八道，上天堂和下地狱怎么能一样？”

“怎么不一样？上天堂也好，下地狱也罢，不都一回事吗？”元渊跟妻子贫嘴。

“我说是咱们好多亲戚朋友都住进了楼房，你是不是真以为书中自有黄金屋，书中自有颜如玉？”妻子眼睛里的不满越来越多，好在笑容还在。

“啊？媳妇儿这么有学问？住了楼房，你就彻底栽进蜜罐子里，会真的变成一条大虫子，自己摸摸，已经全都是脂肪了！”

元渊用手摸着妻子多肉的身躯，继续开玩笑。乐康县的楼市真够声势浩大的，算得上翻江倒海，波及无数，连自己这个半封闭状态的小窝也受到了震撼。

“滚一边儿去，”妻子收起了笑容，郑重地说，“咱们也买！”

然后低下了眼睑，拉长了脸。妻子铁定了一件事情往往是这个表情。谁不想买新楼？可是，拿什么买？离开了几个小时的心烦意乱重新返回了元渊的身体，轻松愉快消失得无影无踪……

“怎么不说话？又哑巴了？你这书记当得真够窝囊，过了这么多年的日子，你给咱家置下什么家当？不如个穷教师，乐康县县城里买楼房的老师都不计其数！”

这个小女人又生气了，在她接受手术时，他曾暗自发誓，一定不让妻子再生气，生气有损健康。可是，现在她的说法逻辑混乱，当书记和住楼房怎么能连挂上？自己又不是和珅，教师买楼那是人家勤俭简约的结果，哪个教师不是牙缝里扣食，一分钱掰开两半儿花？他忘不了青泉乡中心小学的教导主任赵老师，从第一次见他到今天，五六年里就一身衣服——黑蓝中山服，灰裤子，从冬穿到夏，有时元渊觉得也奇怪，这人怎么不懂得冷也不觉得热？这并非虚构形象，就生活在自己身边，几乎天天能看见其人。可就是这个灰头黑脸的男教师，教学成绩在全县排名榜首屡创辉煌。

这类“老革命”的生活作风谁能比得了？眼前这个娇贵的小女人没法想象。可是，元渊不敢把这些事实端给她看，她会火冒三丈，跳起脚来搧自己嘴巴，她以为他在跟自己唱对台戏。而且，她会接过话茬儿，一唱到底。还是闭嘴吧，别说了，沉默是金。

“告诉你，买定了，你不同意也得买！”妻子的吼声震得地动山摇。

接下来，妻子虎着脸做饭，虎着脸吃饭，虎着脸洗锅刷碗，元渊小心翼翼地打下手作陪；妻子不作任何评论地看电视剧，元渊拉开床铺后，毫无声息地看书。妻子关掉电视，元渊解衣睡下。黑暗中，他凑近妻子的后背，手轻抚她的肩，他的唇凑近了她的耳根，她却拿开了他的手，他就势拽住了她的小手，放在手心里来回搓捏着，上唇和下唇夹住她的耳垂，因为他知道耳后是她的敏感区，也是他的突破口，他的气息覆盖着她的脖子、耳根、右脸，她终于温顺了，稍稍把身子放平了些，他的手慢慢放在她渐进中年却越来丰满的乳房上，来回轻抚，他的唇找到了她的唇，伸进舌尖去寻找激情，被软化了的妻子燃烧起来，用力地吮吸着他的舌，双手搂住了他宽阔的背，他也感觉出自己冲动的猛烈，迫不及待地寻找那合二为一的欢愉……

一夜的温存过后，妻子娇憨无比，她眯着眼睛抚着丈夫身体的各个部分，他拥着她，元渊希望用浓浓的爱代替让自己心跳加速的住楼欲望，把妻子的“天堂”梦想闷死在温馨的爱巢里。

早上，妻子来来回回地走动着收拾屋子，虽然她不再是体态轻盈、身轻如燕了，但心轻了，动作也欢快，竟然哼起了小调，音乐是个好东西，用好了是艺术，带给人美的享受，陶冶人的情操；用走版了，让人忍俊不禁，开怀大笑。妻子将所有乐曲杂糅了一下，脱口而出的东西就变成了四不像。元渊不敢大笑，只是捂着嘴偷偷地乐。

吃完早饭，妻子板下面孔，正色说道："再次通知你，楼房买定了！"

元书记瘫了，他以为自己的爱情迷魂汤把她灌迷糊了，没想到反而滋润了她，这个小女人更加精神抖擞，杀气腾腾，原来自己枉费心机！

"买吧，但是，拿什么买？"

是福不是祸，是祸躲不过，必须面对的问题就得面对，糖衣炮弹能消灭了老韩主席的怒气，却耐何不了自己的女人。

"谁买楼不得借钱？谁家能一下拿出十几万？"

不当家不知柴米贵的主儿，妻子小时候是娇娇女，出嫁了，升级为娇娇妻。她从小到大一直是呼唤什么，什么便来，因为她的父母、如今的丈夫谁敢不听命于她？即使真的吃了豹子胆也枉然。所以，她哪里知道向别人借钱有多难？

"我，元渊，你是知道的，窝囊人一枚！纯属无能之辈，我张不开口，也借不出来。实在想住楼房，你就借钱吧，我支持你。我知道你是女中豪杰！"

元渊尽量不让妻子生气，但也想让她知道当家做主的不易。

"我也没打算让你借钱，您老人家的脸面那么金贵！不用你求人，你就等着住楼房吧！"妻子恶狠狠地说。

"我老婆真有本事？是骡子是马，拉出来溜溜！但是，绝对不能打青泉乡政府的主意！"他怕妻子瞎胡闹，也换上了一脸郑重，提前打了个预防针。

"买楼房的钱肯定跟青泉乡政府不牵扯一点儿关系，乌纱帽是你的命，我怎么会拿你的命住楼房呢？"

妻子幽幽的眼神似嗔似怨，元渊忽然心生愧疚。

呆坐良久，妻子忽然站起身来，拉开抽屉拿出了电话本，坐在电话机旁，打起了电话。三姑姥姥，二姨姨，都是她求助的对象，热情恳切，措辞委婉。加上她的亲戚群里有钱人居多，买楼的可能性真的越来越大，女人原来是天才外交家！元渊猛一下回想起，为给她看病，自己筹措住院押金时的痛苦不堪，可真是相形见拙！他暗自叹息：弗如远胜矣。

接下来的一周，元书记一边迎接上级领导检查，处理乡政府事务，一边利用早晚的休息时间帮着妻子串亲戚拿钱。路上，家里，妻子总在喋喋不休地说话，元渊大多时间沉默不语，但心里也是满满的，喜悦加上焦忧，又混合了许多亢奋。生活是个急躁的百味瓶，有些时候容不得你太多准备，太长思考，在你猝不及防的时候，就钻进了你的感觉器官，渗进了你的心脾。

终于跑完了所有的路，拿到了能借到的钱，合计了一下，筹款一共九万，毛楼总价 11 万，还差 2 万。夫妻相双双犯难，这两万该如何解决?

元渊愁绪又起……

“不就 2 万块钱吗？至于眉头锁那么紧吗?”妻子突然豪迈起来了。

“没听说过一分钱逼到英雄汉，何况我不是英雄!”元渊苦着脸，唉声叹气。

“当不了英雄，就听我调遣，把你爸和我妈召来。怎么？你不去？儿子，叫你姥姥和你爷爷来咱家，中午妈妈给他们包饺子吃。”

妻令如山倒，没到中午两位老人先后都来了，没等饺子端上来，妻子先把买楼的事端出来了，告诉他们新楼房的总价，这些天他们夫妻借到的钱数，还差的金额，然后下达命令，这两万元的任务就由二老出马完成了，这是硬性指标任务，责无旁贷，推辞不得。

两位老人笑着点点头答应，尽量凑吧。在儿子的督促下，妻子终于掀开锅盖拿出了饺子。二老开始享用这顿昂贵的饺子大餐。丈母娘一直笑眯眯的，她第一次在姑娘家里吃上了现成饭，享受着养了三十几年女儿的首次服务。

元渊只是呆若木鸡地看着妻子大显神通，出乎意料的大手笔大动作，想不到女人也是一种为了自己的欲望心机算完，手腕使尽的动物，竟然连亲娘也不放过。不过自己有言在先，支持她买楼房的所有行为，除非她打乡政府的主意。

“鸿门宴”里的食客们懵懵懂懂，乐不思蜀，逗留了整整一下午。

第二天下午，2 万元就凑齐了，元书记买楼房的事终于尘埃落定

6

乡干部们始终是囊中羞涩的主儿，每月 30 号发工资，25 号便四处借钱赊账，叫苦连天。从前大抵如此，因为工作性质，平常应酬多，过日子又大手大脚。如今，乐康县楼市火爆，加快了经济的用转速度，乡干部兜里的钱跑得更快了，因为即使自己不买楼房，少不了被买楼的亲戚朋友收刮了一场又一场，只要他向你张口借钱，无论多少总得意思点儿。如果自己家买楼，那么夫妻会一起搜尽每一个衣角，找完每一分钱，甚至想挖地三尺，企图找出点儿金银财宝来，解决燃眉之急－－－－－到日期必须交付的房款，最后，心里满满的，兜里空空的，沦为了房奴。所以每月的工资成了严冬里的一点儿星星之火，虽然微弱，毕竟是希望之光。

二十七八号了，乡干部们东一头西一头地到处打听，有人还想提前预领，财政小郭招架不住了，跑进书记办公室寻求帮助。

“元书记，这月的工资还是30号发吗？”

“当然，怎么能变呢？人们为买楼房都快把嘴封上了，说不定，这还是救命钱，不发那行？”元书记笑着说，因为他深有体会。

“可是……没钱呀……”小郭吞吞吐吐起来。

“上周，你不是说够发工资的钱吗？”元书记有点吃惊。

“是……用工资钱添补了架子牛育肥项目的扶贫款了……”小郭说话愈发没了底气。

“架子牛扶贫项目都是上拨款，和工资钱有什么关系？”元书记直视着小郭躲闪不定的眼睛。

“是，……可是……程乡长借走了5万……”声音像一个病入高肓的老人发出来的。

“他借去干什么了？怎么能挪用公款？”出乎意料的答案骇坏了元书记。

“凑楼房钱了，他说过两天就能补上，可是，他失言了……”

“他的胆子也太大了！”元书记只觉得血在往上涌，站起身来径直地去了乡长办公室。

…………

程乡长以1.5分的高利息贷款补齐了公款，乡干部的工资如期发放。元书记却没有了披荆斩棘后的喜悦，心一点儿一点儿地往下沉。人用智慧改变了物质世界，这物质世界也牵制着人的思维。住华居，享受高质量的生活是人人都有的欲望，有了欲望催人奋进，是件好事情。可是如果欲望太过强烈，人的意志力相对薄弱，手中的权力就变成了这以公济私、违法滥纪的温床。原来世俗物欲和思想意志是一对儿辩证的矛盾体，彼强此弱，彼弱此强，失衡了就要出问题，现时的社会物欲横流，思想意识的建设不只是个大而空的形式，它应该是实体，应该是强有力的实体！

炊事员挨各个办公室的着窗户喊吃饭，元书记怀着满心惆怅走进食堂，竟然没看见小牛，他还在他常坐的位置上坐下来，没了小牛的得瑟，这顿饭里好像是少了一种顺口的佐料，吃得不爽。可笑，少了食伴，连胃觉也变得慵懒了。这丑家伙哪里去了？路过小牛的宿舍，元渊特意往里瞅了瞅，好像人很多的样子，恰好办公室的小周回宿舍路过，元书记便问：

“今天没看见小牛，他上班了吗？”

“他上着班呢，可是情绪低落，一天说不了两句话，牛哥挺可怜，好像在闹离婚……不过……我也不大清楚。”

小姑娘讪讪地笑了，看得出，刚才脱口而出的话，她后悔了。

小郭也吃完了，跟在元书记身后，接起了话茬，说起了小牛——

前些日子，小牛酒醉狂赌，输出了两千多，当时他手里根本没钱，全是跟别人家借的。所以，那些日子，天天被讨债的跟踪追击，小牛快到了无处藏身的地步了，他时不时地嘱咐别人，千万别告诉外边的人他在哪儿。再说，他又怕领导们知道这事影响不好，真是狼狈到了极点，诡秘到了极点，弄得他身边的人说话时，也得四下里瞅瞅，看看有没有可疑的人，免得小牛的行踪暴露、隐情曝光。

星期天休息，小牛回家了，媳妇儿跟他要钱补贴家用，他哪有钱啊？不但不掏钱，还睁着两只老鼠眼，贼溜溜到处寻找钱的蛛丝马迹。妻子见状自然气不过，两人吵起来了，他们夫妻感情本来就不好，经过这一通闹腾，就更完了。晚上睡觉时，整整一个周没摸媳妇儿的小牛，头刚挨住枕头，就欲火烧身了，可叹的是丑人脑袋不开窍，心结没解开，硬往媳妇儿身上爬，想跟人家亲热。好情感是性生活的铺垫，反脸了，要行房事，女人哪里肯配合啊？小牛瘦弱，身子骨轻，媳妇儿猛地飞起一脚，他就被踹到了床底下了，小牛的脑袋立马起了一个大包，好不容易从地上爬起来，他又要往人家的身上压，媳妇儿奋起反抗，两人扭作一团，打了起来。第二天，两人都鼻青脸肿的，可怜的小牛还“挂了点彩”。小牛带着一肚子的委屈，一身的伤疤回乡上班了。

过了一天，媳妇儿打过电话，说小牛不仅带走了委屈和伤疤，更要命的是带走了她和孩子仅有的200元的生活费。小牛死不认账，电话里大吵。小牛媳妇儿回娘家哭诉委屈，父母见不得女儿流泪，也就更容不了姑爷对家庭的不负责任。不过话说回来，玩命地喝，不顾一切地赌，这样的男人怎么能当做终身依靠呢？于是小牛的岳父带着女儿找到了小牛，要彻底划清界限，分摊儿另过，可是来乡政府一天了，小牛媳妇儿还坐在椅子上在催人泪下地倾诉自己一肚子的委屈，怒不可竭地指责对方满身的不是。小牛不觉得自己有错，因而，无休止的争吵，没完没了的对骂，就好像一团纠结在一起，理也理不清的乱麻。

元书记一边听一边走，不由自主进了走廊，就听见了女人竭斯底里的哭骂，小牛震撼宇宙的怒吼……

呵呵，“世界世界大战”真的又爆发了！

屋里的人很多，看见了元书记都不再说话了，只有小牛媳妇儿继续啼哭。

“又怎么了？闹这么大动静？这么大人了，还没个正性儿！要好好过日子，发展各自的事业！”

元书记的话一出口，屋里稍稍有了点儿动静，“观众们”的喘气声，咳嗽声。

“这位大概是领导，我本来打算去找您，”一位年过50岁的老男人站起身来向元渊走去，“您说得太对了！事情是这样的……”

“你干吗要麻烦领导？儿做的儿抵，爷做的爷挡！想干什么冲我来！”

小牛站起身来挡住了老头的去路，老头立刻改变了方向，照着小牛的胸脯就是一拳：

“小兔崽子，你想连老子一块儿欺负？你以为站在你眼前的还是那个窝囊废？你想打就打，想骂就骂！你要耍无赖，老子到今天也活够了！”

说着脱掉帽子就往小牛身上撞，众人赶紧拉住老头，刚才还火焰万丈的小牛顿时熄火儿了，灰溜溜地退到了墙角，蔫了下来。老头还在叫骂，众人只得把他硬拽出去。

不用说这老头是小牛的老丈人。那个被叫做“窝囊废”的女人把抽泣声变成了呜咽声，来放大突出她的不幸。看样子，她的确像个不幸的女人，几年没见，越发显得瘦骨嶙峋，衣着打扮像村妇，一条浅绿的长裤皱而旧，依稀地看见几个清洗不掉的污点，粗线的大红毛衣无精美图案，更非新颖样式，稀稀拉拉的头发朝后束着，没束住的散披在脸上，被泪水浸湿了下半截，手捂着半个脸，很难相信她是个站讲台教书育人的人民教师。

“跟我没感情，不想跟我过了，你就直接说话，别拿钱来做文章！”小牛看见老丈人被拉出去了，他也精神抖擞了，一副又具战斗力的模样。

“你跟我有感情吗？你跟我们这个家有感情吗？不管我们娘俩死活，就把钱拿走了，是人做的事情吗？”

女人伸长了脖子，往前探着头，拖着哭泣声，喷着唾沫星儿，大声地质问丈夫。

“元书记，”女人转过了满是泪痕的脸，用一双肿的像被蜂蛰过眼睛瞅着元渊，“自从我嫁给他，没见过他的一分钱！他一回来，我还得像贼进了家一样，提防着他，稍有不慎，我的钱就没了。您说说，这是人过的日子吗？”

元书记盯着小牛，小牛竟然是一副被诬陷的样子：

“她说的都是昧良心的话！我的钱没给你吗？那我的钱哪里

去了?”

“你的钱被你输掉了！喝光了！你还委屈?”元书记接过话茬，“跟你一块儿过日子真遭罪！你还得瑟？多亏你媳妇勤俭。你们真离婚了，小孩儿就可怜了……”

小牛的英雄气概消失，媳妇的骂声又变成悲痛欲绝的抽泣。

屋里的人开始说话，你一言，他一语，有的说西邻居的女儿离婚几年，至今未嫁，自己拖着个孩子孤独艰辛，谁见了都觉得可怜；有的说东邻居的弟弟离婚又娶，天天因为他的孩子，她的孩子，他们的孩子闹得鸡犬不宁，好像又要离婚；也有的说他们自己家里也有本难念的经……

小牛夫妻的问题出在钱上，看样子，解决这个矛盾的最有效工具就是钱了，在小郭的主持下，众人抠空了衣角，开始募捐：100元，50元，30元，20元……

凑了500元，其中300元给小牛媳妇儿拿着回去和女儿过日子，200元买些酒菜让小牛给老丈人陪礼道歉。端着酒杯，那丑人倒也听话起来，老老实实地听凭老丈人的数落，任由媳妇儿的哭骂，真正的做到了打不还手骂不还口。

终于，老头带着女儿回去了。小牛去青泉乡的信用社贷了点款打点了要债人，似乎恢复了风平浪静。

接下来的日子，小牛安静极了，要不呆坐着，一副若有所思的样子；要不写点什么，眉头紧缩，龙飞凤舞。估计哲人卢梭就是这样成功的，元书记悄悄地观察着他，突然想笑，因为他相信小牛的思想深度，也相信小牛的表达能力。

有一天，元书记进了办公室，听见小周在惊呼：“真了不起！牛哥又在电视报上发文了！真是牛人！听不听？我给你们朗诵!”

……

元渊却想起了小牛刚刚写成的另一篇文字《分手后可以做朋友吗?》：

“分手后不可以做朋友，因为彼此伤害过；分手后不可以做敌人，因为彼此深爱过……

“人这一辈子记得最多的应该是最快乐的那段时光，即使有伤害和痛苦，也不会为此后悔，人不能后悔，后悔就代表否定自己，否定自己那就不可能快乐。也许你的收获仅仅是一些支离破碎的记忆，不如你想象的那么美好，也没有一个美满快乐的结局，但是，起码你曾经那么珍惜，也为此努力过，这就足矣……

“人都是有尊严的，何必自找苦吃呢？还是早点脱离苦海，把它封在心里怀念，或者扔掉它，重新过自己的生活，这才是明智之举！分手后不能做朋友。分手了，不做朋友是为了不再给对方希望，不给任何机会，这个人没爱过你，或者已经不再爱你，再抱着希望简直是一种酷刑。放手，反而是大家解脱的最好办法，而做为任何一方，既然没有了爱，也就没有必要苦恋不舍了。所以，既然没有缘分一路同行，那就彻底分开吧！默默的祝福你，但是我的生活中，已经没有你……”

他早就感觉得出小牛还在追悼那旧爱，用心灵思索着那旧爱。难道也是一段藕断丝连的情感经历？这个世界上真有深到骨髓里的爱情？是儿女情长，英雄志短？还是这英雄根本就没有志向？他应该拥有一份男儿应有的豪迈，拥有一个真正挥洒他才情的平台！是乡干部涣散的工作作风使他的智质耗费，工作占不满他的空间，他有太多的精力，缅怀那段早已泛黄的恋爱，而后伤感颓废，再去喝酒、赌钱中寻找刺激，最后落得学识才能荒废，家庭生活纷乱。

一种重振乾坤的英雄气在元渊身体里诞生并升腾……

第十一章　创业难，难于上青天

1

漫天飞雪的日子终于过完了，天气渐暖，风和日丽了。可惜，坝上的春天没有燕子低飞，绿水人家绕的诗情画意。这里的农民却和所有春天里的生活的人们一样，有的是希望，有的是梦想。不一样的是农民们的希望在路上，梦想在田野里，希望和梦想统统都在他们的嘴巴里，计划中。

早中晚三茬白菜鼓了青泉乡菜农的腰包，进城打工也开阔了青年们的眼界，元渊的“架子牛育肥”计划促发了牧民的发财梦想。这不，有几户人家申请了要扩大养殖规模，其中有薛家村的杨明，青泉村的爱军，他们想由养殖大户飞跃成养殖厂，由致富的带头人蜕变成农民企业家，实现鲤鱼跳龙门的质变。

能跳过再好不过，不仅富了自己，还能带动青泉乡的经济发展。可是这一跳需要条件，量变到质变是一个循序渐进的过程，不成熟的跳事得其反。作为青泉乡的“头人”必须审时度势，所以元渊书记要走访这些养殖大户。

青泉村的赵爱军家，他抬脚便到。

一排特别高大的红砖瓦房矗立于寻常庄户人家之中，显得气宇不凡。房子前面，由一条过道把整个院子分成东西两部分。西院儿里是几个育苗大棚，隔着塑料薄膜，看见了嫩绿的白菜秧整整齐齐地排着队，像那整装待发的娃娃兵一般，充满好奇而又生机勃勃。东院里是两排牛棚，有十几头牛在院里面有的悠闲地散步，有的贪婪地吃食，时而“哞”的一声向主人通报着它们此刻的需求。

元渊踩着砖砌的小路向屋里走去，满院满屋的牛粪味儿使他压制不住肠胃的猛烈蠕动，也许呕吐一番会轻松些，倏尔，想起了“谁知盘中餐，粒粒皆勤苦”的诗句，古语往往能切中要害。饭桌上的土豆腐牛肉，酱牛肉，手撕牛肉片是让好多人胃口大开的美味佳肴，可谁能想到养牛人吸进肺里的牛粪臭气有多少。唉，美丑对照，香臭铺垫，世界哪有无所依附的高洁与发达?

屋里的人正在卷着纸筒儿，纸筒像过年时放得红炮一样粗细，一头封底，另一头敞着口。地板上放着一叠撕成小块儿的报纸，旁边的大簸箕里已经堆满卷好的纸筒儿。

元书记拿起其中一个，上下端详，问道：

“你们也在卷这个东西，筒儿菜?准备种什么?”

“打算种点儿甜菜，养牛得预备饲料，冬天了擦成丝儿喂牛。元书记，您坐啊!”

爱军媳妇儿站起身来，为元书记倒茶，爱军找出了香烟和火柴要为元书记点烟。

“种甜菜还用卷筒儿?我还真不知道。”元渊一边冲着爱军摆手一边问。

他记得小时候他跟母亲一起种甜菜，用铁锹挖开土，把甜菜籽塞进去就行。

“筒甜菜长成得更快些，产量又高。现在就开始育苗，屋里的温度高，水分充足，很快就出苗了”。

爱军陪着元书记跨坐在炕沿儿上。

“你的牛棚里有多少头牛?打算怎样扩大?”

元书记觉得长话短说合适，自己呆得时间长了耽误他们干活儿，农忙季节，时间就是收获，时间就是金钱。

“什么？你也要扩建？十几头牛就把一家人累了个半死，再养上几百头，夜里别睡觉了，你又要种菜，我看你是不想活了。整天胡闹！”

老赵老师两眼盯着儿子，首先发话，表明态度。

爱军瞪了父亲一眼，眉头皱了起来：“元书记，我很想扩建，但资金和场地都是问题。您能帮我多少？”

“即使元书记能帮你贷点款，你的投资大了，牛多了，面临的情况就更复杂了，风险也更就大。谁能帮你扛多少？”

赵老师的担心不无道理，日子终究要一天一天地过的，高楼大厦比起土坯房确实上档次，但是得基础扎实。激进不可取，想成大的气候首先必须掂量自己具备的实力，揠苗助长的后果谁都知道

“我这院里最多能养二十头，扩大规模必须有个更大的场地，哪儿找去？”

这个不知足的庄稼人抬手搔了搔自己短短的头发，眉头又皱起来了。最近，这个壮汉真的瘦了很多，胳膊细细的，裤管宽宽的。

“以后你一个人干活儿吧。”媳妇儿发言了，“我可不干了！这牛养得把自己也快变成牛了，满身的牛粪味儿怎么洗也洗不掉，养上几百头，更算完了。”

“我说当家人，你得统一统一战线！全家人最好心往一处想，劲往一处使！”

元书记说着站起身来拍拍爱军的肩头，握手告别。他不想继续参与这家庭纷争了。人人如此，他们都觉得自己受委屈了，但是谁也搞不清自己为谁受委屈了。还是让他们自家人先想想清楚。

吃过中午饭，元书记便去了四号村的养殖小区。养牛的农民已经把人和牛都迁进了这一小区，可是，尽管如此，小区里的牛

还是不多，所以，这个人蓄稀少的大院子里就显得萧瑟而又空阔。一阵劲风卷着尘土扑面而来，暴露在院子里的人只好掩起头脸，末了，又闻到一股风里面夹杂着淡淡的牛粪臭味儿，不过，好像不那么灼人了。

元书记和司机小王冷不丁地出现，引的砖房窗户里伸出了许多脑袋窥探，然后一个个都趿拉着鞋推门出来了，呼啦啦围住了元书记。

“怎么样，现在的养殖条件够好了吧?”元书记笑着问这些养牛农户。

“好是好，我们的牛少，有点浪费这先进设备，每家只有十几头，细算账，按传统的方法饲养利润更大些。真不如搬回去，在老院子里养。这个养殖场可以租出去。听说霍占明想要承包这牛场?”

一个四十岁上下的农民陈述着自己的想法。

呵，再回到小院子里养牛？元渊皱着眉头冲自己苦笑了一下。螺旋式上升是任何事物发展的规律吧。初建养殖小区时，所有人都兴奋，特别是这些养殖农户，多半年的实践证明，竟然不如返回从前!

元书记无语了。

“没看见林书记，老林去哪儿了?”沉默了良久的元书记忽然想起了林老根儿书记。

“能去哪儿？刘玉珍家里呗!”一个头戴回民小白帽的男人眨着陷得深深的眼睛鄙夷地说。

“我刚从她家里出来。现在的女人真不知廉耻，家里来客人了，把野汉子摆到大面处，端端正正地坐着作陪，指使着自己家里的男人满街转游！唉，这是什么世道!”一个老头感叹道。

闲谈中，林书记出现了。小村子里有的是热心肠的好事者，早就骑了自行车通知林书记，告诉他，乡党委的元书记来了，林书记赶紧从刘玉珍刚摆不久的酒席上撤兵，急急忙忙地跑来了。酒精和爱情一起滋润，即使一个羸弱的男人也会意气风发的，何况是我们的林书记，所以，悬浮于他脸上的焦急神色掩盖不住来自他心底、逐渐上升的满足，林书记灿烂地笑着。

寒暄过后，林书记告诉元书记，霍占明想和他谈一谈租用养牛场回乡发展的想法，元书记说："再好不过，我早就想认识一下此人，如果再把这件事定下来，今天我就不虚此行。"

"就去刘玉珍娘家吧，他家清静也干净。"林书记马上就做安排。

"干吗不去村委会办公室？怎么能兴师动众、扰民不得安宁呢？"元书记有点儿反感。

"村委会很长时间没人进过，打扫卫生也需要一段时间，再说霍占明已经在那里等着啦。"看来林书记，不，霍占明早有准备了，自己只有服从的份儿了。

没有多长时间，元渊看见了这位农民企业家，他的身材像那坝上的白杨树伟岸而又高大，像许多成功男士一样留着"大风头"发型，高鼻子，深眼窝，嘴唇的轮廓分明，眉宇之间透着商人的精明和机警，一张看一眼就难以忘怀的脸。清清瘦瘦，西装革履。有人说，男人四十一枝花，这霍占明正处于花季，浑身透着成熟男人的韵味，和矮胖粗狂、不修边幅的林书记站在一块儿倒显得相形见拙。不用说，霍占明是一个彬彬有礼的男人，握手，寒暄，进退有节，也恰到好处，语速很慢，但字字掷地有声。

三个男人一起进了几乎一尘不染的刘玉珍娘家里。

屋子的右边，木制平柜儿古朴而大方，柜子上面的各种摆设简单却不失典雅。左边，一盘大炕上放着一张方桌，镜明几洁。屋里还飘着说不上来怎样的一种淡淡的香味儿，清爽舒适。

刘玉珍老师结束了自己家里的那个酒宴，飘然而至了。漂亮的女老师上身着一件宽松的浅粉色纱衣，花式蕾丝边内衣随着纱衣的摇曳若隐若现，下身是一条雪白的长裤。披肩的长发顺溜光滑，时髦却又飘逸。她忙起来了，像一只彩蝶飞来飞去地为客人们倒茶递烟，更如那传说中的仙女飘飘停停地增加着人间的美丽。

在主人的热情邀请下，客人们脱鞋上炕，盘腿坐好。那纤纤玉手先端来了三杯热茶，接着摆上两小蝶切成细条的辣子，两小碟腌芥菜——被切成一个个水灵灵的乳白色的小方粒儿，跟着的就是两大碗冒着热气的牛肉块儿。

看起来又一个酒席要拉开序幕，元书记有点急了：

"刚才不是说好只是坐会儿谈谈具体事项吗？你们这是干什么？"

"我个人请客！又不用您请，再说都是自家的东西花不了几块钱！坐在这儿，仔细地想，慢慢地谈，如何利用牛场是个大事情。"林书记生性豪爽又思虑周全。

酒席没因为元书记的神色不愉快而撤掉，北方人的办事模式不知道形成于什么时候，拿起筷子，端起酒杯，所有的事项才能启动了。

霍占明呷了一口酒，咽下一粒儿苋菜，做起了个人经历的介绍——

七十年代初，也就是霍占明服兵役结束后，被安置在青泉乡乡政府的话务室，当起了话务员。当时，话务员的作用非同一般，年轻的小霍曾经与三任县委书记频繁对话，每逢这些领导下乡，他便是亲点的招待员、陪同人员。八十年代，也就是改革开放以后，他辞掉了小公务员的职务，承包了乐康县县城的冷冻厂、肉联厂。另外，在乐康县刚开始种水浇地之后，他建起了第一个储藏大白菜的冷库。霍占明今年45岁，他的事业也如日中天，去年过节回家，看见了新建的养牛小区，这个设施先进的养殖区让他的思维活跃了好一阵子，真想再建一个养殖基地。然而，返回了县城，忙起了其他事务，也就忘了再建小区的事。再次回家乡时，他听到了不少组建养殖基地农户的抱怨声。于是，他就产生了将这个养殖基地接过来的想法，想搞一个大型的养牛场。养牛是回民门祖辈传父辈、父辈传子辈的一种古老的职业，他，土生土长，当然有遗传基因，也有技术基础。

听着他的成长经历，凝视着霍占明，突然间，这个大男人变得更加高大了，高大得让他，元渊，仰视才见。忽而又想起了项羽初见始皇帝的“大丈夫当如此”一句话。这个以前闻其名好多次却未曾谋面的人物，此刻，在元书记的意识里不但清晰、具体、可感了，而且，似乎越来越亲近了。瓶中的白酒也越来越少了。林书记吩咐刘玉珍老师再拿一瓶来，他自己拿起了差不多空了的酒瓶要与元书记、霍占明分享“福干儿”，于是，三只酒杯一碰，三个男人一起来了个“望星空”。

五分钟后，刘老师扭动着腰肢，一手提一瓶白酒走进来了，林书记赶紧笑着接过酒瓶，声音温柔了许多：

“辛苦你了！玉珍，坐下喝一杯吧。”

“辛苦个啥？本来就是个做饭的。”美女莞尔一笑，坐在了林书记挪动了肥大的身躯空出来的地方。

“开瓶红——中奖！”林书记转过脸又恢复了“高音大喇叭”，左手抓着酒瓶儿，右手拧着瓶盖，口念着他极想在瓶盖里发现的惊喜。众人也停了谈话，紧盯着那个瓶盖儿，希望中奖让屋里气氛更加热烈。

“啪”酒瓶拧开了，林书记把瓶盖儿捂到了眼睛上狂呼乱叫“真中了！来，庆祝一下”！

中奖让男人和女人激动不已，刘老师满满斟了四杯酒，嘻嘻哈哈中一饮而尽。

林书记开始打圈儿，他用两个粗壮的手指头捏着一只玲珑的小酒杯，先敬领导元书记，日理万机中不忘回民村的发展；再和族人喝，自己富了不忘家乡，急切希望也能带领着青泉乡的全体村民奔赴小康；然后感谢红颜知己……一切意思皆在酒中，此时无声胜有声；最后告诫他自己，必须不辜负父老乡亲的厚望，当好村民的领头人。一次又一次地一饮而尽。敬酒辞说得震耳欲聋，豪情狭义挥洒得淋漓尽致。

一轮酒喝完，林书记的脖子歪了，他特别关注起了那个身披粉纱的“仙女”了，两只色迷迷的眼睛盯着那纱衣下边雪白的肌肤，非要“仙女”展现“感情深一口蒙”，那“仙女”则更加娇媚了，实在纠缠不过，朱唇轻沾酒樽，如同那蜻蜓点水，更加频繁的是用嘻嘻嘻的笑声展现深情。最后达成协议，刘玉珍老师喝一口，林书记喝一杯。刘老师一口一口地抿，林书记一杯一杯地灌。

刘老师以抿的方式也向元书记、霍占明敬了酒。不管跟谁喝，只要刘老师抿了，林书记肯定要灌一杯。

元书记和霍占明继续探讨牛场的问题。

刘玉珍老师跳下地去厨房换热菜。

林书记大叫着要方便一下，他下了地，靠着炕沿儿穿起了鞋子……五分钟过去了……他依然在穿鞋子……嘴里嘟囔起来了：“今天……大爷本来挺高兴，怎么……这鞋子不听话了？你敢欺负大爷我?”

刘老师进来了，瞅着林书记瞪大了眼睛，问：

“老叔，你在干什么?”

“玉珍……你说说，我怎么穿不上这鞋子？它……是不是成心跟我过不去?”

“你哪里是在穿鞋子？你手里拿的是一个大山药！你在用山药蹭脚心呢!”

刘玉珍老师笑弯了腰：原来林书记找鞋子时把炕沿儿下的菜

窖门给碰开了，他从里边拽出个大山药，把山药当成他的鞋子穿了起来，林书记的脚如果真穿上了那个山药，那才是笑话！

两个谈合作的大男人也笑得前俯后仰。

林书记却生气了，大吼起来："鞋子欺负我，这山药也欺负我，不穿了！"索性一屁股坐在地上，扔掉鞋子，耷拉着两手，嘴巴喘着粗气，众人笑声更大了。

刘玉珍的父亲老刘头进来了，拽着林书记的胳膊，用哄小孩的口吻说："起来吧，老根儿兄弟。听哥的话，地上凉，生病了麻烦。"

"就不起来！老哥哥，我好欺负吗？"林书记红着眼睛盯着地上的大山药，鼓着腮帮子，气哼哼地说。

"老叔，快起来吧，让元书记和霍大哥笑话。"刘老师说着拽住林书记的左胳膊。

林书记伸出右手抚摸着那只纤纤玉手，突然笑了："玉珍让我起来，我就起来。我最听玉珍的话。"

林书记在父女俩的搀扶下，颤颤巍巍地站起身来，摇摇欲坠地门外走去。

元书记吃着当地所独有的碗儿牛肉、醇甜的油香，学着眼前的村民，时不时地夹一两条辣子放在嘴里，新鲜而爽口。他和霍占明已经基本达成了承包牛场的协议，全县最好的养殖小区终于有了个更好的归宿，可以发挥它更大的作用，创造更多的价值。

林书记迷糊了，酒醉他，人也醉他，岂有不迷糊的的道理？

这场酒席好像已经完成了它的历史使命，再热闹的盛宴也有散得一刻，他们带着各自的希望，憧憬着各自的明天，愉快作别。不甘寂寞是人的共性，只要精力容许谁都会追求不止的，不过是人各有志，趣味不同罢了。

2

参观考察观摩，大会小会研究，终于，一个新思路在元书记的脑子里诞生：农业富乡，工业强乡。

元渊想，霍占明可以承包项目，也可以投资建厂，不到十年的时间，一跃成为全乡乃至全县的龙头企业；赵爱军可以凭着自己年轻力壮，父母人力物力的支持，养牛种田多种经营，做了青泉乡致富奔小康的带头人。然而，在这片贫瘠的土地上，更多的是既无资金，又无超前意识的普通农民，他们只有劳动力，把这些普通农民的生活质量提高一个档次，才是自己这个青泉乡“头人”的工作重心。农业方面，改水地种白菜已经蔚然成风，养殖基地初具规模，可是闲置的劳力仍然很多。积贫积弱的地区，无工业可言，历届书记总在走马上任时大喊着“发展工业”的口号，可是谁也只能喊喊，最后也只能以此作为前仆后继、来日方长的事业，卸任时又寄希望于后任。

只要上任，谁都在思索：穷乡僻壤里能干什么？

这一地区，无矿产，更无高度的文明和先进的理念。既无资源也无人才时，发展工业只能是空中楼阁。

乐康县方圆百里内，好多村子里还有坍塌了的石磨房，石砌的水井，骡马车，扁担，木犁……千年不变的物件设施。这里的老百姓们只需记住“夏天锄，秋天收，冬天坐个炕头”，当然，这也是千年不变的生活流程。放眼望去，只有大街上宣传壁画儿能透漏出点现代文明的意思。可惜，所有人对这点现代文明都熟视无睹了，虽然刚刚张贴时，人们看着这些画儿就好像三十年前看那绿色的手推车上放着个绿箱子，绿箱子上蒙着块儿绿布，里面却上演着孙悟空三打白骨精的“西洋镜”一样，五颜六色的，令人耳目新奇只有几个小时罢了。新奇之后就变成了旧物。这些壁画就像村子后面那盘现在不大使用的石磨一般，让人们的眼神麻木。

这里的人们，无论任何地方、任何时候，总是老牛拉破车的节奏，说话办事慢条斯理。一场酒席能摆一个昼夜；过一个春节，从一入腊月就闻见了年味儿，正月尽了，年味儿依然醇浓；连走路也是这样，有一句地方话叫“宁可叫狼咬了屁股也不能乱了脚步”；当然，这一带的男人们拥有大碗喝酒、大块儿吃肉的豪爽！即便是妇孺也能背出几套“哥儿俩好呀，六个六呀……”的行酒令。七八个人围坐在一起，二锅头就着咸菜，也能一盅一盅地喝，一圈儿一圈儿得打，从上午一直喝到太阳落山，喝趴下了，架起胳膊抬回去，晕晕乎乎的醉汉嘴里还在嘟囔：“来……喝！……别管我……没醉……咱哥俩再清一个……”有喝哭了的，也有喝笑了的，还有喝跑了的，更有甚者，为了不负众望，为了表示感情深一口蒙的赤胆忠心，一瓶一瓶地往肚里倒，没曾想，酒席上当场毙命，迷迷糊糊中踏上了不归路，同饮者只剩下了面面相觑，骨酥筋软……可是活着的人一觉醒来，照喝不误，不过好像减少了点儿劝酒的力度罢了。

所以有人说，这儿的居民大多是游牧民族的后裔，虽然生活习俗、生活方式被教化过来了，北方少数民族的遗传基因仍然在起作用。无论那个村子里，断文识字的知识分子寥寥无几，一大片一大片满是目不识丁的文盲。一年四季无论早晚，大街上，小角落里，总有三个一群五个一伙地凑在一块儿不同年龄段的聊天者，大人们一边骂着娘一边交谈，不到一米高的小小子们互相追逐着，撕打着，彼此之间大声当着“老子”，间或地冒出一两句让正在骂娘的真老子追着打的脏话。

某一处突然间人群云集、纷纷扰扰地闹腾起来了！不用问，肯定是谁家的老婆偷了别人的汉子，被捉奸捉双地被逮住了。看客们踮起脚尖儿，张大嘴巴，立刻把里面的人围了个水泄不通，谁不想一睹为快？这不，精彩节目马上上演了！只见那男人和那女人扭作一团，不可开交；此男人又和彼男人不共戴天，互骂祖宗。但是，无论怎样闹腾，夫妻绝不离婚，即使女人受了委屈、丢了面子，寻死觅活，上吊跳井。因为父子两代用了前后三四十年的汗水浇灌出一个媳妇儿，所以谁家的媳妇儿也是个金疙瘩！全家人节衣缩食的共同目标也是娶房媳妇生个孙子，盼星星，盼月亮，媳妇儿过门儿，目标终于实现了！煮熟的鸭子，即使臭了也得吃掉，怎么能放飞呢？所以，这儿有一句古训：自己的娶来的妻就如自己买来的马，自己骑自己打，不叫她活出门，宁叫她死在家。在这里，家里闹纠纷，女人抹脖子、喝农药的事件时有发生。

一方水土养一方人，同时一方人也在制造着一方的地域文化和社会文明。文化落后，科技落后，教育落后，整个地区的精神文明和物质文明也落后。

想改变落后的事物，单靠事物自身发展，其变化会极其缓慢，过程也会极其漫长，应该依靠外力刺激催化，缩短其量变过程。引进外资是个不错的举措，一个企业的进驻封闭已久的地方，犹如给一个羸弱的机体注入一股新鲜血液，带来的是一种由表及里的变化。

元书记又想起了三元公司的老总，想起了奶牛场。乡政府的背后、青皮山的旁边是一片平整的土地，如果在那儿建一个奶牛场，据说是产奶、生产奶制品，走牛奶的一条龙产业。也许会因此产生一花引得众山红的效果，掀起养奶牛热，使全乡的畜牧业产值大幅度增加。而且若大的牛场太需要劳力，那些终日手提酒瓶的闲置人员就有钱可挣，有活儿可干。

于是，元书记又一次拨通了三元公司老总的电话，询问其意向。老总告诉他，由王经理带领的代表公司前行考察团已经到达了张家口市，准备和几个地方领导进行初步洽谈。

元书记得知此信息后惊喜也焦急，必须争取到这一项目！他给自己下达命令。通知司机小王备车，他要出行张家口市。

计划开始施行，元渊心里盘算着需要坐几个小时的汽车。突然间觉得腹中一阵猛烈地蠕动，一股酸酸辣辣的液体由胃底直冲上来……这个毛病跟随自己多久了？元渊回想起自己曾经为情所困后的服毒自杀，娇滴滴的郭静静又出现在他的脑海，在那个魂牵梦绕、寝食难安的恋爱季节啊，为了她，差点搭上了自己的性命，可是这个女人却浑然不知。他捂着胸口遥问：如今，她在和谁缠绵？

到张家口首先经过乐邓公路，汽车好似那千年老龟在慢吞吞地爬行着，几个小时后，那车终于爬上了高速，一下子身轻如燕起来，行驶如飞。

剧烈的疼痛过后，元渊把自己的思绪从郭静静那里又拉回到青泉乡的发展上。他太知道一个地区的富足与否一看公路便知。乐邓公路是乐康县内一条主要的交通要道。不堪重压的劣质公路上，一直奔驰着超载车，所以，这条路年年修年年欠修。柏油路面大坑连着小坑。在空中俯视这条公路，越看越觉得像加大了拉长了的古代行乞人破旧的灰布长袍，上面除了补丁就是窟窿。即使你开着宝马上了这条路，也无异于乘坐拖拉机的感觉。无论坐什么车，只要在这条路上行驶，人就如同那被煽动着的簸箕里的农作物颗粒儿一样，时高时低，跳跃不定。翻车事件，时常发生。开车的司机总在咬着牙发誓：如果我当了县领导，第一件事就是修路！哪怕不吃饭，也得有一条像样的公路。但是，有一天真当县领导了，他才发现，摆在他面前的都是第一件事，即使天天不吃饭，也有更多更重要的事务理不顺，摆不平。与穷县相匹配的自然是破路，所以发展才是硬道理。

终于上了高速公路，坐在快速行驶的汽车里，元渊思绪更加自由，无所节制，任意驰骋……

他用三元老总发过来的手机号，终于在黄昏时分找到了一个据说是张家口市唯一的五星级饭店。里面富丽堂皇，灯光璀璨，他的脑子里突然出现了“皇家气派”这么一个词。青泉乡的“头人”来到这个地方竟然觉得头晕目眩，像刘姥姥进了大观园一样。也许由于一路颠簸有点儿视觉不适的原因。他小心翼翼地摸索着进了一个大房间，这房间只能用“高雅”“阔气”形容了，屋顶几盏大吊灯晶莹剔透，样式别致，墙上巨大的欧式的油画儿里弥漫着异国的风情，屋子中央一张特大的餐桌上各色不知名叫的水果摆着各种造型，餐具在灯光下熠熠生辉。紧挨着餐桌放着一圈儿一模一样的真皮椅子——不对，正北面，有一个特大个儿的“太师椅”，与太师椅相对应的餐具与其他座位的餐具也有所不同，太师椅的后面还站着两个俊俏的服务生。

见不着人，元书记只得又打了电话，电话里说，所有人马上就到。于是他退出房间，站在门口，恭候这些“大腕儿”们粉墨登场。

十几人的队伍一起走进饭店的走廊显得浩浩荡荡，彼此介绍，握手示好，有两位三元公司的代理人，一位常务县长，几位乡党委书记，政府乡长等。元书记顺着人流返进了那房间，人们寒暄着纷纷入座，元书记忽然发现自己停在了“太师椅”旁，左右都坐满了人，于是也就坐进了那“太师椅”中，感觉就是非同寻常！刚刚落座，服务生就满上了茶。其他座位的客人则自斟自饮，待遇完全不一样。

元渊突然间感觉到所有人的目光一下子齐刷刷地落到了自己身上，那些目光里有狐疑，也有讥笑，元渊意识到自己又出问题了！

怎么了？

该不会坐错了吧？

好像这问题就出在座位上！自己坐错了！这不是小错，是个大错误！元渊豁然开朗，明白了其中的蹊跷。人贵在找准自己的位置，充其量自己只是青泉乡的“头人”，可惜稀里糊涂地坐了那首座。

他头昏脑胀地站起身来，绕大圆桌子走了一大圈儿，他还是没有找见自己该坐的座位。服务生塞进一把椅子，元渊才坐了下来。

众人硬把一个姓张的副市长推上“太师椅”。因为彼此都陌生，而且南方人居多，说话喝酒都小心翼翼的。酒座上难免沉闷压抑。

元渊忽然怀念起了家乡农人的粗狂与豪放，只要有酒，不用三分钟陌生人也能变成可以掏心窝的好朋友。

还是“太师椅”上那位张副市长非同寻常，他主持着挣个整个酒局，投资商和拉资者各自陈述自己，元书记为了交流顺利，抄起了“京腔”，真实地描述自己的优越，诚恳地表示自己的优惠，说着说着，元渊瞥见那位年轻的经理正在神情专注地听着……

入席队伍庞大，耗时却不多，一个多小时，圆满结束。

3

接下来是三元公司先行团的实地考察，投资者独具慧眼，真的把目光投向了青泉乡，然后甲乙双方切磋合同的各个事项，一切进行得异常顺利。

因为涉及到了占地的问题，青泉村的村民，青泉村的村委会，以及青泉乡乡政府反应颇大。元书记办公室的来访者络绎不绝，他以“头人”的高瞻远瞩和豁达，应对着来访者，开导着来访者，摆平着因占地引起的利益关系变化。每一次的新事物的出现，必然会引起大小不同的骚动，抚平这骚动，领导的责无旁代，抚平这骚动，更需要领导艺术。新事物被所有的民众认同需要一个过程，这个时候领导必须有领导的高度，领导也必须在这个时候起到领导的作用。而且必须耐下性子把工作做实做细，必须引不起更大的波澜。所谓上面一条线，下面一根针。完成了乡政府领导“针”的使命后，只剩静观三元公司的大手笔了，他想象得出，若干时间段后，三元公司在青泉乡会有更加引人瞩目的发展。

……

4

在青泉发展工业不是从零开始，早在三十年前，青泉乡建过个矿，位于青泉乡黄花洼村，所以其名就是“青泉乡黄花洼萤石矿”。青泉乡政府拥有采矿证权，属乡办集体矿，在各种天然资源贫乏的乐康县算得上一个颇占优势的矿产资源地之一，萤石储量丰富，可采量达20万吨以上，其纯度之高质量之好在全省都享有盛名，是全乡主要的经济命脉。

不时地光顾黄花洼萤石矿，成了元书记准备寻找发展工业契机的突破口。功夫不负有心人，在和矿石商人的闲谈中，听说赤城有一个叫妥春军的人，打算建一个萤石选矿厂。元书记使尽招数，终于把这个赤城投资商拉来了青泉乡，带着他考察考察地形，看看能否作为一个建厂的候选地点，参观完毕，元书记把这个大老板带进了青泉乡最高档的饭店——二胖饭馆儿，嘱咐老板娘二胖嫂尽饭馆之最，有美味佳肴使劲往上端，因为他们即将招待的是贵宾。

二胖嫂三十多岁，身材凸凹有致，面容姣好，面对来客，虽说没有阿庆嫂周到的礼数，也无如火如荼的激情，却也彬彬有礼，稳重端庄，加上一副金丝边眼镜，竟有知识分子的斯文，别具魅力。

老板二胖倒是热情周到，挺着个将军肚，半闭着眼睛，拖着重重的鼻音招呼着远方来的客人，他吐字含糊不清，浑身散发着浓烈的酒精味儿，走路一步三摇，动作迟缓，明明手里提着水壶，硬说是为客人拿来了啤酒。

乡村的饭馆儿，炖鱼，兔块儿，鸡块儿就是上数的菜肴。尽管解决了温饱的城市人已经开始注意膳食的质量、营养的搭配，但大多数人讲究随乡入俗，既然坐在农村的饭馆儿，必须随了农村人的眼光进食。那么，农村人认为什么食物最好？自然是肉了！

元书记介绍着这片土地上的风土人情，生活习俗，地域笑话。

二胖嫂的服务态度不亢不卑，不急不躁，恰到好处：热烈欢迎远客赏光，使小店蓬荜生辉；也非常感谢元书记“大出血”，照顾小店生意，他们夫妇感激不尽。老板娘不仅绣口锦心地用语言表达这些情谊，而且特赠一盆家乡一绝——凉拌苦菜。

妥老板吃准了这桌子菜的滋味，尤其凉拌苦菜，苦得特别，爽得难以形容。这个有钱人一边瞄着二胖嫂，一边赞不绝口。

酒饱饭足，生意人笑意盈盈的表情让元渊觉得曾经的幻觉更加真切了。互道珍重后，远客们挥手告别。

5

元渊出了二胖饭馆，走在青泉的大街上。

天全黑了。因为希望又起，内心激动，又有酒精滋润，周身发热，一阵凉风拂面，元渊觉得舒服极了！心旷神怡的感觉真好！

紧挨二胖饭店的是二拉弟饭馆，此刻，这家也灯火通明，人声鼎沸，有往里走的人，也有往外走的人。元书记定睛细瞅，这些出出进进的人们几乎全是青泉乡政府的干部。这个饭馆从开张到现在不足一年，老板二拉弟只有二十七八岁，相貌娇美，性情豪爽，丈夫终年在外打工，孩子送给她妈带着，一个单身女人独自顶着一个饭馆肯定不容易，于是，“热心肠”的乡干部只要有闲暇总要跑来帮忙，当然也来消费。

令人遗憾的是，吃饭赊账是乡干部长在骨子里的习惯，无论在哪里，无论老板娘有多少款款深情或多少落落豪情，照赊不误。自打这饭馆开张后，“二拉弟”三个字在乡干部们的舌尖儿上滚来滚去，嘴里说着美女的乳名，神情也眉开眼笑的。

有这帮乡干部捧场，二拉弟的饭馆儿当然天天热闹非凡，高朋满座。

“牛哥——拿山药——”娇小的二拉弟声音却奇大，她在下达命令。吆喝声越出窗口，飘落在青泉村的大街上。

“喳——奴才得令!”

小牛用那沙哑的声音拖着戏腔接词，摆了个姿势，迈着方步下去了，众人哄堂大笑，几乎所有人都兴奋到了顶点……

元书记突然破门而入，笑声渐渐退去，变作了鸦雀无声。

“哎呀——”一声惨叫，“痛死我了——”，

是小牛的声音，众人丢下对“头人”的惧畏，一窝蜂地跑向了后走廊。

“快点吧——小牛掉进菜窖里了。”

于是出现了“英雄救丑”的“光辉壮举”，几分钟后，小牛被抬上来了，丢盔弃甲，面目全非，满身的土，满脸的泥，额头碰破了，淌着血，眼镜更是身负重伤，左镜腿儿折了，右镜片儿碎了，而且弃主人而去，又被侥幸地捡回来了，委委屈屈地挂在了小牛的鼻梁上，因为看见了元书记，“嗷嗷”的叫声变成了“兮——兮——”的呻吟，还在有一句没一句地讲述身遭此劫的经过。

原来他哼着小曲直奔厨房墙角的山药袋，也许是喝高了的缘故，晕晕乎乎的，没留心脚底敞着口子的地窖，一脚下去，就开始了坐窖观天……

有几个年轻人捂着嘴在期期地笑，上点年纪的，使劲压抑着笑板着脸安抚这个受伤的人。倒是急坏了漂亮的女老板，她跑着端水，跑着拿毛巾，又跑去买药……可是谁都在用眼睛的余光悄悄地关注着那位自从进屋一言未发的“头人”元书记。

“头人”没做任何表示，也没留任何意见拉开门走了。

子夜时分，沉睡中的乡政府骚动了起来，惊动起了刚刚进入梦乡的元书记，他披上衣服，趿拉着拖鞋，循声找去，到了后排的宿舍，有三四间屋亮起了灯，走廊里站着很多人，昏暗的灯光中，只见小牛在抚门痛哭，身上的浊气熏天，脏脏皱皱的衣服，扭曲了的五官，令人心碎的痛苦表情，口中还念念有词吟唱：“夜色迷离心憔悴……

“原以为我已经将你放下……将爱放下，随着一杯红酒咽下的却是刻骨的相思……你的影子或浓或淡，你的笑容或深或浅，你的语言或真或假，在我的眼前轮蕃出现，没有终点，原来，放得下是执念，放不下的是爱恋……原来自以为的是潇洒，不过是自欺欺人的谎言，忘记你，忘记过去，终究是那么不容易。想你，想你，恨自己的多情。点亮一盏灯，照亮一颗心，洒下一滴泪，留下一段情。午夜梦回，屋子里漂浮着孤独的味道，呼吸都是疼痛的，伴随着我的心碎……”

原来，小牛做好事受伤，老板娘二拉弟心里过意不去，叫了医生替这贪酒的“活雷锋”包扎了伤口，又整了一桌酒菜，招待医生，补偿小牛，为他压惊，没想到这“浊物”见了酒就不要命了，喝了个酩酊大醉。

“睡吧，小牛！别唱了，明天早上还要上班呢。”小郭在劝。

“不想睡，梦里没有你的影子……”小牛闭着眼睛，泪流如泉。

“二拉弟家有她的影子，你擦擦泪还去吧！”

元书竟然恨起了这个丑人的多情。

"二拉弟像她，但二拉弟不是她！她说雾锁清秋，泪痕划过心空……人憔悴……对，二拉弟是她的影子，那眼睛，那语气，像极了！我去！"

"青皮大山高又高，拿把刀儿别在腰。那家姑娘不嫁我，关起门来放火烧……"

这个神志不清的人嘴里唱着，挣扎着要开步走，手使劲往前探着，而且，勉强睁开了眼睛，泪水融进了鼻涕里……

"没出息到家了！哪有你这样的男人，这把年龄，这种情况，再深的感情也得隐藏！"小袁说。

众人终于把他按倒在床上，盖上了厚厚的被子，本来手无缚鸡之力的小牛，不再挣扎了，稀泥般的瘫在床上，嘴里依然在喃喃：

"刻意隐藏依然遮不住对你深深的思念……"

泪，顺着眼角的皱纹，无休无止地往下淌着……

6

办公室的小田被组织部抽走了，他是青泉乡政府的一支硬笔，青泉乡的材料在全县来说顶呱呱，很大程度上要归功于这位认真负责的办公室主任小田。元书记的心里纵然有千般不舍，可是也得放手，这是全县全盘工作的需要，也是个人发展的需要。办公室主任的位置不能空缺，办公室在乡政府好比一个人的神经系统，必须时时刻刻感知所有，然后传达所有。所以，办公室主任这个位置尤为重要，不可一日或缺。谁合适？一个人的身影晃悠进了元书记的脑海——小牛。元书记忘不了小牛的眼泪，当然也确实喜欢小牛的文笔，在他还是乡长时，曾经向张书记建议过无数次要重用小牛，可是都被张书记以"此人散漫颓废不堪重用"堵回去了。

现在自己是"头人"，除副科的提拔外，其实上拥有百分之五十的人事任免权。于是他拿着小牛写的文章和程乡长的“碰了碰头”，又让党委会成员的举手表决，书记提议，别人能说什么?通过呗!

于是，牛哥变成了牛主任。元书记心中默念：这位新上任的牛主任真的行！绝对不是那位扶不起的“刘阿斗”！千万别应了许多人的说法。

小牛大学毕业十载，终于有了一点点晋升，失衡了的心理稍稍摆正了一些。他自从当上了办公室主任，真的勤勉了起来，喝酒，打麻将的次数明显减少。每天，除了值班人员外，他总是第一个进办公室，先琢磨一天的工作任务安排，然后开始奋笔疾书。自然，强将出马，一个顶俩，出自于他笔下的材料，或者由他把了关的东西确实让人耳目一新。人员分工、任务安排也井然有序，办公室的工作似乎锦上添花了。

一天早上，小牛告诉元书记，县教育局下发通知，省教育厅要在今年9月份进行普九验收，明天就为迎接省领导验收召开会议，各乡镇“一把手”必须参加。

元书记出身于教师行列，对教育教学情有独钟。就任书记后，虽然诸事缠身，焦头烂额，或者早晨，或者晚上，他总要到学校里转转，和孩子们一起跑跑步，跟老师们聊聊天，不知道从那一天起，也不知道为什么，青泉乡的教育教学状况变得景气起来了，小考，中考，抽考频频夺冠。说起学校，青泉乡的老百姓无不喜笑颜开，连连竖起大拇指夸这所学校管理好，夸夸某个老师的尽职尽责。

一年一度的“六一”国际儿童节马上到来，元书记打算节缩一下乡政府的开支，拿出一部分钱跟师生们热闹一下。

小牛出去了，他随手带上了办公室的门儿。元渊站起身来环顾四周，看样子乡政府暂时没有什么事需要他处理，元书记便推门出去，信步走进了中心小学。

这个只有十几个教师、一百多个孩子的院子里倒是安安静静的。前排是校长室，透过一个特大的玻璃窗可以看见两张对着的办公桌，面对面坐着的两位校长。外边的人看屋子里面，可以直视无碍，这小学校没设置什么传达室，若发生什么事情，校长首先目睹，也就直接处理了。每日里邮递员也将报纸、信件直接送进校长室，校长分出一部分报纸给后面的老师们。所以，这个学校的校长可以兼任传达室老头的职能。

看见了元书记，两位校长同时站起来，一起笑着往外走。

正校长崔老师四十多岁，西装西裤，虽旧但干净。十几年前做过几年初中语文老师，但看不出他的表达能力的优胜，当然，可能因为他不属于外向型的人，特别在领导面前接近木讷。但是他的工作作风特别严谨，虽然家在邻村，每天比本村的教师学生早到半小时，风雨无阻，没有例外。每逢大扫除，自己擦玻璃扫地，以身作则。对于教师的管理，他好像没有什么具体的细则，只是面带微笑用眼睛瞅着每一位教师和每一个孩子。上行下效，所以这个学校基本一团和气，没听说过什么冲突，这就是所谓的无为而治吧。

学校的账目绝对明确，就连卖废纸的十块钱都要向教师公布。时间长了，卖废纸的钱也攒多了，一块豆腐一斤猪肉和一瓶二锅头要“宴请”全体教师。女教师做饭，男教师弄水弄火。吃饭时一张大桌子十几个人，教师们妙语连珠，笑声不断，竟然其乐融融，真有家的温馨。

元渊喜欢上这所小学校，也尊敬这位校长。

迎接元书记的视察，崔校长只是谦卑地笑着。

副校长王老师一身挺直的白绿色中山装，五十多岁了，看上去还很帅气，他倒是健谈，告诉元书记，县教育局的教研组正在验收立标课，已经听了一个立标教师的课了，正在听另一个，很快就下课了。王老师的话音刚落，下课铃声响起，校园里的各种声音马上大起来了，校长办公室的门开了，进来了教育局验收达标课的领导。

王老师赶紧问："主任，嘿嘿嘿，这个孩子讲得怎么样？够格不够格？"一边说话一边递上了一杯热茶，接着又给元书记的水杯里续满了开水.

"这节课还行吧。这次教研的任务不仅仅是验收立标人员的课堂教学，也要抽查各个学校的课堂教学效果。非立标教师的课也得马上听一位！"教育局领导的口气没有回旋余地。

"我们只让立标教师准备课了，以为不听达了标教师的课……听谁的呢？小贾的吗？"

校长先跟"钦差大人"解释，接着转脸看着副校长王老师，声音低了许多商量着。

"当然是小贾的了，时间太紧，谁都没做充分的准备……"

王老师应答校长用的几乎是耳语，他等口径统一了，赶紧通知小贾。

那"钦差大臣"呷了口茶，就放下茶杯，拿起了听课记录和笔站起身来，开步走，教导主任赵老师赶紧尾随其后，元书记也站起身来，从校长的笔筒里抽出支笔，又拿了一片纸，跟着就出去了，加入了听课的队伍，浩浩荡荡地进了小贾的课堂。

站在水泥讲台上的小贾老师身着一套合体的黑蓝小西装，越显体态轻盈飘逸；雪白的衬衣，白皙的皮肤，越显净洁得出尘脱俗。她一脸明媚，看见元渊，更变得笑意吟吟。随着问好声落，她拉开了这节课的序幕。女中音厚实高昂，语调抑扬顿挫，用词精准，字字清晰，描述动情，极具感染力。台下稚嫩的小脸上是会心的微笑，跟着老师去"诊所"，上"超市"，他们的情绪随着老师的教鞭起起落落，学生的精彩展示令人欣慰，无忌的童言让人捧腹大笑。

"叮铃铃……"

下课铃声响起，女老师柔顺秀发一甩，深鞠一躬，以示下课，原来45分钟竟然这样一晃而过，众人恋恋不舍地离开课堂。出门时，元渊冲着小贾做了个手势表示称赞，小贾点点头，又绽放一脸甜甜的笑容。

“这位教师的综合素质高，换了某些教师你就是关他一年的禁闭也备不出这样的一节课，这班学生的综合素质也真正不错!”

县局领导赞不绝口，校长，主任笑得合不拢嘴……

元书记该走了，乡政府的一大堆事还等着他，他一边和路上的农民打着招呼，一边回味着小贾老师精彩的展示课，元渊的脑海里那张美丽的脸时嗔时喜，朗朗的范读声仿佛还在耳边，悲时，几乎能让人垂泪，喜时，竟叫人忍俊不禁，分析课文，能走入作者的内心深处，直点要害；也更能深察小读者的所想所感，做孩子们的知心姐姐，生活思想的领路人，特别是教学方法别出心裁，就连成人都耳目一新，兴奋不已，难怪孩子们欢呼雀跃。在青泉村的大街上，他听说过好多次小贾课讲得精彩，但一直没机会再去领略，今天，他终于又一次欣赏了这个年轻女人课堂里的风采了，他忍不住“嘿嘿嘿”地乐着，他庆幸自己独具慧眼，当年费尽周折，蒙受不白之冤，最终把她挖到了自己的领地。走过公路的转弯处，青皮山如同一位腼腆而俏丽的女郎，又映入了他的眼帘，山色微绿，诱发联想，青天白日下面的青皮山仿佛正含情脉脉地向他传递着满怀的心事。元渊突然觉得他现在享受着的是一种前所未有的喜悦。

“叮铃铃……”

党委书记办公室里的电话铃声把身着小巧黑蓝女西装，甩着披肩秀发小贾老师的倩影赶出了元渊的意识层面。

原来，赤城投资商协同他们财团中的家族成员要对青泉乡进行再度考察，选择合适的场地。

这样的考察当然必须由元书记陪同着，元渊怎么能让这只煮得半生不熟的鸭子飞掉呢？于是，他亲自带着一行几人转遍了青泉村的大街小巷，田间地埂。

最后妥老总决定：投资！把赔挣留给明天，做生意容不得太多的犹豫不决！

厂房就建在乡政府的背后，原因之一是这片土地平整合适修建厂房，有公路，原料和产品来去方便，原因之二也是更重要的原因是赤城人喜欢元书记的真诚和热情，出出进进能多打个照面，多了跟元书记切磋的机会。

好，就这么定了。

想不到商人有时候也视金钱为粪土，轻利而重义。因为这份知遇之恩，元渊都快感激涕零了。

7

乡政府的工作如同那大海的浪花，朵朵簇簇的，此未伏，彼又起。由教育局长主持并召开，各级行政领导，各学区校长列席参加的会议，各位领导列举出小学校的无数弊端，倡导规模办学，希望地方领导给与大力的支持，改变乐康县教育落后的局面。

会议结束了，莅会人员散作一滩，议论纷纷。作为一届乡政领导的一把手，凭着十几年的读书生涯，几年的教学经历，以及耳闻目睹的一些人事，对于教育，元书记早有感触，自然村的学生，乡镇中心小学的学生，以及县城小学市里小学的学生，整体素质的差距之大令人心惊。初生婴儿第一声啼哭都是一样的，是大环境，小环境，以及学校的设置设备政府的投入使之然。规模办学的说法不是乐康县县教育局领导的首创，是经过实践证明了的作法，可行，且效果很好。

元书记决定，即使乡政的日子再难过，也要顺应时代发展的需要，也要使青泉乡的后备军综合素质更高，他第一个响应局领导的号召，集中资源，规模办学。

闻听此言，青泉乡的总校长孙老头像个老小孩高兴得手舞足蹈，脸笑成了一大朵红牡丹，露出两排和他年龄不相称的洁白如玉的牙齿，对大伙儿说，他要在庆六一的大会上昭告青泉乡的父老乡亲，我们也要拥有一所规模大得多，师质过硬，设备齐全的学校了！

……

眨眼之间六一儿童节来临。

这天早上，天阴沉沉的，师生脸上心里却都阳光灿烂，迎风招展的彩旗，震天动地的锣鼓声，还有孩子们的新衣服，一块儿来打扮这个校园，三轮摩迪、四轮农用车上拉来了老头儿，老太太，还有年轻的妇女，他们走走停停寻觅着自己的牵挂，构成了另一种温情脉脉的动人风景。小商小贩直着嗓子狂喊着，叫卖着，他们组成一个火爆的水果面食市场……

这阵势只能用“热闹非凡”和“五彩斑斓”来形容了。

八点入场仪式开始，哨声，锣鼓手变成了指挥官，校园里的一切活动都变得有秩序起来了，学生方阵的口号声震天动地，歌声高旷有力。一声长哨声落下，学生方阵霎时就变成了一条“长蛇”，“长蛇”向前爬行，游街仪式开始，在锣鼓声哨声地指挥下，学生队伍慢慢地朝前蠕动着。

浩浩荡荡的“大部队”终于全部返回了校园，庆祝六一儿童节的大会就此拉开了序幕。校长操着不太标准的普通话主持“盛会”，先是小学生敬献红领巾，接着少先队员代表讲话，辅导员讲话，教育局领导讲话，来宾代表讲话，最后乡领导元渊书记讲话。所有讲话指向的对象都是正在成长中的生命，所以每个讲话都振奋人心，催人奋进，每个讲话都充满希望。

文艺表演开始。

首先搬上舞台的是小贾所带班级的节目，歌舞之后，便是个话剧，剧情内容是讲一个聪明活泼的男孩本来生活得自由自在，快乐无比，突然间头疼起来，上医院一查原来患上了脑瘤。开颅手术费高昂，农民家庭难以承受，全家陷入了悲苦无奈之中，这时，学校师生号召社会献爱心捐资救助病儿，热心肠的乡亲及各方人士纷纷解囊相助，劫难终于过去，男孩又恢复快乐。小剧取材于生活真实，剧短却跌宕起伏，扣人心扉。乡土台词通俗易懂，老农也爱看爱听，“二不愣点儿多，莉酪床子眼儿多”，孩子笑，大人们也笑，笑得前俯后仰，小演员却本着一张娃娃脸继续表演。演苦情戏时，台词揪人心肺，小演员的眼泪如断线的珍珠，观众们也都撩起衣襟拭着腮边泪水。小贾安安静静地站在舞台边上，只有脸上的表情紧跟着她台上学生的表现变换着……

天气愈发阴冷起来了，劲风不时地光顾人们的面颊，可孩子们还在跳着，唱着，手持铅笔的裁判员坐着一动不动，主席台上的领导，外面的观众渐渐少了，元书记也被人拉出了剧场，听见走在背后的家长在感叹“小贾老师的节目真好”“是个有本事的女老师”。

“真好”“有本事”，得这些评价，需要功夫，需要分量，需要有相应的个人素质。能观察到不幸，捕捉住阳光，体味艰辛，感知温暖，有个前提，必须心中有爱。用自己的才情告诉人们为人处世的道理，颂扬一种的社会风尚，必须有足够的思想蕴涵。一个人只要能够展示自己，无论舞台多小，多简陋，都是一种欣慰。元书记回味着，思索着，突然觉得这个小女子离得自己很近很近，就连女人刚才在舞台拐角处的颔首颦眉，仿佛触手可得。

文艺节目刚演完，雨水如期来浇灌祖国的“花朵”了，每年六一儿童节下雨似乎成了一个规律。一个闪电连着一个雷声，雨点便噼里啪啦砸在观众和演员的头上，脸上，校园里的人们四散逃跑，体育比赛项目只好取消。

孩子们盼待已久的六一儿童节，大人们忙碌好多天的六一儿童节，一场大雨为它画上了句号，虽然不够圆满，但是所有的人都欢天喜地的，因为这也是久旱的一场甘露啊，农人们极其珍视雨水，“春雨贵如油”，在十年久旱的坝上地区，夏雨也贵如油。孩子们虽不知雨水的珍贵，大雨确实促生了他们少许遗憾，但父母今天为他们买下的好吃的足能把那点点遗憾挤兑得一点儿不剩。

8

六一儿童节之后，元书记、孙校长、徐校长、崔校长开始商榷规模办学的问题，青泉乡19个自然村，学生总数刚够1000，而1000人的教学、住宿也需要个面积不小的场地，而中学的徐校长，中心小学的崔校长都要争取以自己的学校为基础进行再扩建，僵持不下，只好暂停。

到底在哪个学校的基础上扩建，元渊举棋不定。

吃完了午饭，元书记无心午休，想去学校转转，两个校长各人有各人的立场，而自己是青泉乡的“头人”，必须统揽全局，慎重抉择。

他心里想着这两个学校，脚也就找到了中心小学，元渊推门进去，校园里一个人影儿也没有，一点声响也没有，一间间教室在静默着，连空气也混和了寂静在空阔的院子里流淌着。校长办公室的大玻璃里面没了那位兢兢业业的崔校长的身影，摩托车在车库，人肯定午休了，元书记继续往后走，看见了大办公室里人影晃动，还有小孩咿咿呀呀的声音，他便推门进去了：

只有小贾母女俩！

小女孩儿在自己跳猴皮筋，嘴里念念有词，看见了元书记也没停下来。小贾则在小电炉上煮挂面，桌子上散放着小孩玩具，几根火腿肠，一袋榨菜，还有两本厚厚的英语书。小贾听见了门响，却没顾得上抬头，几乎手脚并用，直到把沸腾的锅子弄好了，才直起腰来，看见了元书记，不好意思地笑了笑：“是您啊，元书记，您中午没休息?”

“睡不着，出来转转。你和孩子在这儿吃中午饭？能吃好吗？经常这样可不行!”

“离家太远，又带着个孩子，即使回去也顾不上做什么好饭。主要是我马上要考试，在学校凑合吃点，可以节省点时间记几个单词，考完试就闲点了，那时可以吃的好点了。”

声音不高，而且有点腼腆，和讲台上的小贾老师判若两人。

“什么考试?”

“自学考试，下周日去张家口考本科段的英语二，这英语二太难，我的底子又薄，只念过初中英语，上次考了56分，没过去，唉，还得考。”

脸色青白的女教师轻轻地叹着气，她的神情也是倦倦的，用低低的声音慢慢地说。

“自学考试过关难，但真能学上东西，你的选择正确，乘着年轻，精力旺盛，多学点。小杨呢？你马上考试，他应该做做饭，他的伤早就好了吧?”

元书记忽然想起了小杨。

“是……唉……”

小贾的表情复杂起来，好像在摇头，又像在点头，讲台上激情澎湃的语文老师此时似乎表达困难了，后来用更低的声音说：

“我也不知道他在哪儿……”

“你们是夫妻，怎么会不知道？你们不在一起吃饭吗？今年年初安排工作时，考虑到他的身体状况，给他的工作任务很轻，他应该有精力照顾你和孩子，你应该和他多沟通沟通。”

……

小贾的嘴角动了动，却没说出任何话。

一碗挂面，一袋榨菜，就是一顿午餐，这叫什么生活？元渊忽然间觉得这娘儿俩真的很可怜，这个美女老师在众人眼里的风光无限，其背后的生活原来是一团糟。

“我们基本上不在一起吃饭……从结婚到现在。小杨不吃我做的饭，他自己也不愿意做饭。我不会再让他照顾孩子了，前几天，期中考试我被派出去出去监考，那天他正好休息，临走时，我再三叮嘱他，中午来学校接上孩子，跟孩子一块儿吃饭。晚上回家，根本没有孩子的影踪了，他自己倒是在床上躺着，喝了很多的酒，醉得都叫不醒。找了半夜，才在一个同事家里找见这孩子，差点儿把我吓死。”

小贾说着说着，脸上的笑意一点儿一点儿地减少，渐渐地，变作了隐隐约约的愠怒。

小杨原来这样做父亲！

元渊看了看那个什么都圆的小女孩，身高充其量 80 厘米，大人的谈话打扰不了她，还在起劲地跳着她的猴皮筋。一个亲生父亲竟然把这样的一个孩子扔到农运车、摩托车横冲直撞的大马路上，自己安安心心地喝个烂醉。元渊听着就生气了，可是他似乎不能再说什么，日子还得过，加剧了矛盾只能引发“战争”，“战争”的结局就是彼此伤害，无所谓战胜方。然而，勉强掩盖起了矛盾不等于没有矛盾，不等于就能保持一团和气。那白水煮挂面里漂着几丝榨菜，那慢慢升腾的一脸愠怒，就是这个颇有才情年轻女人的人生中硕大的缺憾，相比而言，那点风光和欣慰竟然无穷小了起来。

元渊拿起了那本厚厚的英语书，书下面是一个写着密密麻麻单词的本儿，笔力苍劲，龙飞凤舞，可惜他不认得几个，他们这些师范生做学生的时间太短，英语的学习只有初中三年，被人誉为“渊博”，是后来艰辛阅读的结果。有人说，事业是男人的生命，女人生活质量的鉴定要看其爱情和婚姻的质量，可是这个女人的花前月下卿卿我我都换成了螯牙曲齿的英语单词，该如何判定这个女人的幸福指数呢？

原来元渊拿起的又是一个困惑！

小贾脸上恢复了微笑，把那个水花翻滚的小铁锅端到办公桌上，小孩子停止了跳皮筋，跑过来跪在椅子上，捧起了一小碗白水挂面，一边为自己呜呜呜地吹着，一边用筷子夹住两根面条儿交给了牙齿，面条迅速地钻进了红豆似的小嘴儿里，刚咽下去，就大叫着好吃，这孩子竟然觉得好吃！

元渊猛然间心生酸楚，喉咙哽得难受……

“有什么事情你尽管说，我可以帮你……别让自己太委屈……”

“谢谢您，元书记，我已经给您添了不少麻烦……”

女人的声音弱弱的，低着头两只手摆弄着一个硬皮本，似乎又无视她身外的存在了。沉默了的元渊一抬头瞥见那双丹凤眼里噙着泪水，他的心一阵瑟缩，伸出双手想抓住她两只瘦弱的胳膊，然而，他又把张开的手握成了拳头，他不知道这拳头指向何人，小杨？还是自己？

这个让他心碎的女人！

他该怎么办？又该说什么？

元渊一转脸，甩下一滩男儿清泪……

9

元书记应付检查，制定计划，接待来宾，忙得不亦乐乎。有这青泉乡大大小小的事情已经填满他所有的时空，其他的内容真的一点儿也容不下了，统统地淡漠了，遗忘了。

只有在坐车奔波时，他才能看一眼青皮山，再看看青皮山脚下的那几户人家，再看看那两间荒凉的小土屋，也只能看看罢了。元渊心里瞬间滋生出许多懊恼，继而变作了无法抑制的寂寞。

父亲从小教导他，好男儿定国安邦，不能一味的儿女情长。自从对郭静静失望，他越发觉得父亲的话是至理名言。可是，如今他的情绪又开始泛滥，元渊使劲地压抑着自己，努力地淡漠着什么。

不过，自从他当上这乡党委书记，确实做得不错，很少胡思乱想，一忙起来就连星期天也很少回家，忙着忙着他心里又开始嘀咕：自己这样累死累活的为了什么吗？想来想去，觉得自己的生命苍白得厉害，也单调贫乏极了。

忽而又想起了自己的家，家里的妻子，还有那套花了十几万的楼房，他突然觉得自己从小到大似乎从来没有享受过什么，心里越发不是滋味起来。而且，有时即使妻子或者儿子打来电话，也说不了几句，因为在他的手边有无穷无尽的事情急待着他解决，或者身边站着的人紧盯着他眼睛和嘴，巴望元书记能提早两秒钟关注一下自己的事情。

工作不顺利时他偶尔也懊恼，干吗要把自己活成了机器？他埋怨父亲当初为什么这样塑造自己，又笑话自己永远生活在父亲的规矩之中。随着时间的推移，各种形势的严峻，他竟然没有时间懊恼了。因为三元公司的投资没了下文，萤石选矿厂看不见任何举动，规模办学的硬件设备所需资金没有着落，呵呵，创业如此艰难啊！

元渊几乎不离电话机半步，手机也变成了他的贴身侍卫，他的意识只停留在打电话和等电话两件事中。三元公司的管事人联系不上了，他想象中规模宏大、能牵动青泉乡经济发展的奶牛场，几天之间飘渺起来了，难道宏伟蓝图未成型就夭折吗？真是世事难料，瞬息万变，放弃那个做了好多次的梦，元渊不甘心，可是，他能做的只有一遍又一遍地打电话，一次又一次地失望。

也许老天可怜元渊书记的一片赤诚吧，赤城人妥春军竟然从天而降！

于是，宏远矿业有限公司萤石选矿厂的投建正式拉开序幕，元书记为表示诚意，除了主管企业的张副乡长协助解决各种地方问题，而且，在建厂期间，抽出农金站的小杨专人协助建设工作。

小杨配合外地人在本乡投资建厂，应该说发挥了他的长项。他是个外向型的人，前几年被指派种菜，他俯不下身子干农活儿，所以种菜连年血本无归。事物的矛盾双方在一定条件下，可以互相转化，饮酒海量的他交际面愈发大了起来，天南海北的收菜侉子可以和他称兄道弟，种菜大户，半挂汽车司机，村里手不愿意提篮、肩不能挑担的小混混都来联系他。单位的同事、青泉乡的村民都说，小杨这几年跟着侉子挣大钱了，所以能结交各方圣神，请客送礼，出手阔绰非一般干部能比，真的，他的“行头”也越来越上档次，名牌西装、真皮皮鞋不断更新，就连手机也是年年换功能更多的玩。可是胆小守旧的老杨头硬逼着儿子上正常班，小杨也只得到这乡政府里抱着双臂呆坐着.

元书记因人制宜地用人，使得安静了很久的小杨兴奋不已，他可以陪着赤城人丈量土地，为赤城人联系钩机，翻斗车，当然，更可以陪着赤城人天天下饭馆喝酒吃肉。

即将建成的选矿厂就在自家门前，小杨完全可以像古圣贤大禹那样做到三过家门而不入，而且，真正地做到了，无论忙闲，他从来不踏进他自己的家门。

就在钩机摆开架势，挖了一天地槽进行第二项工作的时候，青泉乡的村民们围住了正在“喘气”的钩机，有几个气势汹汹的老农民直接坐在了大钩机的车轮下面，然后告诉购机司机：

他可以继续开车挖土，坐在地上的农民大爷们绝对连眼都不眨！活着时，这片土地养他们，死了后，这片土地就埋他们。

然后，眯着眼睛吸起了旱烟叶。

小司机只有十六七岁，哪里见过这种阵势？他当然不敢开车，顿时手足无措了。小孩坐在高高的玻璃车头上，放眼四顾，却找不见给他联系上这活儿的小杨叔叔，也找不见指挥他干活的选矿厂妥老板，六神无主地看着车下这些吵吵嚷嚷的农民，任凭他们对着自己指手画脚，大声训斥。

五分钟……十分钟……十五分钟……

车上，车下对峙，

二十分钟……三十分钟……四十分钟……

车下，车上煎熬……

终于，选矿厂的一个本地工人跑来了，告诉小司机，今天先别挖了。小司机得此赦令，心中释然，忽然笑了。跟车下的老农打了招呼说，他要走了，大爷们，别拦着了。那些“大爷们”终于挪动了“贵体”。

小司机的钩机慢慢出了工地，上了公路，返往乐康县县城了，神经放松了的小孩儿打起了口哨来庆祝刚刚获得的自由。

农民们初战告捷自然兴奋，但是令他们遗憾的是没有引出任何一条“大鱼”。不过，他们很有信心，这些有钱人只要现在退缩了，就有可能夹着尾巴逃跑，中国960万平方公里，只要他们愿意，哪儿都可以投资建厂，因为他们有的是钱。但是，无论如何也不能让这些外地人来自己的家园里胡作非为，侵占他们的土地，污染他们的水源，冲击他们几千年来的生活习惯和思想观念。

选矿厂只画了条微痕，便恢复了平静。

赤城商人找不见了小杨，也没有找到元书记，只好暂停了。只有那个既非“县官”，又非“县管”的张副乡长来回跑着张罗着恢复建成各个事项。

元书记去乐康县县城开有关规模办学的会议去了。张副乡长只能等到先找到小杨再说，可是这位小杨突然消失得无影无踪，找不见半点儿他的线索，张副乡长只好到学校找他的妻子小贾，希望得到一些蛛丝马迹。

本来挺大的办公室里有点儿拥挤，十多张椅子上都坐着教师，有几位身旁还站着一排学生。

小杨的妻子小贾老师头垂在一本书上，对任何人的任何语言都没有反应。紧挨着小贾的是一位用方头巾包着头发的中年妇女，她手底下压着一个特大的公文包，有时她歪过头和小贾说话，小贾不做任何回应。只好由办公室的其他老师替她回答。

“那好吧，小贾，你回去告诉小杨，让他尽快把这款还上，真的不能再拖了。”中年女人又转过脸对着低着头的小贾说，一边说着一边站起了身来，“你们忙吧，我走了。”

听见客人的告别辞，好几位老师们都跟着站起来，举步要送女人出门，只有小贾老师依然如故，坐着没动，甚至也没抬头。

看见张副乡长进来，几个老师站起身来跟这位乡政府领导打招呼，让座。

张副乡长盯了他要找的小贾好一阵子，可是，那女教师的世界里只有一本书，直觉告诉张副乡长，即使自己大声地跟这小贾打招呼，小贾照样会充耳不闻的，所以他只好坐着，心急火燎地等着小贾突然间耳聪目明了，发现自己，关注起自己。

送客归来的崔校长走到小贾跟前解释：

“小贾，我不认识她，也不知道她找你要干什么，在校门口听见她有事情找你，我就把她带进来。没想到给你带来了麻烦。……我真不知道……怎么会这样呢?”

小贾继续低着头看书，对顶头上司的道歉一样的解释没表示任何态度。她的头埋得太深，谁也看不见脸上的表情。这个年轻女人好像完全自闭了。

崔校长叹了口气坐到了张副乡长身边，招呼起了这位来得不是时候的客人。这位“不速之客”也非常难堪，在也不是，走也不是，他知道自己没有太大面子，没可能在无视所有人的小贾老师面前来讨得一句金贵言语。尽管自己愈发心急如火，只能跟看得见他的老师们说一些无关紧要的话。看看形势，等等机会，也许这张年轻的脸会阴转多云，多云转晴。小贾老师应该有拨开乌云见日头的时候。

“叮铃铃……”

上课铃声响起，办公室里的学生们往外跑，教师们拿起课本站起身来准备进入课堂。

小贾老师也站起了，合上那本厚书，拿起了课本和教案本，也许是站得太快了，也许是合书用力太猛了，竟甩下了一串串晶莹透亮的液体，落在玻璃桌面上水珠飞溅，因为她要走路，别无选择地稍稍抬了抬头，张副乡长看清楚了：原来是一张爬满泪痕的脸！泪，还在快速下滑，人，健步如飞。

办公室里，准备走的，无语离开，依然坐着的，沉默了。

屋里安静极了，嗓子眼儿的话题，谁都不忍心首先提及，还是张副乡长打破沉默，销蚀了压抑：

“被讨债人整哭了？女人太经不起风雨了吧？”

“好几次了，前天来了个男的，忠义乡信用社的，小贾也就是这样的表现。唉！你说这年轻人怎么把日子过成这样了？债台高筑，自己却逃之夭夭了，叫小媳妇儿到哪儿弄钱去？该怎么办？”

崔校长无论工作作风还是生活作风都很规范很严谨，他自然难以理解小杨的作法。

“说明小贾也找不到小杨了？这家伙蒸发了？”

张副乡长的一线希望飘渺起来了。

“估计她也不知道，今天从早上来就没说过一句话，谁问也白问。昨天一天都没进办公室，躲在教室里。这年轻人的心结难解啊！”

副校长王老师慨叹。

再坐下去也是白白耗费时间，还是另觅他路吧，张副乡长对自己说，于是起身告辞。

张副乡长想来想去，只能在夜间去元书记家汇报这进行不下去的工作了。

张副乡长进了元书记的新居，元书记开会未归，只有书记夫人自己正侍弄着一条纯白的长毛小狗，看见了张副乡长，书记夫人客客气气地倒茶让座，并告诉他，元书记马上回来。

话音刚落，门铃响起，元书记带着一身的风尘进来了，换了鞋，脱掉外衣，扭头看见了张副乡长，张副乡长便汇报起了他这一天来种种经历和见闻。

“小杨怎么又找不到了呢?”元书记想起了小杨曾经一度失踪，有点害怕，“走吧，咱们去他父亲家看看。”

预想不到的意外赶走了疲惫，元书记穿上了刚刚脱下的外衣，徒步走在了乐康县大街上，路灯昏暗，他们的影子被拉得长长的，所有头绪又纷乱了，微风吹来，一阵凉快，可是，谁也没心思享受这份清凉，只是听着他们自己急急重重的脚步声。

老杨头家已经锁了院门，拉了灯，好像已经睡觉了。他们喊破了喉咙，使劲摇动着大铁门，终于惊动了主人。

小杨横卧在炕上，看见了领导，一翻身坐起来了，元书记看见了安然无恙的小杨，松了口气，气愤却上涨了：“小杨同志，你为什么不请假就在家里呆着?”

“元书记，我给您打过电话，可您关机，只好发了条短信。”

小杨自知理亏，不敢正视元书记。

元书记打开自己的手机，确实看见了他的请假短信，他说：

“我关机是因为在开会，这是会场纪律，可是，你为什么关机？弄得谁也找不见你!”

“我……不能开机……”小杨说话吞吞吐吐却没了下文。

“他哪敢开机？一个月了，谁都找他要钱，他分文没有，只好像杨白劳似的躲债。”

老杨头用眼角瞥了儿子一眼，一边给元书记和张副乡长递来了热茶，一边解释。

“怎么就欠下了债，你又没买楼房，欠了多少外债?”元书记满腹疑惑。

“几年了，一直鼓捣着领菜车，去年帮一个浙江侉子收了一车菜，侉子跟车跑了，钱却没有邮来，一共一万多，菜农都跟他要钱，他只能贷款给人家，这不，贷款都到期了，没辙了，只能躲起来。白天他都不敢在家。”

老杨头替那个没了辙也没了词的儿子解释。

“躲了和尚能躲了庙?事已至此，你得想办法解决呀!”元书记义愤填膺。

张副乡长想起了满脸泪痕的小贾，一个清清秀秀的女人怎么嫁了这样一个丈夫?平日里把一张脸喝得红得发紫，拍胸脯吹牛的是他，碰着事当缩头乌龟还是他，张副乡长还记得两月前，他们一起吃饭，别人问他，这几年领菜车发财了吧?当时他说还可以，每年能挣个七八千，这七八千就是一般干部一年的工资，如此推算，小杨的经济能力一个顶两，五六年就是十几万，当时连乡政府领导听了都自叹不如。为了庆祝这超高的收入，众同事常常向他要酒喝，小杨肯定慷慨解囊，摆着庆功酒的东道主总是吼得震耳欲聋，醉得一塌糊涂。可是，现在一万元的外债就让他无处藏身，不敢见天日。

此刻的小杨成了哑巴，任凭众人满脸疑云。

指点迷津之后，已经是午夜时分。从杨家出来，他俩摸索着深一脚浅一脚地往回走，乐康县县城的大街被那无边无际的黑暗彻底吞噬了。

……

10

乡政府的早晨宁静，清新，元渊的心里却像那骄阳炙烤。

元书记，张副乡长，小杨分头行动，深入青泉村疏通思想，平息民怨。做农民思想工作的另一主要原则是必须让农民有眼前利益可图，元书记向青泉村所有村民保证：今年秋天青泉村的自来水肯定进入农户家里，所需费用皆由乡政府的财政支出，建厂房等挖土卖钱属青泉村民所有……

内讧终于平息，可是元书记找不到了赤城老总，选矿厂留守部的负责人告诉他，他们的董事长妥总有事回了总公司了。

找人不遇使元渊心里空落落的。

众多目标像那断了线的风筝组合，似乎集体渐飞渐远，元渊好像抓不住什么了，只能遥望那深不可测的天空，希望老天垂青，再赐予青泉乡一次机会。

……

张家口市教育局为迎接省教育厅的检查打前战，青泉乡是市局领导走访农村学校的第一站，少不了要听乡党委书记的汇报。元渊满腹的困惑和惆怅被突如其来的新任务挤跑了，没容他多想就进入了更紧张的状态，准备材料，迎接检查，陪同走访青泉乡各个自然村的学校。

“巡视”一圈下来，市局领导留下了许许多多的宝贵意见，包括关于硬件设施的，也有软件配套的。元书记和他的大大小小的干部们每人拿一个笔记本，密密麻麻地记了好几页。领导们终于挥着手上了汽车，黑小汽车冒了股青烟，消失在送行人群的视线里。

众人如释重负，又各回各的地盘儿了。

周六傍晚的乡政府不同以往，看不见人，也听不见一点儿声响，安静得让人想起了孤寂。各个科室的工作人员大部分都回家休息了，只剩下了值班领导和办公室的值班人员。元渊的内心又回归了空旷，几个月来的“连轴转”，使他真正疲惫不堪了，好像有张床倒下来睡过去。他想起了自己家新楼房里松软舒适的新床，元渊可怜起了自己，像那辆连日奔波的“座骑”一样，也许自己也该“保修”一下了。

于是，元渊书记真的回自己家了。

家里的镜明几净让他烦躁的心里清爽了许多，卧室，客厅，餐厅，厨房，卫生间各具其职能。不再是一条大炕上萝一叠行李，一块方地上安着一个锅台，用了几千年的住房格局终于改变了。但是，好像少了些许一家子挤炕头的温馨与亲昵，元渊突然间隐隐地有点失落，存身华居，他居然在自己的心中也找出一些爱旧恋老的情愫，元渊蓦地想起了大钩机车轮下的老农民，一下子理解了青泉村父老的作法。

“元大书记回来了？今天打算在家呆多长时间？”

妻子嘴唇涂得红红的，眉毛画得黑黑的，夸张过了的表情怪怪的。

“愿意呆多久就呆多久。”

好不容易减退的烦躁突然上涨，元渊半闭上眼睛，把倦怠的身子交给沙发。

“你老人家既没出钱，又没出力的家，你当然没必要珍惜，你也不稀罕！在你看来咱们的家还不如个车马大店，因为家里连个狐狸精也没有。你瞧瞧，一看见我，你只想闭着眼，你才不愿意多呆在家里一分钟！我老了？不如狐狸精好看？”

妻子的声音又冷又硬，眼光像一把寒光闪闪的尖刀。

元渊只好睁开眼睛，他看见了妻子那张浓妆艳抹的脸，狐狸精？她倒像个狐狸精！不，更像蒲松龄笔下的美女画皮！白红黑三种染料涂抹出来，油油的，腻腻的，令人恶心。

“放屁！照照镜子，没有人比你更像狐狸精了！”

元渊听见自己在高声地骂。

“你不回家还有理了？你还要骂人？哇——”

妻子拖着哭声扑向了元渊，茶几上的玻璃器皿“噼里啪啦”地四处乱滚，掉在地上的碎了，茶几上的岌岌可危。

“够了！别打了！别吵了！你们还叫我写作业吗?”

青春期的儿子声带变得粗厚了，吼声震天。

妻子根本不理会儿子的吼叫，两只手抓住元渊的衣领往外拽，茶几上的玻璃杯子继续往下掉，接二连三地发出了清脆刺耳的声音。元渊被拖出了沙发，猫着腰的动作很不舒服，他使劲甩开缠在身上的妻子，“嘣嘣嘣”他衬衣上的小白扣掉了一地……

看着妻子暴跳如雷的样子，他知道，依据妻子的性格，以往的经验，现在不能再在家里呆着了。谁让改不了臭毛病的自己又捅了这马蜂窝，元渊后悔不迭。

从家里出来，他便给司机小王打电话，告诉他，乡里有事，现在必须回乡。

……

宿舍里静悄悄的，元渊抬头仰望那苍穹，云似幕，月如钩，应该是人间美景，可惜，如今的元书记内外交困，没有了一点儿看山巍，读水柔的浪漫情怀。

窗前的大树正值枝繁叶茂，风儿轻抚，悉悉索索地作响，元书记忽然想起了郑板桥在潍县当知县时的诗作“衙宅卧听萧萧竹，疑是民间疾苦声。些小吾曹州县吏，一枝一叶总关情。”古人尚且有此境界，数百年已过，后继者岂能退化？自己虽官不够知县，但也是青泉乡一万三千口的“头人”！

必须坚实心志，绝不能尸位素餐。

第十二章　不能走进死胡同

1

数次电话联系之后，赤城人终于出现了，元书记的世界立刻亮堂了许多，他脸上的笑容也明媚了许多。又过了几天，乡政府的背后再一次响起了隆隆的机器声，农民工、各种技师、各种机械，都在无所顾忌，无所保留地发挥着自己的专能，挖蓄水池，搭建厂房等等。

整个工地上尘土飞扬，热火朝天。

这是青泉村里的第一块工业的基地，元书记只要有闲暇，肯定光顾。

这不，他一放下筷子又出来了。

乡政府的家属房背后，除了青皮山，还有错落有致的庄稼地。最近的四五年间，只有今年算得上的雨水丰润，所以，农作物的长势喜人，沉静的田里泛着旺盛的生机。高大的青皮山，碧绿的禾苗，深绿的杨树枝叶，蔚蓝的天空，相映成原始的古朴。元渊欣赏着这一切，说句实在话，他也老人般地依恋着古朴，心里默念着遗憾——明年，这份古朴就不复存在了，因为这片土地已经被指定成三元集团公司奶牛场的生产基地。

家属房往南距离乡政府的后墙有六百多米，所以，这排家属房看上去像一个孤岛，“孤岛”上一共有四户人家，夫妻都在村子里上班，一天到晚家门上的大铁锁高挂。不像村子里，任何时候都热闹，总是生机盎然的。哪怕是打着哈欠即将睡觉的晚上，或者刚刚睡醒、眼角带着眼屎的早晨，只要有机会，无论男女老少，还是家畜家禽都要上街凑趣。而这个“孤岛”却静得深沉，在任何时候都是一片静穆，没有人影，也没有声音，当然也从来没有外边的人来打扰，就连小偷也未曾光顾过。据说，有一年春节，老韩主席陪着夫人崔姐回娘家，走时太急，连家门都忘了上锁，过了四五天返回时才发现，白铁皮门儿还半开着，家里的东西竟然秋毫无损。此后，韩主席逢人就告，他住的是块儿宝地，夜不闭户，路不拾遗。村里的老人们说，小偷当然不敢去造次，谁敢在青皮山的山神奶奶眼皮底下为非作歹？

人，就这样，被现代社会的快节奏生活追赶着，有时却很留恋古朴宁静。但是，身处古朴时，却要极尽全力挣扎地奔赴现代文明，想方设法制造经济腾飞。

赤城商人穿着一身工作制服，戴着红色安全帽，穿梭于机械和工人之间，看见元渊书记向他走来，便驻足了。说来也奇怪，这两个大男人竟有一见如故、相见恨晚的情缘，他们几次“会晤”，总有说不完的话。

元书记倾听着赤城商人对宏远矿业有限公司萤石选矿厂远景的描绘。这位拥资几千万的大老总为人谦和，低调。元渊佩服他的远见卓识和创业精神，更喜欢听他讲在这个穷乡僻壤里铸造伟业。

“叮铃铃……”

元渊的手机响起，赤城人停了对他的设想的描述。

元书记打开手机看见是家里的电话，女人还记着仇？还要找他的麻烦？

“爸爸，我妈住院了……”是儿子在报告坏消息。

“啊？你妈妈怎么了？要紧吗？”元渊着实地吃了一惊，心被提到了嗓子眼儿。

“今天早上，我妈还没起床，姥姥就来了，叫来一辆车把妈妈送进了医院。中午，我去了趟医院，听医生说，没多大事，输几天液就好了。”

元渊松了一口气，懊恼起了自己昨夜口吐秽言，他早就告诉过自己，不要跟女人一般见识，可是当时嘴上没放个把门的，那跟随了他多年的口头禅自个溜出来了，未曾想到，信口雌黄的后果是妻子的发病。

赤城商人被一个工人招呼走了。元书记对着沉默了的手机怅然若失，他自己也想不明白，儿子说妻子的身体无什么大碍，自己失落了的东西到底是什么？按理说他应该是这个家的顶梁柱，可惜，不是，好像从来都不是；自己应该是自己女人的守护神，好像也未曾做过。追忆着，思忖着，他猛然间悟出，不是失去，是他从来也没有拥有过……

无意识支配，脚自己进了食堂。

食堂空阔，“头人”落座，屋子里只有他一个食者，却并不安静，因为崔姐讲话声音是一个腔调——总在高音播送，杨嫂只是她的一个应和者。

厨房里说话，饭厅里听得一清二楚。

“平常，他们夫妻俩的钱不在一块放，各花各的。前几天，小贾丢了六千元的存折，俩人吵了一晚上，小贾说小杨拿了，小杨说小贾无凭无据，随意栽赃。”

“各花各的钱？这还叫一家子吗？现在的年轻人怎么过日子？”杨嫂的声音。

“从来不看电视，所以你就不懂。这叫AA制，城市里的年轻人流行这种生活方式，”崔姐老高中生，当过几年民办教师，来了青泉乡，做起了基金会的的会计，基金会解散，变成了一“火夫”，一个接受能力很强，文化程度很高的火夫。“小俩口吵架以后几天听不见一点儿声音，连那个小孩子也不哭不闹了。”

“咱说句实在话，小贾也不对，一家过日子哪能这样？小杨被讨债人逼得快走投无路了，她倒好，兜里有的是钱，却跟外人一样，在那里冷眼旁观，心肠够硬的。咱做不到，前几年，小杨出车祸，她也不闻不问。如果我家小刚娶个这样的媳妇儿，那可全完了。我宁可叫我儿子打光棍儿，绝对不要。”

絮絮的闲聊变得亢奋起来了，不难看出，杨嫂的义愤填膺来自同情贫弱者。

“你不了解小贾，其实她是个热心肠的女人。只因为夫妻感情不好，所以把日子过得天天都像寒冬腊月，滴水成冰了。”小贾在崔姐的嘴里向来就完美无缺。

“感情不好？再不好，也结婚七八年了，被窝里放的是一块石头，这么多年也捂热了。我看是她一个铁石心肠的女人。”杨嫂越说越讨厌这小贾。

“能捂热个啥？前天又打了一架，他们都快有仇了。前几天，小杨的妹妹来了，夫妻俩为了钱本来打起了冷战，因为家里有客人，两人又开始‘对话’了。前天早上，小贾喊小杨起来一起准备早餐。平常，谁也不管谁，谁爱睡到什么时候就睡到什么时候。小贾和孩子在学校吃早点，小杨在乡食堂吃。现在有小杨妹妹在，即使是简单的早餐，家里也得准备。小杨懒，不想早起，七点多了，还赖在被窝里。小贾拉着他的胳膊硬让他起床，一下就把小杨的火气拉上来了，他坐起身来照着媳妇儿的胸膛就是一拳，小贾没提防被揍，当然气坏了，和赤身裸体的小杨撕打起来了，小贾骂，小杨吼，孩子哭，声音震天。我和老韩赶紧就过去了，小贾看见我们，不打了，擦干泪水，提了包，推了自行车，准备上班。刚刚穿起衣服的小杨拉住妻子的自行车非要离婚，我家老韩拉开了小杨，小贾带着孩子骑着自行车走了，小杨却在后面跳着脚骂娘。你说说，女人什么也没说，一个大男人却要闹离婚，这还叫男人？人们说，小杨的人缘好，是个好后生，但是，从他和他媳妇儿的一些是是非非上看，我真的看不惯他。”

“老人们说，有仇拿恩来解，夫妻更得如此，纠纷越闹越多。唉，清官难断家务事，天知道谁是谁非呢？”做不出判断，杨嫂只得做起了糊涂官儿。

饭熟了，恰好两个炊事员的谈话也内容告一段落，吃饭的人陆陆续续地走进了食堂……

妻子，小杨，小贾轮番钻到元渊的脑海里闹腾，每个人都剑拔弩张的，他很无奈，他确实无力理清和捋顺这些被恩恩怨怨是是非非缠绕着的情感纠结。普天之下，也许情投意合真的只是难以企及的海市蜃楼，也许相爱真的只是遥远的美丽传说，也许爱情甜蜜真的只是一个滚动在这个花花世界里男男女女舌尖儿上的美好祝愿。她，纯真的爱恋，很难落到尘埃里，也不可能在这尘世里生根发芽，正如那青皮山里莫大的，永恒的遗憾。

元渊心里瓦凉瓦凉的。

隆隆的机器声传入耳膜，他突然想起青皮山下刚刚诞生的各种新事物。唉，好在自己现在已经不再儿女情长了，不想它也就是了，如此一来，元渊的心情好像轻松了许多。

2

振兴青泉乡的工业，不能光靠老天垂青，守株待兔的结果路人皆知。然而，措施何在？宣传的力度应该加强，努力提高青泉乡的知名度，更好地招商引资。他的想法驱使他赶紧行动。对，找小牛——办公室牛主任切磋切磋。本来解衣躺下的元渊索性披挂起来下了床，反正也无眠，心动不如行动。

宿舍没有，办公室没有，其他宿舍没有……千百度的寻觅却不见丑人踪影，他回家了？还是喝酒去了？

没啥事吧，元渊一直认为，这丑人提主任后变乖了。

正当元渊睡意朦胧时，手机铃声响起：

“您好，元书记，我回来了，你找我?”是小牛翘着舌头在说话，看样子没少喝，不过，醉得不厉害，还能把意思表达清楚。

“没睡的话，就过来吧。如果睡下就算了，明天再说。”

元书记给了他一个选择的机会，便把电话挂断了。

暂时没了内容的元书记打开了电视机，一对痴男怨女正在生离死别，泪水加上哭声，一副吾欲衔汝去的情状。这也许是生活真实，聚首的人多数不投缘，相爱的人很少能相对。这个镜头让元渊的心空了许多。

“砰砰砰……”敲门声响起。

小牛落座，回报起了行踪，原来他被人请走当说客了。

因为小贾的钱不翼而飞了，小贾和小杨由冷战升级为热战，小杨只要回家，俩人就开始吵，一吵起来，小杨便高声叫骂着要离婚，可是，他骂骂咧咧地进入了一个又一个令他豪情万丈的酒宴。媳妇儿小贾被骂，一脸漠然，似乎充耳不闻，可是沉默不语几天后，却付诸于行动，整理起了自己和孩子的行装，打包成几个大包袱，放了学就到处租房，她克服一切困难要和小杨分道扬镳。小杨一看媳妇儿来真的了，急了，下了班不但带回了好多好吃的，而且请去了小牛——一个慢条斯理的说客。

小杨摆上了方桌，放上了酒菜，说客小牛盘腿坐在炕头，打开了话匣子。可是小贾照样充耳不闻，目不斜视，仍然从衣柜子里往外拿着衣服，一件一件地放进了包里。

“小贾，咱们先吃点饭，吃完饭我们再说下一步怎么做，好不好?”

小牛只能和小贾商量具体行动了，因为他要游说的对象对他“家庭要和睦”的理论置若罔闻，依然是一张冷若冰霜的脸。

小贾的嘴角动了动，但没说出什么。

“你别弄了，这个家归你，我走，你和孩子在。这样可以吗?”小杨看见说客的作用力不大，只好自己出马。

“你说话算数?”小贾突然扭过脸说话把说客也骇了一跳。

“当然算数！我今天就走，吃完饭就离开。”小杨斩钉截铁地说。

……

“那我现在就给你收拾衣服和行李。”小贾停下了手里的，开始了让小杨和小牛看着烦、想想更烦的另一项工作——收拾小杨的东西。

小杨刚才还为自己的提法让妻子停下来了沾沾自喜，看见了妻子的新行动后悔不迭起来，恨不得抽自己两个嘴巴。

“说客”小牛看见自己苦口婆心的言辞对小贾来说，不起任何作用，索性就此打住，干脆和孩子一起吃喝算了。小女孩跪在方桌旁边，从盘子里挑了一块儿鸡脖子，艰难地把它夹出来，小牛还助了一臂之力。这小家伙使用筷子的能力同龄人难比。她津津有味地啃着，并不在乎父母在做什么，说什么。

“来，宝宝，陪大爷干一杯!”小牛想逗逗孩子，缓解一下气氛。

“行，咱俩干杯!”小女孩拽过了父亲的杯子，要和小牛碰杯。

“宝宝不能喝白酒，辣！你应该喝饮料!”小牛知道小孩喝上一口白酒会哭闹不休的。

“妈妈，我要饮料！我要和大爷干杯!”小孩和干杯较上劲了，拿了空酒杯翻身溜下了地，走到了妈妈身边。

“家里没饮料了，妈妈给你倒杯水吧。”小贾和孩子说话脸色温和多了。

“不，我要饮料！水不能干杯!”这孩子也会虚张声势，拉开了马上要大哭的架势。

“好好，我带你买去。”小贾无奈，拉着孩子出去了。家里只剩下小杨和小牛低着头喝闷酒。

门响了，进来的不是小贾，竟然是小杨的父母。老杨头看着地上的大包小包，骂起了儿子。

“你本事见长啊，打起了媳妇儿!”显然，这老俩口是得到了信儿赶来挽救儿子婚姻的。

“就因为打得少，都把她给惯坏了！人们都说，打到的媳妇儿揉到的面。”

小杨看了一眼父亲，随了一句俗话，算是给自己辩护或者是遮羞，也算是和父母打了招呼吧。这位“男子汉大豆腐”，可真正的沙锅煮羊头——眼蓝嘴硬。

“我看是你该打！三天不打，搬砖遛瓦！一天一顿，喜欢不尽。”小牛接过话茬，笑骂小杨。

说话间，小贾回来了，她没理会陪着笑脸的公公和抹着眼泪的婆婆，只是面对着墙壁静静地站着。

说话的人越说越多，沉默的人依然沉默，只是站着变成了坐着，依然面对着墙壁……

“家家有本难念的经啊！活着容易，生活难啊。"

小牛的感叹句变成了他和元书记“会晤”的结束语。

小牛走了，元书记才发现，小牛的谈话内容始终没进入自己之前设定的主题里，连自己也跑偏了，思维从发展工业直接溜进了情感婚姻，可真是离题万里。而且，他的意识真的回不到他执着的工作中去了！他真心希望小杨夫妻修复裂痕，恢复平静，拥有和睦，因为他知道遭受家庭破裂对谁都是一种劫难。

周围静极了，整个乡政府都进入了睡眠状态，元渊思绪僵直，眼前晃动着的总是那个拒绝面对众人的瘦弱的身影，还有那张泪迹斑斑的女人脸。死一般的沉默弥漫开来，无边无际，淹没了他存身的空间。

来自心底的压抑一瞬间充满了这个庞大的男人。

一点钟过去了，又一点钟过去了。屋里越来越亮。元渊还在辗转反侧，起床铃声响起，呵，这一夜他几乎无眠。

3

一个初秋的上午，艳阳高照，晴空万里，一阵清脆的鞭炮声打破了青泉村的宁静与净洁，火药味伴着烟硝末儿依着青皮山升腾着、扩散着，本来幽雅洁净的山色迷蒙起来。继而，礼乐声和喧闹声响起——宏远萤石选矿厂落成典礼仪式拉开了序幕。

左面则是一个天大的土坑，做蓄水池用，四周以铁丝网做护栏，避免人、蓄无意中掉入那万丈深渊。右面是方方整整的一个小厂，红砖砌成的墙一米多高，前排是用白木板儿搭成的工棚屋，后排是个高大的机房，所有的房屋一律是白木板儿搭建，上盖桃红色的房顶。不远处还有几处露天设备。所有的东西都是崭新的，泛着光泽，在太阳光的照耀下熠熠生辉。而且这些建筑物，红黄白色彩鲜丽，在工厂外边一排古朴的小土屋的映衬下，显得富丽堂皇，让人精神一震。今天工厂举行落成典礼仪式，所以又特意打扮一番，门口挂着大红灯笼，墙上装贴了彩纸标语。还有那个用红绸连缀的大红花在微风中烈烈地抖动着，像在显摆它的不同凡响。院内的各色旗子迎风招展。这场面吸引了青泉村那些无所事事人的视线，所以有数目不菲的围观群众来增加景致。

赤城人妥老板满面春风，激情高涨，面对各级领导，面对他的同行，面对宏远萤石选矿厂的全体员工，呈上了他的目标。

祝贺声、鼓掌声、喧哗声……所有的声响都淹没在新一轮的鞭炮声和鼓乐声中了。

元书记作为选矿厂的特邀嘉宾，替这个赤城人高兴；作为青泉乡的“头人”，为青泉乡的地盘上能坐落这样一个设备先进的工厂，由衷地自豪。也因为青泉乡的一部分农民即将成为选矿厂的工人，在以往的经济收入的基础上每年可以增加几千元来改善他们的生活，元渊总算松了口气。

无独有偶，好事成双，又一个阳光明媚的早晨里，元书记接到被他派出去招商引资的张副乡长的电话，他兴奋地汇报：三元的负责人说，如果当地政府没什么异议，公司将要投诸于物力人力建造三元公司奶牛场。

当地政府能有什么异议？这可是求之不得的好事情！

元书记被突如其来的喜讯冲击，有点儿找不到北了。只听见自己在说，欢迎来青泉乡投资建厂，当地政府将全力支持。

因为早有准备，打算建奶牛场的土地，在春播时，都种成了小麦，现在，小麦都已成熟，农民可以立即收割，既不影响三元建厂，也不损害农民的利益，这个消息来得太是时候，简直上天赐予黄道吉日。

当天下午，大联合收割机，慢吞吞地开进了那块被选定的做奶牛场的小麦地里。麦穗儿进机，麦粒出壳，麦秸纷纷倒地。这个笨重的大家伙用了几个小时，就为三元建厂清除了障碍，然后得意洋洋地唱着歌儿离开了。田里的农民惋惜不已，嘴里不停地唠叨，这是块好地，土壤肥沃，特有后劲，每年秋天的亩产量总是最高，建什么厂应该去劣等地里建啊。农民对土地的钟情，如同鸟儿对天空的眷恋。然而，商品经济社会中，任何东西都逃不脱被经济丈量的命运，谁让投资商偏偏就看上这块儿地呢，有钱人肯出大价钱，他又奈何！农民提了麦粒，收了麦秸，一步三回头地离开了这块曾经蕴含着他们的希望和汗水的土地。

第二天上午，三元公司的人到了，经过策划，决定先垒奶牛场的院墙，也就是说先把这500亩的大厂圈起来，然后再进行里面的设施建筑。

三元公司奶牛场的建厂也开始了。在张副乡长的配合下，帮助投资方买砖，雇佣当地农民充当建筑工人，找挖机，热闹起来了。前几天还是一片小麦地，现在，农用汽车、四轮拖拉机里的冒着黑烟的柴油机们扯着嗓子唱着同一首歌－－－－咚咚－－咚，咚咚－－咚……这些车有的行驶，有的停止，来来往往，络绎不绝。地里还有围巾包着头、用口罩拦住脸的女人，也有戴个安全帽的男人，搬砖弄土，忙忙碌碌。

青泉乡坐享清闲的人越来越少，就连一个外号叫做“二锅头”的小光棍儿天天往后面的厂子里跑，前几年，隔三差五犯神经病，一犯病就和他的父母打架。现在却是一副自食其力的劳动者模样，头戴安全帽，一身迷彩服，手提大铁锹。笑容灿烂。逢着熟人就打招呼。任何地方，有活儿干的人，肯定有饭吃。当地有一句俗语叫做“饿不了肯吃的，穷不了肯做的”。

可是有一天，青泉的村民又一次包围了元书记——要他关注民生问题，钱，可以多挣，但不能以损害老百姓的身体健康为代价！

元渊吃了一惊，瞪大了那双本来就很大的眼睛，他什么时候损害老百姓的健康了？

“元书记，大概您还不知道，我们一起去看看吧！”一个年轻村民一脸严肃地要给元渊带路。

元渊跟着众人往外走去，村民们都虎着脸，憋着气，“嚓嚓嚓”脚步声急促而厚重，好像在跟他们的“头人”宣战。

出了乡政府往后走去，转过弯儿去，闻见一股怪怪的气味儿。

元渊跟着村民们来到了选矿厂，选矿厂的机器声震天，左边的蓄水池的水已经涨出了水坑，漫上了那条小路，从前平坦的沙子路变得泥泞不堪。

临近蓄水池，那浊臭味儿越发熏人，刺激得肠胃蠕动加速。元渊捂着鼻子观察那蓄水池时，发现这里竟然是一池深绿色的水，微风吹来，荡起了层层碧玉般的涟漪，但是，如今在众人眼里，这涟漪愈发像传说中故意卖弄风骚的美女蛇，它等待着机会，随时准备吞噬生命。

“元书记，您觉得这儿空气怎么样？您说，住在这的居民能健康吗？”一个村民指着不远处的压水井发问。

“除了污染空气，居民饮水也受影响，您想，这个水池离水井这么近，水源能不受影响吗？吃这样的水，能健康吗？”那个村民可真谓“有理，有利，有节”。

蓦然间，元渊的脑海里出现了来这口井上压水的小贾和她那个蓬头赤足的美丽女儿。井，就在这个大坑的旁边，这个坑比井深得多，如果这蓄水池的水含有毒素，那么居民食用水源的污染是个必然。

怎么会这样呢？

元书记的两条浓眉拧到一块儿了，招商引资为的是造福一方百姓，可是今天成了威胁一方百姓生命的隐患，他夜不能寐地谋求发展，却变成了人民的公敌，祸害百姓健康的罪魁祸首，是造化弄人吗？当初那个污水处理方案休息了？怎么不发挥作用呢？

“元书记，我们知道，您为了我们能发家致富，用尽了心思，但是，这个厂子不能再往下办了，停了吧！”老村民语重心长地说。

“先通知安监局，必须知道这水的成分！任何情况下，生命都是第一位，致富第二位。”

阴云笼罩了元书记的脸庞，而且越来越厚。谁也说不准他什么时候会电闪雷鸣，雷雨大作。相反，众村民脸上的愤怒不知什么时候消失得无影无踪，换成了一脸的困惑和焦急。

元书记给张副乡长打了电话，让他马上请安监局来对蓄水池的水进行抽样化验，看看可能给附近的居民身体健康造成怎样的危害。元书记转身大步流星往回走，边走边掏出手机打着电话，青泉的村民紧跟在他们“头人”后面，刚走数十步，碰到了行色匆匆的赤城商人。

“你好，元书记，机器坏了，我得去看看。”

“你的机器也该坏了，你闻得见蓄水池的废水的气味吗?”元书记一脸正色，瞪着两个大眼珠子质问。

赤城人的笑容僵住了，继而变成了一脸的难堪。在前面工人的牵引，招呼下，没做停留，继续前行，继而变成了一路小跑。众人抬头再看时，妥老板已经进了那个特大的机房里去了。

安监局的车停在了青泉乡的“头人”和群众中间，工作人员在众人的拥簇下，面无表情地取了水样后，扬长而去。

盛气凌人的碎石机器噪音在青泉村民切切吵吵的讨论声中戛然而止，想是这台机器真坏了。

“等等化验结果，该怎么办就怎么办!”

元书记斩钉截铁地说，坚毅的目光落在宏远矿业选矿厂庞大的机房上。自己最主要的角色是青泉乡农民的“头人”，是青泉乡1．3万人的衣食父母，维护他们利益和保障他们权利，他责无旁贷。而且这祸患的产生也许是由于自己思维的不周全，也许是由于自己目光不敏锐而又轻信。

村民们相信“头人”是他们青泉乡村民的“头人”，他们忘不了他们的“头人”曾经挽起裤腿儿和他们一起种白菜，也忘不了他曾经盘腿坐在炕头上和他们围在方桌旁分食一盆莜面熬鱼儿，他真的是他们这些黄泥腿子们的家里人，胳膊肘怎么可能往外拐呢？他们的“头人”更不会往外拐，于是，他们放心地干农活去了。

乡政府的大门口只剩下一脸抑郁的元书记，他忽然想起了刚刚读过的一句话，“人被物排挤了，人又把地球送上了绞刑架，自己也陷入了生存危机之中。”发展经济，提高物质文明是所有决策者的着眼点，可是它的后果却是摧毁自己的家园，残害人类自己的健康。就连青泉乡发展工业牺牲的不只是原始的静穆与古朴，也得付出更沉重的代价!

元渊觉得自己的心在颤抖……

4

此起彼伏有时真是个现实，曾经锣鼓喧天热闹过，眩人眼目令人幻想过的选矿厂安静了，一天，两天，三天……没有一点动静，也看不见一个人影，像死一般的寂静了，那白墙红顶的机房在默哀着。蓄水池中的绿水像个囚犯似的保持缄默。

三元公司的建设却愈演愈烈，人丁越来越兴旺起来了，青泉村及青泉附近的村子里的村民只要眼前没有可卖的菜，就来三元公司打零工，不分男女老少，有搬砖的，有垒墙的，还有做小买卖的……

放眼望去状态迥然，两处的景致都扣人心弦，引人感叹，此处的热闹和彼处的空寂互相呼应，互为陪衬，原来繁华和寥落竟然在尺幅之间，瞬息互换着。

一天下午，满面春风的张副乡长向正在乡政府的背后转悠的元书记报告了一个振奋人心的好消息：

宏远萤石选矿厂蓄水池的水各项指标没有超标，也就是说，这一滩绿水对生物的健康秋毫无犯。

元书记又困惑起来了，本来认定了有毒的污水竟然拥有了清白，就好像几天前在他看来万利无一弊的选矿厂投资突然间变成了青泉乡父老的祸患一样让他费解。那么，这绿色的水，这怪味又该如何解释？然而，张副乡长吞吞吐吐，语不成句，说不出个子鼠寅卯。当然，他也不可能清清楚楚地知道其中的缘由。俩人一边说话，一边踱到谜团萦绕的蓄水池旁边，水似乎更绿了，由于数日停产，气味不那么熏人了，只是偶尔飘来一股怪味，水池面积收缩了不少，水草冒着小泡，水池周围的荸棘、蒿子长得粗壮高大，枝叶茂盛，深绿深绿的。“呱呱呱”水里竟传来了几声青蛙的叫声！原来，这确实不是一个死水池！这么多生命在这里聚集，和其它水池一样也是生命之源。

元书记进了选矿厂的办公区径直推开了赤城人的办公室，只看见一个女清洁工在打扫房间，她告诉元渊，董事长进京更换设备，一直没见人影。

5

乡政府的日常工作依旧正常进行，领导的事务应接不暇，职工们忙忙碌碌，今天，明天……日日焦头烂额，不是过日子，而是抢日子。然而，乡政府的外边萧条了许多，选矿厂仍然听不见动静，而且，建设三元集团公司奶牛场的热烈也紧跟着渐渐冷却了，本来浩浩荡荡的建筑大队人数锐减，那富有节奏的农运车队也不见了，偶而驶过一辆像失群的大雁般的拖拉机，那辆依然唱着歌儿的拖拉机孤单得形影相吊。又过一天，青泉乡的建工大队伍销声匿迹了。

三元又出现什么问题了？这么短的时间根本不可能完工，元书记心里没着没落的。吃过晚饭，他背着手独自踱到了三元的院子里。院墙基本成型，而院内除了坑就是土堆，听不见人的声音，也看不见人的踪迹。不知道过了多长时间，门口出现了一个老头儿，老头儿背着手转了一圈儿就不见了踪影了。这个院子和青皮山一起沉默起来。

元书记觉得自己的心正在下沉，他不奢望自己能做老天的宠儿，但是，付出了全部心血，也就渴望或多或少的回报。他心里真的害怕青泉乡的两处新兴工业全军覆没。于是，他期盼那峰回路转、柳暗花明，元渊不信上帝，但相信机缘，机缘使某些人很幸运，于是，他期盼起了机缘。

当他走回乡政府，办公室的灯都亮起来了。他找见了主管企业的张副乡长，让这位主管领导打问一下三元的近况，状况的喜忧不论，一定要水落石出。无需多等，元书记马上得到了一个几乎让他沮丧到窒息的消息：三元高层领导有变动，是否继续投资奶牛场，有待讨论。

没想到跟着这些翻手为云覆手为雨的投资商竟然走进了发展工业的死胡同，元渊的思绪断了……

6

秋末初冬，架子牛育肥“工程”倒是初见成效，干瘪的老牛，当年的小牛犊，经过一夏天的脱青，一秋天的精饲料喂养，个个膘肥体壮了，养牛人磨刀霍霍，开始宰牛，而后，又开始了又一轮的收构架子牛。

元书记驱车走访了各个村的养殖场，养殖大户。统计他们的收入，鼓励他们扩大再生产。

最后一站是回民村，在冷冷清清、满是尘埃的四号村委会办公室里，林书记流着泪哭诉他的不幸：

“哥哥，不是因为我喝多了……不过，如果不喝酒，我真的不会跟你说这些事情。把家过成这样，是一个男人的耻辱……”

老根书记一共兄弟四人，他是老么，贫弱的夫妻抚养四个愣头青，日子自然艰难，养大不容易，为他们成家立业就更难。饥不择食，穷不挑妻，他们兄弟们娶媳妇的标准仅仅是女人，哥哥们的女人傻的傻，丑的丑，都是些摆不了人前的主儿。

轮到他了，娶个美娇娘只能是做做美梦，他哪敢量出新标准？三次娶儿媳，三次洗劫，父母真正一贫如洗，家徒四壁了。

坝上男人娶媳妇儿，彩礼钱的数额之大自古骇人。囊中纵然一无所有，年迈的父母还是四处托人保媒拉线，要为小儿子成个家，完成最后一项任务。

也许是因为老根儿历尽艰难，他终于去上媳妇了，新媳妇儿居然脸庞姣好，粗眉毛，大眼睛，紫棠色鹅蛋儿脸，一笑绽放两个特大的酒窝，只是个子偏低，大乳肥臀，符合老人们的审美要求，有句老话叫做“买牛要买抓地虎，娶妻要娶大屁股”，而且新媳妇儿的举止合辙，语言得体，更不傻！

虽然债台高筑，一家人却是欢天喜地的。可惜欢喜没持续多久，老根儿郁闷起来了。因为他发现他的新媳妇儿是个难伺候的主儿，蜜月还没结束，她张口便骂，举手就打。有人说，打是情骂是爱，可老根儿从新媳妇儿那里感觉不到一点儿恩爱。

有一次，中午做饭，媳妇和面烙饼，老根儿蹲在灶台旁边生火，小两口一搭一句地说话，媳妇忽然没了声音，丈夫抬头看见了那张多变的脸上又彤云密布了。老根儿分不清楚他的哪句话又让她想多了，他正在想招儿瓦解这阴云，妻子把烙好的第一张饼铲到自己碗里，双手抓起板上的面团儿走到院子里，叫起了小狗。等老根儿反应过来，追到院子里时，小狗正在兴高采烈地吃着烙饼用的面团儿——那个面团儿本来应该是他的午饭，只因女主人置气，变成了小狗的美餐！老根儿恶狠狠地盯着这只贪婪的哈巴狗，直到它彻底吃干净了，舔舔嘴巴，用水汪汪的眼睛温柔地望着他，摇摇小尾巴，不知进退地向他邀宠。

回到屋里，媳妇正在面无表情地吃着碗里的那张饼！看着空空的锅，空空的碗，老根儿心里变得瓦凉瓦凉的，原来稍有不慎，自己在新媳妇眼里连狗都不如！

剃头挑子一头热的爱持续不了多长时间。

那张可以称得上美丽的脸再也吸引不了老根儿的视线了。

做了这村书记之后，需要办的事多了，必须喝的酒也多了，回家的次数少了。提起他来，妻子更是咬牙切齿。有时候好像真想置他于死地似的。

前不久，一次村委会会议结束以后，一起摸爬滚打的兄弟突然闲了就想一块儿喝点儿小酒乐呵乐呵，作为村书记也不想扫大家的兴。于是，哥几个开怀畅饮起来，生性豪爽的老根儿首先把自己灌了个酩酊大醉。

在众人的搀扶下，林老根儿进了自家的院子，把送他的人打发走，老根儿关上院门，趔趔趄趄地摸索到家门口，敲起门来。可是，软得像稀泥一样的林老根儿却吃了个闭门羹，妻子硬把耳朵储存到了阴间，无论如何听不到他的叫门。无奈之中，老根儿只好蹲坐在一米高的凉台上。

听不见丈夫闹腾了，媳妇儿探出头来查看，她发现老根儿蹲坐在凉台上居然鼾声大作。

“他妈的！死货！那里刮风就去那里下雨！睡在这儿算什么？”

骂声紧跟着动作，语言恶毒，动作猛烈。

“噗通！”

林老根儿被媳妇儿脚踢拳捶了一通，推下了一米多高的凉台。

“啊——我的妈呀——活不了了——”

一声惨叫声落地，已经摔门进家的老根儿媳妇儿，迟疑了片刻又返出来了。她俯视着倒在凉台下边无力挣扎的林老根儿。硬土地上已经显示出血染的风采。趴在地上的人整张脸都变成了殷红色，血，还在往下淌着……

“撞死了？你早该死了！你个死货！真死了老娘就给你抵命！哼！”

语气依然跋扈，有时候壮士胆真比不过女人胆，丈夫生死未卜，人家还是气定神闲，干脆叫做视死如归吧。

蹬蹬蹬，最终这个女人还是进家打电话去了。

“我把你弟弟打死了，去派出所报案吧！”

她的声音铿锵有力，无所畏惧，她的语言豪迈，真正的巾帼英雄！

没用多长时间，老根儿的哥哥们都来了，哆哆嗦嗦扶起了倒在血泊中的弟弟，仔细观察，欣喜地发现弟弟还有气息——额头破了，门牙掉了三颗，其他地方完好无损，离死万儿八千里，只是弟弟还在酣睡中。

谁也不敢埋怨弟媳什么，也不想跟她说什么，哥儿三找了辆农运车，拉了林老根儿去医院包扎了。

老根儿的讲述断断续续的，已经泣不成声了。

他不想再要这桩只有伤害没有温馨的婚姻了，虽然儿子已经十岁，应该给他一个完整的家，可是他觉得这样的婚姻再持续下去，他会彻底崩溃的。他相信自己能养大儿子。

老根儿提出了离婚，飞扬跋扈的妻子哪肯示弱？

所以没费周折，他俩就把婚离了。

昨天妻子竟然自个儿回来了，老根儿毫不客气地下了逐客令，家里的东西只要她喜欢，都可以带走，但是，人，绝对不留。

妻子哭着走了。

十年夫妻，林老根儿第一次看见妻子的眼泪。

在元渊看来，最棘手的就是婚姻冲突，情感纠结，面对这样的乱麻时，他的唯一对策就是三十六计走为上策——逃。

元渊不想安慰这个貌似强大的汉子，留下这个男人和他的眼泪鼻涕，自个儿溜达到大街上，找人说话。

几个村民围住了元渊。

“元书记，您又找不见我们林书记吧？”

“这些天，人家过得有滋有味，赛过活神仙，天天和相好的腻在一块儿！”

他们只知其然，不知其所以然。元渊相信，老根儿的眼泪不仅仅是表演的道具，更是一定苦衷的衍生物。几年的交往，他觉得这位林书记是个性情中人，真率，坦荡，生活中没多少伪饰。任何东西的破碎都有其前因后果，只要是破碎必然产生痛楚，谁都如此。任何人的本性都向善，谁都不是天生的铁石心肠。元渊早就懂得世俗的立场当然来自于传统道德，世俗的眼光尖锐不到穿透家庭的外壳深研夫妻关系的实质，更不可能得出符合生活真实的结论，更深邃的真知灼见从来不曾来自世俗。

元渊觉得好笑，浅薄的世俗怎么可以指导愈加复杂现代人生活？

“不是离婚了吗？听说他的妻子性格古怪，他们的关系一直很紧张。”元渊问众人。

“他媳妇儿不厉害也得离婚，家花儿哪有也花儿香？”

众人嗤之以鼻。

见异思迁确实是人类的劣根性，所以婚姻必须有法律保障，道德加以约束。元渊还是不相信老根儿是个伪君子，刚才痛哭流涕地只是给他做戏？不可能！

“那个女人，家里不要自己男人，这个男的，把老婆彻底地扫地出门。清除了障碍，俩人来往起来无拘无束。人家现在可是相亲相爱，如火如荼了。无论干什么也不再避人眼目了，出双入对，比翼双飞了。”

说话的中年男人一边咋舌一边说话，脸上的神情让人分不清是谴责，还是羡慕。

林书记终于找到了元书记，他的泪痕已经擦干净，换上了灿烂的笑容钻进了人群里。众人都已缄口，只等着林书记传达喜讯。

“元书记，看来架子牛育肥的规模必须扩大，这些人都准备多买些牛呢。”老根儿书记指着跟前的农民，扬起脸向元渊报告。

“我准备盖个小型砖瓦结构的牛棚，再配置一些简单的设施，今年再买它 30 头牛。计算了一下，花不了多少钱，在我的支付能力之下！”

一个年轻村民满怀信心地说。

所有人好像都忘记了刚才令他们深恶痛绝的桃色事件，忘记了他们前一刻钟还在义正言辞地谴责他们林书记的举动有悖伦理道德。回民们一边附和着林书记的各种决议，一边兴致勃勃地谈起了自己的扩大再生产计划……

一轮巡视结束，各个村计划购买的牛的数字跟着就报上来了，所需的贷款数额也出来了，元书记新的挑战具具体体摆在桌面上。

7

“哈哈哈……”

一阵震耳欲聋的笑声，穿过窗户，飞出大门，飘得很远很远。

乡政府和其他单位不一样，别处，下班了，便人迹罕至，到处一片寂静。乡政府下班了，却更加热闹了，特别是政府办公室里。因为特殊的工作性质，这里必须24小时有人待命。它是乡政府的信息中心，敏感地带。只要不属上班时间，这儿就会聚集许多串门人，谈天说地，好不热闹。

“该小王了，记住，必须让大伙儿笑，你笑了，别人不笑的，不算！准备掏钱！咱们凑份子喝酒！”宽子是主持人。

“我说说我的理想，我想找一个媳妇儿……”小王刚开了头，众人便哄堂大笑，“先别笑，我找媳妇儿是有条件的，必须拥有个这样的效果，我们夫妻相随上街，路人都会在背后说：‘天哪，这女的是怎么看上这货的？’”笑话儿讲完了，众人还在屏息倾听。

“干嘛不笑啊？笑！哈哈哈哈……”小王使劲地大笑起来。

“讲完了？”众人问。

“完了！多可笑，哈哈哈哈……”他用尽全身力气，放彻了音码的笑声让众人笑得前俯后仰。

“该我了，”小牛带着醉意，说话极其缓慢，“一对老年夫妇去影楼拍照，摄影师问：‘您要侧光，逆光，还是全光？’大爷腼腆地说：‘我倒无所谓，能不能给你大娘留条裤衩？’”

女同事捂着嘴讫讫地笑，男同事用眼睛飘着女同事朗声大笑。

“接下来我说个谜，大家猜，一个姑娘被三个小伙儿同时搞定，这三个小伙儿有一个姓高，有一个姓李，另一个姓陈。有一天，姑娘发现自己怀孕了，可没法确定孩子的父亲，，也就没法为孩子起名字，她只好请教了个高明先生，这个先生真正高明，大笔一挥，写下三个大字：郭春海。谁能解释这个名字？”小杨滔滔不绝地说了很多话，人们静静地听着，有人在纸上比划着，却没人发表高见。

兴高采烈被融化了，变成了一滩沉思……

“看来没有聪明人，郭不是高家的头‘点，横’，李家的蛋‘子’，陈家的耳朵反安转‘左耳旁’吗？三个小伙儿不是姓高李陈吗？三人都日这姑娘，不就念‘春’吗？每人射进一点儿不念‘海’吗？……”

小样还在夸夸其谈，“格格格，格格格……”皮鞋声响起，几个没成家的小姑娘起身离开了。成年女人的脸上也看不见笑容了。

“你的笑话……太不文明了，不懂得尊重……女性，不是个君子！”小牛艰难地说。

“你也文明不到哪里去！我不是个君子，你是个伪君子！”

女人们立刻离开的难堪，又加上小牛的抢白，小杨恼羞成怒，粗着脖子，红着脸超小牛嚷道，而且站了起来，朝着小牛开步走。

“杨哥别生气！牛哥，喝酒吗？我请客！”

小王见势不妙，赶紧分散注意力，瓦解战斗力。

“当然……喝！”小牛的脸阴转多云，多云转晴，听到酒字竟然笑逐颜开了，屁颠儿屁颠儿地跟着小王走了。小杨也快快地走出去了。

“都走了？唉，没意思了！”

值班人员小周必须留守，看着人们一个一个地离开了，心里居然有点儿空落落的。物极必反真是个规律，刚才还笑差了气，现在却剩下一片寂寞。唉，听歌吧！

优美的旋律如春风和煦，似骤雨急剧，拽着时间老人且舞且退，一点儿一点儿隐去。寂寞和失落不知什么时候飘逝，不见踪影……年轻人的心儿浪漫起来了，心随歌动，情随心动，身随情动，手，脚，脑袋一起打着节奏，全身心地陶醉，全身心的投入，艺术享受达到了最高境界——水乳交融。年轻真好，对什么都能感兴趣，无论哪方面都能成为取乐的领域。年轻人有的是精力，只郁闷一分钟，便能开辟新天地，拥有了‘柳暗花明又一村’美丽景致。

“噹噹噹”

有个手指在敲她的桌子，小周被拉回到现实生活中，抬头看时，发现张副乡长不知道什么时候站在她的身旁，左手还拿着几张表格，一脸的疲倦。

“嗖！”

小周迅速地站起来了，源于条件反射吧。领导站在跟前，艺术的美妙立刻溶于空气了。

“张乡长……对不起，我没听见您进来……”小姑娘脸儿通红通红的，支支吾吾地说话，“您……让我干什么……”

“没事，让牛主任把这表填了，根据咱乡的实际情况认真填写，明儿上午要。”

张副乡长为自己突然出现惊着了小姑娘，心里有点儿过意不去，年龄，资历，性别，承受力，无论从哪方面看，这个小女孩儿都是他这个大男人应该庇护、怜惜的对象。做了几年的副乡长，鼻息烘干霓的派头，他真还没学会。不使小女孩继续战战兢兢，最好的办法就是一切从简，自己这个领导赶紧在她的视线内消失。

张副乡长带上门离开了，小周却再也达不到徜徉于艺术的境界，手虽然移动着鼠标，眼睛在电脑屏幕上寻觅着适合她口味的歌，听一分钟，就觉得烦。好像无论哪首歌都和自己不合辙。只好回到第一首歌，可是也找不到刚才的感觉了，原来任何事物之间的契合都需要条件的。最好，并不是比比皆是，它的机率之小，犹如那万物兴衰中的昙花一现。

然而，任凭小周望穿秋水也看不见牛主任的身影。

黑夜吞噬了白昼，黎明赶走了漫漫长夜，旭日东升，朝霞退却，各个科室的工作人员又紧张起来了，步履匆匆，神色严肃，因为谁都不想自己负责的事项出问题，拖了全乡工作的后腿，谁都想圆满完成任务，让领导高看一眼，厚爱一层。

牛主任却例外！有上述的想法的乡干部不包括就任办公室主任不久的小牛，被重用之初，办公室的工作连连出彩，一时间叫许多人刮目相看，领导们面对着这个脑袋变形、五官扭曲、奇丑不堪的人，竟然觉得赏心悦目了。然而好景不长，对于小牛来说，知遇之恩引起的激情膨胀毕竟不能永恒不变的，正常温度下，他渐渐现出了原形。所以，当主任只有几个月，小牛和从前别无二样了。他重新染指于赌博，频频徜徉于“兰州”。嘴里的酒气，脸上的醉态，办公室里哑着嗓子的豪言壮语。他，又变成了青泉乡政府闲暇之时的开心果，因他而起的朗声爆笑和窃窃偷笑数不胜数。这位满腹经纶的办公室主任，又像孔乙己般地让人快活了。

现在，他到底沉醉何方？温柔乡？富贵乡？还是酒乡？小周如坐针毡，但毫无办法，只有心中默念着：惊喜出现，惊喜出现！她太希望那个一摇三晃的身影突然间飞落到乡政府的院子里或者办公室的门口——牛主任啊，快点儿出现吧。

女孩如坐针毡。人受煎熬，时间老人也磨叽，他只是一丁点儿一丁点儿地挪动着脚步……

“啊！牛哥回来了——”

小周又一次扭头环视院子里时，牛主任奇迹般的出现在小周的视线中了，小女孩情不自禁地大叫了起来，然后像弹簧一样蹦起来，手捧那张空表开门迎接她的顶头上司。

“牛哥，你可回来了！等得我好苦啊！您快填这表吧！”

小周双手呈上了她保存了一个昼夜的纸张。

“年轻人应该有魄力，你自己填呀，以后，只要我不在，你就是办公室主任！”

牛哥醉不至昏迷，又拿出一贯慷慨激昂，豪爽豁达的派头。

“小牛，表填好了吗？马上就得交了，”张副乡长跟着进来了，神色焦急，“你认认真真看过这表吗？”

“填好了。当然得仔细读表了！认真斟酌该填什么内容，这个是必须的！我办事您不放心？”

小牛一边得瑟一边在表上划了几个勾，然后递给了张副乡长。张副乡长身后的小郭从张乡长的手里抽出了填好的表，转身跑步离开了，远远的抛下了一句话：

“我走了，开会要迟到了……”

过了拐角就不见了踪影。

小周目睹着资格和职位高出自己很多的领导们“大手笔”，骇得她真正瞠目结舌了，女孩儿张了张嘴，没说出什么。原来这项工作如此简单啊！女孩心里感叹。看着张副乡长走了，牛主任借着酒精的力量发表起了奇谈怪论，小周心里乱糟糟的，有点烦，只好回到了自己的座位上去了。算了，不想它了，还是各人自扫门前雪吧。

……

8

元渊的架子牛育肥扩大规模的思路又一次变做了书面材料，经过再三斟酌具体措施，推敲文字。他觉得确实能以理服人，以情动人了，于是，递了上去。穷乡僻壤里有点儿想法，好像只能依靠上拨款。青泉乡的“头人”太希望自己的腰包鼓起来，他不是拜金主义，但是把宏伟蓝图变成现实，没有资金，只能是转瞬即逝的海市蜃楼。然而，天天向人伸手要钱，脸上无光，而且，争取上拨款似乎成了众多乡党委一把手主要竞技之一，款项好比一块肥肉，肉到谁口，就要看求肉者的技艺了，为了能得到那让人垂涎三尺的肥肉，有人以死相拼。元渊去年夏天一次陪客吃饭时听到一个故事，一个党委书记为求专项项目贷款，在酒桌上，和那“钦差大人”，上级领导，企业老总，连饮七大杯老白干儿，一杯就有半斤酒，七杯三斤多，液体下坡流动，自然顺畅，可是三斤酒落到肚子里消化不了，当然要发挥它的能量，所以，那位书记当场吐血住院。脱离危险后，在病榻前示人，即使立马死掉，他也必喝。探病的人为之动容。元渊听了这个故事之后，心里说不上是什么滋味，感动？敬佩？鄙夷？好像都不是。求生存，谋发展，确实也是一把手不可推卸的责任。现代社会中有好多东西在冲击传统，一些行径令人惊愕，但也难以评估其是非，如今社会，连工作方法和以往大相径庭起来。

申请去了，希望来了，一天，两天，三天……元渊在等待好消息，他很自信，觉得自己无需喝毙，款项也能落实。然而，一天，两天，三天，这热望竟然石沉大海，杳无音信了。他又焦急起来，按捺不住心中的渴望，拨通了市扶贫办的电话。

“你是青泉乡？我正准备给你打电话呢，你们享用过多少次扶贫款了，竟然在技术扶贫调查表的“无需扶贫”上划勾，你们真的不需要扶贫吗？从来没要过吗？你们叫什么人？”

气势凌云是因为义愤填膺。

“有这事？……那育肥牛贷款……”被训斥的“头人”变得战战兢兢了。

“铁的事实！你们连个表不想认真看，就惦记着钱，青泉乡的款项取消了，给了更需要的乡镇了，你们不需要嘛，我们也就不考虑了！八月份举行的研讨会你们乡政府也没人参加，怎么就知道要钱啊？”

“啪”

电话的那端传送完罪证和怨气，便扣了话机，元渊的耳朵里没有了任何声响。

灰头土脸的元书记像刚刚被霜打了的茄子，越发蔫了。但是他必须追查扼杀这款项的罪魁祸首，找来了张副乡长，在张副乡长的检举下，叫来了牛主任。

牛主任的不规则的五官好像都开始休息了，半晌，发出了蚊子叫般的声音，仔细听时，却是：

“……不是……张乡长……是……”

霜打过的茄子彻底溃烂了，变得稀泥一般，元渊无语了，摆摆手，示意他们都出去，他则走进里屋，用尽身体里最后一丝力量把自己扔到床上……

9

三元公司奶牛场里的人声、人迹消失得干干净净，终于有一天，大门也用砖堵了起来，拉开了尘封之势，和青皮山一起沉默了。

万籁寂静中，只有看门的老头儿晚上出来转转，以免让村民以为这砖，这石头被弃了，移到别处，另作他用。

看起来，曾经绚丽多彩的梦想像那肥皂泡在风中飞来荡去，耀眼一时，最终还是回归破碎消散——

三元公司在青泉乡的投资、建设、发展，彻底宣告息火。

元书记看着这个500亩的大院子，懊恼，无奈，但他不想再哀悼了，因为哀悼也无济于事，孟姜女哭到万里长城见到她的万喜良毕竟是传说。

元渊跟着自己的脚走进了宏远有限公司的萤石选矿厂。他忘不了这个企业曾经披红挂彩，鞭炮齐鸣。可是现在，曾经的繁华已逝了，所有的设备石料都哀默着，没有人迹，悄无声息，所以，连厂子的上方隐隐约约弥漫着一缕缕凄凉。

前排的办公室里，好像有人影晃动，门开了，小杨走出来了，本来红光满面的一张胖脸，却消瘦了很多，愁云重重。他一面迎着元书记走来，一面挤出笑容。真的，有时哭比笑好看得多，谁都知道，选矿厂停产，小杨成了真正的闲置人员。上次家庭战争的结果是小杨不再回家吃饭，所以每天吃饭，食堂能打个照面，可是大多数情况下，这位小杨面无表情，他好像要跟所有人都冷战似的。

“元书记，您好！这会儿有空儿了？”小杨的声音比平常低了许多。

“是，你也没的忙了吧？这厂子什么时候能生产？”闲了的心情总是不太好，无论谁，也无论曾经干过什么。

“听说要换机器，妥总带领技术员去学习机器操作了。估计能闲一段日子。元书记，我那次骨折，接骨时打进了钢钉，现在好得差不多了，我想利用这段时间去取钢钉，元书记，你看行吗？”

“还得动手术吗？”

“是，不过是小手术，没有多大的事情。”

“去吧，如果经济上有困难，你就说话。”

一个直接领导，也是他的长兄，能说什么？希望他能理顺生活，发挥一个男儿的价值和作用。不测风云留下的苦难只能拿时间和金钱来修复了。可另一些东西，他却无能为力了。

也许小杨受到他上司表情的影响，本来迟钝的各个器官敏锐起来，感觉也就变得丰富了，渐渐也换上了一副情深义重的样子，迟疑片刻，然而又觉得好多话无从说起，于是一步三回头地离开了。

元书记的忧郁越发深重起来。竟然思念起了心轻上天堂的愉悦。可是现实容不下太多的多愁善感，浪漫诗情。

悠扬乐曲响起，来电话了，元渊一边打开手机，一边快步走回乡政府。

10

新一轮的党委书记培训开始了，身居繁华省会，聆听资深的专家学者的教诲，这些人贯中外，通古今，令元渊眼界大开，思维通畅，心胸也开阔了。古人用听君一席话胜读十年书破解了教诲的重要性，在任何事物的发展都日新月异的今天，不怕生产力落后，最怕意识落后，观念落后。所以，清洗头脑、指点迷津，尤为重要。

吃完晚饭，元渊信步走出了省委党校的大门，欣赏起了大都市里璀璨灯光。城市人行色匆匆，目不斜视，一副力排喧闹的模样，哪有一个人愿意驻足这繁华？恰恰相反，青泉乡街上哪怕新出现了一只流浪狗，满大街议论纷纷，最后家喻户晓。

“嗨！”

肩头猛然遭受了重重的一拳，打断了元渊对城乡差异的感慨。

元渊扭头看见了禄兄，异地逢知己，当然惊喜万分，略一思忖，其实是个必然。因为新一届党委换届，禄兄由刚任一届的乡长一跃为党委书记，这次全县党委书记培训，必然碰面。

大器晚成，后起之秀的词语越来越有缘于禄兄，当元渊做乡长了，他则仅仅提了个副科，这副乡长一当就是七、八年，三十年的媳妇儿熬成婆，副乡长终于荣居乡长的位置了——全县最老的新乡长，只做了一届正乡长，非常规提拔，也成了一方的“头人”。运气是个耐人寻味的东西，背运缠绕，谁都无可奈何，好事来找，容不得你思考。

当年的莫逆之交，今天变成同僚，不约相逢，自然喜不自禁，缘分让他们勾肩搭背去那咖啡屋浪漫起来。

咖啡屋安静高雅，舒缓的乐曲若隐若现，屋内欧式的装饰，清幽的灯光，让人混沌的心澄清了起来。元渊和禄兄都习惯咖啡放糖，传统的中国人大多受不了咖啡的苦味，为了与世界接轨，硬着头皮喝了起来，像喝那阿司匹林和甲硝唑一样，苦不堪言，只能用糖冲淡这苦味。然而，自比兰花君子的中国知识分子都喜欢这情调。

禄兄拿出皮夹，做好准备买单状，元渊一如从前，抢过皮夹，“搜查”了起来，有两个存折主动探出一角张望，元渊伸进拇指和食指一齐将它们捏出来，打开了，端详起来，其中一个写着禄兄自己的名字，——他的工资本。另一个也是工资本，姓名一栏却填着“郭静静”。

元渊愕然了。

当年禄嫂并非胡乱猜忌，看来他俩真有一腿！十多年过去了，郭静静和禄兄仍然明修践道暗度陈仓！

一个是窈窕美女，一个是智慧才郎，他们两情相悦，而且款款深情，似乎可以理解，然而，时过境迁，元渊以为他们俩已经相忘于江湖，而且，也应该相忘于江湖。可是现在，使君自有妇的禄兄竟然为罗敷自有夫的郭静静把持财政！他到底算什么角色？

“你怎么拿人家的工资本？这样做不对吧？”元渊一头雾水。

“有什么不对？她在涿州带孩子，上不了正常班，她的事情当然就是我的事情！她住的地方没有信用社，只有建行，每个月发了工资我就给她转过去。我不拿着她的工资本，谁替她拿？咱没什么大本事，但还能为她撑起一片绿荫！”

禄兄淡淡地说，在他看来，这件事好像理所当然。

“嗡……”手机振动的声音从禄兄的衣兜里传出来。

禄兄接通电话，声音出奇的温柔：“哎……我还在石家庄培训……不，今天没喝就，你别担心……我已经把你的关系办到了邓家乡教育办……没事，我是邓家乡的党委书记，一把手，谁敢说什么？你就安心在家呆的吧……闷了，你就来几天……只要你高兴，我就陪着你……好，等你……自己照顾自己……”

红脸膛上的柔情越多，声音越低，后来简直是窃窃私语。电话那边的女人声音，甜，脆，娇，分明就是郭静静！竟然甜蜜得如同昨天。

“你是个什么东西？”元渊骂道。

电话挂断了很久，禄兄依然保持一脸温情，一副魂不附体样，估计六神统统漂游到了涿州，元渊的骂声压根就被没收进他的耳孔。错投了猪胎的天蓬大元帅的嘴脸活生生地出现在现实生活中，并且是元渊的眼前。

元渊伸出大手，叉开五指，在禄兄眼前晃了晃，还是毫无知觉，元渊生气了，使尽全身力气，派这只蒲扇般的大手，冲向那张红脸膛，到了跟前只抓下了一副眼镜。

“不正常了？你！做了这么多年的书记还是如此粗鲁？真是猫吃耗子，狗吃屎，脑袋掉了也没改！”

美好的遐想被扰，禄兄当然气急败坏。

“你还以为你正常？净坛使者又入凡界！呵呵呵，以前我看高你了！说说看，你是狗一般的人？还是人一般的狗？”

元渊口不择言地乱骂，多少年的知心哥哥，看起来，今天还得重新认识。

“兄弟，你搞搞清楚啊，我不是夺人之爱！你没了动静了，我才出手！那样的美女咱怎么让她落入别人之手啊？如果当初你要了她，哥哥绝对退避三舍！“

禄兄涨红了脸辩解道。

“你少扯淡！我怎么能要？我哪有你那么不要脸？“

元渊听见他拉扯到自己，说不清楚为什么，竟然越发生气！

“兄弟，你在学习、工作方面是一块好料，但你不懂情感，你习惯于粗糙的生活，你能遵从于你父亲给你定下的清规戒律，我也不佩服你！咱俩经历差不多，但是性格迥异。你也知道，我的婚姻是一盘早就注定了的败棋，老天没有赋予我多少睿智，又长着两只臭手，而且又只有这点无法选择的拙劣棋艺，开步走就是错误，一个白痴都能看出来的错误，但是，我既不能毁棋，又不能重来，只能一步一步地错下去，一点一点地完成那个特大的错误。在这样的婚姻里，无爱的夫妻间，谁都是受害者，你以为只有女人可怜？说句实在话，孩子是最无辜的！这么多年来，我何尝不是伤痕累累的？如今，因为有儿子，我若退出婚姻，有点痛；放下了这段情感，更痛。兄弟，请想一想，你用假笑给自己化妆，能持续多久？婚姻家庭里不比交际场所，不用多久，谁都会裸露真实。我不想强迫自己爱一个一点儿不可爱的女人。不错，我和郭倩倩的关系的确不合社会道德规则，从起步也是一种罪孽，可是，我们俩那是真感情，你知道我有多爱她？她有多爱我？用你的爱情观和思维方式，你无法衡量！在这短短几十年的人生路里，我能如火如荼地爱上一把，此生无憾！”

禄兄确实是个真实的人，容不得半点虚伪。元渊想起了禄兄夫妻让人心惊胆寒的对话，“我想找个工作，挣点钱”。“你想挣钱还不好说？当小姐去，只要有人要。”妻子无语，客人难堪。每逢禄兄口出粗言，禄嫂总是沉默；禄嫂发横，禄兄离家出走。所以十几年来，还没有波及其他人的特大战事爆发。然而，禄兄这一席话表明，这个表面安静的家竟然是个虚设！

情感婚姻中的是非，让元渊望而却步，难下评判。看来，现在他只能闭口，放弃对禄兄的道德批评。

“你少说我家的事，说说你所热衷的仕途，官当得怎么样？”

禄兄的口气有所缓和，脸上明朗了一些，毕竟兄弟情谊更重要。

“什么叫热衷仕途？俗气！”

元渊被禄兄批成了一个不解爱情为何物的世俗小人，自然愤怒。此时还余怒未消，听什么都不顺耳。

“对，应该把你说成革命的功臣，请问你的革命是否成功？嘿嘿嘿，还这么小气？青泉乡的革命建设到底取得了哪几个阶段的胜利？”

禄兄换了称呼也换上了笑脸，对付元渊，他从来都采取这样的方式。

“胜利个鬼！革命建设钻进了死胡同，这革命建设比当年的日本鬼子都难对付，三元撤走，选矿厂停工……”

元渊刚才被禄兄气坏了，像一个圆鼓鼓的皮球，他现在的问题又像一根尖锐的刺儿，“吱——”一声刺破皮球被撑得薄薄的膜儿，不用一分钟，里边的气体泄得一点儿不剩，圆圆的皮球便变成瘪瘪的了。元渊一贯的铿锵有力说话声，变为模糊不清的呻吟。

“农业县发展工业比起李白的‘蜀道难’来，差不了多少，要我看，还应该把发展农业当成主要任务，你说呢？傻弟弟？”

禄兄不计前嫌，拍拍元渊的肩表示亲昵。

“臭蛾牛哭亲娘——两眼的墨黑，发展农业也只能当个喜鹊的屁，地下水有多少？有人做了计算，平均一根白菜用掉一公斤水，大白菜哪能无休无止地种下去？”

那“皮球”越发瘪，几乎瘪出眼泪。

“英雄所见略同，咱们这一带地属蒙古高压控制下的典型大陆性半干旱气候，春季干燥多风，夏季凉爽短促，冬季严寒漫长，昼夜温差大，年平均气温1.2度，无霜期100天左右，年平均降水量350mm，年降水量不均匀，冬春降水量仅占年降水量的25%，土壤常年干旱，素有“十年九旱”之称。引进水浇地种植确实富了一部分人，但是传统的灌溉模式需水量大，浪费严重，如果不加节制，真有弹尽粮绝，山穷水尽的一天。所以，合理利用现有水资源必须被提到日程上来。使蔬菜作物得到有效灌溉，走节水模式是解决水资源不足，是促进农业，农村发展的根本出路……”

禄兄滔滔不绝，元渊刮目相看：

“夸夸其谈是很多人的长项，实际操作呢？蔫儿了吧？”

元渊又使用起了激将法。

“谁蔫儿了？重度的悲观主义患者，绝望主义患者！我刚刚听说了一种节约水灌溉模式，叫做膜下滴灌，这种方式可以控制水量且浇水均匀。因此可以尽量避免大水漫灌时产生的地表径流和深层渗漏，每亩按可节水30立方米，2500亩每年可节水7.5万立方米。”

元渊的心里忽然再现了“柳暗花明又一村”的明朗，气闷压抑不见了，走出死胡同的惬意和舒心在咖啡屋飘荡，意识层里的“大”猛涨。

咖啡屋的“浪漫”结束了，一对“头人”唇枪舌战，相随而出。感谢机缘，让他们相识相知，困惑无奈时相携。当然也遗憾差异，包括大是大非面前的迥然不同。世界的各种事物的运动，就是这样……

第十三章　萧瑟处，未必无情

1

青泉乡的工业农业畜牧业历尽艰辛，终于上了一个新台阶。人、事、物之间彼此依然在冲突着，互相适应着，曲曲折折地上升着。产业与产业联系、促进、制约着，均衡的运动制造了整个乡政府工作表面上的平静。乡政府的人人事事也似乎恢复平静，连小杨也锦衣还乡，回到乡政府正常上班了。

元书记享受着这份纷乱繁忙过去短暂的宁静，只有静下来的时候才能感知耕耘的艰涩、收获的喜悦，体味出些人生在世的真知灼见。人就该一张一弛，没有泰山压顶的紧张，也就没有些闲情雅致放眼周围的生活。想想自己，再看看别人，偶尔诗情一下，感慨一番，或者摆弄摆弄月缺花谢晨露夕阳的闲愁，清静清静被俗事搅浑了的情怀，重拾些许佛道精华，拽一把以往的清高，吟几曲诗词文章，才觉出活着的惬意。

在这个大院里，活得更惬意的是过了一把老板瘾的小杨，小杨重归故里，众同事自然刮目相看，他所到之处就如一锅开了的水，霎时间就人声鼎沸，沸沸扬扬。小杨当然自豪，红红的脸膛光芒万丈，爽朗的笑声在乡政府长长的走廊里久久回荡，芸芸众生中，做了房地产的股东、开发商老板、乡政府干部能有几人？于是，他真真趾高气昂起来，也更加慷慨豪放了。每天下班，他定能带一对人马奔赴那酒馆儿。酒饱饭足之后，便驱车回县城享受华居。虽然不是神仙却胜似那神仙。

现在，乡政府里上班的乡干部一共三十几个人，一天有十几个小时在一起摸爬滚打，彼此之间太熟悉不过了，就连每一个乡干部的八辈儿祖宗都摆在明处，谁都没法隐瞒和伪装什么。再则，为了预测潜在的领导人选，也为了清廉政府官员，上至领导下至百姓都力争练就一双火眼金睛，在乡政府的会议桌上，在酒馆的餐桌上，青泉乡的人们天天在进行着不同形式的量化考评，谁的德性智商能力如何，谁家的锅底冷热程度，人人心里有一杆秤，称着，评着，称着，再评着，竟然变成了一种统一的度量刻度，在生活和工作中发挥着似有似无的作用。

慢慢地，有几个同事人对小杨从仰视，到质疑，然后到了颇有微词。小牛就是其中的一个。

这不，元渊从青皮山上下来，欣赏着那棵落完了叶子、在冷风中瑟瑟发抖的大杨树，小牛又凑了过来，声音像极了这初冬时节冷风吹动着光秃秃的杨树枝桠似哭泣又像哀号无奈又绝望的悲鸣。

“您在欣赏美景？元书记，赋诗了吗？”

“哪如你？斗酒诗百篇，今天怎么没和小杨一块儿出去喝呢？”

深深的两酒窝消减了领导的威严，平添了几分可亲和随意。

“谁和他喝？他倒潇洒！和自个儿的媳妇儿小孩儿活成了两个世界的人！你没看见？这家伙每天大酒大肉，满脸放红光，连脚后跟都肥的流油。小媳妇儿带着个小女孩儿，冷冷清清，孤苦伶仃。一个女人家抬水搬煤，掏炕摸灶，这哪是女人的活儿？更何况是个纤纤弱弱的读书女人？听说，前一阵子俩人又干了一场！”

瑟瑟的声音讲诉着一些冰冷的事情，这份冰凉好像能穿透所有，所以，无论是听话的人还是说话的人，从心里往外都是凉飕飕的。一股劲风刮过，枯叶莎啦啦地响，阴幽中使人觉得是那青皮山上的幽灵也在故意拨弄是非。元渊不由得打了一个寒噤。

“又怎么了？”

元渊听见自己在问。又是小杨和小贾的冲突。他突然觉得这对夫妻之间太像一场马拉松战役。

小牛凝视着一片劲风中喳喳作响的枯叶，那片叶子在光秃秃的树冠中，越发显得孤零零的，它哆嗦着，抽噎着，既惊恐万状，又痛楚不堪。裂了无数个小口子也在风中微微地颤着的枯枝是那片枯叶唯一的依托，它死命地抓着枯枝，无论如何不肯松手，然而一阵又一阵的寒风的追逐目标好像就是那片枯叶。寒风，不遗余力地在搜寻着它，摧残着它，撕裂着它。

“有时，人就是风中的一枯叶。其实拽着和不拽着树干没有什么区别，最终的结果都一样。可惜，大多数人只是习惯拽着罢了……”

“哲人”的开场白自然是从哲理入手了，比喻具体了哲理，接着展开了他的故事——

做过了老板，小杨越发嫌弃青泉村最后一排的土墙土炕的家了，几乎不光顾这个破败不堪的地方。小贾母女倒是依附于这两间小土屋，日里吃饭，夜里睡觉。人家都是夫妻两地分居，小贾和小杨两口子一地分居，同在青泉村工作，却从不聚首。

做父母的永远放不下孩子，小贾的父母时常来为女儿准备些生活用品，食物啦，取暖用的柴呀，碳呀，还有水呀，准备的东西能用一阵子了，才安安心心地回家。虽然对姑爷有一百个不满意，可是，按照古训，宁拆十座庙，不毁一桩婚，何况有了活蹦乱跳的外孙女儿，女儿是大宝贝，外孙女儿是小宝贝儿，哪能让小宝贝儿没有父亲？一般情况下，老两口在别人面前不提姑爷，免得增添怒火，加剧矛盾。而且还经常告诉女儿，家丑不可外传。再说，男人年轻时大多不着调，上点年纪就好了。好在女儿从小心志高远，不太在意生活中的坎坎坷坷，不像别人家的女孩儿稍不顺心便哭天喊地地闹个天翻地覆，而自家女儿一心只教她的圣贤书，一心培育她的小太阳。闲下来就笑说她的孩子，笑说她的学生，念叨念叨她的同事，听着她的有趣事，看着她们母女如花的笑颜，父母就跟着开心起来。

一天下午，父亲为女儿打碎了一大堆煤，劈开了一塑料袋木材，骑着自行车回自己家了。母亲留下来为女儿拆拆洗洗，做饭理家。她想，乘着农闲，让这一大一小两心肝儿享一享衣来伸手饭来张口的福。母女俩也为一进门就有烫人的炕头、可口的饭菜欢心高呼。吃完饭，小家伙和姥姥玩，大宝贝的摆弄她的书本电脑，愉快而又温馨，谁也无暇埋怨什么，或者慨叹什么。

而有些事情不会因为人的漠视而消失。比如，花开花落、鸡鸣狗叫、流感旱灾等等，这些事物寻常得不能在寻常了，在浩瀚无涯的宇宙中都有其生存的空间。它们的存在，很多时候不干人的意识什么事情，但是它们确实是存在的，有时越发膨胀起来，甚至还要侵蚀其他领域。在小贾家里，祖孙三代同住、其乐融融的小土屋里突然进来了个不速之客，屋里人心里一颤！非贼非盗，是小贾的丈夫，小宝贝的爸爸！随着开门声关门声的起落，稚童银铃般的笑声在空气中凝滞了，小女孩儿钻进姥姥的怀里，她使劲收缩着小身体，紧贴了姥姥的胸口，过了一会儿，小孩儿扭过头怯怯地看着她伟岸的爸爸。小杨扫视一圈儿，目光没有在触及任何一个人的脸，他褪下外衣，脱掉鞋子，上炕了，到被子垛上提了个枕头，就躺下来了。横卧着的小杨把小土炕占去了一半儿。

小贾一直盯着电脑，只是在丈夫脱鞋上炕的几分钟里，放下了笔，右手支起了下巴，正在进行的事情若停滞了又若持续着，两分钟以后，她又进入了平常的状态，写一写，再听一听，或者悄声地背一背。但是，不再回头和母亲女儿搭讪了。

小土屋里安静极了，刚才还充满快乐的空气凝固了！

“小杨，你吃了饭了？如果没吃，我就给你热去。”

还是丈母娘表示个低姿态。

“吃了。”

冷冷的两个字被抛出来，就像严冬里的冰凌切入热心肠里，须臾之间，让听话的人从头到脚、从里到外，全变得哇凉哇凉的，真真一个透心凉！

小女孩儿放下了警惕心，离开姥姥胸口，侧身探头窥视起她那个瞪着两只空洞大眼睛的父亲。

“呵呵呵，这一阵子很忙吧？”

受了冷遇的长辈不但没有计较，还想试着用嘘寒问暖溶解掉姑爷心中的不快。

“忙！”

小杨的回答由冷变硬，长度减半。

“噢，忙啥啊？”怀抱小外孙的老太太不死心，还在努力。

“忙着装修新楼！别人家装修屋子，一大群人都出主意想办法，热火朝天的，我倒好，出出进进只有我自己，顾了这头，扔下那头。连外人都看不下去了！隔壁问我有媳妇儿吗，我说，我是光棍儿。”

小杨的“金口”开了，像大河缺堤，一泻千里，生灵涂炭。

老太太一听见“我是光棍儿”的话就生气了，她哪里受得了这种窝囊气？

“这叫啥话？你媳妇儿弄个小孩，还要上班，她有空吗？装修楼房？你跟我们说过吗？你但凡能张张贵口，谁不帮你啊？再说，你自己的爹妈不都在乐康县县城吗？你怎么只剩下自个儿了？”

“再忙也得参与！哪有装修楼房媳妇儿不闻不问的？不想过了就离婚！”

小杨不理会气息顿变的老太太，显然在表示不和她一般见识，他把脸转向电脑旁边的小贾，声音提高了八度，增加了音码，也增加了威力。

“离就离！谁怕谁？我闺女又眉不秃眼不瞎，还愁没人要？”

老太太为了在气势上压倒姑爷，震慑姑爷，把音码放到最高限。这声音穿透厚厚的土坯墙壁，落到院子里，小巷子里，当然也飘进了街坊四邻的家里，女人们都竖起耳朵，屏住呼吸，极想知道后事如何。

小贾终于关注起了现实，她不看电脑也不看书了，转过头来静静地看着炕上一窝蜂似的闹腾，玉盘似的脸上始终没流露出一点儿变化，好像丈夫怒目而视的人不是她自己，而且，离婚的事也和她不相干，依然用平和的语调，柔柔的声音，一字一顿地说：

“等学校放假了，我考完试，就带着孩子去乐康县，需要做什么我就做什么。现在不行，学生在备战期末考试，我也得复习，这几天耽误不起。”

“等你的事情都办完了，黄花菜也凉了！行了，你别给自己找理由！不想过，干脆走人！”

小杨盯着妻子，不过脑袋还在枕头上，红脸涨成猪肝色。

“我跟你说过，现在忙，放假了再装修，你听了吗？”

小贾的声音也提高了，两朵红晕飞上了白玉一般的脸庞。

“你人顾不上，拿钱来呀！倒是说话啊，你哑巴了？你也跟我过腻歪了吧？算什么玩意儿！乘早离婚！”

小杨终于坐起身来，左手拍着炕，右手的食指点着妻子吼道。

“离婚！马上跟老娘走！这么多年你给过媳妇儿一个二分钱的崩崩？一个女人自己带着个小孩儿风里来雨里去，我们也够伤心了！你还挑理！闺女，收拾东西，咱们走！这个孩子是你们杨家的！我们不要！”

老太太的声音压倒了小杨，一边说，一边把怀里的孩子蹾放到小杨面前。

小女孩的眼里早就噙满泪花，下嘴唇把上嘴唇包了个严严实实，被姥姥一蹾放，“哇——”的一声，她的哭声就加入了一窝蜂似的吵闹声中。

小贾的平静被孩子的哭声击溃了，合上书，关了电脑，站起身来，抱起了泪人一般的小女儿。

“我倒不希望离婚，没有父亲，或者没有母亲，对于孩子来说，就是不健全的家，一种无法弥补的人生缺憾……”

小贾一边为女儿拭泪，一边说，语调低沉。

“这样的父亲有没有不是一般大？他给过孩子什么？孩子连他个面儿都见不着，要他干什么？你还舍不得？”

小贾一开口，老太太的枪口转变了方向，她拍着炕，朝女儿嚷道——怒其不争。又转过脸用二拇指点着小杨的脑门儿喊道——

“给你娘老子打电话，彻底闹清楚算了！”

“她跟我离婚，管我父母什么事？离吧，明天就离！反正有人支持你！”

小杨左手拿袄，右手提着裤子，绕过丈母娘猛烈上下滑动的食指，跳下地，穿上鞋，摔了门，扬长而去。

小土屋里，留下了老太太的罗列着从女儿结婚到现在，小杨件件桩桩的罪状的数骂声和每骂几句后的呜咽声，还有小女孩儿嚎哭声，和小贾走来走去的脚步声……

……

又一阵风吹过，树叶子发出沙沙沙的声响，就像一个人经过竭斯底里地哀嚎后，使原本沙哑的嗓子丧失了发声的功能，只能勉强啜泣，但其中的悲愤却愈发沉重。慢慢地，那片树叶子的轮廓模糊在苍茫的夜色中。可是，那两双眼睛依然能找见其位置，时不时地凝视它一会儿，然后发出了轻轻的叹息声。

“这事是你亲眼所见了？”

元渊宁愿相信这件事情是小牛自己的杜撰，“后来怎么处理的？”

“我没有亲眼见，但胜似亲眼见，小杨隔壁的韩嫂和小杨的丈母娘一块儿叙述，她俩描摹本事超强，表情语调学得惟妙惟肖的。人们说，三个女人一台戏，不是夸张，这俩女人也能唱下一台戏。小杨走后再没回去过，后事如何，估计得明年分解吧！两口子过日子是个大综合数学题，难解呀！”

小牛丢开树叶子又捞起了数学题。

星星亮起来了，牵牛星和织女星也显示出其光辉了，朦朦胧胧中遥遥相对，一眨一眨地闪烁着，像在脉脉传情，缠绵悱恻……人间的情爱都被它们带走了吧。青皮山上浮动着的只是虚幻的飘渺的爱情传说而已。

屋子里的灯一盏接一盏地亮起来了，清冷的白光，暧昧的黄光，都在驱赶着这个世界上的黑暗。他突然觉得，实际上，在大大小小的屋子里只剩下了式样愈多的物，这些物质肆无忌惮地腐蚀着残留在人们的心中为数不多的真情。

那首民歌在元渊的脑子里又起“青皮大山高又高，拿把刀儿别在腰。那家姑娘不嫁我，关起门来放火烧……”

2

小牛抱打不平、评东说西的话越来越少了，不光玩起了深沉，而且戒酒又变成了酗酒，没玩没了、没明没夜地喝，喝醉了就对着手机狂吼，语言之不堪入耳，令在场的人咋舌。

“干什么？什么东西？怎么不接老子电话？你到底是不是老子的老婆？“

"你怎么那么不要脸？你还是不是个女人？哎，跟你说话呢……"

"你敢再关机，老子砸你手机！不信你就试一试！别……挂！"

"乖女儿，你妈跟谁睡觉？是不是个男人？啊？告诉爸爸……"

小牛清醒了，同事们便解劝：好好说话，别伤了人家，如果心凉了，夫妻之间就更生分了，可是，这日子总得往下过，哪如和和气气地过？人家好心好意、入情入理的言语，小牛却一副爱理不理的模样，拉着一张瘦脸，垂着眼睑，像是在听，又像什么也没听，说话人立刻就能感觉到自己已经被嫌多管闲事，便闭了口，讪讪地走开了。好心肠变成了驴肝肺，谁乐意继续？离开一小时返回来再看，小牛又醉成了一堆乱泥，那个干瘪的脑袋附近是一团眼泪，一团鼻涕，一团口水，而且几团液体已经相交相融了。那张因为痛楚越发扭曲变形的脸抽搐着，时不时地呻吟着……哪个人的怏然不悦能不顷刻间分奔离析、烟消云散？别人释怀了，小牛却更加沉重，然而，面对着这么一个同事，帮也不是，恼也不对，最后，只能听之任之，爱咋地就咋地罢了。

不过，最近他喝酒的次数好像又少了起来，分不清东南西北的醉态消失了，摆给众人的是紧皱的眉头，阴着的脸。有时只要拨通手机，便避开众人，到无人处一说就是半个小时，而后，几乎是哭伤着脸进来，坐在办公桌前，目光痴呆，眼神空洞，旁若无人。一看这副样子，就知道他已经神游十万八千里。

众同事面面相觑，挂着一脑袋的问号，起身在小牛身旁转悠。因为有前车之鉴，谁都在管着自己的嘴，压抑着自己想问问的欲望。当然，有的是放纵自己的人，他们觉得，嘴就是用来享受美味和表达自己欲望的器官，干吗要管住？再说，别人的高兴与否跟咱有什么关系？人这一辈子，只有自己心满意足才是目的！听到同事们切切吵吵地议论，小杨的好奇心大发，右手插着裤兜，左臂平衡甩动，大步流星进了办公室。他冲着下颏放在两拳上，已经进入深度沉思的小牛戏谑：

“哎，牛哥！咋就叫霜打了？”

“嘿嘿嘿……当然比不上你杨老板！”

伏在办公桌上的姿势保持不变，只是呲牙笑了笑，但小牛这笑比哭还要难看。

小杨眼睛里飘移着几分厌恶，几分怜悯。

“怎么了？”

“不怎么！”语气有些生分。

“叮铃铃……”

桌子上手机的铃声响起，小牛“噌”地坐直，迅速地拿起手机，动作之敏捷跟刚才的倦怠迟缓判若两人，这次不回避别人接起了电话。

“哎，宝宝，你妈回来了吗？”

……

别人还来得及发现的笑意立刻凋谢，还叹了口气。

“你再问一问你姥姥，她肯定知道！”

……

小牛的嘴巴对着右手拿着的手机恶狠狠地嚷着，左手的拇指和食指揉捏着一个香烟屁股，米黄色的过滤嘴儿和白色的纸筒被挤压得完全变形，两指头又一挤压，纸筒破裂，黄灿灿的烟丝飘飘洒洒散落在桌面上，一分钟后，两指中间只剩下一个纸片，随着指头的揉捏，纸片被推皱了，忽而又被拉展了，接着变成了一个小颗粒，两个指头还在互相挤压着，狠命地搓切着，忽然，一滴血落在金黄色的烟丝堆里——绽放出一朵殷红殷红的血花，在明媚的阳光下，红黄白组成了一片残忍的耀眼的绚丽……

“之前，你妈跟你说什么了？……还记不起来？什么？一句也记不起来了？你长的是猪脑子啊？……哎！……喂！喂！喂！小兔崽子！你也敢挂老子的电话？”

小牛摔了手机，也把自己摔在了椅子里，脸像被他虐待过的小纸片一样，也只剩下了皱褶。

“倒底是咋了？还有不能说的事儿？”

一直在旁边静候着的小杨终于等不及了。

“没回家……”

原来，泄了气的物件完全是另外的一种状态，无论它是什么，只要泄气，几乎都如一死物，如今的小牛也是如此，他不是在说话，而是呻吟。

“好像是说嫂子离家出走了？我想她肯定有事需要处理，把事情处理完了她也就回来了，你用得着大动干戈吗？”

小杨觉得小牛的愤怒和忧怨不可理解，甚至有点小题大做的可笑。因为他从来都不知道也不管他的媳妇儿回不回家，什么时候回家，一个媳妇儿能怎样？还不是天天上班下班带孩子？

“哼！你想得太简单了！在谁都不知道的情况下，她就失踪了，能正常吗？”

小牛的元气稍稍恢复了一些，说话的声音也就大了一点儿。

“我媳妇儿让走都不走，她能去哪儿？你别管就行了。”

小杨传授起了经验。

“我媳妇儿怎么能和你媳妇儿比呢？”

小牛的声音见长。

“怎么不能比呢？我媳妇儿不比你媳妇儿的危险系数大？我媳妇儿多俊俏！嘿嘿嘿，嫂子长成那样，不是我笑话她，啧啧啧……恐怕，全世界的男人里只有你喜欢！简直是瞎操心！”

小杨脸上的优越感和鄙夷交相辉映。

“那是你的命好！人生福几何？由命不由人！你有好老子、你能娶上好老婆，那是上天在偏袒你！不能证明你小杨比我小牛高明多少！”

小杨与众不同的解劝竟变成了一支打气筒，把瘪了的小牛吹鼓了，他五官四肢里都装满了气，由于气体大幅度膨胀，他终于动了动，接着站起身来，拿一本书使劲地拍着桌子，桌面上的烟灰，烟丝，丝丝缕缕的过滤丝，还有碎纸片儿，纷纷跳起来，横冲直闯，飘来荡去。霎时间，小牛的办公桌变成了一个烟雾弥漫的小型“战场”。

“上辈子积了德，这辈子肯定命好，老天爷也有眼，而且，最重要的是他老人家的眼睛也是雪亮的……”

小杨摇着蒲扇一样的大手，说出来的话像个老娘们儿，而且，愈来愈拖泥带水了。那双黄眼睛里原本不多的怜悯这会儿消失得一点儿不剩了，他离开了椅子，摔门出去了。

“哪是老天爷走眼了！”

气极后只能对着关上的门叫嚷。站起来的小牛再没坐下，当然，他才不会跟小杨致气，这个福大命大的小子连妻子女儿的感受都不顾，他小牛算哪根儿葱？还是解决实际问题，反正也是公开的秘密了，干脆撤掉那块不起任何作用的遮羞布算了！一叶障目的对象只有自己！所有人肯定都在背地里大声地骂着：

笨蛋！

傻瓜！

全身着绿的大王八！

这些词语像一根根对着心脏的钢针，他的脑海里每蹦出一个来，心就会被刺得深疼。小牛还是咬牙忍着。

人们还能说出什么？统统无所谓了，这痘痈不能再在重重遮掩下让病菌繁衍，疮口发霉，溃烂……

正好是双休日，小牛拉了几个兄弟，有小郭、小袁，小杨不计前嫌，也要跟着来，一起回家了。他希望找回妻子，化解矛盾，保下一个完整的家，真的，孩子需要，他也需要。

可是，院子里、家里都静悄悄的，没有人声，也没有人迹。任何环境没有人，就是一片荒凉。正屋的大窗户上，日积月累的风霜雨雪拍打着、依附着，玻璃已经不具备透明度了。堂屋的窗户上，曾经蒙过一层塑料纸，由于风雨侵蚀，变成了条条缕缕，正在冷风中狂舞。茅草都已枯黄，高高低低的，满满一院子，院子中央有一条窄窄的从街门通向家门的小路。

“呆在一个没人的家里有啥意思？少吃没喝的！”

小杨厌恶这份荒凉，不要说小牛妻子，就是自己也得赶快逃掉！他突然想起了自己的妻子，她竟然心甘情愿地窝在这样的环境里，不跟新楼打个照面，想到这里，他心里的气就不打一处来。

“是啊，牛哥，还是去你岳母家吧，好好问一问，或许能找见点线索。”

小郭首先支持小杨的提法。

小牛只好硬着头皮，带着一帮人，来到了岳母家。

小牛的岳母家倒是屋舍俨然，井然有序。推开门，小牛一眼看见了跨坐在炕沿上的妻子，然而，惊喜转瞬即逝。小牛不愿意正视他那位失而复得的妻子了。

“哈哈哈……我说丢不了，你非要闲操心！”

小杨得意起了自己的先见之明。

“当然丢不了！谁能大变活人？可是丢心了，丢脸了，从实际意义上说，还是丢人了！”

抑扬顿挫的语调，因为排比句的运用，语气激越起来了！

呼啦啦，小牛身边围了一大片，岳母，岳父，小舅子，大姨姐……

3

刚刚有点活气的的小牛顿时蔫了，耷拉着脑袋躲到小郭身后。

“兔崽子！你想怎样？来娘家门儿上打人？”

岳母跟在小牛背后走了两步，用粗短的食指点着小牛的后脑勺，冲着他的脊背喊起来。

众人的脸跟着老太太转。

……

家里一共八九个人，现在都开始说话，训斥的，解劝的，还有摩拳擦掌的，只有小牛一人沉默。

这间屋子像个吵杂的大市场，而且充满了火药味。

小牛媳妇儿拨开众人，走到小牛跟前，说：

“走，回家吧，我有点事想和你商量。”

“有啥事在这儿说！回去干吗？”

老太太拦住女儿。母亲总是孩子一辈子的保护神，小牛纵然羸弱，但毕竟是个男人，夫妻真的打起架来吃亏的还是女人。

“好了，妈，您就别管了。小牛，咱们走！”

推开了母亲，小牛媳妇儿从小杨和小郭的缝隙里拽出了丈夫，拉开门出去了。

小杨也想跟着去，却被小郭一把拽住。

小牛和媳妇儿出去后，众姐弟都散开了，老太太带了围裙套袖又进了厨房，老爷子脱了鞋，靠了被子垛儿盘腿坐下了，一边招呼着地上不知所措的年轻人。

“你们都是小牛的同事啊？我们应该见过面的，来，坐下来，喝点水，听我磨磨这一锅‘臭豆腐’。”

“上炕坐吧。老伴儿，给后生们泡杯茶喝。唉，这日子过得，让你们见笑了，他俩整天就这样地闹腾，我老儿无能，治家无妨呀……”

老爷子一边感叹，一边拆开一包香烟，散发给跨坐在炕沿儿上的年轻人。

接着，老头儿自己拿出了老烟袋，抽出一张小纸条，左右各折一下，顺着折痕撒放烟叶儿，然后用舌头从头至尾轻添另一条折痕的上方，把那湿了的一边粘附于干的一边，然后食指轻按，一支旱烟卷儿就诞生了！

哆哆嗦嗦的老手划着火柴移近烟卷儿，嘴巴猛吸了几口，鼻子、嘴角往外喷了几股直直的、淡淡的青烟，然后，老头长长地“唉”了一声，眉宇之间紧锁出几条犁耕一般的皱纹。

“谁家也一样，家家有本难念的经。”

小郭安慰起了老爷子，他太知道，无论谁遭受灾难，首先揉碎的是父母的心。可怜天下父母心！小牛这夫妻俩临近四十，立马奔五的人还如此的不省心！

老太太一边做饭，也一边参与了这本难念的经，但她不是在感叹，而是抱怨。

“闺女找对象，全家人都不睁眼？这个孩子什么命啊！”

“过日子没一点儿猴气，打麻将，喝酒倒是全身的武艺！”

“嫁男人就靠男人，可那个男人不如个狗屁。”

……

小郭小袁只能讪讪地笑着，不敢轻易吐一个字，唯恐触发了“世界大战”。小杨听得腻歪了，站起身来，插了裤兜，推门出去，他欣赏起农家小景了。

一阵重重的跑步声，伴随着急促的喘气和粗短的抽噎，混合交错，打断了老爷子对小牛俩口子这几年磕磕绊绊生活的回顾……

“嫂子，你怎么了？”

小杨的大嗓门里全是惊奇。

“哇——呜呜——”

答案竟然是失声痛哭。

“当啷！”

家门开了，脚步声和痛哭声一起跌落进来。

小牛媳妇儿衣衫不整、披头散发地出现在众人眼前。

“这又是咋的了？我说你别回去，你不听。看看，又挨打了吧？”

母亲举着两只沾满了面粉的手，瞪着眼张着嘴围着女儿转圈，急切切地要搜寻出女儿身上的伤痕。

“他……要掐死我……”

呼吸困难，所以，她几乎说不出话来。

细看女人的脖子上，真有被掐的痕迹，一块儿紫色的瘀血印，另一块儿上还挂着点儿血丝，她的脸色也微微发紫。

“他疯了？”

所有的人一起问。

“真的疯了……幸亏他妈去了，才把他拉开……”

受害者的情绪稍稍恢复，声音依旧嘶哑，她伸出还在颤抖着的左手拢了拢头发，右手系住了毛衣上被撕开了的纽扣。

“当啷！”

门开了，小牛出现在众人的面前，他的发型原来如鸡窝，现在，像深秋时节的一根蓬草，一根根毛发竖起来扎扎地向众人挑战。扭曲了的黑框眼镜后面，一双经常眯着的眼睁得出奇的大，眼白上布满了红血丝。

家里静极了，老爷子从被子垛旁直起腰来，右手托了一下炕就站起来了，本来他的个头中等，可是站在炕上，头几乎抵住了报纸糊的顶棚，像个巨人，怔怔地看着炸了毛的姑爷。老太太左手抓着右手，严肃起了身上的每一个细胞，等待着“世界大战”的爆发，准备后发制人。只是那几个小舅子、大姨子不见了踪影。

“我不是来打架的，你跟我没感情，咱们就各走各的！”

小牛很激动，但声调依然是抑扬顿挫的。

“我就跟你没感情！你又不是不知道！”

女人尖着嗓子冲丈夫叫嚷。

“那就离吧！想离咋就不早说，为啥等到丢人现眼了才分开？”

小牛直起嗓子使劲地吼叫，发出的声音全是噪音。

“你才丢人现眼呢！”

女人声音稍微低了点儿。

“不丢人现眼？那你告一告你的亲人们，我的同事们，你去哪儿了？你干的是啥事？你还要咋样丢人？”

那噪音更大了，刺辣辣地撕扯着众人的心。

……

这回女人竟然没有尖叫，目光也不再和小牛对峙了，而是低头顾盼左右，像是搜寻什么，忽然又蹲下身系起了鞋带，她来来回回跑了不算短的路程，鞋口却一直敞开着，鞋带的头儿都沾上了泥疙瘩。然而，系鞋带儿的手不停地抖着，几乎捏不住那些带儿，但是，最后还是系上了。

“你想咋样？把她弄死？她犯了罪也轮不到你治她的罪，有公安局、法院呢！”

老爷子往前走了两步，一屁股坐在炕沿儿上，落地的脚岌上了一双黑灯兴荣布棉鞋，冲着小牛走来了。

“我能咋样？最多离婚！”

小牛的声音低了许多。

“早就不想跟你过了，你还要闹离婚？离婚了她去哪儿跟你没关系！你凭什么还要打人？”

呆了许久的老太太也动了起来，戳着被面粉裹了一层的食指，也向小牛走来了。

看这意思要玩命？背负调和矛盾使命的三位乡干部赶紧站起来，一个叫着“大爷”，一个喊着“阿姨”，另一个推着小牛出门。

“离！谁怕你？我就干了见不得人的事了！不想带绿帽子你就离婚！”

几分钟的休息，女人的嗓子响亮多了，也许是因为有父母的支撑，刚刚还觉得是一件丢人的事情马上变得理当所然了，语气也就更加强硬了。

“不想带绿帽子你就离婚！”飘到院子里，走出大门的小牛，跳着脚往回跑，边叫边喊：

“不害臊的骚货！老子一会儿也不要你！”

伟岸的小杨哪里容他再次进家发疯，只伸出一只手，拽着小牛的一只胳膊往回一拉，小牛就围绕小杨旋转起来。

4

小牛又回乡政府了。

起初，不说话，不喝酒，也不吃饭，弟兄们只能围着他干转。

过了几天，他开始喝酒，每喝必醉，每醉必哭，眼泪鼻涕一股脑儿地流，到最后干脆嚎哭起来，哭得痛彻心肺，肝肠寸断……

乡政府的院子里，食堂里，宿舍里，只要没有小牛的地方，又有了一个新话题：

小牛离婚了！

怪谁呢？一个巴掌拍不响，两个巴掌都有过……

小牛媳妇儿带着孩子净身出户！

想不净身呢？他们家有啥呀？

乘着小牛没在场，小郭又讲了一件可笑的事情，县城民政所里办理离婚手续的是个男同志，他看着离婚协议书，瞪了小牛一眼说，难怪人家要离婚呢，敢情这么多年你啥也没挣上哇！你以为长上个那玩意儿就叫男人？

这只破罐子彻底被摔破了，而且摔成了一堆稀泥。忙得像陀螺一样的元渊只要有闲暇，那怕只是从窗户外边，也要看看这个碎心人的状态，每次看见的总是一副醉态，看见了也无济于事，元渊不想责怪他，也不忍心叫他清醒起来。

参加完县委关于畜牧和圈养的会议后，元渊准备驱车下村转转，回头时忽然看见了没有喝醉的小牛，元渊让司机小王去叫上他，打算带他一同前往。

下乡也是自然村离青泉村的远近顺序进行。新城子，于发，三老汉，开地方，接近下午六点时进了畜牧大村四号的村委会。村委会办公室和小学校中间的小铁门上了锁，这把锁告诉来人，这条路径已断。墙外边飘过来飘过去的是孩子们的嬉闹声，墙里却静悄悄的，推门进去，只有林书记一个人躺在床上，这也是一个情伤者。

“孩子们闹成这样？没有老师吗？”

元书记忘不了这曾经是个安安静静的学校，因为学生少，学生的年龄也小。

“大孩子都到一贯制学校里了，这里只剩下了学前班的六七个孩子，于老师自己管理。”

林书记勉强站起来，有气无力地说。

怪不得小铁门上锁，原来墙的那一边已经物是人非了。元渊替林书记遗憾。

“刘老师呢？那个美女老师去哪里了？”

“人家远走高飞了，程乡长给她在县城小学找上了代课的工作，人家在这儿干吗？才不留恋这个灰楚楚的小农村儿呢。”

林老根儿高一声低一声地说，语气里充满了无奈。

“小牛弟弟，听说，你也离了？为什么？”

林老根儿瞪着两大眼珠子看着小牛问道。

"嘿嘿嘿，一人好呀，一人吃饱全家不饿。"

小牛笑容惨然。

"一个人有啥好？冷冷清清的，活和不活有多大点差别？像我这样，活着真没意思。"

"怎会没意思？好着呢，我给你唠唠？一人消费，没有拖累，独立自主，拍板干脆；不扫房屋，不叠床被，不听啰嗦，不会下跪；所有收入，自己支配，花钱潇洒，当家绝对；昼夜上网，聊天泡妹，打情骂俏，胆大妄为；奔波劳累，身心疲惫，我行我素，无怨无悔，人生短暂，自由可贵，单身倍好，光棍万岁。"

元渊不想让这两个光棍而再渲染气氛，破坏好心情了。

"行了行了，打住！小牛！你还有心情得瑟！老根儿，村里的养殖农户这禁牧精神领会的怎么样？豢养吗？"

"元书记，这事我还真的不知道，又失职了。领导，对不起，不过我现在可以去调查一下。"

那张落寞的方脸上又增加了点愧疚的神色。

"这就对了！你得多出去走走，一起去吧！"

元渊，小牛，老根儿书记，司机小王一行四人走街穿巷起来。问农人，进牛棚，发现回民村的状况好得多，舍得买饲料，多数豢养。可是，也有养牛人拦住元书记言愁诉苦，畜生们都闷在这么大点的小圈里，整天一动不动，宜非长久之计啊！元渊无奈地摊开双手告诉他们，这是政策，不能对抗！

一圈儿转下来天彻底暗了，回到乡政府，吃了饭，已经疲惫不堪了，元渊打开本书，就昏昏欲睡了……

5

第二天早上，元渊洗漱完毕，习惯地准备在乡政府大院里巡视一圈儿，忽然看见程乡长驱车过来，驶到了元书记身旁停下车来，伸出脑袋来打招呼，一边解释：

“四号村有几户养牛的农民吵闹起来了，我得去看看……”

“包村干部呢？他也该去啊！”

于是，小杨上了程乡长的车，一起奔赴四号村。

因为林老根儿和刘玉珍的事情路人皆知，有人传言，程乡长又在俩人中间横插一杠子，刘玉珍离去，林老根儿崩溃，所以，这两个村里的大小村民几乎都仇视程乡长，仇视由他带领的乡干部队伍。

然而，这个程乡长可真是个人物，面对着一群蔑视他的村民汉子，淡定极了，利弊深浅慢慢道来，终于，以他的如簧巧舌消除了村民们对他的陈见。程乡长又放低姿态和几个村民称兄道弟，水火不相容的两个阵营竟然愈发亲热起来。

中午吃饭时，程乡长和小杨盘腿儿坐在一个村民家的土炕上，旁边有五六个粗壮的汉子作陪。拼在一块儿的两张方桌上放满了具有地方特色的美味佳肴，程乡长滔滔不绝地说着，小杨津津有味地吃着。

“其实你们的问题我早就想过了，那么大的一个牲口关在黑洞洞的小圈里，整天整夜地不活动，不符合生物体生长的规律。咱这个小院子不比霍占明的养殖场，人家圈着那么大片的土地，本身就是个运动场，里面的饲养条件也好，所以，霍总养的牛嗖嗖地长肉，用不了两年，在他家打工的人也会富得流油……“

“程乡长所言极是，投资大，效益才高！“

“怨就怨老人们见识浅，目光短！把大好的发财机会拱手让人！“

“你们哪！该让我怎么说你们呢？自己筹款盖成的基地怎么就送给别人了？唉！这不等于把已经吃到嘴里的肥肉又吐出来吗？“

程乡长酌了一口清茶，意味深长地问了几句。

“哪里是我们送人？哼！说白了，那个养殖基地压根儿就是村支书林老根儿为拜把兄弟准备的开斋节礼物!”

那些汉子义愤填膺起来!

“不着急!也别生气!你们去征求征求其他兄弟们的意见,了解一下他们怎样看待这件事情,然后,我们再合计合计下一步应该怎么做。”

老百姓们感激涕零了,原来看起来高高在上的程乡长竟然是自己人!有他撑腰,自己的利益怎么可能不受保障呢?

……

方桌上只剩下一片狼藉,程乡长说话吐一半,咽一半,意犹未尽,小杨倒是吃喝得心满意足,实实在在。

终于,程乡长说起了告别的话,小杨抹抹嘴下地穿鞋。尽管主人热情挽留,客人们还是驱车离开了,排气筒留下的青烟扩散、升腾,变成了一片五彩缤纷、光怪陆离的梦幻,真的令农人们眼花缭乱,想入非非了。

乡政府院里用表面的宁静掩盖着实际上的瞬息万变。

说来也奇怪,“江湖豪杰”小杨竟然和斯文的程乡长一日胜似一日地亲密起来了,小杨频频出入乡长办公室,或者一前一后,两人直奔小酒馆……

程乡长知道,乡政府多的是观察视角,多的是观望风声的人,所以,他告诫小杨,必须检点自己的语言,隐秘自己的行踪。小杨满口答应,这个道理我懂,不该说的我坚决不说,不该做的我坚决不做。

在乐康县县城的迎宾酒店的某一房间里,小杨,程乡长,还有一位自称已经拥有一家大公司的王总,他们先饮茶,后酌酒,一来二去之间,热情充满了整个屋子。

“程乡长,多亏了小杨的引见,才有幸认识了程乡长!佩服啊,佩服!我忽然间觉得一个人的见地总跟他走到的高度成正比!你的高论让小弟长见识了!小弟敬你!程乡长,不,程哥!”

王总又是拱手又是作揖，然后，右手捏起一只快要溢出酒的玻璃杯移向程乡长。

“岂敢！我很遗憾我没什么酒量！只能以茶代酒，略表寸心！兄弟，我欣赏你，改革开放的总设计师邓主席不是说过，白猫黑猫，逮住老鼠就是好猫！你拥有那么大的公司，说明你年轻有为！能力非凡！哥哥敬你！”

酒杯、茶具相击，发出清脆的声音，伴随着悠扬的乐曲，显得悦耳动听，格外醉人。

小杨抱着胳膊欣赏着一切，此时，他特自豪，好像他就是那个1972年美国总统尼克松访华事件的制造者，王总和程乡长也似那当年的尼克松和毛泽东。小杨由衷地感到欣慰，心中升腾起一种莫大的成就感。

这个“伟大”的人终于打着饱嗝放下胳膊站起身来，他说，要出去方便方便，“咣”地一声，房间里只剩下了程乡长和王总。

“嘿嘿嘿，这个，是点小意思，不成敬意！“

王总微笑着，右手从皮包里捏出一个牛皮纸信封，左手压住拿着信封的右手，慢慢移到递到程乡长胸前。程乡长嘴里说着“你这是干什么？不妥，不妥！”一边往外推着那双胖乎乎的手和那个看上去都沉甸甸的信封，王总再次进攻，程乡长再次推辞，他实在推辞不过，也只好笑纳了。

原来，这位王总也看上了农村正在兴起的养殖业，想在回民村里建一个养牛场。有一个生意场上的兄弟给他介绍了小杨，王总又托小杨引见了程乡长。

终于，王总看见程乡长正在和颜悦色地表示，兄弟干事业，当哥的一定鼎立支持。

王总的一颗心终于掉进肚子里，他心满意足地结了账，然后挥手告别。

看着王总的“奥迪”上路了，程乡长和小杨转身又进了那个房间，各回其位，程乡长点燃了一支香烟，表情凝重了起来，接着，他用缓缓的语调向小杨询问着关于四号养殖基地归宿的趋向，以及就这个问题，这些天村民们情绪的发展势态。他的眼神越来越荫翳，盯着小杨又阐述了在他看来这个养殖基地去留的最佳方案，可以采取的最高策略。小杨一边夹吃盘子里为数不多的松仁玉米（这个盘子在一刻钟之前放在程乡长的筷子下面），一边做着简要的回答，咀嚼着美味，也咀嚼着程乡长的每一句话的份量和内涵。

在四号村委会的办公室里，包村干部小杨“坐阵”，林老根儿书记倒像一个陪审员，面前摊着个打开的笔记本儿，嘴里咬着个笔头，准备洗耳恭听着来自各方的意见和建议，村民们则以小杨为中心成包围状落座。

小杨首先亮明主旨：村民可以自由评议本届村委会的各项工作的实效。

村民们眼瞅着林老根儿，咧着嘴角念起了林书记的种种好处，他们说，村支书仗义，村委会也跟着仗义，所以，这个最基层的政府能够急群众之所急，想村民之所想；四号村的村支部最能体现”公平正义”四个字；咱们村支部是一个清廉的“衙门”，从来不徇私情，更不终饱私囊；咱们村支书……

村民的颂扬此起彼伏，林书记两个大眼珠子转来转去，在人群中捕捉着说话人的眼风，他的嘴角一直机械地拉着，像是在微笑着倾听，又像在侦查敌情。

小杨的面无表情、眼神空洞，看样子已经魂游千里之外了。

可是，赞扬声依旧。

“不过，林书记，我倒是有点小小的要求，父亲、哥哥、我，三家的账户上收支混杂，我媳妇儿和我嫂子时不时地因为这件事情发生冲突，令人头疼。我希望林书记转告其他几位村委会领导，应该清晰一下所有村民在村委会的欠余账目……”

一个年轻后生把歉意写了一脸，声音变得怪怪的，而且越来越低，低到了谁也听不清楚的地步了。

“这是个值得注意的问题！林书记，你得记着这件事情……”

小杨的眼睛里突然有了内容，声音大得像天外来客。

“好，好的，这个问题，我一定记着！”

林书记吐出笔头，信誓旦旦地说，又在本子上留下了一行字迹。

“林书记，我也有条建议，土地的重新分配问题也得考虑一下，生的，死的，娶的，嫁的，各家人口变化了，土地也得跟着调整，要不，影响……“

“林书记，我想提几个问题！希望林书记别介意！“

那个红脸膛的彪形大汉一直沉默着，突然开口说话了，村委会的办公室里一下子变得鸦雀无声。

“养牛是咱村村民致富的主要途径，这牛到底应该怎样养？村委会的领导同志们，是不是应该把这个问题当做你们的工作重点？”

“对，村民领导的服务对象应该是村民。核心问题是——咱们村的牛到底应该怎么养？“

另一个沉默者也开始发言。

村民们的措辞不再委婉了，语调也仿佛硬气了。

“打开窗子说亮话吧，咱们村民一砖一瓦建起的养牛基地就这样一直让别人用着，林书记，你觉得这样做合适吗？“

“同样是养牛，人家发财了，我们却赔钱了，老根儿兄弟，你想过没有，为什么会这样？“

“你们怎么这样说话？霍占明承包养牛场是你们大家同意的事情……“

林老根儿书记涨红了脸，站起身来大声反驳。

“我不知道！“

"我也不知道!"

……

毕竟众口难辨，老根儿只有瞪着眼，张着嘴的份。

"大家静一静！静一静！"小杨敲着桌子大叫着，办公室里安静了许多，"老根儿哥哥，也许是你的工作路线错了，现在，作为村支部书记，第一，你得帮助村民把损失捞回来，至少降到最低程度，第二，你得想办法把养牛场要回来！"

林老根儿吃惊地望着这位包村干部，奇怪起了他的思维形式："签订了合同的东西怎么能说要就要得回来啊！"

"那是你不愿意往回要！"

"林书记，您到底站在哪一方？为谁服务？"

"想必是那霍总给了你林书记什么好处吧？"

……

所有村民脸上的和善与友好都消失了，全变作了义正言辞，而且，齐刷刷地直视着曾经和他们一起摸爬滚打的林书记。

"够了！这村支部书记，老子不当了！好心当做驴肝肺！谁爱怎样就怎样！"

林老根书记的脸涨成了酱紫色，他咆哮起来了，伸出一掌拍在桌子上，那根纤弱的笔就被拍断了，放在桌子边上的茶杯滚落在砖地上，发出了清脆的瓷器破碎的声音。受那声音的刺激，众人的心一下子提到了嗓子眼儿，屋里一片寂静。

突然，那个红脸膛的汉子站起身来，直视着雷霆万钧的林老根儿书记，一分钟，两分钟……双方的对峙继续着，咯噔，有一个村民也站了起来，红脸膛汉子的队伍壮大了，咯噔，咯噔，又两个村民站起来了……林老根儿成了孤家寡人，众矢之的！

"你们闹吧！嘿嘿嘿……哈哈哈……"

林书记仰天大笑起来，笑声震耳欲聋，那笑声里全是凄厉和惨烈，他一边笑，一边一步一步走向门口，咣噹，木质门被重重地关上了，摇摇晃晃的林书记在众人视线里消失了。

6

几天的风雨兼程，真的已经疲惫不堪了，吃完晚饭，元渊打开了一本书，刚看了几行文字，困意袭来，就昏昏欲睡了。

“叮铃铃……”

一阵震耳欲聋的电话铃声撞进了元渊的梦乡，扰乱了梦境。

他一边迷迷瞪瞪地摸索着下床，一边从床头柜儿上拿起了手机，看了看时间，噢，凌晨3：00，这时候能有什么事情呢？这些人真是的，不让人安宁！可是，他却清醒一半了。

1.3万口的当家人，小到鸡毛蒜皮，大到地震洪涝，都是他必须关注并且定舵摆平的事，这些事情从不问早晚，不管深浅地发生。

元渊还是忍不住打了个呵欠，接起了电话：

“喂！是青泉乡政府，你哪里？干吗？”

“我是县医院，你乡的四号村的村书记林老根儿因饮酒过度，抢救无效死亡。”

电话那头的男大夫语调极其平静，却报告了一个雷人的消息。

什么？大夫在说什么？

元渊猛地双手抱住了电话机话筒，竟然没有意识到左手还拿着手机，“砰”手机砸了他的光脚板，又滑落在地板上。他完全清醒了，觉得自己的耳朵出了问题，或者大脑出了问题。

“你能不能再说一遍？说慢点，我好像听不懂。”

元渊又觉得自己可能还在做梦。

“元书记，我是四号村村民十根儿。”电话那头换人了，“昨天晚上刚开完了村委会，林书记的战友们来看他了，来客有五六个，林书记又叫了村里几个兄弟，在小酒馆里摆了一桌酒菜，喝起来了。喝着喝着，林书记头一低就昏迷不醒了。我们赶紧叫了救护车，来县医院了，医生说，过量的酒精促使心肌的功能完全伤失，所以，林书记走了……”

不是梦！

梦都是荒诞不羁的，哪有这么强的逻辑性？

这是一件真真切切刚刚发生的事情，一件做梦也做不到的大事情——

几天前还和他在一起共商养牛大事的林老根儿兄弟，经过一顿豪喝，走了。

林老根儿带着“活着没意思”的落寞离开了人世间，离开了这个让他沉醉，也让他颓废，让他笑，让他闹，也让他哭的花花世界。

林老根儿书记真的不在了！

7

林老根儿去了，因为是酒场毙命，所以好长一段时间，青泉乡上上下下的机关单位、街头巷尾谈酒色变，人们的饮酒量骤减。

然而，酒民们担忧着、少量喝点，喝着、警戒着，今天大家都没事，明天你我他还活着，既然活着就得喝着、说着，说着、喝着，慢慢地，林老根儿变成了酒桌上的一道下酒的菜。

林老根儿的猝死，和对酒的恐惧并没影响青泉乡政府工作的运行速度，土地结构的更新，畜牧业的快速发展，工业的渐渐启动，昭示着青泉乡的经济发展欣欣向荣起来，也就决定了青泉乡的当家人不能享受清闲，也不能浸泡于抑郁。

元渊在上下左右支撑着，突破着，他享受着自己一手导成的物质文明发展带来的喜悦，也在周围人人事事的纠结中无奈着。而他自己的生活也陷入了不能两全的矛盾中。妻子一个电话接着一个电话，一个劲儿地讲着她最近感觉身体异样。可是上级领导的督查，和他对工农牧的检查也是一个接着一个。作为一把手，元渊觉得不可以误过其中任何一次检查。但是，妻子的身体也重要，自从上次手术结束，元渊感觉到妻子的体质急剧下降，性情骤变。他多么希望妻子能随着身体的复原，一切好转。然而，几年下来，只有脂肪在增加。前一阵子，妻子又念叨起了小腹不适，他准备忙完了这一阵子，领着妻子做个彻底的全身检查，扫除扫除时不时袭击他脑际的阴云。所以，他巴望着青泉乡政府现在进行着的是这一阶段最后一次的检查。

又一个黄昏时分来临，元渊正在翻阅一年来有关第三产业发展的所有红头文件时，接到一个电话：

明日上午八点，全县的乡党委书记到兄弟县进行第三产业实地考察。

元渊心中一紧，完了，这种考察一时半会儿根本结束不了，少说也得一个周，妻子的检查再推后一周？他忘不了电话里妻子有气无力的声音，可是有关经济发展的考察无论如何耽误不起，因为这关乎1．3万口人的生存状态，第三产业的发展对于一个乡的经济提升可是几何级数！他掂量着孰重孰轻，使劲地掂量着，权衡着，可无论如何也走不出这个二难境地，得不到一个两全其美的方案……

手机铃声响起，是福景乡做副校长弟弟的电话，电话里，弟弟向他传达了父母的“指示”：

老人们希望他这个做书记的儿子能从百忙之中抽出一点儿时间，关注一下自己的老婆孩子。家里乱成了“一锅粥”，他们这些“帮腔的”实在是上不了阵。

元渊对着话筒，开始诉苦，念叨着他的恐惧，他的艰难，“真的，弟弟，我快崩溃了……”在弟弟面前，他不想再冒充强大了，此刻，他既不是乡党委书记，也不是丈夫，更不是爸爸，而是一个遇事时脆弱得不堪一击，无助的一筹莫展的小男人。

“哥，要不这样吧，你去进行你的第三产业考察，我呢，带着嫂子出去检查，你放心，我去和你去一样，无论喜忧，每天我必电话汇报。我办事你放心吗？”

弟弟带着妻子去医院，自己出去考察？一语点醒梦中人，元渊心中狂喜！难怪古人说，打仗父子兵，上阵亲弟兄。原来就是不一样！

“你办事我当然放心，你能抽开身子？”

元渊感动得鼻子辣辣的，眼睛涩涩的。

“刚开学，学校里还没有什么大事情，再说，我工作的重量级别比起你差远了。你告诉嫂子，明天准备准备，后天就出发。”

问题终于得以圆满解决，真的，这世界上就没有过不去的火焰山！元渊的心里平和了许多，安顿好妻子，做起即日启程的准备工作。

第二天，晨曦初露时，二十几个乡党委书记乘着七、八量车从县委大院出发了，载着重托，载着希望，辞别青皮山，开赴了第一个参观现场——赤县。

赤县镜内大多数的地区群山环绕，居民的住所平房居多，公路两边到处可见散着的大小石头，看不出十分富庶的样子。车队爬行在环山公路上，汽车没了平日里风驰电掣的潇洒，坐在车子里的人前俯后仰，摇摇晃晃。

中午时分，车队终于不再颠簸，在一个写着“清汤祠”的门楼旁停下来。考察队伍跟着人流往里走，在一个亭子下面看见了一个巨大的正在倾泻的红铜茶壶，壶嘴儿里正在潺潺不断地往外淌着冒气的热水。三三俩俩的游人们拿着一次性纸杯，塑料桶，汲住这股热泉，有的喝喝，有的带走。导游介绍说，这就是张家口一带颇有盛名的赤县温泉。

巨壶不远处是台阶，石砌台阶顺着山势延伸，每隔几十节台阶就设置一个凉亭，山顶处云雾缭绕。

考察队伍目前实际的位置是这座大山的半山坡上，站在这个位置就可以俯视赤县县城的全貌。旁边的工作人员告诉众人，当年，整修赤县温泉的设计者们特意在泉眼儿上打造了这么一个巨壶，让冒着热气的泉水潺潺不断地从壶嘴儿里流出。元渊和他的同行者们围着这个巨壶转了几圈儿，纷纷赞叹建造者的匠心独运，有人接一杯温泉喝一口尝尝，有人挽起袖子想洗洗手，还有人汲一捧水洗洗眼睛。

几分钟之后，众人跟着赤县县委负责人进了一座办公楼，听起了这个温泉工作的负责人的简单的历年工作汇报。看不出这儿的游客流量还可观，自然旅游消费的数目不菲。众人又一次赞叹。

走出办公楼看见了各个峰回路转处的酒家、饭店、宾馆、洗浴中心，各个大门口的游人出出进进，颇有生机。

考察的第二站是崇县。

驶出了群山环抱，就是一马平川，车队在阳光明媚中飞驰。在坝上，此时春寒料峭，偶有积雪。这儿却微显暖意了，小草儿的头顶，树叶儿的眼睛都想出来探探风声，所以是一派“草色遥看近却无”的景象。草原天路上虽说还不到旅游旺季，但也不乏零星车辆，走走停停的游人。地势渐高，汽车行驶困难起来，这不，有一辆车出现问题，上面的乘客只得换车。

车队绕桦皮岭一圈，天色就晚了，汽车驶进了一个挂着写着“卧龙山庄”金匾的院子里。

院子里亭台楼阁，假山池沼，轻音袅袅，游客簇簇。置身其中，惬意极了，悦人的情调真的有一种令奔波者放弃所有前行计划的力量。进了美食广场，湿润润的空气使满身的风尘尽扫，而且，一下子春意盎然起来，满眼的花红柳绿，满耳朵的鸟语花香，喷泉、吊兰、树木和各色花卉把整个大厅隔成无数个饭局，此刻，已经是个个高朋满座了。

这么多的食客，一晚上下来这收入该有多少啊？相对一个贫困地区，应该是个天文数字！元渊有点儿羞愧于自己县自己乡的寒酸和贫瘠了。

接下来是张县的三宝营盘，海子洼，盛世景园，沽源的闪电河，天鹅湖，低矮粗糙的半坡人遗址，萧太后的梳妆台……风格迥异，各有特色，就连苏龙滩监狱周围错落有致的花篮、引人眼目的凉厅石碑，也像一个个游览胜地，令人流连忘返。

七八天的颠簸终于告一段落，元渊塞了满满一脑子的美景，回了清泉乡政府，进了自己的办公室，把身子交给沙发，才觉得早已疲倦无力了。可是，神经系统依然兴奋，闭上眼睛还是山水风景。他开始反省，兄弟县的自然资源其实跟我县差不了多少，人家却都能合理利用，变废为宝，吸引四面八方的钞票，而我们只能固守贫穷。

元渊忽然想起了青泉乡有青皮山，青皮山上有美丽的神话传说，对，还有一段儿金长城遗址，想起金长城他的精神一振！但是转念一想，那么一小截土墙能干什么？他哑然失笑，又觉得如果用心应该有文章可做，想着想着，困意来临，进入了梦乡……

敲门声惊醒了酣眠中的元渊，已经是第二天的早晨7点。

张家口市农业银行赠送新建的一贯制学校一批电脑和一批体育器材，今天举行捐赠仪式，作为东道主的乡政府领导当然得参加。

元渊勉强提起酥软乏力的四肢，洗刷后，穿上西装，打好领带。在来宾面前，他，无论有多累，必须保持一方领导的仪容仪表，表现应有的精神风貌。

新学校的操场上，上千个中小学生端坐着聆听各级领导的讲话，主席台上，校领导，爱心使者，县教育局领导，逐一气壮山河地鼓舞着莘莘学子的斗志。

元渊做了个长长的终结发言，教育理论、教学实践、生活经验三结合，他在台上掏心掏肺地说，孩子们在台下动情地听着，不时地传来阵阵掌声。

捐赠仪式刚刚结束，手机铃声很识时务地响起，他打开手机看见了弟弟的手机号，估计是妻子的哪一项检查又出结果了，报个平安。

“哥，你来医院吧!”弟弟的音调怪怪的。

“好，我安排一下就去，辛苦你了，弟弟，你嫂子没多大事吧?”

给妻子身体做全面检查，手续繁多，弟弟肯定跑累了，元渊愧疚起来。

“别安排了，你赶紧来吧，必须来。嗯……来了你就知道了。”

电话那头的弟弟软软地说，他的声音不比以往，没有一点力度，好像漂浮在空中，说完就挂了电话。

他说来了就知道了，知道啥？还不能现在说?

元渊心里咯噔一下，立刻乱了方寸。

难道……

不，绝对不是!

不能胡思乱想，吉人自有天相。他相信妻子是个福大命大的人，这么一想，情绪好像稳定了一些。

元渊拨通手机给程乡长打了个电话，嘱咐一下，便奔向市医院……

8

在病房里他看见了呆坐着的妻子——困惑的眼睛，百无聊赖的神态，但是她依然淡扫蛾眉，轻点朱唇，一件宽松的大粉毛衣，一双过膝的平底长筒靴子。无论任何时候，妻子总不忘把自已收拾得利索时尚。她看见了丈夫，娃娃脸上掠过一丝转瞬即逝的惊喜。

呵！鬼使神差，这小女人又上了医院！而且凶吉未卜……元渊心里一阵酸楚，赶紧转脸寻找弟弟，他怕自己不争气的眼泪催化妻子的痛苦。

弟弟提着一壶开水推门进来，他披一身的落寞与疲惫，焦急、绝望、痛楚混沌于一滩的神情占满了这张原本刚毅的脸。弟弟放下水壶，看了一眼正在搬弄物件的嫂子，又拽了拽元渊的衣角，推门走出了病房。

“哥，嫂子的病情不容乐观，你要有个思想准备。”

弟弟的嗓音有点儿嘶哑，但平平静静地说着。

“什么?”

“你还是听主治大夫细说吧，我说不清楚。没到下班时间，他应该在门诊。”

弟弟把木头一般的元渊推进了一间医生办公室。

一位四十左右的中年大夫站起来接待了他。

“你是26号病人家属?”无论哪个大夫的特点总是沉着冷静、不急不躁。

“是。我是。”

元渊却诚惶诚恐。

“病人的情况十分糟糕，就这一阶段的各项检查，昨天做了专家会诊，应该是尿毒症的危重症，肾功能衰竭……”

一阵眩晕，大夫的嘴还在一张一合地动着，而元渊听不懂任何一个音节。

走出了主治大夫的办公室，他的大脑还是一片空白……

第十四章　深渊之中

1

在主治大夫的嘱咐下，元渊搀扶着似乎已经康复的妻子离开市医院，回到家中，准备了些生活用品，然后又将妻子移至县医院的特护病房。

病房里，婆婆妈妈姨姨姑姑地围了一圈儿问长问短，他们还带来了一大堆补品，几乎堆满了病房。元渊脸上笑着，嘴里时不时地对一个又一个前来的探病者重复说着“没事”“不过是肾炎复发”，装出一副若无其事的样子地迎来送往。他的心却在滴血……

元渊担心妻子长时间不休息会劳神，可是，他更害怕妻子一觉睡过去不再醒来，所以，他时时刻刻眼巴巴地瞅着妻子。最揪他心肺的，最让他大伤脑子的是不知道该怎么跟儿子说明白他妈妈的状况，如何叫孩子接受这个事实……

无论怎样，健康人还得在这个世界上存活，只要活着，就得谋发展，求进步，这是一条从他记事起，父亲就教给他的生存法则，从前他未曾违背过，现在也违背不了。况且，在青泉乡的土地上活蹦乱跳地生活着的是1．3万口健康人，他，一个乡党委书记，决不能一味地沉溺于个人的悲喜中，甩手不管老百姓。

清晨，元渊泪别妻子。当然，他绝对不让妻子看见他的泪水，可是，无论他怎样抑制着自己的情绪，只要一扭头，眼泪就下来了，而且，无休无止地流淌。

关上房门后，便是一阵撕肝裂肺的痛……

泪，继续流……

车，载着他驶向乡政府……

大概元渊泪流速度赶得上这飞奔着的汽车速度吧。

元渊回了乡政府，进了党委书记办公室里。程乡长汇报着这段时间乡政府工作情况。

难得他这么尽心尽力，所有事情都处理得合情合理、井井有条。元渊想回报他一个微笑，可是无论如何也笑不出来，只好低垂了眼睑表示谈话完结。

程乡长阴忧的眼神在元渊脸上搜寻着指令，然后干笑了两声“嘿嘿嘿，元书记，没事了吧?”，看见元渊点头，便起身告辞。

元书记已经没有意志力专心致志做任何一件事情，妻子的脸时不时地钻进他的思维，打乱他的思绪，刺痛他的心，牵引他的泪。元渊第一次管理不了自己的意识，控制不住自己的情绪。

人啊，不要说自己是强者，认为自己坚强，是你没有遇到相当程度的撞击，有一天真正罹祸了，谁都一样。假如一个人五脏六腑都碎了，他还能站起身来，“蹬蹬蹬”到院子里走上一圈儿，欣赏一番蓝天白云、清风皓月的美景，那才真叫有钢铁般的毅力！元渊没有足够的意志力拥有这样的奇迹，没人的时候，他要么躺在沙发上紧闭眼睛乞求命运之神给妻子一个意外，要么呆坐在办公桌前胡思乱想……

弟弟时不时地打个电话劝慰他一番。做了许多年的教师，弟弟变得心细如发，又善解人意。关注兄长的情绪，又自觉封锁嫂子身患尿毒症的消息，所以，双方父母、亲戚朋友都认为元渊带回来的是一个即将痊愈的女人，只是目前还需在县医院调养一阶段。

小牛经历了又一次破碎，过了几个月，重重的心伤总算有所恢复。他在元书记身边转悠了几次，搭讪了几次，发现领导的性情大变，不再健谈，也不再平易近人，便知趣地走开了，装着一脑袋的问号回自己的办公室琢磨去了。

一天上午，小牛拿着一个文件进了元书记的办公室。

“得写乡政府本届领导班子工作考核的汇报材料了，元书记。”

小牛低低地说着，仿佛生怕惊着这位羸弱的听话人。

“必须是我自己写吗？”

元渊懒得抬头，更懒得用脑。

“嘿嘿嘿，当然我写也行。但是你得告诉我怎么写？”

他的笑声今天变得这么刺耳！

废话真多！这丑东西！元渊心里暗骂。

“大才子写个材料还用教吗？如实地写！”

“啊……昂……”

小牛咽下了那句已经流到了嘴边的话，悻悻地离开了。

元渊知道自己写不好，静不下心来怎么写东西？在只有自己的时候，他的脑子里塞不进任何妻子以外的事情。

哦，对了，好像在这之前自己就没怎么思念过妻子……元渊又自责起来。

然而，各项工作还在推进，处长地乡的中国共产党第九次代表大会如期召开，元渊在会上做了一个题为《调优结构　培强产业　创新赶超——强力推进“十二五”经济社会实现新跨越》，这个报告还是小牛代笔，元渊只做最后的审阅和台上的宣读，这几天好像是他参加工作以来唯一的懈怠，在演讲质量的满意度方面，也创下了他有史以来份量最重的遗憾。

农民代表们热烈地讨论着，用他们最最淳朴的语言，表达着他们最最赤诚的想法。

看见元渊走过来了，他们都像兄弟一般，朝着他亲热地、纯净地、憨厚地笑笑。他们的乡党委书记也报之以笑颜，只是这笑沉重而又苦涩。

程乡长在各个讨论组之间来回地跑着，尽心竭力地发挥着乡领导的作用。谦谦的笑容，轻柔的音调，不急不慢的语速，他告诉农民兄弟：他的意见就是元书记的意见，他们俩思想统一，步调一致。而后又大讲青泉乡的五年计划——一定要真正实现咱们乡经济的腾飞！再则，青泉乡的领导特别关注的是民生……

元渊例行公事地应和着各个程序，机械地像个木偶。幸亏程乡长在八面玲珑地应付着。虽然元渊觉得他某些言辞欠妥，但是，台上的各级领导不觉得，台下的农民更不觉得。“程乡长”“程乡长”“程乡长”，呼声此起彼伏，程乡长常年惨白惨白的面容变得灿烂无比，简直像一支怒放的白玫瑰花。

元书记回避所有人的目光，也不想让身边的人看见自己这张霜打了的脸。元渊对工作的热情被突如其来的横祸几乎冲刷走全部，虽然他一再告诉自己，他，元渊，现在不只是一个不久于人世女人的丈夫，更是一个乡镇的党委书记，一个深负众望的乡镇“一把手”。

不管怎样，大会终于闭幕了。

工作人员撤掉各级领导以及各位代表的讲话和此起彼伏的掌声，摆上了手抓羊肉和啤酒。

代表们把肚子吃得圆圆的，嘴巴上糊满了油渍，一边说说笑笑，一边打着饱嗝，剔着牙走散了……

2

只要元渊回到乡政府，身边的农民自然而然地又多了起来，唠嗑的，求助的，反映情况的，还有想讨回公道的，这不，有几个老村民又包围住了他们的乡党委书记。

他们说，这些天村里发生了很多事情。因为这些事情关乎他们的当下生存状态，所以才不得不向党委书记吐露吐露他们的心声……

原来，林老根儿死了，四号村的村委会成了一团乱麻。村民们喋喋不休地说着，有人愤怒，有人谴责，也有人忏悔，当然，还有人要将手里的事情坚决进行到底。

那个红脸膛的彪形大汉坐在了林老根儿生前常坐的椅子上面，招呼过几个哥们商量起了对策：亡者已经入土为安了，活着的人还得争取活到最好，所以，我们还得把该做的事情继续做下去！

兄弟们纷纷表示响应号召，然后，哥儿几个规划了具体的分工合作的步骤。

行动立马开始。

有人要找霍占明谈判，拍着胸脯发起了毒誓，讨不回自家兄弟建好的养殖场不再为人！有人要做村民的动员工作，必须由全体村民集资退还霍占明的承包费。还有人要去联系向乡领导，争取得到政府的支持。

所有行动看起来非常顺利。霍占明终于妥协，只要政府出面，他可以同意终止合同。村民们除去老弱病残，齐刷刷地都交上了百元大钞。更重要的是，在这件事情的处理上，程乡长运筹帷幄，小杨跑前跑后。

小杨前前后后地奔波着，他一面调停着霍占明和四号村民的关系，一面陪着王总进行着另一个养殖基地的基础建设。

听着听着，元渊的思维有点跟不上了！霍占明终止养殖基地的合同？村民集资退还承包费？另一个养殖基地？王总？这些听闻遥远得像天方夜谭！他——一个党委书记刚刚离开乡政府几天，竟然恍若隔世之人。

“无论您听得懂还是听不懂，现在，我们能抓住的人只有您元书记……”

理不清头绪的元书记只好拨打程乡长的手机，可是手机那头传来了一个不急不躁的女声“您拨打的手机已关机。”电话又拨到程乡长的办公室，无人接听。

办公室人员告诉元渊，程乡长有好几天不见了踪影，元渊猛然间记起了程乡长几天前发给他的请假短信。

元书记身边的村民越围越多。

“砰砰砰，砰砰砰”

敲门声微弱，给人一种欲进又欲不进的感觉。随着元渊的一声“进”，小杨推门进来，他目光畏缩，神情恐惶，走至屋中央就停下来站定了，游离不定的眼神遇到元书记的“虎目“赶紧移至了天花板，嘴里却在嘟囔着：

“元书记，王总联系不上了……”

“什么王总？怎么回事？”

元渊站了起来。

“就是那个要搞养殖基地的投资商……王总拿到了七十万上拨款就不见了踪影，也联系不上了……”

“啪！”

元渊一拍桌子咆哮起来：

“你给我说清楚，这个王总和养殖基地到底是咋回事？”

……

3

元渊一边让人搜寻王总的下落，一边想办法通知程乡长要及早上班。任务还没有布置完，他感觉到自己的心在猛烈晃荡。从前，每逢紧张情况，他总能保持生龙活虎般的精神状态，那时，无论连战几天，他都不懂饥饱，不知疲倦，可是，现在，他彻彻底底变成了一只纸老虎，色厉内荏，不堪一击。特别是最近，动不动就是一副病恹恹的样子。难道他已经老了？

忽然，他的胃里又一阵猛烈地疼痛。以前每当犯胃病的时候，元渊就能想起郭静静，想起那次让他险些丧生的劫难，时不时侵扰他的胃痉挛都是那时落下的病根儿。

现在，什么都不在他的脑海里了，因为一阵又一阵的肠胃痉挛，令他难以招架，他，几乎支撑不住了……可是，放眼望去，好像里里外外已经没有他病倒的地儿，医院里躺着视力已经基本消亡的妻子，乡政府乱作一窝蜂……

元渊靠着乡政府的大门站了几分钟，然后，一步一挪地回了办公室。

“叮铃铃……”

电话铃声不识时务，一点不在乎元书记此时有多虚弱，冷血地、倔强地吵闹着。

“喂！什么事情?”

元渊捂着心口，使劲咬牙支撑着。自己的声音听起来那么遥远，那么恍惚，好像是来自于另一个世界。

“什么事情？你们乡的养殖基地到底咋回事？村民们进驻信访办公室好几天了？元渊兄弟，你得平衡平衡啊！怎么能坐视不管呢?”

原来是在县政府里上班的老同学，得到情报，来电提示。

眼前的物什晃动起来了，他赶紧用手扶住办公桌，又觉得一阵眩晕。他赶紧告诉自己：

挺住，一定要挺住！自己再倒下就真的全完了！

但是，他的思维运动告停！

一阵急促的敲门声，一连串儿噼里啪啦的脚步声后，哗啦啦，元渊跟前站了一片，新上任的办公室主任被裹在头戴小白帽的回民汉子中间，战战兢兢地向元渊汇报着雷人的新闻：

“因为农民上访，纪检委的工作小组要进驻咱们乡政府，程乡长隔离接受审查……“

元渊脑袋里刚刚压制下去的眩晕又翻热浪，而且，胃里又掀起一阵刀绞般的疼痛。

可是汇报依然在进行。

“我们村民集资了10万元，小杨带走，然后交给了程乡长，可是程乡长却联系不上了……”

元渊胃里的疼痛隐去了，代之而涌起的一股揪心揪心的热浪，翻江倒海，汹涌澎湃，从胃底一直冲向嗓子眼儿，他微微一张嘴，一团又腥又粘的东西拽着他的心肝肺脾胃和肠子，要一起冲出他的口腔，毅然决然离他而去，腹腔、胸腔全空了，连脑袋也空了……

“啊，血！元书记吐血了！”

“元书记——”

元渊在一阵乱七八糟、震耳欲聋的呼喊声中失去了知觉……

4

几天以后，在医院的病房里，来来回回走动着的除了医护工作者外，还有几个乡干部，这几个乡干部的面目表情几乎都焦灼而阴郁。他们在耳语交流中，不时地跌落出星星点点的信息：

乡政府的工作差不多处于瘫痪状态了，元书记住院，程乡长隔离受查，县纪检委进驻工作组……

这些切切吵吵的说话声在医院的走廊、病房里游弋，又轻轻巧巧地跨过昏迷中的元渊书记，飘向了窗外，消散在空气中了。

经过几天治疗，元渊终于醒了，意识复苏后，烦恼开始回归。他睁开眼睛，看见头顶的液体无声无息、不知疲倦地滴落着，从玻璃瓶到塑料管里，全都是清清亮亮的，找不见一点污质。不像他的心里，簇簇团团，丝丝缕缕，到处布满大大小小的郁结。

他想问一问身边的医护人员这个是第几瓶，然而，懒得张嘴……

再睁眼时，他的头顶只剩下一只空瓶子了。似睡非睡之中药液全部浸入了他的血液。

身穿白衣的护士小姐轻敏如猫，走至元渊床前，拔了针头，朝他点头微笑后就飘然离去了。

“咚咚咚，咚咚咚……”

一阵温和而且很有节奏的敲门声响起，元渊闭了眼睛，他没有力气做出应答。

两分钟后，房门却被推开了，脚步声很轻，衣裤相摩擦发出了簌簌的声音，元渊听得真真切切，但还是懒得睁眼。

一阵幽幽的清香直扑他的面颊，这香味陌生又熟悉。他虽然闭着双眼，但也好像已经感觉到了正在他跟前晃动的是一袭黑衣，一肩长发。

元渊猛地睁开眼睛，看到了一双湿润润的眸子，一张恬静而秀美的脸。

“元书记，好些了吗?”

看见他睁开了眼，小贾柔声问道。那语气，那表情，分明组成了“关切”两个字。

元书记微微地笑了一下，他有点不好意思，太想掩盖这病态。他真的不想在这个女人面前展现自己的不堪打击，他宁愿自己是海明威笔下那个被打垮但是没有被打败的英雄桑格提亚。可是，现在，他却被平摆在病床上。

“没事！吊两瓶液就好！小毛病。”

元渊差不多使尽了全身的力气来装作健康。

“哪儿啊？怎么是小毛病？元书记，你得注意你的身体！你病成这样，我们青泉乡老百姓的心里都很难过!”

听女人的语气是在嗔怪元渊忽视自己的健康，病人的神情一下子变得温顺多了，好像他真的曾经是一个很不听话的小淘气似的。她一边说话一边把水果和鲜花摆在桌子上，他的眼光随着她摆来摆去的长发移动。女人的说话声入耳，元渊居然觉得，就在刹那间，他的心里变得暖暖的，胃里也舒服多了。

“元书记，我给你擦擦脸吧!”

小贾摆好脸盆，添加热水，拧干毛巾，每个动作都做的很慢，很轻，似乎生怕惊醒刚刚睡着的婴儿。接着她把热毛巾敷在元渊的脸上，开始擦拭，她的动作更慢了，也更轻了。她细细地擦拭着元书记每一丝的肌肤，像一个年轻的妈妈在保洁自己珍爱的新生宝贝。

元渊感受着这团热气，先是脸上，一瞬间传送到全身。他从来没有享受过这样的待遇，从来没有被人如此细致地伺候过，况且，是一个女人，一个经常出现在自己脑海里的美丽女人。

带着清香的柔顺的直发在元渊身上脸上拂来拂去，痒痒的，却很舒服。他紧闭着眼睛感觉着她的动作、她的气息，原本蜡黄蜡黄的方脸膛上泛起了红潮。

元渊努力地压抑着自己的冲动，静静地，悄悄地，将那幽幽的清香吸进肺里，珍藏到心底。

“噢，好了，我走了，您要好好休息啊！我还会来看你的。”

女人压低声音，用只有元渊听得见的声音柔柔地说。然后，踮起脚尖轻轻朝外走去。

元渊赶紧睁开眼，寻找他等了半生的温柔。

拉开门的女人回眸凝视。

他们对望着。

这一刻，时间真的停滞了，凝结了，凝结成了一个永恒！

……

屋子里静悄悄的，元渊心里却如一壶达到沸点的水，泛着花儿，闹腾着。他回味着刚才的每一个细节，演电影一般，一个镜头连着一个镜头。突然，他庆幸起了这场病患。这种神奇的情愫滋润着元渊，他的身子好像一下轻松了许多。

他发现翻身坐起来不再那么艰难了。下床时却觉得两只脚插进了棉絮堆里，从脚心到大腿根儿都是软绵绵的，似乎寸步难行。

他的脑袋还是沉甸甸的，好像有千斤重。

眼前又突兀地冒出金光闪闪的星星点点……

元渊只得靠着床头站定，闭上眼睛养精蓄锐。

五分钟后，元渊一步一挪地出了医院大门，朝着那个背靠铁门正在等活儿的迪哥招了一下手，他想赶紧回乡政府，如果再耗下去，很多事情的发展可能就真的偏离了方向……

5

在乡政府党委书记的办公室里闷坐着三个男人：手里揉捏着香烟屁股的韩主席，眉头紧锁的霍占明，病容依旧、方脸黄黄的元渊书记。

这一阵子，韩主席拖着肥胖的身体代替书记乡长主持乡政府工作，面对着众多棘手问题，他绞尽脑汁也拿不出一个具体的解决方案。正当他唉声叹气的时候，看见了元书记，他心里一阵狂喜，一阵轻松。

这些牵扯到了身边的人人事事的问题，最好由“大当家”出面调停。在这些事情的处理过程中，自己的理想状态是“老奶奶拿钥匙”——当家不做主。无论结局怎样，管他谁荣辱升降，统统跟自己没有关系。自己不曾得罪谁，也无愧于谁，即使日后碰见了这些事情所涉及的人，心中也坦然。

可是，眼瞅着元渊的一副病歪歪的样子，又让他时时刻刻都放心不下，所以只好守护在他的身边，以便添砖加瓦，排忧解难。

“元书记，要不这样吧，由我出资接着建设姓王的留下的那个养殖基地，建成以后，具体经营，要征求村民意见再做决定。追回项目款补我的缺，怎么样?”

霍占明亮晶晶的眼睛里闪烁着坚定的神色，紧皱的眉头舒展了。

元渊笑了。他那颗沉重的心一下子轻起来了，而且还一点儿一点儿地往上浮，他的心儿越来越轻，越来越轻，轻得好像整个人快要虚脱了。

直到有一天，“程乡长的政府乡长职务被免，退回了所有挪用的公款，调到另一乡政府做了普通干部”，也变成了青皮山下的青泉村里的老少爷们酒座上的笑谈，又一道滋味颇丰的下酒菜肴。

第十五章　希望再起

1

这块贫瘠的土地上的新生事物层出不穷了。青皮山却本着一张老脸几十年、几百年一成不变，那山色总是灰了又绿，绿了又黄，周而复始，年年如此，这份单调疲倦了青泉乡老少爷们的视觉。因为有白菜、育肥牛、矿石的冲击，连青皮山那个美丽的故事也被人们完完全全地遗忘了。就像夜晚璀璨的灯光暗淡了月亮和星星的存在似的。

太阳每天按时按点来履行她的职责，但是过不了多久，湛蓝的天空变得灰蒙蒙的了。灰色的天空连同元渊灰色的心情一起浓密着这个世界里日日渐深的灰色。然而，无论世界是什么颜色，乡政府的各项工作还得一步一挪地往前走。

有些工作确实可以让其他副职暂时顶一顶，但是组织部领导检查工作必须得元渊这个“一把手”亲自接待。

汇报工作情况后，食堂招待，元书记作陪。

县组织部吴部长慈眉善目，和颜悦色，一副长者模样。

他拍拍元渊的肩膀笑眯眯地问：

“小元啊，最近好像气色不好，怎么了？”

“挺好的，吴部长，您多心了。”

元渊用力制造了一个惨淡的笑容。

“不像！是身体不舒服？还是工作不顺心？有啥想法了？”

一双充满睿智的眼睛，在元渊的脸上来来回回搜寻着。

“我哪有什么想法？您吃菜啊！看看这个味道怎么样。”

元渊不经人如此端看，有点儿窘了，赶紧端过吴部长爱吃的麻辣豆腐来分散老领导的注意力。

“别打岔，你这一阵子的表现跟从前可是迥然不同。整个人没精打采的就像丢了魂儿似的，而且我们要的材料都不是你亲手写的。你从前可不是这样，我认得你的文笔。到底咋了？说说！怎么？……啊？还金口难开了？”

难能可贵的是这位老领导离退居二线没多少时日了，他却还能如此细致地关注基层工作，实在令人敬佩！看着吴部长，想起自己这些天的倦怠，元渊心生惭愧。这么多年的经验告诉元渊，面对这位部长，你任何猫腻别指望逃过他的火眼金睛！这些老革命们兢兢业业工作了几十年，无论哪个环节上他们都要力争做到明察秋毫！

元渊回想起了往事，自己本是一介穷儒，只凭一篇文章就进了他的慧眼，于是乎，鲤鱼跳龙门，“教书匠”变成了政府机关的材料员。

“这一阵子我正走背运，干啥啥不顺。家里人又闹病……”

元渊低下头来，他担心自己泪洒饭桌，破坏了老领导的好心情。

“病病灾灾，谁家没有？至于这么垂头丧气吗？哦，对了，什么病？”

“肾……炎……”

元渊不是有意在撒谎，实在是那三字太沉重，变成了他的禁语，不敢提起。众人面前，他只能拼命维持自己虚弱的坚强。

“确是一种缠手的病，不能轻视，得好好治。如果钱方面有问题，你只管开口，不管怎样，健康第一。”

餐桌上出现一阵沉寂。

良久，老领导拍拍元渊的肩头：

“年轻人，天塌不下来，世上哪有过不去的火焰山？不管你碰到了什么大麻烦，它们最终都会消失的。”

“当然！您放心……我没事，您再喝一杯吧！”

元渊揪心般的痛，可是，他硬是逼回去了好像已经溢出的眼泪，然后拿起酒瓶，为老领导满满地斟了一杯红酒。

吴部长讲起了他在20岁的时候为母看病的艰难经历，他叙述得很慢，字字清晰，字字都能拨动听众的心弦。有类似体验，元渊压抑不住了猛然膨胀的情绪的冲击，声泪俱下了，流了许多泪，胸口似乎舒畅一些了……

“对了，这一阵子给你写材料的人是谁？能否引见我认识一下？”

老领导抿了口红酒，换了语调。

“您要挖我墙角？”

元渊笑了，好像这是好多天来的仅有的一次没费力气的笑。

说归说，笑归笑，元书记不小气，如果吴部长真看上了小牛的文采，而且能驾驭了这一怪才，他会举双手赞称。可怜的丑东西，命运多舛，又总在阴沟里翻船，弄得满身的阴气，越发像那深夜里的幽灵，本来有超乎寻常的能量，然而，只要太阳一出，他同他的能力就消失得无影无踪。这不，工作上，马尾丝提豆腐——没法提起。生活上，老婆孩子统统从他的世界里消失，他呢，变成了一个真正的孤魂野鬼……这个倒霉蛋悲催得还不如自己。

小牛带着一脸谦卑的笑容走进来了，元渊招呼崔姐为小牛准备一套餐具，然后给他和吴部长作互相引见。

吴部长像一个很久没见儿子的老父亲，亲热地为小牛夹菜倒酒，然后爱怜地看着这位奇丑无比的年轻人。

寒暄之后，领导步入正题：

“我们长话短说，组织部写材料的人手紧缺，你愿意去锻炼几年吗？我和元书记已经沟通了。”

小牛闻听此言，先是一愣，夹住菜的筷子僵在空中，嘴巴半张着，足足有半分钟，而后，木讷地吞咽了那口菜，四肢五官都进入了思索状态……

“怎么？还有顾虑？”

吴部长发现小牛的反应和得到重视年轻人的表现截然相反，有点诧异。

“我……不行吧……”

丑人还是一脸的迷茫。

“什么叫你不行？良将手下无弱兵！你说呢？元书记？”

吴部长素以爱才闻名，发现了人才，却没法很好地利用人才，当然他不会善罢甘休。

“嘿嘿嘿……吴部长，您要我夸谁？表扬小牛还是表扬我自己？”元渊真不知道该怎么说。

“真不行，我不能去……”

小牛的眼神黯淡，表情木然。

“啊？可是为什么？理由呢？”

吴部长更加惊奇。

看来，老领导的做法还如当年，检查工作是表层任务，实质目的是挖人。元渊一边思忖一边夹了根咸菜丝塞在嘴里。

“我只想跟着元书记干事，和他一起实现青泉乡政府的理想蓝图，这一辈子就在青泉乡安营扎寨了。”

小牛的眼光不在吴部长的脸上，也没看元书记，只是专注地盯着一瓶红酒，语气坚定，一板一眼地说。

“弄得这么痴情不改？呵呵呵，小伙子，清醒清醒！你要跟着的是共产党，不是他元渊个人。再说，他也要服从组织调遣，他不可能老死青泉乡，说不定人家明天就去哪个局当局长了。你得想开点儿。啊！年轻人！你们不是同性恋吧？现在流行这个……哈哈哈……”

失望了的老领导依旧风趣，爽朗的笑声在食堂回荡。

“该上哪儿去就上哪儿去！别跟我玩同性恋！”

元渊的心里说不出是啥滋味，这丑东西是怎么回事？只想跟着元书记干事？他该不会真的这样想吧？平常没看出他有这么坚定的马克思主义信念。

“嘿嘿嘿，我哪儿也不去，就在青泉乡了，吴部长，您还是找一个比我更合适的年轻人吧。”

这一次，小牛平静地回望着这位满是期待神情的组织部部长的眼睛。

看得出，小牛心意已决，谁也不好再说什么了。三人低下头一起享用由土豆打成浆状再和上莜面做成的“磨擦擦”……

看着县领导上车远去，元渊回头对小牛说：

“你咋回事？别人做梦都想要的机会你却自动放弃！我可不领你的情！”

“我怎么会让您领我情呢？元书记，您还不了解我？像我这样的人，只能为青泉乡做贡献了。这个世界上，唯有您不嫌弃我……”

小牛的眼睛红了，两口红酒喝得竟然有了醉意？……多年的喝酒经验告诉元书记，其实酒精的作用只是加化情绪罢了，你喝酒了，喜则更喜，痛则更痛。可是，面对这个千古伤心人，他该说些什么？同是天涯沦落人啊！

算了，腹中的酸楚还是各自消化吧，元渊转身进了自己的办公室。

已经是子夜时分，元渊被不能入眠煎熬着，索性乘着月色去院中走走。

月朗星稀，清风幽幽，一切都在静默中。

元渊突然觉得这极静的夜放佛是一个硕大无比、面目狰狞的大魔头，它竖着两只灵敏的耳朵静候着，随时准备吞噬在他掌控之中的鲜活生命……

忽然，从后排宿舍里传来一阵沙哑的呜咽声，时而像缅怀什么，时而又像控诉什么，声音悲怆而令人毛骨悚然……

他知道，是小牛喝多了，一定是觉得心中悲苦，又开始哭嚎……

2

生活是个五味瓶，酸甜苦辣咸样样俱全，由不得你选择，也不容你拒绝。元渊无奈于命运对他的不公正，每天晚上无论多晚他必回县城医院的病房里守候妻子，雷打不动。他会为妻子细细地削上一个苹果，会给妻子凉上一杯不冷不热的温开水，还会小心翼翼地数出妻子要喝的药片……更多的时间里元渊只能静静地看着妻子被痛苦折磨扭曲了的脸，听着妻子微弱的呻吟，然后紧紧地握着妻子的手，有时，他希望这苦痛也能进行传递，他愿意为妻分担一些……

每天早上元书记再赶到乡政府处理各种大大小小的事情。不过，好像生活霉气是分期分批输入的，不是一股脑注入，这一阵子，元渊的工作格外顺利，真正到了心想事成的境界。

这不，青皮山又换绿装，山脚下，田野里，树林中星星点点的野芬初放，六一儿童节便蹒跚而至，今年的六一不比寻常，它是九年一贯制学校建成后的第一个儿童节。

4 月份底，新学校的硬件设施，软件设备基本齐全，其实可以宣告建成，几个领导碰头后决定：学校的落成典礼和庆祝六一儿童节一并举行，可以集中力量加大宣传力度，扩大学校的声威，以便今后生源的增加。

元渊书记，新政府乡长，主管教育的副乡长，总校长，各学校学区校长一起筹划了这一盛会，准备大开“杀戒”，汲血济教育。

翻过五月三十一号的日历，六一便到了！

遮盖着窗户的黑暗好像淡了些许，元渊便蹑手蹑脚地起了床，一头扎进厨房给妻子准备早餐，众食物齐备后，开始熬小米粥。从时间上看，伺候妻子吃早餐的任务就交给岳母完成了。从厨房出来，赶到医院病房，放下食物，元渊给妻子轻轻掖了掖被角，动作虽然轻微可还是惊动了睡梦中的妻子，她睁开那双已经陷得很深的眼睛，嘴唇动了动，发出了几个蚊子鸣声般的音节：

“……黑……把灯……打开……”

灯亮了，屋子里骤然间锱铢可见，妻子的脸越显惨白，憔悴，黑眼珠缓慢地在元渊脸上搜索着什么。

“……你……是不是……又……要……走？”

几个音节却说了很长时间，幽幽的眼神里全是焦急。

“我离开一会儿，完事了就回来陪你！”

元渊撩起了散在妻子面颊上的黑发。

“……嗯……工作重要……你……去吧……”

说完话，妻子闭上了眼，两行清泪顺着眼角的皱纹迅速地爬行。

元渊拭去妻子两鬓的泪珠儿，啪嗒啪嗒，啪嗒啪嗒，一串串男儿泪落进妻子互相缠连在一起的黑发中……

“砰砰砰……”岳母带着岳父走进来了。

“你去上班吧，我照顾她！”

不知实情的老人依然精神矍铄，以为女儿不久就康复了，乐呵呵地跑来跑去。岳母脱掉了外衣，准备去护士办的微波炉里热热早餐。岳父搬了把椅子坐在女儿床边，掏出一个小本子，给女儿念起了他刚刚收集到的精彩段子：“

满桌佳肴，你得有好牙；腰缠万贯，你得有命花；

赏一路风光，你得走的动；拣一座金山，你得能够拿；

垄沟里刨食的是条好汉子，病床上数钱的是个大傻瓜；

千里纵横，你总得有个家；万众首领，你也得有个妈；

委屈烦恼，你非得有人听；出色得意，你还得有人夸；

酷毙了靓绝了，你要有人爱；摔倒了失足了，你得有人拉；

结怨不如结缘，栽刺不如栽花；富贵不如福态，高寿不如高兴……”

“好吧！您二老受累了……”

元渊双手胡乱地摸了一把脸，揩掉了腮边的泪水，站起身来迅速地走出病房，不敢抬头，也不敢回头……

晨曦初露，载着元渊的汽车就驶进了乡政府，他努力地控制着情绪，强迫自己去想今天工作的每一个步鄹。对，先回乡政府拿必备的稿件，然后去学校。

太阳只露了一下脸儿，便隐去了她的光辉，一会儿功夫，彤云密布云起来，温度骤低，隐隐约约飘起了雪屑儿。雪屑儿落在人们的发丝间，耳朵里，鼻尖上，清凉着人们混沌了的内心世界。在中国古代文化中，六月飞雪喻示奇冤。可是坝上的六月里，雪花并不是什么特别罕见的物件，只是落地就融化，变成了一片清凉。这份柔柔的湿湿的清凉仿佛也更加滋润了青泉乡的父老乡亲们望子成龙望女成凤的热情，校园门口，人山人海，拖拉机，农用车，摩托车，遍布了青泉村的大半个街道。校园后门口则停放了黑色、白色、灰色的小汽车。

进了校门，一种前所未有的阴郁中的清新沁人心脾。

整个校园一尘不染，黄灿灿的三层教学楼，桃花红的新砖房，青白色的水泥地面，红蓝绿的三块儿学生方队。刻意打扮过的青泉乡民族学校，犹如一位雍容华贵的新娘子，包装得一丝不苟。就连平日里扪虱而谈的“迂腐先生们”在这雪屑飞舞的日子里，也换上了“赶交流”时买的新衣，虽然动人（冻人），却显得格外精神。

一位来自邯郸市的什么书记惊叹道：“这么冷的天，教师们居然穿那么少，真能适应气候，一方水土养一方人哪!”

两个负责招待的年轻女教师窃语：“还不是因为要打扮给你们看？昨天我们还皮裤套棉裤呢！冷何惧之有？领导之命不可违!”

说完留下一串娇笑，便脚底抹油——溜了。

市县领导应时而到，西装革履，白白胖胖的领导队伍点缀整个校园，成了校园里一种特别的景致，这景致又使人蓦然地想起了“画龙点睛”的成语。

在鼓乐声中，领导队伍缓缓步入主席台，就坐后变成了一个方阵。庆祝大会，像一场排练多时的戏剧，终于拉开了序幕，所有角色粉墨登场：

首先，元渊书记把稿件卷成了筒状握在右手，激昂地指点青泉乡的教育，小纸筒上上下下、左左右右地舞动着，成了他激情抒发不可缺少的一个工具，就像当年执教时握在手里的教鞭。第二位是县教育局赵局长，他用极舒缓的语调、极富有磁性的声音致辞，表示祝贺，表达鼓励。接着，是张家口市民族局局长手持话筒即兴讲演，回语混合着汉语，传送着他满腔的关怀……

开会完毕，礼炮齐鸣，然而，此刻太阳却从云层中挤出来大煞风景，使礼炮的魅力减半——晚上放效果要好的多！孩子们却没有这么多的遗憾，欢呼声赛过了礼炮声，孩子们看着天上慢慢散开的彩色烟雾，元渊却在看着热血沸腾的孩子们，无邪的笑脸，兴奋无比的欢叫声，多么鲜亮的生命！多么充满希望的季节！其实台下这一片才是最动人的景致！

元渊的眼睛湿润了。

这十多年来，他致力于经济的发展，努力提高教育投资。在一个并不富裕乡镇里进行资源分配，就好像很多人分食一块儿面包，这儿分配得多了，那儿自然就少了，所以，他这个“大当家的”少不了招些怨愤，和他一起“干革命”的兄弟们背地里总说他带点儿“楞”，饿瘦了自己，养肥了别人。他们说他们的，元渊自己心里有杆秤，乡财政的支出中，教育经费是总是第一项，再穷不能穷教育，谁家生养的不是孩子？谁家的孩子不是父母活着的希望？教育牵着老百姓的心哪。

元书记是从教师行伍里走出来的，深知其中奥妙。

提起了教育，他又想起了正在异地上高中的儿子，忧郁又起。心，又被那块儿刚刚掀起的大石头严严实实压住了……

接下来是学生的体操表演、文艺表演，穷乡僻壤的孩子们艺术素养几乎为零。孩子们的动作粗糙但也整齐，技艺不惊人却态度认真。元书记太希望这集中办学能使全乡的教师资源、教学教育资源得到合理的配置，切实提高农村孩子的整体素质，真正能减小城乡差别的途径是努力提高农村人口素质。

宴会准备停当，众宾客出“血”。元渊看着账单计算了一下所收的款数，9 万多，不少了，能解决点燃眉之急。大操大办，收受贺礼、红包，本来都是不被提倡的事情，可是有人提议，各方面的头头脑脑一碰头，一致通过，于是土政策生效，也就大办了一场。其实，这种方法也能聚少成多，集中资金办些大事情。

元渊思忖着，惭愧起来，作为一方的当家人为了发展教育竟不择手段起来了！可是，现在只能如此了。一个劲儿像上面伸手哪有那么灵验？也许是一种趋势，农村教育好像真的走进了穷途末路，学生人数锐减，教育教学质量提高步履艰难。支付教育经费让所有的政府领导都头疼。

酒席就设在教室里，餐桌很大，每张餐桌配备数十把椅子，每把椅子上都供着一个都供着一个不容忽视的庞大的贵宾，他们肆意地挥霍着众多东道主送来的热情，加上仙露玉浆的催化，使众宾客越发容光焕发，斗志昂扬。

戴着“接待人员”牌的乡干部、教师们充当服务生，他们来回跑着，为慷慨解囊的来宾们端菜，拿酒，倒茶。时间慢慢消失，“服务生们”此时不如彼时，灰头灰脑，低三下四。若有人仔细观察，这些人愈看愈像“丧了家的资本主义乏走狗”。

终于，席终人散了。

人大主席、一贯制学校校长几次三番地牵着“接待人员们”的鼻子去收拾了残局。脸上无光、胃中没食的乡干部们和教师们终于得令就餐，狼吞虎咽后，这些“劳苦大众”便一脸灿烂了。外来的客人们散尽了，乡领导，校领导挨个儿慰问起这些“劳苦大众”了。

本来不胜酒力的教师们来者不拒，开怀畅饮。激动的脸，颤抖的手，叫咱喝酒，就喝酒。左顾右盼、观颜察色中舌尖开始打卷儿。

在一张餐桌上元渊碰到了小贾母女，小女孩比餐桌高出了许多，一会儿坐在椅子上，一会儿站起来，左右开弓，又吃又喝，弄得满脸满手的油腻。同时，这个小女孩左猫腰，右猫腰，她每次都能巧妙地躲过妈妈想抓住她的手。小贾左手拿着筷子，右手拿着餐巾纸，看见了元书记，放弃了抓住女儿的打算，搁下筷子，用餐巾纸擦擦自己的手，不好意思地冲着元书记、徐校长笑了笑。

“小娃娃，咱俩先喝一杯!”元渊朝小女孩举起了酒杯。

小女孩咧开小嘴儿，露出一排齐刷刷的小白牙。她把纸杯猛地举过了头顶，真的碰住了元渊的玻璃酒杯，高叫着“干杯!”然后真的将饮料一饮而尽。

同桌的教师、乡干部们哗然。

“呵呵呵，不愧为杨门女将!”

“了不起！真正将门虎子!”

“比你爸爸还豪喝!”

小女孩不理睬众人的赞叹，拽过一条鸡腿儿大吃起来。

接下来，元渊一位一位地碰杯，一位一位地道谢，感谢乡干部的辛劳一整天，感谢教师辛勤耕耘，呕心沥血，敬酒至小贾，小女孩突然抢过妈妈的酒杯又要跟元书记碰杯。

“这回，伯伯要敬你妈妈，感谢她为青泉乡教育事业增加光彩，衷心希望小贾老师再接再厉！”

元书记看着小女孩一板一眼地说，小女孩似懂非懂地点着头。

“再接再厉？人家过不了几天就远走高飞了！”徐校长叹了口气。

“往哪儿飞？”

元渊十分诧异。远走高飞？他不知道这些天小杨和小贾之间又发生了什么事情，心一下子又悬了起来。

“小贾考取了北师大的文学硕士！怎么？元书记，您还当最新新闻听。”徐校长笑着说话，但脸上全是遗憾的神色。

读文学硕士?!

她要离开这里？

一种非常复杂的情愫涌上元渊心头。

欣慰？遗憾？兴奋？失落？充实？空阔？不全是，好像每一种感觉都在其中，每一种感觉都份量极重，沉甸甸的挤压在他的胸腔里。

元渊心里酸酸的，甜甜的，涩涩的，真正打翻了五味瓶……

“不管怎样，人往高处走，水往低处流，中学教师变成文学硕士是人生价值的一种提升！来，小贾，老哥我表示祝贺！”

元渊说完，脑袋一扬，就将酒杯反扣到了嘴上，用喝酒人的行话叫做“来了一个望星空”，满满一杯白酒顺着嘴巴喉咙食道往下流着。无论什么感受，让它统统下肚一起化为尿液和粪便吧。

元渊的眼睛里却又溢出了泪，他使劲咳了几声，拽过一张餐巾纸，出门儿去清洗一番，然后捋了一把烦恼丝，大踏步走向了下一个酒桌……

3

元渊自从出院以来第一次喝多了，肠胃涨得厉害，咕咚咕咚地直响，此刻，他有点紧张，后悔当时没管着点自己，几个小时的狂饮，恢复健康不长时间的胃里面装满了啤酒和白酒，但是他没有一点醉意。自从得知妻子病情以来，他第一次集中精力处理身边事情，而且，他对于自己办事效果的满意指数一如从前；也是他第一次扯开喉咙使劲地狂喝。虽然在这短短的几个小时里，不断有外物幸灾乐祸地刺痛他那颗敏感的心，但是，元渊很快就会把心情调回到“恒温挡”，继续感谢外宾，鼓励教师，照顾乡干部。

回办公室了，他还是一种心潮起伏的状态，便拿出一个硬皮的日记本，他又想记下这一刻的不平静，再感慨一番：

小贾走出去了。虽然走得艰辛，但是她经过鲤鱼跳龙门环节，最终一跃变成了文学硕士，上升到了一个令这个偏僻的地方里许多文化人望尘莫及的高度。

妻子自小出生在县城，成长在干部家庭，又嫁了个乡党委书记的丈夫，她天天跟着一帮贵妇人厮混，亦步亦趋地享受人间荣华富贵，却挨近了人生的尽头。

命运吗?

其实不是。

生命的坚韧度是历练出来的。养尊处优的人如温室里的盆花，只能愈加弱不禁风。工作任务、学业任务、家务、抚养孩子，多重任务压出来的人，其生命力也就越发强大。

人，就应该迎难而上，跨越过每一个障碍，生存能力、生命价值就会跳跃式生长。

……

我能做的只有祝福你了。顺达！开心！幸福！

他放下笔，合上笔记本儿，心里出奇地平静，他知道谁也不是超人，谁的生活也是摸着石头过河，谁也套用不了哪个人的人生模式。一切皆有定数，一切皆为“天”数。然而，这个“天”太抽象，没有多少可操作性，想着想着，他的思想好像掉进了一个黑洞里，无着无落，却一直下坠着，这种恐慌渐渐地令他困乏了，也许是酒精的作用，他的思维速度缓慢了许多，终于，睡意来袭了。

该吃晚饭了，乡干部们的激情依然高涨。食堂里，年轻小伙儿们有的吼着流行歌，有的坐在大姑娘小媳妇儿旁边打情骂俏，还有的评说昨天的见闻。看见了大领导进来，有人缄默，有人继续。

“哎，小杨，媳妇儿考上北师大的研究生怎么不告弟兄们？我们去给你们俩口子庆贺庆贺！”

小郭向邻桌子的小杨大声叫嚷。

这些“几朝元老”们和年轻人不一样，他们不但会观颜察色，还常常故意制造和领导搭讪的机会，这不，小郭眼睛眄视着元书记，他确信大领导会有所反应。

“跟我有什么关系？想庆贺你就去庆贺！”

小杨板着一张红脸，正色地说。

“不欢迎啊！没你，我们咋去？”

小郭脸上的笑容消失，代替笑容的是越积越多的难堪。

“小杨，到了秋天，媳妇儿上学，你也跟着媳妇儿去北京吧。”小元不知深浅，硬是接过了词儿。

“跟她？我去北京干嘛？天底下哪儿没有女人？那个女人不能当媳妇儿？她走了更好！嘿嘿嘿，想跟老子的黄花大闺女有的是！”

小杨抽了抽鼻子，提了提嘴角，一脸的不屑一顾。眼睛瞟着隔了一张桌子的领导，声音低沉，充满霸气。

“不行吧？你孩子怎么办？那楼房咋处理？”

小郭脸上的难堪很快变成了疑惑，两只眼睛直盯着小杨，也顾不得观察元书记的表情了。

“不等两年，老子又挣一套楼房！再娶个大姑娘，也生他带把儿的！一个丫头片子，原来也不稀罕她！”

小杨口吐着狂言，说话声音却很低，语气里充满了愤怒，“叶楞”他站起身来将筷子使劲一扔，四棱筷子滚起来也很快，滚到桌边，砸在地板上，“噼噼啪啪”发出了清脆的声音。

筷子落地，小杨本人的怨气好像也被抵消了，于是，他甩着一只胳膊，大踏步走出了食堂。

同桌吃饭的人面面相觑，沉默了一分钟，小郭咳嗽了一声清了清嗓子继续说话：

“听说小杨又投资了，这回做的是张家口市的房地产，动作力度更大了，所以人家说话的口茬子就更硬了！”

“看来结果只有一个，好端端的家真保不住了……”小元感叹道。

“如今的社会，家不算什么，这儿拆了，那儿再建。你不听小杨说，有的是女人。对了，你这两天看见小牛了？没看见吧！人家正在谈恋爱！”

小郭长着顺风耳，信息灵通。

小郭的话让众人意识到，有好几天了，确实不大见小牛的踪影，也听不见他酒后的痛哭声了。偶尔闪现，也是一副心事重重的样子，谁也不敢多问。在乡政府销声匿迹了，原来又去别处做文章了。

“这可是头号新闻，跟谁谈恋爱？”

办公室的小周也不知道，她赶紧问小郭。

收拾碗筷的崔姐停下了手中的活儿，叙述起事情的来龙去脉：

学校里有个姓马的工友，老师学生都叫他马师傅，马师傅平时在学校干活，星期天和节假日总爱到外面打工。去年暑假，他给蔬菜公司拉菜，农用车的刹车失灵，撞在停了的拉沙车上，当场车破人亡，马师傅散手人寰，留下孤儿寡母整天以泪洗面。

一天，小牛去麻将馆儿打发时光，马师傅的遗孀正好也在那儿。有人开玩笑说，一个孤男，一个寡女，要不，你们俩人“优化组合”一下？俩人都沉默，麻将馆儿里其他人真的都找借口开溜了，只剩下了马师傅的遗孀和小牛，他俩真的说了很长时间的话。

第二天两人又都去了麻将馆儿，具体后事如何，谁也说不准……

吃了一顿饭，没怎么吃出饭的味道，谈话的内容倒是滋味颇丰，让人一再咀嚼，一再回味，可是谁也不能准确地概括出具体是啥滋味来。

4

无论人人事事怎样变化，每天的日子总是一样继续，日落而息，日出而作。元渊打开办公室门，坐下来准备理出今天一天的工作项目。手机和座机同时响起，元渊先拿起了座机话筒。

“怎么样？活动了吗？”是禄兄的电话，这位久违了的哥哥在说什么？元渊有点丈二和尚摸不着头脑。

“活动什么？”

“你真不知还是假不知道？县委换届呀！想不想过一把县太爷的瘾呀！造福一下全乐康县的父老乡亲？”禄兄到底是个痛快人。

“哦，跟咱有啥关系？青泉乡还一塌糊涂呢！”

元渊觉得禄兄很好笑，自己现在还能戴得了县太爷的乌纱帽？作为一个行政领导，哪能不知道县委换届？可是自己哪有闲暇做那样的黄粱美梦？他对着话筒里的禄兄苦笑着摇摇头。妻子浮肿的脸又浮现眼前。

“领导当多年了，城府就变深了，开始对着真人说假话了，人家说，这次新的县委成员当中可能有一个乡党委书记直接升副县长的，你知道吗？”

禄兄的声音变味儿了。

“乡党委书记直接提副县长？哪不是你吗？”元渊想结束谈话可又不忍心让禄兄难堪。

“我哪有这样的能力？一下提这么大截，干嘛不告弟兄们？保密工作做的不错啊！”禄兄却继续侃。

“我到县委上班那天请你啊！我有正经事情，改天再陪聊！”

做什么白日梦？让他自己做吧，没心情也没时间陪他胡说八道，元渊挂断了电话。

“叮铃铃……”电话铃又起。

“怎么不接电话？还没走马上任，元大县长就不认人了？”

县委办公室的周主任，元渊的另一个老同学。

今天是愚人节吗？这些被黄土埋了一半的老头子们发什么神经啊？他们想拿自己开涮？还嫌自己不够惨？

从小到大，他身边总少不了做恶作剧的玩伴。这些家伙们可以说得上无恶不作，七八岁时，母鸡屁股底下掏蛋，小女孩辫梢子上放炮；十几岁时假装肚疼躲在宿舍里偷食同学干粮，上课前教室门顶放黑板擦；再大点学了漂亮女生字体写个约会小条，制造桃色事件。元渊只冷眼旁观这些事情，不参与，更不组织。他不会煞费苦心地做这些无聊的事情。现在，自己变成了这些人的作“恶”对象。哎，哭笑不得！

他当然希望自己的仕途顺达，在副县长的舞台上，他的许多想法更容易实施，可是他现在离副县长的位置十万八千里，想都没想的好事怎么会从天上突然掉下来呢？同天上掉馅儿饼一样，都是无稽之谈！

元渊“嘿嘿嘿”了两声挂掉了电话。

县委组织部来电：青泉乡乡党委书记元渊同志速来县政府，领导招呼谈话。

县委组织部的办公室里，元渊得知了一个让他大掉眼镜的事实：他得马上准备接受各级组织的考核！啊，真的有可能晋升?!

接下来，他真的开始接受各级组织考评。

再接下来，开会公布新一届县委班子的领导成员。

然后，接交手续，准备走马上任。

似真似幻中，元渊处理着一切……

5

又是一个清冷的早晨，元渊揣着一怀的百感交集出了乡政府，他避开喧嚣，走向孤寂的青皮山。

山上的青草已经显示出老态，一改前一阵子油绿油绿的颜色，开始微微泛灰，这让观赏者不由得悲秋起来。山脚下，落英缤纷，但是花的枝干还在木然地立着，像在回味着什么。爱过的蚂蚱拖着个大肚子伏在草丛里，一动也懒得动。蟋蟀们有气无力地呻吟着。

元渊突然莫名地觉得，这里的气氛如他心中一样，也是一种繁华已逝的落寞。

他的心情越发乱糟糟地低落。

这十多年来，只要心中烦闷，他一定会来青皮山调整自己。等情绪平稳了，看一看蓝天白云，欣赏欣赏花花草草，再照顾一下自己特别关注的几株山丹丹花，然后就好像听见了一个高亢粗犷的男人声音在山间回响“青皮大山高又高，拿把刀儿别在腰。

那家姑娘不嫁我，关起门来放火烧……”他就冲着自己的影子‘嘿嘿嘿“地笑上几声，看看四下无人时，他可以学唱几句。

可是今天，他的心胸无论如何开阔不起来。元渊索性拿出手机，找见那段录音，按确认键播放，凄婉的二胡曲响起，随即的男高音吼得淋漓至尽“青皮大山高又高……”

“元书记，你又一个人在这里啊?”

一个柔和的女人声音从他的背后传进耳朵里。元渊心中一震，猛地转身，看见了那个让他又哭又笑却又无可奈何的女人。

她还是一身黑衣服，庄重，沉稳；一肩长发，顺流，乌黑。神色疲惫，但是眼睛里含着笑意。

“啊，小贾，是你，你还没……没走?”

内心激动，元渊说话竟然结巴起来。

“呵呵呵，正在收拾东西，明天就离开了。我看见你在这里，过来跟您说说话。”

依山站立着的美丽女人一脸明媚，长长的秀发对着青皮山快活地飘舞，黑衣裤在劲风的吹拂下烈烈摆动。

元渊感染了女人的昂扬，心情愉快多了。

他注视着这张脸，发现这张脸还如她少女时代般的纯真，光洁，十多年的劳苦、辛酸和岁月沧桑，似乎并没有留下多少痕迹。元渊第一次这样无所顾忌地看着这个女人，大概也是今生最后一次这样地端看她了。他早就知道，早年自己寻寻觅觅要找的伴侣其实就是她！可是天公不作美，叫他在错的时间里碰上了对的人，他只能不动声色地帮助她，关注她。每天看着她骑自行车从乡政府门前穿过，是元渊一天里最美丽的时刻。

可惜这种美丽就像青皮山的山丹丹花一样凋谢了！

从此，天各一方，也许他再也得不到她任何信息了！

元渊心底涌动着悲哀，而且，这悲哀越长越大，挤压着他的心肺和气管，胸口闷得厉害，他有点不好呼吸了。

女人脸上的笑容也消失了，她定定地望着这位高大英俊的男人，自从来青泉乡以到现在十多年的时间里，她一直被这个男人提携、庇护，除了感激之外，还有一种情愫时强时弱地潜伏在她的心底。

明天，她将远离了这份关爱，独自一人去京都打拼。她忽然像个要离开妈妈怀抱的孩子，心中滋生出万般的不舍。

突然一阵风吹来，一缕青丝遮住了白皙的面颊。

他伸出手指轻轻撩开头发，那张完美无缺的脸上的表情让他的心脏狂跳起来。

他一把抓住了女人瘦弱的肩头，然后凝望着那双已经泪光盈盈的眼睛。

他要用他心中蕴藏着的所有真挚销蚀掉后半生的遗憾。

小贾的眼睛看不清了，因为她已经泪流如注。

此刻，她从这个男人的眼睛里读出的不仅仅是欣赏、友好，还有深深的爱恋！

在她的世界里，许多年积攒的孤傲，不断被磨难冲击，早已坚硬如铁，刀枪不入。现在，须臾之间分奔离析了，一如那冰雪城的解冻，她觉得自己的心里又有了新温度。

为了男人，她在流泪！

她突然觉得，自己渴望这一刻已经很久了。

这份柔情她似乎等待了漫长的一千年！

脑子里的english、屈原和莎死比亚原来如此干枯，如此不经冲刷，此刻早溜得干干净净。她所有的奋斗原本都是为了这一刻，凌云的壮志化霎时作了一缕柔情。

女人再也控制不住自己的情感，抽抽搭搭地哭倒在元渊怀抱里。

元渊轻抚着女人，叭嗒叭嗒，叭嗒叭嗒，他的眼泪跌落在女人的如云乌发里……

风停了，时间凝固了，青皮山直愣愣地看着又一幕爱情悲剧。

“要好好的……听话啊……必须好好的……”

元渊口中喃喃着，连他自己也不知道在嘱咐什么。

女人抬起满是泪斑的脸使劲地点点头：

“你也要保重！开开心心地生活……我该走了……”

元渊却松不开握着女人肩头的手。

女人移开身体。

元渊眼巴巴地看着女人转身。

女人也回望着元渊。

元渊跟着超前移动了一下左脚。

女人的脸还对着元渊，脚尖却向后转开步走了。

……

她，终于一步一回头地离开了。

……

那个黑色的倩影越飘越远……

元渊觉得整个世界正在离他而去。

太阳已经转到头顶，他还在那块大石头上呆坐着。

大石头旁边还是那几株山丹丹花，元渊好长时间没有光顾这里了，山丹丹花早就变了颜色。灰绿灰绿的枝干上顶着几片深红色的花瓣，一阵风刮过，枝干飒飒地颤了几下，花瓣便簌簌地飘落。

一片，一片……枯花和败叶纷纷散在他的两个脚尖儿中间。

元渊伸手捡起了那几片落红，拿出一块白纸，将它们包好，小心翼翼地装在内衣兜里。

这几支植物是他的知己，他关注了许多年，呵护了许多年，也欣赏过许多次怒放花儿的英姿飒爽，那时他在庆幸，自己能独占有这份美丽！

可是，今天举手作别时，他却觉得，让美艳消损在孤寂里，是一种辜负。

美丽已逝……

此刻，他只有一抹残红可以收藏，正如他没有开放便凋谢的爱情一样，只能珍藏记忆了。

“青皮大山高又高，拿把刀儿别在腰。那家姑娘没嫁我，人生路上要走好……”

元渊对着小贾离去的方向，顺着小调窜改了唱词，却唱得凄凄惨惨。

6

又一个黎明时分，元渊收起一脑袋的思绪，起床后，自己开了车门，打着发动机，踩了离合，挂了2档，缓缓地行驶在青泉村的大街上。所谓的大街实际上是一条二级公路。

公路上空阔、安静，没有人，也没有家蓄家禽，偶尔能看到三五只麻雀在动物粪便中觅食，当然，这些小家伙的所有动作也是在悄然无声中进行着。一只耳朵很长的黑毛狗夹着尾巴垂着头从公路上横穿过去，它在大白天里的机警和敏捷荡然无存，只是目无旁骛地溜跶。突然，嘹亮的进行曲飘过来，黑毛狗被吓了一跳，撒腿跑得无影无踪了。学校里的孩子们该上早操了，进行曲也拉开了青泉村新一天的序幕，三三两两的农人们不知从哪个旮旯里钻出来，街上、胡同里来来回回地走动着。

元渊停了车，摇开窗户，扭头望望这所金碧辉煌的学校，校容校貌让人看着舒服，学生的嘹亮的歌声和口号振奋心志，他知道，自己再也没有机会和他们一起上早操了。

再见了，亲爱的孩子们。

再见了，尊敬的老师们!

再见了，曾经牵引着他思绪，让他老想往这里跑的美丽学校!

此刻，她已经不在这所学校了吧？她在哪儿呢？火车上？还是汽车上？昂扬着？还是抑郁着？

汽车向北继续前进，选矿厂机器声隆隆作响，挥着铁锹的工人，出出进进的管理人员，都在昭示着这个厂子的兴盛。虽然，工厂的排污不能绝对避免是元渊心里抹不掉的阴影，但是，这个工厂也是青泉乡强有力的经济支柱！

汽车再行就看见了金农公司，路边竖着一块“绿色基地”的大牌，车来人往，好不热闹！

车速增加，隐隐看见了村里的养殖基地！

元渊一边驾车，一边欣慰地欣赏着青泉乡的一切变化——为此，他付出了十几年的心血。

哦，看见了四号村委会办公室了，那一排土房的门和窗户都被闭关得严严实实，好像在思索着，哀默着。

他的心一点一点下沉。

“呵呵呵……”仿佛是从一个遥远的地方飘到耳际来的，这声音再熟悉不过，是林老根儿在笑，林书记九泉含笑？怎么可能呢？“嘿嘿嘿”又一阵笑声袭来，声音入耳变得干瘪而冰凉，仔细辨别，觉得这笑声确实是来自另一维空间，来自一个孤零零，惨兮兮的阴魂……

嘿嘿嘿……

那笑声越来越大。令人毛骨悚然的笑声，钓起了元渊心底的寂寞、困惑和恐惧……

哇哇哇……呜呜……

沙哑的哭号，莫非是小牛又一次痛彻心肺？嚎哭声酣畅淋漓，有遗恨，也有不忍……

咚咚咚……

是小贾老师的压水声，银白色的水花变成了小贾幽怨的眼神、冰凉的泪水……

哼哼哼……

是病入膏肓妻子的呻吟声……

“嘿嘿嘿”……

“呵呵呵”……

“哇哇哇”……

“咚咚咚”……

“哼哼哼”……

所有声音都在他耳畔作响……

妻子浮肿的脸，林老根儿书记落寞的脸，小牛扭曲了的脸，小贾回眸时那张忧郁着的俊美的脸……

所有的面孔全在他的脑海里叠映，一起混乱了他的思绪……

瑟瑟瑟……

他的心在疯狂地抖着……

元渊不知道自己现在该哭还是该笑……

车，麻木着继续在前行……

终于到了……

元渊停了车，拨开纷乱，定了定神，凝望着他即将进入的县城。一幢幢新楼房和红绿灯岗哨使小县城越来越有城市味道了，这里终究是个欣欣向荣的地方。

新办公室里的办公桌上面放置了一个空玻璃瓶，元渊从兜里掏出一个纸包，打开了，嗅了嗅，香味很淡。这是他从青泉乡的青皮山上捡来的山丹丹花瓣，花瓣依然鲜红，但是干枯了。

“落红不是无情物”

他嘴里念叨着，一片，一片，一片，慢慢飘落到了瓶底……

青泉乡、青皮山、山丹丹花，浸透了伤感，也会在他的心里永远存放的。

他手心里一直捏着一片小纸张，纸片已经揉皱了。这是他昨天夜里写出来想送给小贾，却被命运之神注定了，他再也没有机会送出去的小文。

他展开捋平：

希望

希望是从绝望中崛起的，就像春诞生于寒冷的冬天一样。

希望再起，不是在宽慰自己，勉励他人，而是事物循环往复的一个规律，等死不是所有生物的共同追求，求生才是人的一种本能，绝处逢生并非偶然，它常见于任何一个坚强不屈的灵魂努力求生的过程之中。鲜花展现着她的灿烂，谁都知道她破土而出的顽强，努力向上的艰辛，如果当初不被黑暗掩埋，她可能就不想着扎根泥土，力争重见光明，再次拥有生命，而是随风飘转，慢慢风化成一粒尘埃，继而变成虚无，所以绝望不等于消失和死亡，只要你活着，她就孕育着希望，孕育着另一处的灿烂。

希望啊，一个令人精神振奋的词语，即便是一个即将撒手人寰的人，说到这两个字的时候，也会是面带微笑的。

亲爱的朋友，不管你遭遇了什么，不管你拥有了多少，生命究竟是最重要，最可爱的事物，因此，造物主把她们赋予了这滚滚红尘。

珍爱自己，也怜惜别人，亲爱的，用希望强大你的生命吧！

……

太阳已经转向中天，发射着耀眼的强光，阳光里的县城，越加妩媚。

元渊抹去了腮边的泪，再看一眼那几片落英，挺直身子，开始了他做副县长的第一天……